Todas as pequenas luzes

Também de Jamie McGuire

Série Belo Desastre:
Belo desastre
Desastre iminente
Belo casamento
Algo belo

Série Irmãos Maddox:
Bela distração
Bela redenção
Belo sacrifício
Bela chama
Belo funeral

Red Hill

JAMIE McGUIRE

Todas as pequenas luzes

Tradução
Ana Guadalupe

3ª edição

Rio de Janeiro-RJ / Campinas-SP, 2020

VERUS
EDITORA

Editora
Raïssa Castro

Coordenadora editorial
Ana Paula Gomes

Copidesque
Maria Lúcia A. Maier

Revisão
Raquel de Sena Rodrigues Tersi

Capa
Eileen Carey

Projeto gráfico e diagramação
André S. Tavares da Silva

Título original
All the Little Lights

ISBN: 978-85-7686-727-2

Copyright © Jamie McGuire, 2018
Todos os direitos reservados.
Edição publicada mediante acordo com Amazon Publishing, www.apub.com, com colaboração de Sandra Bruna Agencia Literaria.

Tradução © Verus Editora, 2018
Direitos reservados em língua portuguesa, no Brasil, por Verus Editora. Nenhuma parte desta obra pode ser reproduzida ou transmitida por qualquer forma e/ou quaisquer meios (eletrônico ou mecânico, incluindo fotocópia e gravação) ou arquivada em qualquer sistema ou banco de dados sem permissão escrita da editora.

Verus Editora Ltda.
Rua Benedicto Aristides Ribeiro, 41, Jd. Santa Genebra II, Campinas/SP, 13084-753
Fone/Fax: (19) 3249-0001 | www.veruseditora.com.br

CIP-BRASIL. CATALOGAÇÃO NA FONTE
SINDICATO NACIONAL DOS EDITORES DE LIVROS, RJ

M429t

McGuire, Jamie, 1978-
 Todas as pequenas luzes / Jamie McGuire ; tradução Ana Guadalupe. - 3. ed. - Campinas [SP] : Verus, 2020.
 23 cm.

 Tradução de: All the Little Lights
 ISBN 978-85-7686-727-2

 1. Romance americano. I. Guadalupe, Ana. II. Título.

18-51754 CDD: 813
CDU: 82-31(73)

Meri Gleice Rodrigues de Souza - Bibliotecária CRB-7/6439

Revisado conforme o novo acordo ortográfico.

Seja um leitor preferencial Record.
Cadastre-se no site www.record.com.br e receba informações sobre nossos lançamentos e nossas promoções

Atendimento e venda direta ao leitor:
sac@record.com.br

Para Eden McGuire,
a pessoa mais forte que tenho a honra de conhecer

PRÓLOGO

Elliott

AQUELE VELHO CARVALHO NO QUAL EU SUBIRA ERA UMA ENTRE MAIS de meia dúzia de árvores espalhadas pela Juniper Street. Escolhi especificamente aquele gigante de madeira porque ficava bem ao lado de uma cerca branca de estacas — que tinha a altura perfeita para eu usar de escada e alcançar o galho mais próximo. Eu não me importava que minhas mãos, joelhos e tornozelos ficassem arranhados e sangrassem por causa das cascas e dos galhos pontiagudos. Sentir o vento ardendo em contato com os machucados me fazia lembrar que eu tinha lutado e vencido. Era o sangue que me incomodava. Não porque eu passava mal, mas porque precisava esperar parar de sangrar para não sujar minha câmera nova.

Depois de dez minutos sentado no tronco, me equilibrando a mais ou menos seis metros do chão em cima de um galho mais velho que eu, o líquido vermelho parou de fluir. Dei um sorriso. Finalmente eu podia manusear minha câmera. Não era nova de verdade, mas tinha sido um presente adiantado da minha tia pelo meu aniversário de 11 anos. Eu geralmente a via duas semanas depois do meu aniversário, no Dia de Ação de Graças, mas ela detestava me presentear depois da data. Tia Leigh detestava um monte de coisas, só não detestava a mim e ao tio John.

Fiquei olhando pelo visor, movendo a câmera pelos intermináveis gramados, as extensas plantações de trigo e suas suaves ondulações. Havia uma ruazinha improvisada por trás das cercas das casas que cruzava a rua em que minha tia morava. Duas fileiras de pneus eram tudo o que separava os quintais gramados de nossos vizinhos do infinito mar de campos de trigo e canola. Era um tédio, mas, quando o pôr do sol chegava e os tons de laranja, rosa e roxo se espalhavam pelo céu, eu podia jurar que não existia lugar mais bonito que aquele.

Oak Creek não era a miserável decepção que minha mãe descrevia, mas um lugar cheio de "já teve". Oak Creek já teve shopping, já teve loja de departamentos, já teve fliperama, já teve quadras de tênis e pistas de corrida em volta de um dos parques, mas agora era só um monte de prédios vazios e janelas cobertas de tábuas. Só a visitávamos uma vez ou outra no Natal, antes de as brigas entre o papai e a mamãe ficarem tão feias que ela não queria mais que eu visse nada, e sempre pareciam piorar no verão. No primeiro dia das férias de verão, minha mãe me deixou na casa do tio John e da tia Leigh depois de uma noite inteira brigando com o meu pai, e eu percebi que ela não tirava mais os óculos escuros nem dentro de casa. Foi aí que eu entendi que não se tratava só de uma visita, mas que eu ficaria ali o verão inteiro, e, quando abri a mala, a quantidade de roupas que tinha lá dentro só confirmou meu palpite.

O céu havia mudado de cor, e bati umas fotos para ajustar as configurações. Tia Leigh não era do tipo carinhosa, mas teve compaixão suficiente pela minha situação para comprar uma câmera decente. Talvez no fundo ela quisesse me ver passando mais tempo fora de casa, mas não tinha problema. Meus amigos pediam PlayStations e iPhones e tudo aparecia num passe de mágica. Eu não ganhava o que queria com tanta frequência, então a câmera em minhas mãos era mais do que um presente. Era um símbolo de que alguém me escutava.

O som de uma porta se abrindo desviou minha atenção do pôr do sol, e vi um pai e uma filha conversando em voz baixa, seguindo na direção do quintal. O pai carregava alguma coisa pequena embrulhada num cobertor. A menina soluçava e tinha as bochechas úmidas. Parei de me mexer e até de respirar, temendo que me vissem e eu acabasse estragando aquele momento que começava a acontecer entre os dois. Só aí notei um buraco bem ao lado do tronco da árvore e, ao lado dele, um monte de terra vermelha.

— Cuidado — a menina disse. O cabelo dela era meio loiro, meio castanho, e a vermelhidão que tinha no rosto de tanto chorar fazia os olhos esverdeados brilharem ainda mais.

O homem colocou o pequeno pacote no buraco, e a menina começou a chorar.

— Sinto muito, princesa. O Goober era um bom cachorro.

Fechei a boca com força. A risadinha que eu tentava evitar não era muito adequada, mas mesmo assim encontrei certo humor em um enterro feito para uma coisa chamada Goober.

Uma mulher saiu da casa e deixou a porta dos fundos bater, os cachos escuros e armados por causa da umidade estavam presos num rabo de cavalo. Limpou as mãos num pano de prato amarrado à cintura.

— Cheguei — ela ofegou, e ficou paralisada olhando para o buraco. — Ah, vocês já... — Empalideceu e se virou para a menina. — Sinto muito, querida. — Enquanto olhava para o cachorro, a patinha para fora do cobertor infantil em que tinha sido embrulhado, a mãe parecia mais triste a cada segundo. — Eu não consigo... não consigo ficar.

— Mavis — o homem disse, aproximando-se da esposa.

Os lábios dela tremiam.

— Me desculpem — ela falou, voltando para dentro da casa.

A menina olhou para o pai.

— Não tem problema, papai.

Ele aninhou a filha ao seu lado.

— Ela nunca lidou bem com enterros. Sempre fica arrasada.

— E o Goober era o bebê dela antes de eu chegar — a menina emendou, enxugando as lágrimas. — Não tem problema.

— Bom, a gente precisa dizer nossos votos. Obrigado, Goober, por ter sido tão querido com a nossa princesa. Obrigado por ficar debaixo da mesa para comer os legumes do prato dela...

Ela olhou para o pai, e o pai a olhou de volta.

Ele continuou:

— Obrigado por todos esses anos pegando a bolinha, e pela lealdade, e...

— Pelos abraços à noite — a menina disse, secando as bochechas. — E pelos beijinhos. E por ficar deitado no meu pé enquanto eu fazia tarefa, e por sempre ficar feliz em me ver quando eu chegava em casa.

O homem concordou com a cabeça, pegou a pá que estava encostada na cerca e começou a cobrir o buraco.

A menina tampou a boca, abafando o choro. Assim que o pai terminou, os dois fizeram um momento de silêncio; depois ela pediu para ficar sozinha e ele permitiu, sacudindo a cabeça antes de voltar para dentro da casa.

Ela se sentou ao lado do monte de terra e ficou cutucando a grama, entregue à própria tristeza. Tive vontade de observá-la pelo visor da câmera e registrar aquele momento, mas ela ouviria o clique e eu pareceria uma pessoa estranha, então continuei imóvel e a deixei vivenciar seu luto.

Ela soluçou.

— Obrigada por ter me protegido.

Fiz uma careta, me perguntando contra o que o cão a protegera e se ela ainda precisava dessa proteção. Ela tinha mais ou menos a minha idade e era mais bonita que qualquer outra menina da minha escola. Eu me perguntei o que tinha acontecido com o cachorro e há quanto tempo ela morava naquela casa enorme que tomava conta do quintal inteiro e fazia sombra na rua toda e nas demais casas quando o sol se movia lá no alto. Senti certo incômodo por não saber se ela estava sentada no chão porque se sentia mais segura ali, com o cachorro morto, do que lá dentro.

O sol se perdeu de vista e a noite se ergueu, os grilos começaram a cantar e o vento passou a uivar por entre as folhas dos carvalhos. Meu estômago roncou. Tia Leigh me daria uma bronca se eu perdesse o jantar, mas a menina continuava sentada ao lado de seu amigo, e eu havia decidido há mais de uma hora que não a interromperia.

A porta dos fundos se abriu, e uma luz amarela iluminou o quintal.

— Catherine? — Mavis chamou. — Está na hora de entrar, querida. O jantar está esfriando. Você pode voltar amanhã cedo.

Catherine obedeceu, levantou e foi em direção à casa, parando por um momento para olhar uma última vez para o buraco coberto antes de entrar. Quando a porta se fechou, tentei adivinhar o que ela tinha procurado — talvez quisesse ter certeza de que era tudo verdade e que Goober tinha morrido, ou talvez estivesse lhe dando um último adeus.

Fui descendo devagar, fazendo questão de pular e aterrissar do lado de fora da cerca, dando o devido espaço à cova. O barulho dos meus sapatos nas pedrinhas da rua deixou alguns cachorros da vizinhança agitados, mas concluí a jornada no escuro, até chegar em casa.

Tia Leigh estava em pé perto da porta, de braços cruzados. De início, pareceu preocupada, mas, quando seus olhos me encontraram, brilharam com uma fúria instantânea. Ela já estava de roupão, um lembrete do quão tarde eu havia chegado. Uma solitária mecha grisalha brotava do lado do seu rosto, saindo dos grandes gomos castanhos da trança jogada de lado.

— Sinto muito? — tentei.

— Você perdeu o jantar — ela disse, abrindo a porta de tela. Entrei em casa, e ela foi me seguindo. — Seu prato está no micro-ondas. Coma, depois me diga por onde andou.

— Sim, senhora — falei, passando direto por ela. Contornei a mesa de jantar oval de madeira e cheguei à cozinha. Abri o micro-ondas e vi um prato coberto com papel-alumínio. Minha boca se encheu de água no mesmo instante.

— Vê se tira i... — tia Leigh começou a falar, mas eu já tinha arrancado o alumínio, fechado a porta e apertado o número dois no teclado.

Fiquei olhando o prato girar sob o brilho da luz amarela. O bife começou a chiar enquanto o molho do purê de batatas borbulhava.

— Ainda não — tia Leigh falou assim que aproximei a mão da porta do micro-ondas.

Meu estômago roncou.

— Se está com tanta fome, por que demorou todo esse tempo para voltar para casa?

— Fiquei preso numa árvore — eu disse, avançando no mesmo segundo em que o micro-ondas apitou.

— Preso numa *árvore*? — Quando passei, tia Leigh me entregou um garfo e foi me seguindo até a mesa.

Enfiei a primeira garfada na boca e fiz um barulho, depois peguei mais duas antes que tia Leigh tivesse tempo de fazer outra pergunta. Minha mãe também cozinhava bem, mas, quanto mais velho, mais morto de fome eu ficava. Não importava quantas vezes eu comia durante o dia ou o quanto ingeria de uma só vez, eu nunca ficava satisfeito. Não havia comida no mundo que saciasse minha fome.

Tia Leigh fez uma careta quando me debrucei no prato para encurtar a distância entre a comida e a boca.

— Você vai precisar explicar melhor essa história — tia Leigh disse. Só continuei o que estava fazendo, então ela se inclinou para colocar a mão no meu pulso. — Elliott, não me obrigue a perguntar outra vez.

Tentei mastigar e engolir rápido, concordando com a cabeça.

— Aquela casa enorme no fim da rua tem um carvalho no quintal. E eu subi nele.

— E daí?

— E daí que, quando eu estava lá em cima esperando para tirar uma foto boa, os moradores apareceram.

— Os Calhoun? Eles viram você?

Fiz que não com a cabeça, aproveitando para dar mais uma garfada.

— Você sabe que o sr. Calhoun é chefe do tio John, não sabe?

Parei de mastigar.

— Não.

Tia Leigh voltou à posição normal.

— De todas as árvores que existem...

— Eles pareceram bacanas... e tristes.

— Por quê? — Pelo menos por um momento ela esqueceu de ficar brava.

— Estavam fazendo um enterro no quintal. Acho que o cachorro deles morreu.

— Puxa, que pena — tia Leigh falou, tentando demonstrar compaixão. Ela não tinha filhos, nem cachorros, e parecia não ver problema nenhum nisso. Aí ela coçou a cabeça, subitamente nervosa. — Sua mãe ligou hoje.

Balancei a cabeça, pegando mais uma garfada. Ela me deixou terminar, esperando pacientemente que eu me lembrasse de usar o guardanapo.

— O que ela queria?

— Parece que ela e seu pai estão tentando se acertar. Ela parece feliz.

Olhei para o outro lado, fechando a boca com força.

— Ela sempre fica feliz no começo. — Voltei a olhar para ela. — Será que o olho dela já sarou, pelo menos?

— Elliott...

Fiquei em pé, recolhi meu prato e os talheres e levei tudo para a pia.

— Já contou para ele? — tio John disse, coçando a barriga redonda. Ele estava em pé no corredor, usando o pijama azul-marinho que tia Leigh tinha lhe dado de presente no último Natal. Ela balançou a cabeça. Ele olhou para mim e reconheceu o desprezo na minha expressão. — É. A gente também não gosta dessa história.

— Agora... — tia Leigh disse, cruzando os braços.

— Esse papo da mamãe? — perguntei, e tio John sacudiu a cabeça. — É ridículo.

— Elliott... — tia Leigh me repreendeu.

— Temos o direito de não achar legal que ela volte com um cara que bate nela — falei.

— É o seu pai — tia Leigh emendou.

— E o que isso tem a ver? — tio John perguntou.

Tia Leigh soltou um suspiro e levou a mão à testa.

— Ela não vai gostar de saber que discutimos esse assunto com o Elliott. Se quisermos que ele volte mais vezes...

— Vocês querem que eu volte mais vezes? — perguntei, surpreso.

Tia Leigh cruzou os braços sobre o peito, recusando-se a me dar esse prazer. Emoções a tiravam do sério. Talvez porque emoções são difíceis de controlar e talvez por isso ela se sentisse fraca, mas, seja lá por que, ela não gostava de falar de nada que não fossem as coisas que a deixavam brava.

Tio John sorriu.

— Ela se tranca no quarto durante uma hora toda vez que você vai embora.

— John... — tia Leigh sibilou.

Dei um sorriso fraco, e a dor nos arranhões me fez lembrar do que eu havia visto.

— Vocês acham que está tudo bem com aquela menina?

— A menina Calhoun? — tia Leigh perguntou. — Por quê?

Dei de ombros.

— Sei lá. Por causa de umas coisas estranhas que vi quando estava preso na árvore.

— Você ficou preso numa árvore? — tio John perguntou.

Tia Leigh despistou o tio e veio andando na minha direção.

— O que você viu?

— Não sei direito. Os pais dela parecem legais.

— Legais, três pontinhos — tia Leigh emendou. — A Mavis era insuportável na escola. A família dela era dona de metade da cidade por causa da mineração, mas o negócio fechou, e, um por um, todo mundo morreu de câncer. Sabia que aquela mineradora desgraçada contaminou a água da cidade inteira? Teve até processo contra a família dela. A única coisa que sobrou é aquela casa. Costumavam chamar de "Mansão Van Meter", sabia? Mudaram o nome quando os pais da Mavis morreram e ela se casou com esse menino Calhoun. Por aqui ninguém suporta os Van Meter.

— Que triste — falei.

— Triste? A família envenenou a cidade. Metade da população está com câncer ou ficou com alguma sequela. Para mim, isso é o mínimo que eles merecem, se quer saber, ainda mais se você levar em conta o jeito que eles trataram todo mundo.

— A Mavis já tratou a senhora mal? — perguntei.
— Não, mas ela era terrível com a sua mãe e o tio John.
Franzi as sobrancelhas.
— O marido dela é o patrão do tio John?
— Ele é um homem bom — tio John disse. — Todo mundo gosta dele.
— Mas e a menina? — perguntei. Tio John deu um sorriso sugestivo, e eu balancei a cabeça. — Deixa para lá.
Ele me deu uma piscadinha.
— Ela é bem bonita, não é?
— Não achei, não. — Passei por eles, abri a porta do porão e desci as escadas Tia Leigh já tinha me pedido um bilhão de vezes para dar uma ajeitada no cômodo, comprar uns móveis e um tapete, mas eu não passava tanto tempo lá para me importar com aquilo. Eu só queria saber da câmera, e tio John me deu um notebook antigo para eu pegar prática editando as imagens. Fiz upload das fotos que eu tinha tirado, sem conseguir me concentrar direito, só pensando naquela menina estranha que tinha uma família estranha.
— Elliott? — tia Leigh me chamou. Levantei a cabeça na hora e olhei para o reloginho preto quadrado que ficava do lado do monitor. Peguei o relógio na mão, pensando que era inacreditável que já haviam se passado duas horas. — Elliott — tia Leigh repetiu. — É a sua mãe no telefone.
— Já ligo para ela — gritei.
Tia Leigh desceu os degraus com o celular na mão.
— Ela disse que, se você quiser ter seu próprio celular, precisa falar com ela no meu.
Suspirei e fiz um esforço para me levantar, cambaleando em direção à tia Leigh. Peguei o telefone, apertei o botão do viva-voz e coloquei o aparelho na mesa, voltando ao meu trabalho.
— Elliott? — minha mãe disse.
— Oi.
— Eu, hum... Conversei com o seu pai. Ele voltou e queria te pedir desculpas.
— Então por que ele não pede? — resmunguei.
— Como assim?
— Nada.
— Seu pai volta para casa e você não tem nada a dizer a respeito?
Eu me recostei na cadeira, cruzando os braços.
— Que diferença isso faz? Até parece que você se importa com a minha opinião.
— Eu me importo, Elliott. Por isso eu te liguei.
— Como está o seu olho? — perguntei.
— Elliott... — tia Leigh sibilou, dando um passo à frente.
Minha mãe demorou um instante para responder.

— Melhorou. Ele prometeu...
— Ele sempre promete. O problema é cumprir quando ele fica nervoso.
Minha mãe suspirou.
— Eu sei. Mas eu preciso tentar.
— E se pelo menos uma vez na vida você pedisse para *ele* tentar?
Minha mãe ficou quieta.
— Eu pedi. Ele sabe que esta é a última chance dele. Ele está tentando, Elliott.
— Não encostar numa mulher não é tão difícil assim. Se a pessoa não consegue, tem que sair de perto. Fala isso para ele.
— Você tem razão. Eu sei que você tem razão. Vou falar para ele. Te amo.
Rangi os dentes. Ela sabia que eu a amava, mas era difícil lembrar que dizer "eu também" não significava que eu concordava com a decisão ou que eu achava normal que eles voltassem.
— Eu também.
Ela soltou uma risada, mas a tristeza derrubou as palavras.
— Vai ficar tudo bem, Elliott. Eu prometo.
Fiz uma careta.
— Não faz isso. Não promete coisas que você não pode cumprir.
— Tem coisas que acontecem que fogem do nosso controle.
— Promessa não é sinônimo de boa vontade, mãe.
Ela suspirou.
— Às vezes eu me pergunto quem aqui é o filho. Você ainda não entende, Elliott, mas um dia vai entender. Te ligo amanhã, tudo bem?
Olhei de novo para tia Leigh. Ela estava no último degrau da escada, e sua decepção era visível, mesmo sob a fraca luz.
— Tudo bem — falei, deixando os ombros despencarem. Tentar abrir os olhos da minha mãe geralmente era uma causa perdida, mas me transformar no vilão só por tentar acabava comigo. Desliguei o telefone e o devolvi para a minha tia.
— Não me olha assim.
Ela apontou o dedo para o próprio nariz, depois fez um círculo invisível ao redor do rosto.
— Você acha que essa cara é para você? Acredite ou não, Elliott, eu acho que você tem razão.
Fiquei esperando o "mas", que não veio.
— Obrigado, tia Leigh.
— Elliott?
— Sim?
— Se você achar que aquela menininha precisa de ajuda, me avisa, tudo bem?
Fiquei olhando para ela por um tempo, depois fiz que sim com a cabeça.
— Vou ficar de olho.

1

Catherine

NOVE JANELAS, DUAS PORTAS, UMA VARANDA QUE DAVA A VOLTA PELA casa e duas sacadas — essa era só a fachada do nosso enorme sobrado de estilo vitoriano, na Juniper Street. A tinta azul descascada e as janelas empoeiradas pareciam cantarolar uma canção triste sobre o século de verões implacáveis e invernos brutais que a casa enfrentara.

Meu olho estremeceu com um movimento mínimo da bochecha e, no instante seguinte, minha pele pegou fogo sob a palma da mão. Eu havia acertado o inseto preto que rastejava pelo meu rosto. O bicho tinha parado ali para experimentar o suor que pingava do meu cabelo. Meu pai sempre dizia que eu não seria capaz de fazer mal a uma mosca, mas olhar a casa me olhando de volta tinha um efeito bizarro. O medo era uma criatura impressionante.

As cigarras resmungavam por causa do calor, e eu fechei os olhos, tentando bloquear o barulho. Eu odiava aquele zumbido, aquele guincho de inseto, o barulho da terra ressecando sob uma temperatura que beirava os quarenta graus. Uma brisa suave soprou pelo quintal e alguns fios de cabelo se espalharam pelo meu rosto. Continuei ali parada, com a mochila azul-marinho do Walmart aos meus pés e as costas doloridas de carregar aquele peso pela cidade depois da aula. Eu não podia demorar muito para entrar em casa.

Por mais que eu tentasse criar coragem para entrar e respirar aquele ar pesado e turvo, e subir as escadas que rangeriam sob meus pés, um som recorrente de batidas vindo do quintal me ofereceu uma boa desculpa para evitar aquela enorme porta de madeira.

Segui o barulho — alguma coisa dura em contato com outra coisa mais dura ainda; machado e madeira, martelo e osso — e vi um menino de pele morena surgir assim que dei a volta na varanda. O menino dava socos com a mão cheia de sangue no tronco do nosso velho carvalho, e o tronco era cinco vezes maior que ele.

As poucas folhas da árvore não eram suficientes para proteger o garoto do sol, mas ele continuou ali mesmo assim, com a camiseta mais-curta-que-o-normal já ensopada de suor. Ou ele era burro ou muito esforçado, e, quando seu olhar intenso resolveu me adotar como alvo, não consegui desviar.

Meus dedos se juntaram para formar uma viseira logo acima da testa, bloqueando o sol de forma que o menino deixasse de ser apenas uma silhueta, trazendo ao campo de visão seus óculos de armação redonda e suas maçãs do rosto salientes. Parecendo ter desistido da tarefa, ele se agachou para pegar uma câmera no chão. Ficou em pé e enfiou a cabeça por baixo de uma alça preta e larga. A máquina ficou pendurada em seu pescoço quando ele soltou as mãos, e seus dedos começaram a mexer num cabelo oleoso que chegava até a altura dos ombros.

— Oi — ele disse, o sol refletindo no aparelho nos dentes.

Não era a profundidade que eu esperava de um menino que passa o tempo livre socando árvores.

A grama fazia cócegas em meus dedos e meus chinelos batiam na sola dos pés. Dei alguns passos adiante, me perguntando quem era ele e por que estava no nosso quintal. Alguma coisa lá no fundo me dizia para sair correndo, mas bem nessa hora dei mais um passo. Eu já tinha desafiado coisas bem piores.

Minha curiosidade quase sempre ganhava do meu juízo, uma característica que, segundo meu pai, levaria a um destino muito parecido com o coitado do gato daquela história que ele sempre contava. A curiosidade me estimulou, mas o menino não se mexeu nem falou nada, só esperou pacientemente que o mistério vencesse meu instinto de sobrevivência.

— Catherine! — meu pai chamou.

O menino não deu um pio. Só estreitou os olhos sob o sol forte, testemunhando em silêncio o instante em que congelei ao ouvir meu nome.

Dei alguns passos para trás, peguei minha mochila e corri para a parte da frente da casa.

— Tem um menino no nosso quintal — falei, ofegante.

Meu pai estava com a roupa de sempre: camisa social branca, calça e uma gravata meio frouxa. O cabelo escuro estava penteado com gel, e os olhos cansados, porém gentis, me miraram do alto, como se eu tivesse feito alguma coisa incrível — se levássemos em consideração o fato de eu ter chegado ao fim de um ano inteiro da tortura que era a escola, ele tinha razão.

— Um menino? — meu pai disse, debruçando-se para fingir que espiava o quintal. — Da escola?

— Não, mas já vi ele andando pela vizinhança. É o menino que corta a grama.

— Ah — meu pai disse, tirando a mochila dos meus ombros. — É o sobrinho do John e da Leigh Youngblood. A Leigh disse que ele passa as férias aqui com eles todo ano. Vocês nunca conversaram?

Fiz que não com a cabeça.

— Isso significa que você não acha mais que os meninos são nojentos? Não posso dizer que estou feliz em saber disso.

— Pai, por que ele está no nosso quintal?

Meu pai deu de ombros.

— Ele está causando algum problema?

Balancei a cabeça.

— Então não me importa por que ele está no nosso quintal, Catherine. A pergunta é: por que você foi lá?

— Porque ele é um desconhecido, e está na nossa propriedade.

Meu pai me lançou um olhar.

— E ele é bonitinho?

Transformei minha expressão numa cara de nojo.

— Eca. Isso não é pergunta que um pai deveria fazer. E não.

Meu pai ficou revirando a correspondência entregue pelo correio, com um sorrisinho satisfeito surgindo na barba por fazer.

— Só para saber.

Inclinei o corpo e fiquei olhando para o gramado que separava a nossa casa do terreno baldio que costumava ser dos Fenton, até a viúva do sr. Fenton morrer e os filhos resolverem demolir a casa. A mamãe disse que ficou contente, porque, se a casa já cheirava mal daquele jeito por fora, com certeza era bem pior por dentro, como se tivesse alguma coisa morta lá no fundo.

— Fiquei pensando — meu pai comentou, abrindo a porta de tela. — De repente a gente pode levar o Buick para dar uma volta nesse fim de semana.

— Tudo bem — eu disse, me perguntando aonde ele queria chegar.

Ele girou a maçaneta e abriu a porta, fazendo um gesto para eu entrar.

— Pensei que você fosse ficar animada. Não vai tirar sua carteira de motorista provisória em breve?

— Então quer dizer que *eu* vou levar o Buick para dar uma volta?

— Por que não? — ele perguntou.

Passei por ele no hall de entrada, deixando a mochila repleta de cadernos e material escolar cair no chão.

— Acho que não vai adiantar. Eu nem tenho carro.

— Você pode usar o Buick — ele disse.

Olhei pela janela para ver se o menino já tinha parado de atacar as árvores do nosso quintal.

— Mas *você* usa o Buick.

Ele fez uma cara estranha, já um pouco irritado com a discussão.

— Quando eu não estiver usando o Buick. Você precisa aprender a dirigir, Catherine. Uma hora ou outra você vai ter carro.

— Tudo bem, tudo bem — eu disse, me rendendo. — Eu só estava dizendo que não estou com pressa. Não precisa ser nesse fim de semana. Você anda meio ocupado.

Ele me deu um beijo na testa.

— Mas para isso eu nunca estou ocupado, princesa. A gente devia começar a arrumar a cozinha e a fazer o jantar antes de a mamãe chegar do trabalho.

— Por que você chegou mais cedo?

Meu pai bagunçou meu cabelo de um jeito brincalhão.

— Nossa, quantas perguntas! Como foi o último dia de aula? Meu palpite é que você não tem tarefa para fazer. Combinou alguma coisa com a Minka e o Owen?

Fiz que não com a cabeça.

— A professora Vowel pediu para a gente ler pelo menos cinco livros no verão. A Minka está fazendo as malas e o Owen vai para o acampamento de ciências.

— Ah, é verdade. A família da Minka tem aquela casa de veraneio em Red River. Tinha esquecido. Bom, você pode sair com o Owen quando ele voltar.

— Sim. — Acabei me distraindo, sem saber mais o que dizer. Ficar sentada na frente de uma tevê gigantesca vendo Owen jogar videogame não era minha ideia de verão animado.

Minka e Owen tinham sido meus únicos amigos desde a primeira série, quando todos nós éramos considerados estranhos. Eles pegaram no pé da Minka por um bom tempo por causa do seu cabelo ruivo e das sardas, mas depois, na sexta série, ela conseguiu entrar na equipe das líderes de torcida, e isso lhe trouxe certa redenção. O Owen passava a maior parte do tempo na frente da tevê jogando Xbox e tirando a franja da frente dos olhos, mas sua verdadeira paixão era a Minka. Ele nunca deixaria de ser seu melhor amigo, e todos nós fingíamos que ele não estava apaixonado.

— Bom, não vai ser tão difícil, não é? — meu pai perguntou.

— Hã?

— Os livros — meu pai disse.

— Ah — respondi, voltando à realidade. — Não.

Ele olhou para a minha mochila.

— É melhor você recolher isso. Sua mãe vai te dar uma bronca se acabar tropeçando de novo.

— Aí vai depender do humor de hoje — respondi quase sem mexer a boca. Recolhi a mochila do chão e a segurei junto ao peito. Meu pai sempre me salvava da minha mãe.

Olhei para o topo da escada. O sol invadia a janela que ficava no fim do corredor. Uns grãozinhos de poeira se destacavam na luz, me impelindo a prender a respiração. Como de costume, o ar estava úmido e parado, mas o calor deixava tudo pior. Uma gota de suor brotou no alto da minha nuca e rolou, sendo instantaneamente absorvida pela minha camiseta.

A escada de madeira rangeu, mesmo com a pressão dos meus cinquenta quilos, quando subi e cruzei o corredor do andar de cima para ir ao meu quarto, onde coloquei a mochila sobre a cama de solteiro.

— O ar-condicionado quebrou? — perguntei, trotando pelas escadas.

— Não. Mas eu tenho desligado quando não tem ninguém em casa. Para economizar.

— O ar está muito quente.

— Acabei de ligar. Logo vai dar uma refrescada. — Ele olhou para o relógio de parede. — A mamãe vai chegar daqui a uma hora. Vamos agilizar.

Peguei uma maçã de uma tigela na mesa e dei uma mordida, mastigando enquanto observava meu pai arregaçando as mangas e abrindo a torneira para tirar os restos do dia das mãos. Ele parecia ter muita coisa na cabeça. Mais do que de costume.

— Você está bem, papai?

— Estou.

— O que vamos jantar? — perguntei, e a pergunta saiu abafada pela maçã dentro da boca.

— O que você sugere? — Fiz uma careta, e ele deu risada. — Que tal minha especialidade, chili de feijão branco e frango?

— Está muito calor para comer chili.

— Tudo bem, então taco de carne de porco desfiada?

— Não esquece do milho — acrescentei, deixando o miolo da maçã na mesa antes de assumir o posto dele na pia.

Enchi a pia de água morna com sabão e, enquanto a água borbulhava e soltava vapor, fiz uma ronda em busca de pratos sujos por todos os cômodos do térreo. Na sala de estar dos fundos, dei uma olhada pela janela, à procura do menino. Ele estava sentado ao lado do tronco do carvalho, olhando para o campo que ficava atrás da nossa casa, através da lente da câmera.

Eu me perguntei por quanto tempo ele planejava ficar no nosso quintal.

Ele parou um instante e se virou, me flagrando enquanto eu o observava. Apontou a câmera na minha direção e tirou uma foto, baixando a máquina para me encarar de novo. Saí de perto da janela, sem saber se tinha ficado tímida ou assustada.

Voltei para a cozinha com os pratos, coloquei tudo na pia e comecei a esfregar. A água espirrava na minha camiseta e, enquanto o sabão limpava toda aquela sujeira, papai fazia a marinada de carne de porco e colocava o assado no forno.

— Está muito calor para fazer chili na panela elétrica, mas ligar o forno é tranquilo — meu pai falou para me provocar. Então amarrou o avental da mamãe na cintura; o tecido amarelo com flores cor-de-rosa combinava com o papel de parede adamascado e meio apagado que cobria todos os cômodos principais.

— Quanta elegância, papai.

Ele ignorou minha piadinha e abriu a geladeira, esticando o braço de um jeito dramático.

— Comprei uma torta.

A geladeira reagiu fazendo barulho, já acostumada ao trabalho penoso de tentar manter os conteúdos gelados todas as vezes que a porta se abria. Assim como a casa e tudo que havia nela, a geladeira tinha o dobro da minha idade. Meu pai dizia que o amassado na parte de baixo trazia um certo charme. As portas, que um dia haviam sido brancas, eram cobertas de ímãs de lugares que nunca visitei e marcas de cola dos adesivos que a mamãe havia colado quando era criança, só para depois tirar tudo quando ficou adulta. Aquela geladeira me lembrava a minha família: apesar da aparência, as partes funcionavam juntas e nunca desistiam.

— Uma torta? — perguntei.

— Para comemorar seu último dia de aula.

— Pior que isso merece mesmo uma comemoração. Três meses inteiros sem a Presley e as clones.

Meu pai franziu a testa.

— A menina dos Brubaker ainda está te enchendo?

— A Presley me odeia, pai — falei, passando a esponja num prato. — Desde sempre.

— Ah, mas eu lembro que uma época vocês eram amigas.

— Todo mundo é amigo na pré-escola — resmunguei.

— O que você acha que aconteceu? — ele perguntou, fechando a geladeira.

Olhei de novo para ele. A ideia de relembrar cada passo da jornada que levou à transformação da Presley e de sua decisão de ser minha amiga não era nem um pouco empolgante.

— Quando você comprou a torta?

Meu pai piscou e ficou meio atrapalhado.

— O quê, querida?

— Você tirou o dia de folga?

Meu pai exibiu seu melhor sorriso amarelo, daquele tipo que nem conta com a participação dos olhos. Estava tentando me proteger de alguma coisa que ele achava que meu coraçãozinho de quinze anos recém-completados não conseguiria processar.

Senti um aperto no peito.

— Mandaram você embora.

— Estava na hora, pequena. O preço do petróleo não para de cair há meses. Fui só um dos setenta e dois demitidos no meu departamento. Amanhã vão demitir mais gente.

Cabisbaixa, fiquei olhando para o prato, a água escura cobrindo quase tudo.

— Você não é igual aos outros.

— A gente vai ficar bem, princesa. Eu prometo.

Lavei os pratos que tinha nas mãos, olhei para o relógio e entendi por que meu pai estava tão preocupado com o horário. Logo a mamãe chegaria em casa, e ele precisaria dar a notícia. Meu pai sempre me salvou da mamãe, e, por mais que eu tentasse fazer o mesmo por ele, dessa vez não havia a mínima chance de alguém conseguir estancar a fúria dela.

Ainda estávamos nos acostumando a ouvir a risada da mamãe de novo, a ficar sentados durante o jantar, conversando sobre como havia sido nosso dia em vez das contas que estavam para vencer.

Coloquei os pratos limpos no balcão.

— Eu sei. Você vai arranjar outra coisa.

A mão forte do meu pai pousou suavemente em meu ombro.

— Claro que vou. Termine a louça e seque os balcões. Depois você pode recolher o lixo para mim?

Concordei com a cabeça, e ele beijou minha bochecha.

— Seu cabelo está crescendo. Que bom.

Passei os dedos molhados nos fios mais novos que ficavam perto do rosto.

— Acho que sim.

— Decidiu deixar crescer, finalmente? — ele perguntou, com esperança na voz.

— Eu sei. Você gosta mais comprido.

— Me declaro culpado — ele disse, me cutucando de brincadeira. — Mas você é que decide. O cabelo é seu.

Os ponteiros do relógio me fizeram acelerar o trabalho, e fiquei me perguntando por que meu pai queria receber minha mãe com a casa limpa e o jantar na mesa. *Para que deixá-la de bom humor se logo depois vai dar uma péssima notícia?*

Até alguns meses atrás, a mamãe vivia preocupada com o emprego do meu pai. Outrora um refúgio para aposentados, nossa cidadezinha vinha se deteriorando a olhos vistos. Era muita gente para pouco emprego. A refinaria de petróleo da cidade vizinha havia sido comprada, e a maior parte dos escritórios já havia sido realocada para o Texas.

— A gente vai se mudar? — perguntei, guardando a última panela, o pensamento acendendo uma chama de esperança em meu peito.

Meu pai deu risada.

— Mudança custa dinheiro. Esta velha casa está na família da sua mãe desde 1917. Ela nunca me perdoaria se a gente resolvesse vendê-la.

— Tudo bem se precisar vender. É grande demais para a gente, de qualquer forma.

— Catherine?

— Sim?

— Não fale em vender a casa para sua mãe, tudo bem? Você só vai deixá-la mais chateada.

Fiz que sim com a cabeça, secando os balcões da cozinha. Terminamos de limpar a casa em silêncio. Meu pai parecia perdido em pensamentos, provavelmente repassando mentalmente o passo a passo da revelação da notícia. Eu o deixei em paz, vendo que estava nervoso. Isso me deixou preocupada, porque ele tinha se tornado um expert na arte de apaziguar os ataques da minha mãe, aqueles desabafos sem sentido. Uma vez ele deixou escapar que vinha aperfeiçoando a estratégia desde os tempos da escola.

Quando eu era pequena, antes de me deitar, pelo menos uma vez por semana meu pai me contava a história de como tinha se apaixonado pela minha mãe. Ele a chamou para sair na primeira semana da nona série e a defendeu do bullying que ela sofria por conta da mineradora que pertencia à família dela. Os minérios haviam contaminado o solo e depois os lençóis freáticos, e, toda vez que alguém ficava doente ou era diagnosticado com câncer, a culpa recaía sobre os Van Meter. Meu pai dizia que meu avô era um homem malvado, mas com a mamãe ele era pior, tanto que foi um alívio quando ele morreu. Ele me pediu para nunca falar sobre isso na frente dela, e para ter paciência com o que ele chamava de "ataques". Eu fazia o meu melhor para ignorar esses surtos e os comentários cruéis direcionados ao papai. O abuso que ela havia sofrido sempre aparecia em seus olhos, mesmo vinte anos depois da morte do meu avô.

O cascalho da entrada da garagem sendo esmagado pelos pneus do Lexus da mamãe me trouxe de volta ao presente. A porta do lado do passageiro estava aberta, e ela estava agachada, pegando alguma coisa lá dentro. Fiquei observando sua busca com certo nervosismo, segurando sacos de lixo nas duas mãos.

Coloquei os sacos na lixeira ao lado da garagem e fechei a tampa, limpando as mãos no shorts jeans.

— Como foi o último dia de aula? — mamãe perguntou, pendurando a bolsa no ombro. — Chega de ficar na base da cadeia alimentar. — Um sorriso levantou suas bochechas cheias e rosadas, mas ela mal conseguia ficar de pé no cascalho por causa do salto alto e foi andando com cuidado até o portão. Ela segurava uma sacolinha da farmácia que já tinha sido aberta.

— Estou feliz que tenha acabado — falei.

— Poxa, não foi tão ruim assim, foi?

Ela pegou as chaves, me deu um beijo na bochecha, depois parou bem no meio da varanda. Havia um rasgo na meia-calça que ia do joelho até a parte interna da coxa, e uma mecha cacheada de cabelo escuro havia caído do coque e parado bem na frente do rosto.

— Como foi seu dia? — perguntei.

Minha mãe trabalhava no drive-thru do First Bank desde os dezenove anos. Ela demorava só vinte minutos no caminho para o trabalho e gostava de aproveitar esse tempo para relaxar, mas o melhor elogio que já tinha feito às duas colegas de trabalho foi "barangas convencidas". O espaço minúsculo do drive-thru ficava separado do prédio principal do banco, e trabalhar todo santo dia naquele aperto fazia qualquer problema que aquelas mulheres tivessem parecer bem maior.

Quanto mais tempo ela passava lá, mais remédios tomava. A sacola aberta na mão era sinal de que ela já tinha tido um dia ruim, mesmo que fosse só por ter pensado que sua vida não era o sucesso que ela havia planejado. Minha mãe tinha o hábito de ser pessimista. E tentava mudar. Livros como *Encontrando a satisfação* e *Lidando com a raiva de forma saudável* ocupavam a maior parte das prateleiras da nossa estante. Ela meditava e tomava longos banhos ouvindo música relaxante, mas não precisava de muita coisa para a raiva que ela sentia vir à tona. A revolta ficava sempre fervilhando, se acumulando, esperando que alguma coisa ou alguém abrisse uma fresta.

Ela fez um bico e soprou a mecha de cabelo para longe.

— Seu pai já está em casa.

— Eu sei.

Ela não tirou os olhos da porta.

— Por quê?

— Ele está cozinhando.

— Ah, meu Deus. Não. — Ela subiu correndo os degraus e abriu a porta de tela com força, deixando-a bater ao entrar.

De início, não consegui ouvi-los, mas não demorou muito para os choros desesperados da minha mãe começarem a atravessar as paredes. Fiquei parada na frente de casa, ouvindo a gritaria ficar cada vez mais alta e meu pai tentar tranquilizar minha mãe, inutilmente. Ela vivia no mundo dos "e ses", e meu pai insistia nos "agoras".

Fechei os olhos e prendi a respiração, torcendo para as silhuetas na janela se encontrarem e meu pai abraçar minha mãe e ela chorar até parar de sentir medo.

Olhei para o alto da nossa casa, as treliças cobertas de videiras mortas, o corrimão da varanda precisando urgentemente de uma nova camada de tinta. As janelas estavam sufocadas de tanta poeira, e as tábuas de madeira na varanda imploravam por uma reforma. A fachada ficava ainda mais assustadora quando o sol se movia pelo céu. Nossa casa era a maior do quarteirão — uma das maiores da cidade — e criava sua própria sombra. Tinha sido a casa da minha mãe e da mãe dela, mas nunca senti que era a minha casa. Eram muitos quartos e muito espaço para preencher com os murmúrios cheios de mágoa que meus pais não queriam que eu escutasse.

Nessas horas, eu sentia falta daquela raiva contida. Agora a raiva invadia a rua inteira.

Minha mãe ainda estava andando de um lado para o outro, e meu pai ainda estava em pé perto da mesa, implorando para ela o escutar. Os dois continuaram gritando até as sombras das árvores mudarem de posição no quintal e o sol ficar escondido na linha do horizonte. Os grilos começaram a cantar, avisando que o pôr do sol se aproximava. Meu estômago começou a roncar enquanto eu mexia na grama — tinha me contentado em ficar sentada na nossa calçada desnivelada e ainda quente por causa do sol. O céu estava manchado de tons rosa e púrpura, e os borrifadores zumbiam e espirravam água no nosso quintal, mas não parecia que a guerra acabaria tão cedo.

A Juniper Street só ficava movimentada quando os carros resolviam burlar o trânsito da saída da escola. Depois que todo mundo chegava em casa, voltávamos a ser o bairro mais tranquilo da cidade.

Ouvi um clique e o barulho de uma coisa sendo rebobinada, e me virei. O menino da câmera estava de pé do outro lado da rua, com aquela geringonça estranha ainda nas mãos. Ele ergueu a máquina mais uma vez e tirou mais uma foto, apontando para mim.

— Você podia pelo menos tentar disfarçar quando tira essas fotos minhas — falei de um jeito grosseiro.

— Por que eu faria isso?

— Porque ficar fotografando uma desconhecida sem pedir permissão é uma coisa esquisita.

— Quem disse?

Olhei em volta, ofendida com sua resposta.

— Todo mundo. Todo mundo.

Ele tampou a lente da câmera, saiu da calçada e pisou na rua.

— Bom, ninguém viu o que eu acabei de ver por essa lente, e não era nem um pouco bizarro.

Fiquei olhando, tentando decidir se ele tinha acabado de me fazer um elogio ou não. Meus braços continuaram cruzados, mas minha expressão se abriu um pouco.

— Meu pai disse que você é sobrinho da sra. Leigh?

Ele fez que sim, ajeitando os óculos no nariz brilhoso.

Dei uma olhada nas formas dos meus pais na janela e voltei a olhar para o menino.

— Vai passar as férias aqui?

Ele fez que sim de novo.

— Você fala? — provoquei.

Ele sorriu, impressionado.

— Por que você está tão brava?

— Sei lá. — Perdi a paciência, fechando os olhos de novo. Respirei fundo, depois o olhei de soslaio. — Você nunca fica bravo?

Ele mudou de posição.

— Igual a todo mundo, eu acho. — Ele apontou para a minha casa com a cabeça. — Por que eles estão gritando?

— É que... meu pai foi demitido hoje.

— Ele trabalha para a companhia de petróleo? — ele perguntou.

— Trabalhava.

— Meu tio também. Mas também não trabalha mais — ele comentou, de repente parecendo muito vulnerável. — Não conta para ninguém.

— Sou ótima para guardar segredo. — Eu me levantei, limpando o shorts. Como ele não disse mais nada, resolvi me apresentar, meio a contragosto. — Meu nome é Catherine.

— Eu sei. Meu nome é Elliott. Quer tomar um sorvete comigo na Braum's?

Ele era só alguns centímetros mais alto que eu, mas, pelo jeito, tínhamos o mesmo peso. Seus braços e pernas eram muito compridos e magros, e as orelhas pareciam desproporcionais em relação ao resto. As maçãs do rosto eram salientes de um jeito que fazia as bochechas parecerem fundas, e o cabelo comprido e escorrido, caído sobre o rosto oval, também não ajudava.

Ele seguiu pelo asfalto rachado, e eu saí sorrateiramente pelo portão, olhando por cima do ombro. A casa continuava me vigiando, e esperaria até eu voltar.

Meus pais continuavam gritando. Se eu voltasse lá, fariam uma pausa apenas para levar a briga para dentro do quarto, mas isso só significava que eu precisaria virar a noite escutando a fúria abafada da minha mãe.

— Claro — aceitei, voltando a olhar para ele, que pareceu surpreso. — Você tem dinheiro? Eu te devolvo depois. Não vou voltar lá dentro para pegar minha carteira.

Ele sacudiu a cabeça, dando uma batidinha no bolso da frente para provar.

— Fica tranquila. Eu corto a grama dos vizinhos.

— Eu sei — falei.

— Você sabe? — ele perguntou, com um sorrisinho surpreso no rosto.

Fiz que sim, enfiei as mãos nos bolsos rasos do shorts jeans e, pela primeira vez na vida, saí de casa sem avisar.

Elliott seguiu ao meu lado, mas a uma distância respeitosa. Não falou nada por um ou dois quarteirões, mas depois não parou de tagarelar.

— Você gosta de morar aqui? — ele perguntou. — Em Oak Creek?

— Não muito.

— E a escola? Como que é?

— Eu costumo chamar de tortura.

Ele sacudiu a cabeça como se confirmasse uma suspeita.

— Minha mãe cresceu aqui e vivia falando que era horrível.

— Por quê?

— A maior parte das crianças de ascendência indígena frequentava uma escola separada. Ela e o tio John tiveram que aguentar muita piadinha por serem os únicos alunos nativo-americanos de Oak Creek. Os colegas eram bem cruéis com ela.

— Tipo, como? — perguntei.

Ele fez uma careta.

— Picharam a casa e o carro dela. Mas eu só sei disso porque o tio John me contou. Minha mãe só me falou que os pais têm a cabeça pequena e que os filhos são piores ainda. Não sei direito que conclusão tirar.

— Conclusão?

Os olhos dele foram direto para o asfalto.

— Por ela ter me mandado para um lugar que sempre odiou.

— No Natal do ano retrasado eu pedi uma mala de presente. Meu pai me deu um jogo inteiro. Assim que eu receber meu diploma de formatura vou encher aquelas malas e nunca mais voltar.

— Quando vai ser? Sua formatura.

Soltei um suspiro.

— Ainda faltam três anos.

— Então você está no primeiro ano? Ou estava? Eu também.

— Mas você passa o verão inteiro aqui? Não sente falta dos amigos?

Ele deu de ombros.

— Meus pais brigam muito. Gosto de vir pra cá. É tranquilo.

— De onde você é?

— Oklahoma. Yukon, na verdade.

— É mesmo? A gente humilha vocês no futebol.

— É, eu sei. Eu sei. "Socão no Yukon." Já vi os cartazes de Oak Creek.

Tentei afastar um sorriso. Eu tinha feito alguns desses cartazes com a Minka e o Owen durante os ensaios de torcida depois da aula.

— Você joga?

— Jogo, só que nas piores posições. Mas estou melhorando. Pelo menos é o que o treinador falou.

A placa da Braum's apareceu lá no alto, emanando um brilho de neon branco e rosa. Elliott abriu a porta, e o ar-condicionado me atingiu com tudo.

Meus sapatos grudaram no piso vermelho de cerâmica. Açúcar e gordura saturavam o ar, e as famílias se amontoavam nas mesas, tagarelando sobre os planos para o verão. O pastor da Primeira Igreja Batista estava ao lado de uma das maiores mesas, com os braços cruzados sobre a barriga, amassando a gravata vermelha e oferecendo ao seu rebanho as últimas notícias sobre os eventos da igreja e sua decepção com o atual nível de água do lago da cidade.

Eu e Elliott nos aproximamos do balcão. Ele fez um gesto para eu fazer meu pedido primeiro. Anna Sue Gentry comandava a caixa registradora, com seu rabo de cavalo loiro-platinado balançando no ar, no momento em que resolveu transformar o status do nosso relacionamento num show.

— Quem é esse, Catherine? — ela perguntou, erguendo uma sobrancelha ao ver a câmera pendurada no pescoço de Elliott.

— Elliott Youngblood — ele disse, antes que eu tivesse tempo de responder.

Anna Sue deixou de se dirigir a mim, e seus olhos verdes brilharam quando o menino alto que estava ao meu lado provou que não tinha medo de falar com ela.

— E quem é você, Elliott? Primo da Catherine?

Fiz uma cara feia, me perguntando o que poderia tê-la levado a essa conclusão.

— Quê?

Anna Sue deu de ombros.

— O cabelo de vocês têm quase o mesmo tamanho. O mesmo corte horrível. Pensei que talvez fosse coisa de família.

Elliott olhou para mim, indiferente às provocações.

— Na verdade o meu é mais comprido.

— Então não são primos — Anna Sue concluiu. — Trocou a Minka e o Owen por esse aí?

— Vizinho. — Elliott enfiou as mãos na bermuda cáqui cheia de bolsos, ainda indiferente.

Ela fez uma careta, enrugando o nariz.

— Qual é a sua? Estuda em casa?

Soltei um suspiro.

— Ele veio passar as férias na casa da tia. Podemos fazer nosso pedido, por favor?

Anna Sue mexeu o quadril, mudando de posição, e colocou as mãos dos dois lados do caixa. Sua careta não me surpreendeu. Anna Sue era amiga da Presley. As duas eram parecidas, tinham o mesmo cabelo loiro, o mesmo estilo, o mesmo delineado preto nos olhos, e faziam a mesma cara quando eu estava por perto.

Elliott pareceu não perceber nada. Na verdade, apontou para o cardápio que ficava lá no alto, acima da cabeça de Anna Sue.

— Vou querer o sundae com calda de banana.

— Com nozes? — ela perguntou, deixando claro que era obrigada a fazer essa pergunta.

Ele fez que sim, depois olhou para mim.

— Catherine?

— Sorbet de laranja, por favor.

Ela revirou os olhos.

— Chique. Mais alguma coisa?

Elliott franziu a testa.

— Não.

Ficamos esperando enquanto Anna Sue levantou uma tampa transparente e procurou o sorbet no freezer, que ficava atrás de uma parede. Pegou uma bola com uma colher prateada e ajeitou na casquinha, me entregou e começou a preparar o sundae de Elliott.

— Eu tinha entendido que a gente só ia tomar uma casquinha — falei.

Ele encolheu os ombros.

— Mudei de ideia. Achei que seria bom sentar um pouco no ar-condicionado.

Anna Sue soltou um suspiro quando colocou o pedido de Elliott no balcão.

— Sundae com calda de banana.

Elliott escolheu uma mesa perto da janela e me passou uns guardanapos antes de mergulhar no sorvete de baunilha e na calda de banana como se estivesse desnutrido.

— Acho que a gente devia ter pedido um prato de comida — falei.

Ele levantou a cabeça, limpando um pouco de chocolate do queixo.

— Ainda dá tempo.

Olhei para o meu sorvete, que já derretia.

— Não avisei meus pais que ia sair. Preciso voltar logo. Não que eles tenham notado que eu saí.

— Ouvi eles brigando. Sou meio que um especialista nessas coisas. Achei que parecia uma dessas brigas que viram a noite.

Suspirei.

— Vão ficar desse jeito até ele arranjar outro emprego. A mamãe é um pouco... neurótica.

— Meus pais brigam por causa de dinheiro o tempo todo. Meu pai acha que não pode trabalhar se não for para ganhar quarenta dólares por hora. Como se um dólar não fosse melhor do que zero. Aí ele vive sendo demitido.

— O que ele faz?

— Ele trabalha como soldador, e acho incrível porque ele fica bastante tempo fora de casa.

— É uma questão de honra — eu disse. — Meu pai vai arranjar alguma coisa. Mas a mamãe sempre acaba surtando.

Ele me deu um sorriso.

— O que foi? — perguntei.

— *Mamãe*. Achei fofo.

Afundei na cadeira, sentindo as bochechas queimarem.

— Ela não gosta quando falo "mãe". Ela diz que estou tentando fingir que sou mais velha do que sou. É só um costume.

Ele ficou observando meu sofrimento com um nítido prazer e por fim continuou:

— Eu chamo minha mãe de "mãe" desde que aprendi a falar.

— Desculpa. Eu sei que é estranho — eu disse, desviando o olhar. — A mamãe sempre foi exigente com muita coisa.

— Por que está pedindo desculpa? Acabei de dizer que é fofo.

Mudei de posição, colocando a mão livre no meio das pernas. O ar-condicionado estava funcionando a toda, como acontecia na maioria dos estabelecimentos de Oklahoma durante o verão. No inverno, você tinha que usar várias camadas de roupa porque ficava muito quente dentro dos lugares. No verão, tinha que levar um casaco porque ficava muito frio.

Lambi aquela doçura ácida dos lábios.

— Não consegui saber se você estava sendo irônico.

Elliott começou a falar, mas um grupinho de meninas se aproximou da nossa mesa.

— Olha só — Presley disse, levando a mão ao peito de um jeito dramático. — A Catherine arranjou um namorado. Que vergonha ter passado tanto tempo pensando que você tinha mentido que seu namorado era de outra cidade.

Três cópias xerocadas da Presley — Tara, Tatum Martin e Brie Burns — começaram a rir e mexeram em suas madeixas loiro-platinadas. Tara e Tatum eram gêmeas idênticas, mas o objetivo de todas era parecer com a Presley.

— Talvez ele more bem perto — Brie argumentou. — Em uma reserva, talvez?

— Não tem nenhuma reserva em Oklahoma — falei, chocada com a imbecilidade dela.

— Tem sim — Brie discordou.

— Acho que você quer dizer "terra indígena" — Elliot retrucou, imperturbável.

— Meu nome é Presley — ela se apresentou para Elliott, toda arrogante.

Olhei para o outro lado porque não queria acompanhar aquela encenação, mas Elliott não se mexeu, nem falou, então me virei de novo para ver o que ainda mantinha a interação dos dois acontecendo. Elliott me recebeu com um sorrisinho, ignorando a mão estendida da Presley.

Ela fez uma cara feia e cruzou os braços.

— O que a Brie falou é verdade? Você mora na Águia Branca?

Elliott ergueu uma sobrancelha.

— Essa terra é da tribo powhatan.

— E daí? — Presley disse num ímpeto.

Elliott suspirou, fazendo uma cara de tédio.

— Eu sou cherokee.

— Mas isso é índio, não é? A Águia Branca não é coisa de índio? — ela perguntou.

— Vai embora, Presley — implorei, com medo de ela falar algo ainda pior.

Os olhos de Presley se iluminaram.

— Nossa, Kit-Cat. Desde quando você é tão saidinha?

Ergui a cabeça e a encarei com os olhos cheios de raiva.

— É Catherine.

Presley levou a turma para uma mesa do outro lado do salão, mas continuou nos provocando de longe.

— Mil desculpas — sussurrei. — Elas só fizeram isso porque você está comigo.

— Porque eu estou com você?

— Elas me odeiam — cochichei.

Ele virou a colher ao contrário e colocou na boca, parecendo indiferente.

— Não é difícil entender por quê.

Fiquei me perguntando como minha aparência poderia me entregar de forma tão óbvia. Talvez por isso a cidade nunca tivesse parado de culpar a mim e a mamãe pelos erros dos meus avós. Talvez eu tivesse a cara de alguém que eles aprenderam a odiar.

— Por que você está sem graça? — ele perguntou.

— Acho que eu estava torcendo para você não saber nada sobre a minha família e a mineradora.

— Ah. É isso. Minha tia me contou há muitos anos. É isso que você pensa? Que essas meninas são cruéis por causa da história da sua família na cidade?

— Por que mais seria?

— Catherine. — Meu nome soou como uma risada doce saindo da boca de Elliott. — Elas têm inveja de você.

Fiz uma careta e balancei a cabeça.

— Por que elas teriam inveja de mim? Hoje em dia minha família conta moedas para sobreviver.

— Você já se olhou no espelho?

Fiquei corada e olhei para baixo. Só meu pai elogiava minha aparência.

— Você é tudo o que elas não são.

Cruzei os braços em cima da mesa e fiquei olhando a luz do poste da esquina piscar por entre os galhos de uma árvore. Era uma sensação estranha, querer ouvir mais e ao mesmo tempo torcer para ele mudar de assunto.

— O que elas disseram não te incomodou? — perguntei, surpresa.

— Antes incomodava.

— Agora não incomoda mais?

— Meu tio John sempre diz que as pessoas só podem nos magoar se a gente deixar, e, se a gente deixa, damos poder a essas pessoas.

— Isso é bem profundo.

— Às vezes eu escuto o que ele diz, apesar de ele achar que não.

— O que mais ele diz?

Ele não pensou duas vezes.

— Que ou você se torna uma pessoa que sabe ser superior e rebate a ignorância com educação, ou você se torna uma pessoa amarga.

Dei um sorriso. Elliott repetia as palavras do tio com muito respeito.

— Então você simplesmente decidiu que não se deixaria atingir pelo que as pessoas dizem?

— Mais ou menos isso.

— *Como assim?* — perguntei, realmente curiosa, esperando que ele revelasse algum segredo mágico que desse um fim ao sofrimento que Presley e suas amigas adoravam me fazer passar.

— Ah, eu fico bravo. Mas a piada vai perdendo a graça, porque as pessoas acham que precisam me contar que tinham uma bisavó que era princesa cherokee, ou fazer aquela pergunta idiota sobre meu nome ter ou não sido escolhido com base na primeira coisa que meus pais viram depois que saíram da oca. Às vezes fico nervoso se alguém me chama de cacique, ou se vejo alguém usando um cocar sem ser nas nossas cerimônias. Mas o meu tio diz que ou a gente demonstra compaixão e educação ou abandona essas pessoas em sua ignorância. Além do mais, tem ignorância demais no mundo para me atingir. Se eu deixasse, a única coisa que ia sentir seria raiva, e não quero ficar igual à minha mãe.

— Era por isso que você estava batendo na nossa árvore?

Ele baixou a cabeça, ou porque não queria responder ou porque simplesmente era incapaz de fazer isso.

— Tem muita coisa que me incomoda — resmunguei, recostando-me na cadeira. Fiquei olhando para as clones, todas de shorts jeans com a barra desfiada e blusinhas floridas, meras variações da mesma peça, da mesma loja.

Meu pai tentava garantir que eu tivesse as roupas e a mochila certas, mas, ano após ano, mamãe acompanhava o afastamento progressivo de vários dos meus amigos de infância. Ela começou a se perguntar o que tínhamos feito de errado, e aí eu também comecei a me perguntar a mesma coisa.

A verdade era que eu odiava que Presley me odiasse. Eu não tinha coragem de contar para a mamãe que eu nunca me adaptaria. Eu não era cruel o suficiente para andar com aquelas meninas de cidade pequena e cabeça pequena. Demorei muito tempo para entender que eu não queria ser como elas, mas, aos quinze anos, eu às vezes me perguntava se ser daquele jeito não era mesmo melhor do que viver sozinha. Meu pai não podia ser meu melhor amigo para sempre.

Peguei uma colherada de sorbet.

— Para — Elliott disse.

— Para o quê? — perguntei, com o gosto gelado de laranja derretendo na boca.

— De olhar para elas como se você quisesse estar sentada lá. Você é melhor do que isso.

Apertei os olhos, impressionada.

— Você acha que eu não sei?

Ele engoliu o que quer que fosse dizer em seguida.

— Então, qual é a sua história? — perguntei.

— Meus pais vão passar seis semanas em um retiro de casais. Tipo uma terapia intensiva. Vão tentar fazer dar certo uma última vez, eu acho.

— E se eles tentarem e não der certo?

Ele ficou mexendo no guardanapo.

— Sei lá. Minha mãe falou de nós dois virmos morar aqui, em último caso. Mas isso foi há dois anos.

— E por que eles brigam?

Ele suspirou.

— Porque meu pai bebe e não recolhe o lixo. Porque minha mãe não para de reclamar e não sai do Facebook. Meu pai fala que bebe porque minha mãe não liga para ele; minha mãe fala que fica no Facebook porque ele nunca conversa com ela. Basicamente as coisas mais idiotas que você pode imaginar, e aí o clima piora de um jeito que parece que um fica o dia inteiro esperando o outro fazer alguma merda. Agora que ele ficou desempregado de novo, tudo piorou. Parece que a terapeuta falou que o meu pai precisa ser a vítima, e minha mãe gosta de diminuí-lo, seja lá o que isso quer dizer.

— Eles te contaram isso?

— Eles não são aqueles pais que fazem o tipo briga-só-de-porta-fechada.

— Deve ser um saco. Sinto muito.

— Sei lá — ele disse, me olhando por cima dos óculos —, essa conversa não está tão ruim.

Eu me encolhi na cadeira.

— Acho que a gente precisa ir embora.

Elliott se levantou e esperou que eu saísse da mesa. Como vinha logo atrás de mim, não consegui saber com certeza se notou que Presley e as clones cobriam os insultos e as risadinhas com as mãos.

No entanto, quando ele parou perto do cesto de lixo que ficava atrás da mesa delas, soube que ele havia notado.

— Estão rindo de quê? — ele perguntou.

Dei um puxão na camiseta dele, implorando com os olhos para que continuasse andando.

Presley se empertigou e ergueu o queixo, satisfeita por ter sido notada.

— A Kit-Cat e o namorado novo não são uma fofura? Que lindo você tentando evitar que ela fique magoada. Sei lá, é isso que eu consegui entender — ela fez um gesto apontando para nós dois — dessa *situação*.

Elliott caminhou até a mesa delas, e as risadinhas das meninas ficaram mais baixas. Bateu no tampo de madeira e suspirou.

— Sabe por que você nunca vai superar essa necessidade de fazer os outros se sentirem uma merda para você se sentir melhor, Presley?

Ela apertou os olhos e ficou o encarando, como uma cobra prestes a dar o bote.

Elliott continuou:

— Porque é uma viagem que dura pouco. É sempre temporário, e você nunca vai parar, porque é a única alegria que você vai ter nessa sua vidinha triste e ridícula que se resume a fazer as unhas e pintar o cabelo. Suas amigas? Elas não gostam de você. Ninguém nunca vai gostar, simplesmente porque você não se gosta. Então, toda vez que você encher o saco da Catherine, ela vai saber. Ela vai saber por que você está agindo desse jeito, e suas amigas também vão saber. E você vai se tocar que só está tentando dar o troco. Cada vez que você provocar a Catherine, seu segredo vai ficar mais óbvio. — Ele olhou para cada uma das clones e por fim para Presley. — Tenham o dia que vocês merecem.

Ele voltou em direção à porta e a segurou, fazendo um gesto para eu passar. Andamos entre os carros estacionados até chegarmos ao outro lado do terreno, e então começamos a fazer o caminho de volta para a nossa rua. Os postes estavam acesos, e os pernilongos e mosquitos zumbiam em volta das lâmpadas brilhantes. O silêncio fazia os sons dos nossos sapatos em contato com a calçada ficarem mais perceptíveis.

— Isso foi — comecei a falar, procurando as palavras certas — genial. Eu nunca conseguiria dar uma resposta assim para alguém.

— Bom, eu não moro aqui, então acaba sendo mais fácil. E a fala não era completamente minha.

— Como assim?

— É do musical inspirado no *Clube dos cinco*. Não vai me dizer que você não viu esse filme quando era criança.

Olhei para ele sem conseguir acreditar, e em seguida uma risada saiu borbulhando da minha garganta.

— Aquele filme que saiu quando a gente tinha oito anos?

— Vi esse filme durante, tipo, um ano e meio, todos os dias.

Dei uma risadinha.

— Aff! Não acredito que não vi.

— Ainda bem que a Presley também não viu. Senão, meu monólogo não teria surtido tanto efeito.

Ri de novo, e dessa vez Elliott também riu. Quando a risada foi diminuindo, ele me deu uma cotovelada de leve.

— Você namora mesmo um cara de outra cidade?

Fiquei agradecida por estarmos no escuro. Parecia que meu rosto tinha pegado fogo.

— Não.

— Bom saber — ele deu um sorrisinho.

— Falei isso para elas uma vez no ensino fundamental só para pararem de me encher o saco.

Ele me encarou, com um sorriso divertido.

— Pelo que eu vi, não funcionou, não é?

Balancei a cabeça e cada detalhe da discussão me veio à mente, como se uma ferida voltasse a se abrir.

Elliott fungou e encostou o dedo machucado na ponta do nariz.

— Não está doendo? — perguntei.

As risadas e os sorrisos foram se apagando. Um cachorro latiu, triste e solitário, a alguns quarteirões de distância, um aparelho de ar-condicionado estalou e estremeceu, um motor acelerou — provavelmente eram os alunos mais velhos do ensino médio que passavam pela Main Street. Enquanto o silêncio nos envolveu, a luz nos olhos de Elliott desapareceu.

— Desculpa. Não tenho nada com isso.

— Por que não? — ele perguntou.

Dei de ombros, continuando nossa caminhada.

— Sei lá. Parece um assunto muito pessoal.

— Falei sobre os meus pais e todos os problemas deles, e você acha que a minha mão machucada é um assunto muito pessoal?

Dei de ombros outra vez.

— Eu surtei. Descontei a raiva na árvore do seu quintal. Viu? Não tem mágica nenhuma. Também fico revoltado.

Diminuí o passo.

— Ficou chateado com os seus pais?

Ele balançou a cabeça. Percebi que ele não queria mais falar no assunto, então não insisti. Em nosso bairro silencioso, andando na última rua de asfalto dentro dos limites do município, o mundo que eu e Elliott conhecíamos estava acabando, mesmo que ainda não soubéssemos disso.

As casas demarcavam os dois lados da rua como ilhazinhas de vida e atividade. As janelas iluminadas rompiam a escuridão que reinava entre um e outro poste de luz. De quando em quando uma sombra passava por uma delas, e eu ficava pensando em como era morar na ilha dos outros, se estavam aproveitando a noite de sexta para assistir a um filme na tevê, deitados no sofá. A preocupação com as contas a pagar provavelmente estava muito, muito longe.

Quando chegamos ao meu portão, minha ilha estava escura e quieta. Senti vontade de ver aquele brilho amarelo morno das janelas das casas em volta ou a luz de uma tela de tevê.

Elliott colocou a mão no bolso e fez barulho com as moedinhas lá dentro.

— Será que estão em casa?

Olhei em direção à garagem e vi o Buick do meu pai e o Lexus da mamãe bem atrás.

— Parece que sim.

— Espero não ter piorado ainda mais sua relação com a Presley.

Tentei despistar Elliott.

— Eu e a Presley somos um caso antigo. Foi a primeira vez que alguém ficou do meu lado. Acho que ela nem soube direito como lidar com a situação.

— Dane-se ela.

Uma risada alta explodiu da minha garganta, e Elliott não conseguiu esconder o orgulho diante da minha reação.

— Você tem celular?

— Não.

— *Não?* Sério? Ou só não quer me dar o seu número?

Balancei a cabeça e soltei uma risada meio sussurrada.

— Sério. Quem iria me ligar?

Ele deu de ombros.

— Eu, na verdade.

— Ah.

Levantei a tranca do portão e fui entrando, ouvindo o som agudo de metal contra metal. O portão se fechou com um clique, e me virei de frente para Elliott, apoiando as mãos nos desenhos de ferro retorcido. Ele olhou para a casa como se fosse qualquer outra, sem medo. Sua coragem aqueceu algo fundo dentro de mim.

— Somos praticamente vizinhos, então ... certeza que vou te ver de novo — ele disse.

— Sim, com certeza. Quer dizer, acho que sim... É bem provável — respondi, concordando.

— O que você vai fazer amanhã? Tem algum trabalho de verão?

Balancei a cabeça.

— A mamãe prefere que eu passe as férias ajudando em casa.

— Tudo bem se eu der uma passada aqui? Vou fingir que não estou tirando fotos de você.

— Claro, a não ser que meus pais façam alguma coisa bizarra.

— Então tudo bem — ele disse, ajeitando de leve a postura e inflando um pouco o peito. Em seguida deu alguns passos para trás. — Até amanhã.

Ele se virou para voltar para casa e eu fiz o mesmo, subindo os degraus devagar. O barulho que as tábuas de madeira tortas que formavam nossa varanda faziam sob a pressão dos meus cinquenta quilos parecia alto o bastante para chamar a atenção dos meus pais, mas a casa continuou às escuras. Entrei pela larga porta, xingando em silêncio as dobradiças que rangiam. Uma vez lá dentro, esperei. Nada de conversas ou passos abafados. Nada de raiva silenciosa vindo lá de cima. Nada de sussurros saindo das paredes.

Parecia que cada passo gritava que eu tinha chegado, e fui subindo as escadas que davam no primeiro andar. Tentei ficar no meio, porque não queria encostar no papel de parede. A mamãe queria que todos fôssemos cuidadosos com a casa, como se fosse mais um membro da nossa família. Atravessei o corredor sem fazer barulho, fazendo uma pausa quando uma tábua na frente do quarto dos meus pais rangeu. Como não houve sinal de movimento, continuei andando em direção ao meu quarto.

O papel de parede do meu quarto tinha listras horizontais, e nem os tons de rosa e creme evitavam que parecesse uma jaula. Chutei os sapatos para longe e cambaleei no escuro até chegar à janela. A tinta branca da borda estava descascando, formando um montinho no chão.

Lá fora, dois andares abaixo, Elliott aparecia e desaparecia quando passava debaixo dos postes de luz. Andava em direção à casa de sua tia Leigh, olhando para o celular, quando passou pelo terreno baldio dos Fenton. Eu me perguntei se ele estava a caminho de uma casa em silêncio, ou se a sra. Leigh estaria com todas as luzes acesas; se ela estaria brigando com o marido, ou fazendo as pazes, ou esperando Elliott chegar.

Eu me virei em direção à minha penteadeira e vi a caixa de joias que meu pai havia me dado no meu aniversário de quatro anos. Levantei a tampa e uma bailarina começou a rodopiar em frente a um espelho pequenino e oval que ficava sobre um fundo de feltro rosa-bebê. Os poucos detalhes pintados no rosto da bailarina haviam se apagado, deixando só dois pontos pretos no lugar dos olhos. O tutu estava amassado. O pedestal no qual se encaixava havia entortado, fazendo-a ficar um pouco tombada para um lado quando dava piruetas, mas aquelas notas musicais lentas e melancólicas ainda sibilavam perfeitamente.

Assim como a tinta, o papel de parede também descascava, soltando-se do alto em alguns pontos, descolando-se do rodapé em outros. Num dos cantos, o teto estava manchado com um círculo marrom que parecia crescer ano após ano. Minha cama, feita de ferro branco, chiava ao menor movimento, e as portas do armário não corriam mais como antes, mas ali era meu espaço, um lugar onde a escuridão não me alcançava. A péssima imagem que a cidade tinha da minha família e a revolta da mamãe pareciam muito distantes quando eu estava protegida por aquelas paredes, mas a verdade é que eu nunca havia me sentido assim em nenhum outro lugar até sentar numa mesa meio grudenta, de frente para um menino de pele morena com enormes olhos castanhos, que me olhavam sem nenhum traço de desdém ou compaixão.

Fiquei em pé na janela, sabendo que não conseguiria mais ver Elliott. Ele era único — não só estranho — e havia me encontrado. E, naquele momento, gostei de não me sentir sem rumo.

2

Catherine

— CATHERINE — PAPAI ME CHAMOU DO ANDAR DE BAIXO.
Desci a escada trotando.
Ele estava lá embaixo, sorrindo.
— Você está muito animadinha hoje. O que aconteceu?
Parei no penúltimo degrau.
— As férias começaram?
— Não, não. Eu conheço seu sorriso de "as férias começaram". Esse é diferente.
Dei de ombros, pegando uma fatia de bacon crocante do guardanapo que ele trazia nas mãos. Minha única resposta foi mastigar, e meu pai deu risada.
— Tenho uma entrevista às duas hoje, mas pensei em darmos uma volta no lago.
Roubei outra fatia e mordi, fazendo barulho.
Meu pai fez uma careta.
— Eu meio que já tenho compromisso. — Meu pai ergueu uma sobrancelha. — Com o Elliott.
Ele franziu o cenho.
— Elliott — pronunciou o nome em voz alta, num esforço para se lembrar.
Eu sorri.
— O sobrinho da sra. Leigh. Aquele menino esquisito que estava no nosso quintal.
— Aquele que estava socando a árvore?
Comecei a elaborar a resposta, mas me enrolei. Então meu pai interveio.
— Sim, eu o vi — meu pai disse.
— Você me perguntou se ele estava causando algum problema, lembra?
— Não queria te deixar preocupada, princesa. Mas não sei se aprovo que você saia com um menino que soca árvores.

— A gente não sabe o que ele vive na casa dele, pai.

Meu pai pousou a mão em meu ombro.

— Não quero minha filha envolvida com essas questões, também.

Balancei a cabeça.

— Depois de ontem, talvez os tios dele estejam falando a mesma coisa sobre a nossa família. Tenho quase certeza que a vizinhança inteira conseguiu ouvir.

— Desculpa. Não percebi.

— Principalmente a mamãe — murmurei.

— Não, nós dois somos responsáveis.

— Ele enfrentou a Presley ontem à noite.

— O menino da árvore? Espera aí. Como assim, ontem à noite?

Engoli em seco.

— Fomos na sorveteria... Depois que a mamãe chegou.

— Ah — meu pai disse. — Entendi. E ele foi legal? Ele não tentou dar um soco na Presley nem nada do tipo, não é?

Dei risada.

— Não, pai.

— Me desculpe não ter vindo te dar boa-noite. Ficamos acordados até tarde.

Alguém bateu na porta. Três batidas, depois duas.

— É ele? — meu pai perguntou.

— Não sei. Na verdade, não combinamos um horário... — respondi, observando meu pai andar em direção à porta. Ele inflou o peito antes de virar a fechadura e revelar um Elliott com cara de banho recém-tomado e cabelos molhados, repletos de gel. Ele segurava a câmera com as duas mãos, embora a alça estivesse pendurada no pescoço.

— Senhor, hum...

— Calhoun — meu pai disse, aproximando-se de Elliott e oferecendo um firme aperto de mão. Então se virou para mim. — Pensei que você tinha dito que saiu com ele ontem à noite? — Olhou para Elliot. — Você nem perguntou o sobrenome dela?

Elliott sorriu, acanhado.

— Acho que eu estava nervoso porque ia conhecer o senhor.

Os olhos do meu pai se suavizaram e os ombros relaxaram.

— Sabia que na verdade o nome dela é Princesa?

— Pai! — falei, entredentes.

Meu pai me lançou uma piscadinha.

— Voltem na hora do jantar.

— Sim, senhor — Elliott disse, abrindo espaço.

Passei pelo meu pai e lhe dei um beijinho na bochecha antes de acompanhar Elliott pelos degraus da varanda até o portão da frente.

— O calor já começou — Elliott disse, enxugando a testa. — Esse verão vai ser terrível.

— Você chegou cedo. O que está planejando? — perguntei.

Ele me deu uma cotovelada de brincadeira.

— Sair com você.

— E qual é a da câmera?

— Pensei em darmos uma passada no lago.

— Para...?

Ele ergueu a câmera.

— Para tirar umas fotos.

— Do lago?

Ele deu um sorriso.

— Você vai ver.

Fizemos o caminho para ir até a sorveteria, mas viramos uma rua antes. O asfalto se transformou numa terra vermelha, e andamos mais um quilômetro e meio até o lago Deep Creek. Aquele pedaço era bem estreito e, apesar de alguns trechos mais fundos, eu conseguia pular por cima da água se pegasse um pouco de impulso. Elliott foi andando na frente ao longo da margem, até que achou um trecho em que a água passava por cima de algumas pedras.

Ele parou de falar comigo e começou a fuçar na câmera. Tirou uma foto rapidamente, verificou as configurações, e em seguida tirou várias outras. Fiquei observando-o por uma hora, depois resolvi dar uma volta, esperando até que ele ficasse satisfeito.

— Lindo — ele disse, simplesmente. — Vamos.

— Para onde?

— Para o parque.

Caminhamos de volta para a Juniper Street, e no caminho paramos na Braum's para comprar uma garrafa de água gelada. Pressionei meu ombro, deixando uma marca branca temporária antes que a pele voltasse a ficar vermelha.

— Queimou? — Elliott perguntou.

— Sempre me queimo em junho. Só uma vez, depois aguento o verão inteiro.

— Não sei de nada... — ele brincou.

Olhei para sua pele morena com certa inveja. Tinha alguma coisa que a fazia parecer macia e boa de tocar, e esses pensamentos me deixaram desconfortável porque era a primeira vez que me vinham à cabeça.

— Você devia passar protetor solar. Isso vai doer.

— Nada... Vou ficar bem. Você vai ver.

— Vou ver o quê?

— Só estava dizendo que vai ficar tudo bem — falei, empurrando Elliott para fora da calçada.

Ele disfarçou um sorriso e me devolveu o empurrão. Perdi o equilíbrio muito perto da cerca, e não sei como minha blusa ficou presa numa ponta solta do arame farpado. Dei um grito, e Elliott me estendeu a mão enquanto o arame perfurava o tecido fino da blusa.

— Nossa! — ele disse, vindo me ajudar.

— Estou presa! — exclamei, desequilibrada, tentando não cair para não rasgar ainda mais a minha blusa.

— Prontinho — ele soltou o tecido do arame. — Perdão. Foi mal.

Minha blusa se soltou, e Elliott me ajudou a ficar em pé. Dei uma olhada no estrago e ri.

— Não tem problema. Eu é que sou desajeitada.

Ele fez uma cara preocupada.

— Eu sei que é errado encostar a mão numa mulher.

— Você não me machucou.

— Não, eu sei. Mas é que... às vezes meu pai fica nervoso e perde a noção. Fico pensando se isso começou de outro jeito ou se sempre foi assim. Não quero ser igual a ele.

— A mamãe também perde a paciência.

— Ela bate no seu pai?

Balancei a cabeça.

— Não.

Seu maxilar se retesou, e ele virou o rosto em direção ao parque, fazendo um gesto para eu segui-lo. Não disse nada pelos quarteirões seguintes, até que ouvimos risadinhas e gritinhos infantis ao longe.

O Beatle Park era meio abandonado, mas ainda assim estava lotado de crianças quando chegamos. Eu não sabia como Elliott conseguiria tirar alguma foto que não tivesse um ano ranhento e babão aparecendo no quadro, mas de alguma forma ele conseguiu enxergar beleza nos barris enferrujados e na gangorra quebrada em que ninguém mais brincava. Depois de uma hora, as mães e as babás começaram a reunir as crianças, chamando todas para voltar para os carros para almoçar. Em questão de minutos, ficamos sozinhos.

Elliott me mostrou um balanço, e eu me sentei, gargalhando, e ele me puxou para trás e depois me empurrou, correndo para me alcançar.

Pegou a câmera, e eu cobri o rosto.

— Não!

— Se você não deixar, vai ficar pior.

— É que eu não gosto mesmo. Para, por favor.

Elliott deixou a câmera pendurada no peito e balançou a cabeça.

— Estranho...

— Bom, então acho que sou estranha.

— Não, é que... É como se o pôr do sol não quisesse ser tão bonito.

Fiquei balançando para a frente e para trás, comprimindo os lábios com força para não sorrir. Mais uma vez eu não sabia se ele estava fazendo um elogio ou se era só o jeito dele de ver o mundo.

— Quando você faz aniversário? — Elliott perguntou.

Franzi as sobrancelhas, surpresa.

— Fevereiro, por quê?

Ele deu risada.

— Fevereiro quando?

— Dia dois. E você?

— Dezesseis de novembro. Sou de escorpião. Você é de... — Ele olhou para cima, pensativo. — Ah. Você é de aquário. Signo do ar. Misterioso.

Uma risada nervosa escapou da minha garganta.

— Não faço a mínima ideia do que isso significa.

— Significa que a gente não pode chegar nem perto, de acordo com a minha mãe. Ela adora essas coisas.

— Astrologia?

— É — ele confirmou, parecendo meio sem graça por compartilhar essa curiosidade.

— Os cherokees gostam de astrologia? Desculpa se for uma pergunta idiota.

— Não — ele disse, balançando a cabeça. — É só por diversão.

Elliott sentou no balanço que ficava ao lado do meu, pegando impulso e usando as pernas para se balançar. Puxou a corrente do meu balanço, me levando junto. Também comecei a usar as pernas, e não demorou muito para o balanço subir tanto a ponto de estremecer lá em cima. Estiquei as pernas em direção ao céu, lembrando que a emoção era a mesma da época em que eu era criança.

Enquanto nossos balanços subiam e desciam, fiquei observando Elliott me olhar. Ele estendeu a mão, mas eu hesitei.

— Não precisa ser nada sério — ele disse. — Só pega.

Entrelacei os dedos nos dele. Nossas mãos estavam suadas e escorregadias, mas era a primeira vez que eu pegava na mão de um menino, além da mão do meu pai, e senti um arrepio ridículo que jamais mencionaria em público. Eu não achava Elliott tão bonito nem tão engraçado, mas ele era fofo. Os olhos dele pareciam ver tudo, e mesmo assim ele queria sair comigo.

— Você gosta dos seus tios? — perguntei. — Gosta daqui?

Ele olhou para mim, apertando os olhos por causa do sol.

— Geralmente a tia Leigh é... ela tem várias questões.

— Tipo o quê? — perguntei.

— Eles não falam disso comigo, mas, pelo que ouvi falar nesses anos todos, no início os Youngblood não eram muito acolhedores com a tia Leigh. O tio John continuou gostando dela, então um dia eles se mudaram.

— Porque ela é... — comecei a falar, mas me atrapalhei com as palavras.

Ele deu risada.

— Tudo bem. Pode falar. Meus avós também achavam complicado. A tia Leigh é branca.

Tampei a boca, tentando não rir.

— E você? Vai mesmo embora depois da formatura?

Fiz que sim.

— Oak Creek não é tão ruim — falei, desenhando círculos na areia com os pés. — Só não quero ficar aqui para sempre... Nem um segundo a mais além do necessário.

— Eu vou viajar com a minha câmera. Tirar fotos da terra, do céu e de tudo que tiver no meio. Você podia vir comigo.

Dei risada.

— E fazer o quê?

Ele sacudiu os ombros.

— Ser tudo o que tiver no meio.

Pensei no que meu pai havia dito algumas horas atrás. Queria provar que ele estava errado. Dei um sorrisinho antipático.

— Não sei se quero viajar pelo mundo com alguém que fica socando árvores.

— Ah, tem isso.

Dei uma cotovelada nele.

— É, tem isso. O que aconteceu?

— Aconteceu que foi uma das vezes em que não escutei o que o tio John costuma dizer sobre momentos de raiva.

— Todo mundo fica nervoso. É melhor descontar numa árvore. Mas da próxima vez você devia usar luvas de boxe.

Ele soltou uma risada.

— Minha tia já falou de colocar um saco de pancada lá na casa dela.

— Acho que é uma boa válvula de escape.

— Então, se você não vai viajar pelo mundo comigo, vai fazer o quê?

— Não tenho certeza — falei. — Só faltam três anos. Eu devia ter pelo menos uma ideia, mas ao mesmo tempo parece loucura ter que pensar nisso com quinze anos. — Olhei para longe, franzindo as sobrancelhas. — Isso é superestressante.

— Por enquanto só segura a minha mão.

— Catherine?

Ergui a cabeça e vi Owen. Imediatamente, soltei a mão de Elliott.

— Oi — disse, me levantando.

Owen deu alguns passos adiante, enxugando o suor da testa.

— Seu pai disse que talvez você estivesse aqui. — Seu olhar se alternou de mim para Elliott.

— Esse é o Elliott. Ele mora no fim da rua — falei.

Elliott se levantou e estendeu a mão. Owen não se moveu, só ficou observando com atenção o desconhecido alto e moreno.

— Owen — sibilei.

Os cílios loiros de Owen estremeceram. Ele apertou a mão de Elliott e voltou a olhar para mim.

— Ah, desculpa. Então... vou para o acampamento amanhã. Quer ir lá em casa hoje à noite?

— Ah... — eu disse, olhando para Elliott. — Eu, hum, a gente meio que vai fazer umas coisas.

Owen fez uma careta.

— Mas eu vou viajar amanhã.

— Eu sei — eu disse, visualizando todas aquelas horas comendo pipoca e vendo Owen mandar bala em intermináveis mercenários do espaço. — Você pode vir com a gente.

— Minha mãe não vai me deixar sair hoje. Ela quer que eu volte cedo.

— Me desculpa mesmo, Owen.

Ele se virou, fazendo uma cara feia.

— Beleza. A gente se vê daqui a umas semanas, eu acho.

— Sim. Com certeza. Aproveite o acampamento de ciências.

Owen tirou o cabelo cor de areia dos olhos, enfiou os punhos nos bolsos e seguiu na direção oposta à da minha casa, a caminho da rua onde morava. Ele vivia em uma vizinhança um pouco mais abastada, numa casa de vila, num beco arborizado. Eu tinha passado um terço da minha infância lá, sentada em um dos pufes do quarto, vegetando em frente à tevê. Eu queria ver o Owen antes de ele viajar, mas o Elliott era um garoto cheio de mistérios, e eu só tinha algumas semanas de férias para conhecer todos eles.

— Quem era? — Elliott perguntou, e pela primeira vez o sorrisinho tranquilo que sempre estampava seu rosto não estava mais lá.

— O Owen. É um amigo da escola. Um de dois. Ele é apaixonado pela minha amiga Minka. A gente anda junto desde a primeira série. Ele é, tipo, *gamer* total. Ele curte quando eu e a Minka ficamos vendo ele jogar. Ele não é muito fã desse negócio de jogar em dupla, por isso não gosta de ficar ensinando a gente.

Elliott levantou o canto da boca.

— Um de três.

— Hein?

— O Owen é um dos seus três amigos.

— Ah... que... legal. — Abaixei a cabeça e olhei para o relógio, tentando disfarçar as bochechas coradas, e acabei vendo a hora. O sol tinha levado nossa sombra para o leste. Tínhamos passado duas horas no Beatle Park. — A gente devia comer alguma coisa. Quer ir lá em casa tomar um lanche?

Elliott deu um sorriso e me seguiu, a caminho da Juniper Street. Não falamos muito, e ele não pegou minha mão de novo, mas eu sentia um formigamento onde a mão dele tinha ficado. Parei no portão, hesitante. O carro da mamãe estava estacionado atrás do Buick, e consegui ouvi-los brigando.

— Eu posso fazer o sanduíche na minha casa — Elliott disse. — Ou posso entrar com você. Você que manda.

Olhei para ele de novo.

— Desculpa.

— Você não tem culpa.

Elliott colocou o cabelo atrás da orelha e tomou a decisão por mim: voltou pelo portão e foi andando em direção à casa dos tios, enxugando o suor do rosto e arrumando a alça da câmera.

Subi os degraus da varanda devagar, e me encolhi toda quando percebi que eles baixaram o tom de voz.

— Cheguei — falei, entrando e fechando a porta. Fui até a sala de jantar e vi meu pai sentado à mesa, com as mãos espalmadas. — O emprego não deu certo?

As axilas do meu pai estavam manchadas de suor, o rosto, pálido. Ele tentou esboçar um sorriso mínimo.

— Tinha uns cem outros caras disputando a vaga, todos mais novos e mais espertos que o seu velho.

— Eu não acredito nem um pouco nisso — falei, passando pela mamãe para ir à cozinha. Servi dois copos de água gelada e coloquei um na frente dele.

— Obrigado, princesa. — Ele bebeu um gole enorme.

Mamãe revirou os olhos e cruzou os braços.

— Escuta, podia dar certo. A gente tem todos esses quartos e...

— Eu disse que não, querida — meu pai respondeu, num tom conclusivo. — Os turistas não vêm para a nossa cidade. Não tem nada para ver aqui, a não ser lojas fechadas e uma pizzaria. As únicas pessoas que passam a noite aqui são caminhoneiros ou funcionários da usina. E eles não vão pagar mais caro por um simples hotel.

— Só tem um hotel na cidade — mamãe se apressou em dizer. — E vive cheio quase toda noite.

— Toda noite não — meu pai comentou, dando batidinhas na testa com um guardanapo. — E, mesmo que ficássemos com as sobras, não seria suficiente para manter o negócio em pé.

— Pai? — chamei. — Está tudo bem?

— Sim, Catherine. Só está muito quente hoje.

— Bebe mais um pouco d'água — insisti, empurrando o copo para mais perto dele.

Mamãe apertou as mãos.

— Você sabe que eu sempre quis fazer isso com a casa.

— Para abrir um negócio, você precisa ter dinheiro — meu pai disse. — E eu não me sinto confortável com estranhos dormindo perto da Catherine toda noite.

— Você acabou de dizer que não teríamos clientes — mamãe surtou.

— Não teríamos, Mavis. Se a casa fosse em São Francisco ou qualquer outro lugar turístico, seria diferente, mas estamos no meio de Oklahoma e a atração mais próxima fica a duas horas daqui.

— Dois lagos — ela retrucou.

— As pessoas que vão para o lago fazem uma viagem de um dia ou acampam. Aqui não é o Missouri. Não somos vizinhos do lago Table Rock, com Branson a dez minutos. Não é a mesma coisa.

— Poderia ser, se fizéssemos propaganda. Se conseguíssemos a colaboração da cidade.

— Para fazer o que, exatamente? Não dá para você insistir nisso. Não é nem uma atitude responsável do ponto de vista fiscal abrir um negócio quando já estamos com um mês de contas atrasadas. — Meu pai me olhou como se estivesse arrependido.

— Eu posso arranjar um emprego — argumentei.

Meu pai começou a falar, mas mamãe o interrompeu.

— Ela poderia trabalhar para mim na Pousada Juniper.

— Não, querida — meu pai soou frustrado. — Ia demorar muito tempo até você poder pagar um salário para a Catherine, e aí não teria nenhuma vantagem. Olha para mim. Você sabe que não é uma boa ideia. Você sabe disso.

— Vou ligar para o banco amanhã de manhã. A Sally vai liberar um empréstimo para a gente. Eu tenho certeza.

Meu pai deu um murro na mesa.

— Que merda, Mavis, eu disse *não*.

As narinas da mamãe se abriram.

— Você colocou a gente nessa situação! Se tivesse feito seu trabalho direito, não teriam te mandado embora!

— Mamãe... — tentei avisar.

— É tudo culpa sua! — ela disse, me ignorando. — Vamos acabar sem nem um tostão, e você tem obrigação de cuidar da sua família! Você prometeu! Agora você passa o dia inteiro em casa e eu sou a única fonte de renda. Vamos precisar vender a casa. E para onde nós vamos? Como é que eu fui acabar com um pé-rapado desse jeito?

— Mamãe! — gritei. — Chega!

Suas mãos tremiam enquanto ela cutucava as unhas e revirava o cabelo bagunçado. De repente ela se virou e subiu correndo as escadas, soluçando pelos degraus.

Meu pai levantou a cabeça para me olhar, envergonhado e arrependido.

— Ela falou sem pensar, princesa.

Fiquei sentada.

— Como sempre — resmunguei.

Meu pai retorceu a boca.

— Ela só anda estressada.

Estiquei o braço na mesa e peguei a mão úmida do meu pai.

— Só ela?

— Você me conhece. — Ele deu uma piscadinha. — Cair é fácil. Difícil é levantar. Vou resolver essa situação, não se preocupe. — Passou a mão no ombro.

Dei um sorriso.

— Não estou preocupada. Vou passar na sorveteria e ver se eles estão contratando.

— Vê se não coloca a carroça na frente dos bois. A gente fala sobre isso mês que vem. Se for preciso.

— Para mim não faz diferença.

— O que você comeu de almoço? — ele perguntou.

Sacudi a cabeça, e meu pai fez uma cara feia.

— É melhor você fazer alguma coisa para comer. Vou subir para acalmar sua mamãe.

Concordei e fiquei olhando enquanto ele se levantou com dificuldade e quase perdeu o equilíbrio. Segurei meu pai pelo braço até ele voltar ao normal.

— Pai! Você está queimado de sol?

— Vou levar isso comigo — ele disse, pegando a água.

Observei meu pai subindo as escadas e cruzei os braços. Ele parecia mais velho, mais frágil. É um choque para qualquer filha saber que seu pai não é invencível.

Assim que ele chegou lá em cima, fui para a cozinha e abri a geladeira. O motor fez barulho enquanto eu procurava o queijo e o presunto. Não tinha presunto, mas encontrei uma última fatia de queijo e um pouco de maionese. Tirei da geladeira e procurei o pão. Nada.

Havia um pacote cheio de biscoito água e sal em cima do balcão, então passei maionese e cortei o queijo em quadradinhos, tentando cobrir o máximo de biscoitos que conseguisse. A mamãe tinha ficado tão preocupada que havia esquecido de ir ao mercado. Eu me perguntei quantas compras ainda conseguiríamos pagar.

A cadeira do meu pai rangeu quando me sentei. Peguei o primeiro biscoito e dei uma mordida, os pedaços crocantes fazendo barulho. A mamãe e o papai não estavam brigando — ela nem sequer estava chorando, e ela sempre chorava quando ficava estressada a esse ponto —, e eu comecei a pensar o que estava acontecendo lá em cima e por que ela não estava no trabalho.

O lustre estremeceu, e em seguida os canos começaram a guinchar. Respirei fundo, pensando que meu pai provavelmente estava preparando um banho para ajudar a mamãe a se acalmar.

Terminei o almoço e lavei meu prato, depois fui lá para fora, em direção ao balanço que ficava na varanda. Elliott já estava sentado se balançando, segurando dois pedaços enormes de brownie embrulhados em papel-celofane e duas garrafas de Coca-Cola.

Ele levantou os brownies.

— Sobremesa?

Sentei ao lado dele e me senti relaxada e feliz pela primeira vez desde que ele tinha ido embora. Abri o plástico transparente e dei uma mordida no brownie, soltando um gemido de satisfação.

— Sua tia?

Ele apertou um dos olhos e sorriu.

— Ela mente para as mulheres do grupo de apoio da igreja, dizendo que a receita é dela.

— E não é? Ela já fez esses brownies para a gente. A cidade inteira fica louca com a receita da Leigh.

— É da minha mãe. A tia Leigh me trata bem para impedir que eu saia contando isso por aí.

Dei um sorriso.

— Não vou contar para ninguém.

— Eu sei — ele disse, usando os pés para fazer o balanço se mexer. — Isso é o que eu mais gosto em você.

— O que, exatamente?

— Você contou para alguém que meu tio foi demitido?

— Claro que não.

— Isso. — Ele se recostou no balanço, apoiando a cabeça nas mãos. — Você sabe guardar segredo.

3

Elliott

FUI VISITAR CATHERINE NO DIA SEGUINTE, E NO OUTRO, E NO OUTRO, e todos os dias durante duas semanas. Fomos tomar sorvete, fomos passear no lago, fomos ao parque, fomos a todos os lugares. Se os pais dela estivessem brigando, ela não estaria em casa para ver, e, embora eu não pudesse fazer mais nada para melhorar a situação, ela gostou dessa minha pequena ajuda.

Catherine estava sentada no balanço da varanda, como fazia todas as tardes, esperando que eu aparecesse. Eu tinha cortado a grama dos vizinhos a manhã toda, tentando terminar tudo que precisava antes que as nuvens escuras e carregadas que haviam começado a fechar o céu do sudoeste chegassem a Oak Creek.

Toda vez que eu passava em casa para beber água, via tio John grudado no noticiário, ouvindo o boletim meteorológico sobre as mudanças de pressão e as rajadas de vento. Os trovões já haviam chegado havia uma hora e o ribombar deles se tornava cada vez mais alto. Assim que terminei meu último gramado, corri para casa e tomei banho, peguei minha câmera e me esforcei para fingir que não estava com pressa quando cheguei à varanda de Catherine.

A blusa sem mangas, de tecido fino, grudava em diferentes partes de sua pele brilhante. Ela cutucava os cantos desfiados do shorts jeans com o que restava das unhas roídas. Eu mal conseguia respirar aquele ar abafado, e me senti grato pelo arrepio repentino que senti quando o céu escureceu e a temperatura despencou. As folhas começaram a fazer barulho quando o vento frio da tempestade começou a soprar para longe o calor que há poucos instantes dançava no asfalto.

O sr. Calhoun saiu apressado pela porta, ajeitando a gravata.

— Tenho algumas entrevistas hoje, princesa. Até mais tarde.

Ele desceu as escadas rapidamente, mas voltou correndo. Depois de dar um beijinho na bochecha da filha e me lançar um olhar sério, ele entrou no Buick e saiu da garagem pisando fundo.

O balanço chacoalhou e as correntes estremeceram quando me sentei ao lado de Catherine. Peguei impulso com os pés, o que nos levou a um balançar meio torto. Catherine ficou em silêncio, e seus dedos compridos e elegantes me chamaram a atenção. Tive vontade de segurar a mão dela de novo, mas dessa vez quis que a ideia partisse dela. As correntes do balanço rangiam num ritmo relaxante, e inclinei a cabeça para trás, olhando para as teias de aranha lá no teto e para o monte de insetos mortos acumulados na lâmpada da varanda.

— Câmera? — Catherine perguntou.

Dei um tapinha na bolsa.

— É claro.

— Você já tirou milhares de fotos da grama, do lago, dos balanços, do escorregador, das árvores, dos trilhos do trem. Falamos um pouco sobre os seus pais, um monte sobre os meus, com muitos detalhes sobre a Presley e as clones, futebol, nossas faculdades dos sonhos e onde nos vemos daqui a cinco anos. Qual é o plano para hoje? — ela perguntou.

Dei um sorrisinho.

— Você.

— Eu?

— Vai chover. Pensei em ficarmos aqui.

— Aqui? — ela perguntou.

Fiquei de pé e estendi a mão. *Não adiantou nada esperar que ela tomasse a iniciativa.*

— Vem comigo.

— Quê? Tipo um ensaio fotográfico? De verdade, eu não... não gosto de tirar foto.

Como ela não pegou minha mão, escondi a minha no bolso, tentando não morrer de vergonha.

— Hoje a gente não vai tirar foto. Quero te mostrar uma coisa.

— O quê?

— A coisa mais linda que eu já fotografei.

Catherine me seguiu até o outro lado do portão e ao longo da rua, até a casa dos meus tios. Era a primeira vez em semanas que andávamos para algum lugar sem que nossas roupas ficassem ensopadas de suor.

A casa da tia Leigh cheirava a tinta fresca e perfumes baratos. As marcas recentes de aspirador de pó no carpete contavam a história de uma dona de casa ocupadíssima e sem filhos. As estampas florais e o xadrez vinham direto de 1991, mas tia Leigh tinha orgulho da casa e dedicava horas de seu dia para garantir que ficasse impecável.

Catherine apontou para uma pintura na parede: uma mulher nativo-americana de cabelos compridos e escuros, enfeitados com uma pluma. Parou antes de os dedos encontrarem a superfície.

— Era isso que você queria me mostrar?

— É bem bonito, mas não foi por isso que eu te chamei.

— Ela é tão... elegante. Tão perdida. Não é só bonita, é uma beleza que dá vontade de chorar.

Sorri, observando enquanto Catherine olhava o quadro, maravilhada.

— É a minha mãe.

— Sua *mãe*? Ela é incrível.

— A tia Leigh que pintou.

— Nossa! — Catherine disse, olhando para os outros pratos pintados com um estilo parecido. Eram paisagens e pessoas, e tudo parecia prestes a receber uma rajada de vento que faria a grama se mexer ou o cabelo escuro cobrir a pele morena. — Todos esses?

Fiz que sim com a cabeça.

A tevê de tela plana presa no alto da parede estava ligada, e o âncora do jornal falava para uma sala vazia até chegarmos.

— A Leigh está no trabalho? — Catherine perguntou.

— Ela deixa a tevê ligada quando sai de casa. Diz que assim os ladrões pensam que tem alguém em casa.

— Que ladrões? — ela perguntou.

Encolhi os ombros.

— Sei lá. Um ladrão qualquer, eu acho.

Passamos pela tevê, atravessamos um hall escuro e chegamos a uma porta marrom com uma maçaneta de bronze. Abri a porta; uma corrente de ar com um leve cheiro de mofo fez a franja de Catherine voar.

— O que tem lá embaixo? — ela perguntou, olhando para a escuridão.

— Meu quarto.

Um barulho ritmado surgiu no telhado, e eu me virei para olhar pelas janelas da frente da casa. Vi pedrinhas de gelo do tamanho de ervilhas se equilibrando na grama molhada. Elas ficavam cada vez maiores. Uma pedra branca do tamanho de uma moeda de um dólar atingiu a calçada e se quebrou em alguns pedaços. Como eu tinha imaginado, o granizo sumiu e derreteu com a mesma rapidez com que havia chegado.

Ela voltou a prestar atenção na escuridão. Parecia muito nervosa.

— Você dorme lá?

— A maior parte do tempo. Quer ver?

Ela engoliu em seco.

— Você primeiro.

Dei uma risadinha.

— Medrosa.

Desci a escada e desapareci na escuridão, esticando o braço exatamente onde eu sabia que haveria uma corda conectada à única lâmpada exposta que ficava lá em cima.

— Elliott? — Catherine chamou da escada, parada nos degraus do meio. O jeito com que ela me chamou, com uma voz fina e nervosa, fez alguma coisa dentro de mim estalar. Eu só queria que ela se sentisse segura comigo.

— Espera, já acendo a luz.

Após um clique e um barulhinho, a lâmpada pendurada no teto iluminou o cômodo.

Catherine desceu devagar os degraus que faltavam. Em seguida, olhou para o grande tapete verde e felpudo que ficava bem no meio do piso de concreto.

— É feio, mas é melhor que pisar no chão frio logo depois de acordar — eu disse.

Ela passou os olhos pelo sofá de dois lugares, pela tevê de tubo, pela escrivaninha com um computador e o futon que eu usava como cama.

— Cadê sua cama? — ela perguntou.

Apontei para o futon.

— Ele abre.

— Não parece... grande o bastante.

— E não é, mesmo — falei sem rodeios, pegando minha câmera na bolsa e tirando o cartão de memória lá de dentro. Sentei na cadeira de jardim que tio John tinha comprado para eu usar com a escrivaninha que tia Leigh achou na beira da estrada, e encaixei o quadradinho numa abertura do desktop.

— Elliott?

— Só preciso abrir isso aqui. — Cliquei no mouse algumas vezes, e de repente um som agudo e abafado veio lá de cima. Gelei.

— Isso é a...?

— Sirene de tornado? — eu disse, me levantando com dificuldade e agarrando a mão dela, puxando-a pelas escadas. O barulho vinha da televisão: um meteorologista estava em pé diante de um mapa tingido de vermelhos e verdes. O país inteiro estava sob alerta de forte tempestade, e nossa cidade seria atingida a qualquer momento.

— Elliott — Catherine disse, apertando minha mão —, preciso ir para casa antes que piore.

O céu ficava cada vez mais escuro.

— Não acho que é uma boa ideia. Você devia se abrigar aqui e esperar passar.

Um pequeno mapa de Oklahoma, dividido por condados, aparecia no canto superior direito da tela da tevê, iluminado como uma árvore de Natal. Nomes de cidades passavam pelo canto inferior.

O meteorologista começou a apontar para o nosso condado, dizendo coisas como "alerta de enchentes" e "medidas de precaução urgentes".

Ficamos olhando pela janela, vendo a força invisível que soprava entre as árvores e levava as folhas. Os relâmpagos espalhavam nossas sombras na parede, entre duas poltronas de couro marrom. Os trovões tomaram conta de Oak Creek, e o granizo voltou a cair. A chuva golpeava o telhado, acumulando-se tão rápido que a água espirrava pelas calhas e se espalhava pelo chão. Aos poucos, a rua se transformava num riacho que mais parecia chocolate do que água de chuva, e não demorou para os canos começarem a borbulhar e regurgitar toda aquela água de volta para a rua.

O meteorologista implorava para os telespectadores não dirigirem sob a chuva torrencial. O vento uivava por entre as lâminas das janelas, sacudindo os vidros.

— Meu pai está lá fora. Provavelmente no carro. Me empresta o seu celular? — ela perguntou.

Entreguei meu celular, e ela franziu as sobrancelhas quando o número do pai caiu na caixa postal.

— Pai? É a Catherine. Estou ligando do celular do Elliott. Estou na casa dele, em segurança. Quando ouvir a mensagem, me liga para dizer que você está bem. O número do Elliott é... — Ela olhou para mim, e eu pronunciei os números. — Três meia nove, cinco um oito cinco. Me liga, tá? Estou preocupada. Te amo. — Ela me devolveu o celular, e eu o guardei no bolso.

— Ele vai ficar bem — falei, puxando-a para um abraço.

As mãos de Catherine agarraram minha camiseta, e ela encostou o rosto no meu ombro, o que me fez sentir um super-herói.

Quando ela levantou a cabeça e me olhou, meus olhos caíram em sua boca. O lábio inferior era mais carnudo que o superior, e por um milésimo de segundo imaginei como seria beijá-la, antes de me mexer.

Catherine fechou os olhos e eu também fechei, mas, no instante em que meus lábios tocaram os dela, ela falou baixinho:

— Elliott?

— Oi? — falei, sem me mover um milímetro.

Mesmo através das pálpebras fechadas, consegui ver um relâmpago iluminando a casa toda, seguido pelo estouro de um trovão. Catherine me abraçou apertado.

Continuei assim até ela se acalmar, em seguida me soltando com uma risadinha. Suas bochechas coraram.

— Desculpa.

— Por quê?

— Por... você estar aqui comigo.

Dei um sorriso.

— Onde mais eu estaria?

Observamos o granizo se transformar numa chuva que se espatifava no chão em gotas enormes. O vento forçava as árvores a se curvarem, cumprimentando a tempestade. O primeiro estalo me pegou de surpresa. Quando a primeira árvore caiu, Catherine abriu a boca, assustada.

— Logo isso acaba — eu disse, abraçando-a. Nunca me senti tão grato por uma tempestade.

— Será que a gente devia ficar no porão? — ela perguntou.

— A gente pode ir, se isso te deixar mais tranquila.

Catherine olhou para a porta do meu quarto e afrouxou um pouco a mão que continuava na minha blusa.

— Melhor não.

Soltei uma risada.

— Qual é a graça? — ela perguntou.

— Eu tinha pensado o contrário.

— Não é que eu... — Ela ficou do meu lado, entrelaçando o braço no meu e segurando-o com força, pressionando a bochecha contra o meu braço. — Vou falar de uma vez. Eu gosto de você.

Inclinei a cabeça para o lado, apoiando a bochecha em seu cabelo. Ela tinha cheiro de xampu e suor. Um suor limpo. Naquele momento era meu cheiro preferido no mundo inteiro.

— Eu também gosto de você. — Continuei com o rosto virado para a frente enquanto falava. — Você é exatamente como eu pensei.

— Como assim?

O granizo começou a cair de novo, dessa vez atingindo as janelas da sala. Uma parte do vidro rachou, e eu protegi Catherine com os braços, dando um passo para trás. Uma luz muito clara surgiu do outro lado da rua, e um barulho de explosão estremeceu a casa.

— Elliott? — Catherine disse, com medo na voz.

— Não vou deixar nada acontecer com você, prometo — falei, enquanto as árvores lá fora se contorciam com a força do vento.

— Você queria estar lá fora, não é? Tirando fotos — Catherine comentou.

— Não tenho a câmera certa para isso. Quem sabe um dia.

— Você devia trabalhar na *National Geographic*, sei lá.

— A ideia é essa. Ver esse mundão que existe lá fora. — Eu me virei para olhar para ela. — Já mudou de ideia? Você vai fazer a mala de qualquer forma. Por que não vem comigo?

Da primeira vez que perguntei, tínhamos acabado de nos conhecer. Um enorme sorriso se espalhou pelo rosto dela.

— Você está me perguntando de novo?

— Quantas vezes precisar.

— Sabe, agora que a gente já passou tanto tempo juntos, viajar pelo mundo com você parece mais tranquilo do que ficar em casa.

— Então você topa? — perguntei.

— Topo — ela respondeu.

— Promete?

Ela concordou com a cabeça, e eu não consegui controlar a cara de bobo.

O granizo parou de repente, e logo depois o vento começou a enfraquecer. O sorriso de Catherine desapareceu com a chuva.

— O que foi?

— Acho que preciso ir para casa.

— Ah, é verdade. Tudo bem. Eu te acompanho.

Catherine colocou as duas mãos nos meus ombros e se inclinou, apenas o suficiente para beijar o canto da minha boca. Foi tão rápido que nem tive tempo de aproveitar o momento antes que acabasse, mas não importava. Eu teria escalado uma montanha, dado a volta ao mundo e nadado por todo o oceano naquele momento, porque, se Catherine Calhoun podia decidir que queria me beijar, tudo era possível.

O sol havia acabado de aparecer por trás das nuvens, e a escuridão seguia em direção à cidade vizinha. Os moradores começaram a sair de suas casas para ver os estragos. Apesar de algumas janelas quebradas, várias telhas soltas e danificadas, fios elétricos rompidos e árvores caídas, as casas, em sua maior parte, pareciam intactas. Folhas verdes cobriam a Juniper Street, agora contornada por dois riozinhos de água suja que corriam direto para os bueiros que ficavam no fim do asfalto.

Catherine e eu notamos ao mesmo tempo que a garagem da casa dela estava vazia. Abri o portão e a segui pela entrada, e nos sentamos no balanço molhado.

— Vou esperar aqui com você até eles voltarem — eu disse.

— Obrigada. — Ela chegou mais perto e encaixou os dedos nos meus, e eu peguei impulso com os pés, balançando e torcendo para que o melhor dia da minha vida demorasse para acabar.

4

Catherine

O RESTANTE DO VERÃO FOI PREENCHIDO POR DIAS DE ALTAS TEMPERAturas e o constante bate-bate das empresas que vieram consertar os telhados da vizinhança. Eu e Elliott passamos muito tempo rindo sob a sombra das árvores e tirando fotos do lago, mas ele nunca mais me chamou para ir à casa de sua tia. Lutei diariamente contra o impulso de pedir que ele finalmente me deixasse ver a fotografia que ficava no porão, mas meu orgulho era a única coisa mais forte que a minha curiosidade.

Vimos os fogos de artifício do 4 de Julho juntos, sentados em cadeiras de praia atrás dos campos de beisebol, fizemos sanduíches para os piqueniques de almoço todos os dias, e falávamos sobre qualquer coisa, como se nosso verão juntos nunca fosse chegar ao fim.

No último sábado de julho, parecia que tínhamos ficado sem assunto. Elliott costumava chegar todo dia às nove horas, esperando pacientemente no balanço, mas na última semana ele vinha ficando mais melancólico.

— Seu garoto está no balanço de novo — meu pai avisou, ajeitando a gravata.

— Ele não é meu garoto.

Meu pai pegou um lenço e secou o suor da testa. O desemprego o atingira. Ele havia perdido peso e não vinha dormindo bem à noite.

— É mesmo? Por onde anda o Owen?

— Passei na casa dele algumas vezes. Prefiro andar por aí do que ficar vendo o Owen jogar videogame.

— Andar por aí com o Elliott, você quer dizer — meu pai disse com um sorrisinho.

— Já tomou café? — perguntei.

Meu pai sacudiu a cabeça.

— Não deu tempo.

— Você precisa se cuidar melhor — falei, ajeitando sua gravata e lhe dando um tapinha no ombro. A camisa estava úmida. — Papai...

Ele me deu um beijo na testa.

— Estou ótimo, princesa. Não se preocupe. Você precisa ir. Não pode se atrasar para o seu encontro no lago. Ou no parque. Qual vai ser hoje?

— Parque. E não é um encontro.

— Você gosta dele?

— Não desse jeito.

Meu pai sorriu.

— Você pode até me enganar, mas ele não me engana, não. Tem coisas que os pais simplesmente sabem.

— Ou inventam — falei, abrindo a porta.

— Te amo, Catherine.

— Não tanto quanto eu.

Saí na varanda e sorri quando vi Elliott no balanço. Ele usava uma camisa de botão listrada e uma bermuda cargo cáqui, a câmera pendurada no pescoço, como sempre.

— Pronta? — ele perguntou. — Pensei em passarmos na Braum's para pegar um pão doce.

— Legal — respondi.

Andamos os seis quarteirões para chegar a um dos nossos lugares preferidos e nos sentamos na mesa que já era nossa. Elliott estava quieto, como estivera a semana inteira, e concordava e respondia nos momentos certos, mas parecia estar a centenas de quilômetros de distância.

Fomos andando em direção ao centro, sem destino. Como havíamos feito nos últimos meses, andávamos como pretexto para conversar — e para ficar juntos.

O sol estava a pino quando voltamos para minha casa para fazer os sanduíches. O piquenique de almoço tinha se tornado nosso ritual, e nos revezávamos na tarefa de escolher o lugar. Era a vez de Elliott escolher, e ele escolheu o parque, um lugar embaixo da nossa árvore preferida.

Em silêncio, estendemos uma colcha que a mamãe tinha feito. Elliott pegou seu sanduíche de queijo e peito de peru como se fosse uma coisa horrível — ou talvez eu tivesse feito alguma coisa, mas não conseguia lembrar de nem um momento do verão que não tivesse sido perfeito.

— Não está bom? — perguntei, segurando meu sanduíche com as duas mãos. Faltava exatamente uma mordida no sanduíche de Elliott, embora o meu já estivesse pela metade.

— Não. — Elliott deixou o sanduíche de lado. — Não está bom mesmo.

— O que tem de tão ruim? Muita maionese?

Ele fez uma pausa, depois sorriu de um jeito envergonhado.

— Não é o sanduíche, Catherine. É tudo menos o sanduíche... e ficar aqui sentado com você.

— Ah... — foi o que consegui dizer, mas minha cabeça estava concentrada na última frase de Elliott.

— Vou embora amanhã — ele grunhiu.

— Mas você vai voltar, não vai?

— Vou, mas... não sei quando. Talvez no Natal. Talvez só no outro verão.

Balancei a cabeça, olhei para o meu sanduíche e em seguida parei de comer, decidindo que não estava mesmo com fome.

— Você tem que me prometer — falei. — Você tem que me prometer que vai voltar.

— Eu prometo. Talvez seja só no próximo verão, mas eu vou voltar.

O vazio e o desespero que senti naquele momento só eram comparáveis ao dia em que perdi meu cachorro. Para muita gente devia parecer bobagem, mas o Goober ficava deitado ao pé da minha cama todas as noites e, não importava quantas vezes a mamãe tivesse um dia ruim ou um ataque, o Goober sabia quando era hora de rosnar e quando era hora de abanar o rabo.

— Em que você está pensando? — Elliott perguntou.

Balancei a cabeça.

— É bobeira.

— Vai, me conta.

— Eu tinha um cachorro. Um vira-lata. Meu pai trouxe do abrigo um dia, do nada. Teoricamente era para a mamãe, para ela ficar mais animada, mas ele se apegou a mim. A mamãe tinha ciúmes, mas eu não sabia se era ciúme do Goober ou de mim. E daí ele morreu.

— Sua mãe tem depressão?

Encolhi os ombros.

— Eles nunca me disseram. Não falam disso na minha frente. Só sei que ela teve uma infância difícil. A mamãe acha bom que os pais dela tenham morrido antes de eu nascer. Ela diz que eles eram pessoas ruins.

— Poxa. Se um dia eu for pai, meus filhos vão ter uma infância normal. Uma infância de que eles se lembrem e sintam saudade, não uma coisa que eles precisem superar e deixar para trás. — Ele levantou a cabeça para me olhar. — Vou sentir sua falta.

— Também vou sentir sua falta. Mas não por muito tempo. Porque você vai voltar.

— Vou. Pode considerar isso uma promessa.

Fingi que fiquei feliz e tomei um gole de refrigerante. Depois disso, todos os assuntos saíram forçados, todos os sorrisos, planejados. Eu queria aproveitar meus últimos dias com Elliott, mas isso se tornou impossível com a aproximação da despedida.

— Quer me ajudar a fazer as malas? — ele perguntou, automaticamente constrangido por dizer isso.

— Na verdade não, mas quero estar perto de você o máximo que eu puder antes de você viajar, então vou ajudar.

Pegamos nossas coisas. O som de uma sirene surgiu a alguma distância, depois se aproximou. Elliot fez uma pausa e me ajudou a levantar. Outra sirene soou do outro lado da cidade — provavelmente do Corpo de Bombeiros, e pareceu vir em nossa direção.

Elliott enrolou a colcha da mamãe e a colocou debaixo do braço. Recolhi os sacos dos sanduíches e joguei fora. Elliott me estendeu a mão e eu aceitei, sem hesitar. Saber que ele iria embora me fez parar de pensar no risco de que algo entre nós mudasse.

A caminho da Juniper Street, Elliott apertou minha mão.

— Vamos deixar essa colcha lá e arrumar as minhas coisas.

Fiz que sim, sorrindo porque ele tinha começado a balançar um pouco nossas mãos. A vizinha do outro lado da rua estava em pé na varanda, com seu filho pequeno abraçado a seu quadril. Acenei, mas ela não acenou de volta.

Elliott diminuiu o passo e sua expressão mudou; primeiro pareceu confusa, depois, preocupada. Olhei em direção à minha casa e vi uma viatura de polícia e uma ambulância, as luzes vermelhas e azuis girando. Soltei a mão de Elliott e passei correndo pelos veículos de emergência, atravessando o portão com tanto desespero que esqueci de abrir a tranca.

As mãos firmes de Elliott a abriram, e eu entrei correndo, parando no meio dos degraus porque a porta da casa se abriu. Um paramédico apareceu andando de costas, puxando uma maca que carregava o meu pai. Estava pálido, de olhos fechados, com uma máscara de oxigênio cobrindo o rosto.

— O que aconteceu? — perguntei, chorando.

— Com licença — o paramédico disse, abrindo com força as portas da ambulância e colocando meu pai lá dentro com o restante da equipe.

— Pai? — chamei. — Papai?

Ele não respondeu, e fecharam a porta da ambulância na minha cara.

Corri em direção ao policial que descia os degraus da varanda.

— O que aconteceu?

O policial olhou para mim.

— Você é Catherine?

O policial fez uma careta.

— Parece que seu pai teve um ataque cardíaco. Por sorte sua mãe tirou metade do dia de folga e o encontrou caído no chão. Ela está lá dentro. Você devia... tentar falar com ela. Ela não falou muita coisa desde que chegamos. Talvez ela precise ir ao hospital. Pode estar em choque.

Saí correndo pelos degraus e entrei em casa.

— Mamãe? — chamei. — Mamãe!

Ela não respondeu. Eu a procurei na sala de jantar e na cozinha, depois desci as escadas para checar a sala de estar. Minha mãe estava sentada no chão, olhando para o tapete.

Eu me ajoelhei de frente para ela.

— Mamãe?

Ela não me olhou, nem sequer pareceu ter me escutado.

— Vai ficar tudo bem — eu disse, colocando a mão em seu joelho. — Ele vai ficar bem. Acho que você podia ir ao hospital para ver o papai. — Ela não respondeu. — Mamãe? — Sacudi minha mãe com cuidado. — Mamãe?

Nada.

Eu me levantei sem saber direito o que fazer, então corri lá fora para tentar chamar o policial. Consegui alcançá-lo assim que a ambulância deu partida. Ele era gordinho e suava muito.

— Policial, hum... — Olhei para o distintivo prateado, preso ao seu bolso. — Sanchez? A mamãe... a minha mãe não está bem.

— Ela ainda está sem reação?

— Sim. Acho que ela também precisa ir para o hospital.

O policial concordou, com uma cara triste.

— Eu estava torcendo para ela reagir quando te visse. — Ele pegou um rádio que estava no ombro. — Quatro-sete-nove para este endereço.

Uma mulher respondeu:

— Entendido, quatro-sete-nove, câmbio.

— Vou levar a sra. Calhoun e a filha para o pronto-socorro. Talvez a sra. Calhoun precise de atendimento médico chegando lá. Por favor, informe a equipe do hospital.

— Entendido, quatro-sete-nove.

Olhei em volta procurando Elliott, mas ele tinha sumido. Sanchez subiu os degraus e foi andando em direção à sala, onde mamãe continuava olhando para o chão.

— Sra. Calhoun? — Sanchez a chamou com a voz suave, agachado diante dela.

— É o policial Sanchez de novo. Vou levar a senhora e sua filha para o hospital para ver seu marido.

Mamãe balançou a cabeça e murmurou alguma coisa que não consegui entender.

— Consegue se levantar, sra. Calhoun?

Como mamãe o ignorou, o policial se esforçou para erguê-la. Fiquei do outro lado para ajudar. Juntos, levamos mamãe até a viatura e a colocamos lá dentro.

Enquanto Sanchez dava a volta para chegar à porta do motorista, vasculhei o lugar, em busca de Elliott.

— Srta. Calhoun? — Sanchez me chamou.

Abri a porta do passageiro e entrei, ainda procurando por Elliott enquanto ele dava a partida.

5

Elliott

— MAMÃE? MAMÃE! — O ROSTO DE CATHERINE SE CONTORCEU NUMA expressão que eu nunca tinha visto quando ela subiu correndo os degraus da varanda. Ela desapareceu por trás da porta, e eu fiquei me perguntando se devia segui-la.

Meu instinto era ficar ao lado dela. Subi um degrau, mas um policial colocou uma mão firme no meu peito.

— Você é da família?

— Não, sou amigo dela. Amigo da Catherine.

Ele sacudiu a cabeça.

— Então vai precisar esperar aqui fora.

— Mas... — Tentei me livrar da mão dele, mas seus dedos estavam cravados na minha pele.

— Já falei para esperar aqui.

Fiquei olhando para o policial, e ele soltou uma risada, indiferente.

— Você deve ser o filho da Kay Youngblood.

— E daí? — perguntei.

— Elliott? — Minha mãe estava em pé na calçada, com as mãos ao lado das bochechas para fazer uma espécie de megafone. — Elliott!

Olhei de volta para a casa e então saí correndo em direção à grade de ferro preta. Embora o sol já estivesse baixo no céu, meu cabelo estava suado, e o ar, pesado demais para respirar.

— O que você está fazendo aqui? — perguntei, agarrando-me à grade pontiaguda da casa da família Calhoun.

Os olhos da minha mãe analisaram os policiais e os paramédicos, e em seguida ela dirigiu a atenção para o alto da casa, obviamente perturbada com o que viu.

— O que está acontecendo?
— Acho que é o pai da Catherine. Não me deixaram entrar.
— Precisamos ir. Vamos.

Franzi as sobrancelhas e sacudi a cabeça.

— Não posso ir embora. Aconteceu alguma coisa ruim. Preciso cuidar dela.
— De quem?
— Da Catherine — falei, impaciente. Eu me virei para voltar, mas minha mãe agarrou minha blusa.
— Elliott, venha comigo. Agora.
— Por quê?
— Porque estamos indo embora.
— O quê? — perguntei em pânico. — Nós só iríamos embora amanhã.
— Mudança de planos!

Tirei meu braço à força.

— Eu não vou embora! Não posso abandonar a Catherine agora! Olha o que está acontecendo! — Apontei para a ambulância.

Minha mãe se preparou para atacar.

— Não ouse se afastar de mim desse jeito. Você ainda não tem idade para isso, Elliott Youngblood.

Recuei. Ela tinha razão. Poucas coisas eram mais assustadoras do que minha mãe quando se sentia desrespeitada.

— Desculpa. Mas eu preciso ficar, mãe. Não é certo eu ir embora justo agora.

Ela levantou os braços, mas os deixou cair logo em seguida.

— Você mal conhece essa menina.
— Ela é minha amiga, e quero ter certeza de que ela está bem. O que isso tem de mais?

Minha mãe fez uma careta.

— Essa cidade é venenosa, Elliott. Você não pode ficar aqui. Eu te avisei sobre novas amizades, principalmente com meninas. Mas não imaginava que você iria direto na Catherine Calhoun.
— *Quê?* Do que você está falando?
— Liguei para a Leigh hoje para combinar sua partida. Ela me contou sobre a menina. Ela me contou quanto tempo você tem passado com ela. Você não vai ficar aqui, Elliott. Nem por ela, nem por sua tia Leigh, nem por ninguém.
— Eu quero ficar, mãe. Quero estudar aqui. Fiz amizades e...
— Eu sabia! — Ela apontou para a rua. — Aquela não é a sua casa, Elliott. — Ela respirava com dificuldade, e eu podia adivinhar que ela estava prestes a me dar um ultimato, do mesmo jeito que sempre fazia com o meu pai. — Se você quiser voltar aqui antes de completar dezoito anos, anda logo para a casa dos seus tios e vá fazer as suas malas.

Meus ombros despencaram.

— Se eu deixar a Catherine sozinha agora, ela não vai mais querer que eu volte — falei, em tom de súplica.

Minha mãe estreitou os olhos.

— Eu sabia. Essa menina é mais do que uma amiga, não é? Só me faltava essa, você engravidar essa garota! Eles nunca vão sair desse buraco. Você vai ficar preso aqui para sempre com essa vagabunda!

Minha mandíbula se retesou.

— Ela não é assim.

— Puta merda, Elliott! — Ela puxou os cabelos para trás, mantendo as mãos no alto da cabeça. Deu alguns passos e voltou a me encarar. — Eu sei que você não entende agora, mas um dia você vai me agradecer por ter te tirado desse lugar.

— Eu gosto daqui!

Ela apontou para a rua mais uma vez.

— Vai. Agora. Ou nunca mais te trago para cá.

— Mãe, por favor! — falei, gesticulando em direção à casa.

— Já! — ela gritou.

Suspirei, olhando para o policial, que a essa altura parecia surpreso com esse diálogo.

— Será que você poderia falar para ela, por favor? Dizer para a Catherine que eu precisei ir? Fala para ela que eu vou voltar.

— Vou te arrastar até o carro, juro por Deus — minha mãe soltou, entredentes.

O policial ergueu uma sobrancelha.

— É melhor você ir, garoto. Ela não está de brincadeira.

Saí pelo portão e passei pela minha mãe, pisando duro em direção à casa dos meus tios. Minha mãe quase não conseguiu me alcançar, e sua ladainha se perdeu diante da enxurrada de pensamentos que invadiam minha mente. Eu podia pedir para tia Leigh me levar até o hospital para encontrar Catherine lá. Tia Leigh poderia me ajudar a explicar por que eu tinha ido embora. Eu estava passando mal. Catherine ficaria tão magoada quando saísse da casa e visse que eu não estava lá.

— O que aconteceu? — tia Leigh perguntou da varanda. Subi os degraus e passei por ela, abrindo a porta com força e deixando-a bater. — O que você fez?

— Eu? — minha mãe perguntou, na defensiva. — Não fui eu que deixei ele ficar andando por aí com a filha dos Calhoun!

— Kay, eles são crianças. O Elliott é um menino bacana, ele nunca...

— Você não lembra como os meninos eram na minha idade? — minha mãe gritou. — Você sabe que eu não quero que ele fique aqui, e você lava as mãos enquanto ele anda por aí fazendo sabe Deus o que com essa menina! Acho que ela também quer que ele fique. O que você acha que ela poderia fazer para ele ficar? Lembra da Amber Philips?

— Claro — tia Leigh disse, com a voz baixa. — Ela e o Paul moram no fim da rua.

— Ele estava se formando, e a Amber estava no primeiro ano, com medo de que ele conhecesse outra pessoa na faculdade. Quantos anos tem o bebê agora?

— O Coleson está na faculdade, Kay — tia Leigh disse. Ela tinha passado muitos anos aprendendo a lidar com o temperamento da minha mãe. — Você disse que ele podia ficar até amanhã.

— Bom, cheguei hoje, então ele vai embora hoje.

— Kay, você pode ficar aqui. Que diferença faz mais um dia? Deixe ele se despedir.

Ela apontou o dedo para minha tia.

— Eu sei o que você está fazendo. Ele é *meu* filho, não seu! — Minha mãe se virou para mim. — Vamos embora. Você não vai passar nem mais um minuto com essa Catherine. Era só o que faltava você engravidar a menina e ficar preso aqui para sempre.

— Kay! — tia Leigh a censurou.

— Você sabe o que eu e o John passamos aqui. O bullying, o racismo, o abuso! Você realmente quer isso para o Elliott?

— Não, mas... — tia Leigh se esforçou para encontrar uma resposta, mas não conseguiu.

Implorei com os olhos para ela me ajudar.

— Está vendo? — minha mãe gritou, apontando todos os dedos em minha direção. — Olha o jeito que ele está te olhando. Como se você fosse salvá-lo. Você não é a mãe dele, Leigh! Peço sua ajuda e você tenta roubar meu filho de mim!

— Ele está feliz aqui, Kay — tia Leigh disse. — Pense só um segundo no que o Elliott quer.

— Eu *estou* pensando nele! Só porque você está satisfeita morando nesse quinto dos infernos não quer dizer que vou deixar meu filho ficar aqui — minha mãe cuspiu. — Vá fazer sua mala, Elliott.

— Mãe...

— Vá fazer a merda da mala, Elliott! Vamos embora!

— Kay, *por favor!* — tia Leigh pediu. — Pelo menos espere o John voltar. Podemos conversar sobre isso.

Fiquei imóvel, e minha mãe desceu as escadas pisando duro.

Tia Leigh olhou para mim e levantou as mãos. Seus olhos ficaram marejados.

— Desculpa. Não consigo...

— Eu sei — eu disse. — Tudo bem. Não chora.

Minha mãe reapareceu com minha mala e algumas bolsas nas mãos.

— Vá para o carro.

Ela me empurrou em direção à porta, e eu olhei por cima do ombro.

— Você promete que a Catherine vai saber o que aconteceu? Você vai dizer para ela?

Tia Leigh concordou com a cabeça.

— Vou tentar. Te amo, Elliott.

A porta de tela bateu e, com as mãos nas minhas costas, minha mãe me guiou até sua caminhonete Toyota Tacoma e abriu a porta do passageiro.

Fiz uma pausa, tentando convencê-la pela última vez.

— Mãe, por favor. Eu vou embora com você. Só me deixa dar tchau para ela. Me deixa explicar.

— Não. Não vou te deixar apodrecer neste lugar.

— Então por que você me deixou vir? — gritei.

— Entra no carro! — ela devolveu o grito, jogando minhas coisas na parte de trás.

Sentei no banco do passageiro e bati a porta. Minha mãe deu a volta correndo e se enfiou atrás do volante, girando a ignição e engatando a ré com tudo. Avançamos, seguindo na direção oposta à da casa da família Calhoun, no exato instante em que a ambulância deu a partida.

O teto do meu quarto, cada rachadura, cada mancha de umidade, cada pedaço de sujeira ou teia de aranha coberto de tinta, tudo estava impregnado na minha mente. Quando não estava olhando para o teto, pensando que Catherine me odiava cada dia mais, eu passava o tempo escrevendo cartas para ela, tentando me explicar, implorando por seu perdão, fazendo novas promessas que — exatamente como minha mãe havia alertado — talvez fossem impossíveis de cumprir. Uma carta por dia, e eu tinha acabado de terminar a décima sétima.

Havia duas horas que as vozes abafadas e raivosas dos meus pais ecoavam pelo corredor. Eles estavam brigando por causa das próprias brigas e discutindo para eleger quem era o mais errado.

— Mas ele gritou com você? Você está me dizendo que não tem problema se ele gritar com você? — meu pai esbravejou.

— Eu me pergunto com quem ele aprendeu! — minha mãe retrucou.

— Ah, você vai jogar isso na minha cara? A culpa é minha? Foi você que teve a ideia de mandar o Elliott para lá. Por que você quis que ele fosse, Kay? Por que Oak Creek, se você disse todos esses anos que não queria que ele chegasse nem perto de lá?

— Aonde mais eu o levaria? Pelo menos isso era melhor do que deixar o Elliott ficar olhando você coçar o saco e encher a cara o dia inteiro!

— Ah, não começa com essa merda de novo. Juro por Deus, Kay...

— O quê? Por acaso as coisas que eu falei prejudicaram seu raciocínio? O que exatamente você esperava que eu fizesse? Ele não podia ficar aqui vendo a gente... vendo você... eu não tive escolha! Agora ele está apaixonado por aquela menina desgraçada e quer se mudar para lá!

De início, a reação do meu pai foi muito silenciosa para que eu pudesse ouvir, mas não por muito tempo.

— E você o arrancou de lá e não deixou o menino se despedir. Não me surpreende que ele esteja tão revoltado. Eu também ficaria se alguém fizesse isso comigo quando nós dois começamos a namorar. Você nunca consegue pensar nos outros, Kay? Não consegue levar em conta os sentimentos dele nem por um minuto?

— Eu estou pensando nele. Você sabe como eu fui tratada naquela cidade. Você sabe como meu irmão foi tratado. Não quero que ele viva daquele jeito. Não quero que ele acabe preso lá. E não finja que você liga para o que acontece com ele, porque você não dá a mínima. Você só quer saber da merda da sua guitarra e do seu próximo fardo de cerveja.

— Tem uma merda que eu amo, está certo, mas não é a guitarra!

— Vai se foder!

— Se apaixonar por uma menina de lá não é uma sentença de morte, Kay. É mais provável que eles terminem esse namoro ou se mudem.

— Por acaso você ouviu alguma coisa do que eu disse? — minha mãe berrou. — Ela é da família Calhoun! Eles não vão embora! Eles são os donos da cidade. A Leigh falou que o Elliott é obcecado por essa menina há anos. E vai me dizer que para você não seria ótimo se ele se mudasse? Porque então você não teria que encarar essa responsabilidade todos os dias. Ia poder fingir que tem vinte e um anos e ainda tem alguma chance de virar cantor de música country.

— A família Calhoun não é mais dona da cidade desde que estávamos no ensino médio. Meu Deus, como você é ignorante...

— Vai para o inferno!

Ouvi barulho de vidro se quebrando, e meu pai deu um grito:

— Você ficou louca?

Fiz bem em não sair do quarto. Aquela era mais uma das típicas discussões diárias, e talvez um controle remoto ou um copo fosse arremessado pela sala, e sair andando pela casa seria o início de uma guerra. Poucos dias depois de ter desfeito minhas malas em Yukon, ficou claro que enfrentar minha mãe traria a atenção indesejada do meu pai, e, quando ele resolvia vir atrás de mim, ela me defendia e voltava a brigar com ele. As coisas já eram ruins antes, mas estavam muito, muito piores agora.

Meu quarto continuava sendo o refúgio que sempre tinha sido, mas agora parecia diferente, e eu não conseguia saber por quê. As cortinas azuis ainda emolduravam a única janela, e a lateral com tinta descascada da casa dos vizinhos e seu aparelho de ar-condicionado enferrujado ainda eram a única vista. Minha mãe tinha feito uma faxina quando eu estava fora, deixando os troféus do Futebol do Pee Wee e da Pequena Liga limpos e à mostra, separados de forma uniforme e organizados por datas. Em vez de me trazer conforto, meu ambiente familiar só servia para me lembrar de que eu estava numa prisão deprimente, longe de Catherine e dos campos sem fim de Oak Creek. Eu sentia falta do parque, do lago, de andar quilômetros só conversando e de inventar um jogo em que tínhamos que terminar as casquinhas de sorvete antes que ele começasse a escorrer de nossas mãos.

A porta da frente se fechou violentamente e eu fiquei em pé, olhando através da cortina. O carro da minha mãe estava saindo da garagem, e meu pai estava dirigindo. Ela estava no banco do passageiro, e os dois continuavam gritando um com o outro. Assim que os perdi de vista, saí do meu quarto e corri até a porta, chegando o mais rápido que pude à casa de Dawson Foster, que ficava do outro lado da rua. A porta de tela estremeceu quando a golpeei com um dos lados da mão. Em alguns segundos Dawson abriu a porta, com os cabelos loiros bagunçados penteados de lado, cobrindo um pouco os olhos castanhos.

Ele fez uma careta e pareceu confuso.

— Quê?

— Me empresta seu telefone? — perguntei, ofegante.

— Acho que sim — ele disse, abrindo espaço.

Abri com força a porta de tela e entrei, e o ar-condicionado refrescou minha pele imediatamente. Sacos vazios de salgadinho estavam espalhados no sofá desgastado, o pó reluzia em todas as superfícies e o sol refletia as partículas de poeira no ar. O instinto de abanar tudo aquilo e a percepção de que eu ia respirar aquele ar de qualquer jeito me fizeram sufocar.

— Eu sei. Está quente pra caralho — Dawson comentou. — Minha mãe diz que está um veranico. O que isso quer dizer?

Fiquei olhando para ele, e ele alcançou o celular na mesinha que ficava ao lado do sofá e estendeu o aparelho para mim. Eu o peguei, tentando me lembrar do número da tia Leigh. Teclei e aproximei o celular do ouvido, rezando para ela atender.

— Alô — tia Leigh disse, parecendo desconfiada de alguma coisa.

— Tia Leigh?

— Elliott? Já se ajeitou por aí? Como estão as coisas?

— Não muito bem. Estou de castigo desde que voltei.

Ela soltou um suspiro.

— Quando recomeçam os treinos de futebol?

— Como vai o sr. Calhoun? — perguntei.

— Desculpe?

— O pai da Catherine. Ele está bem?

Ela ficou em silêncio.

— Sinto muito, Elliott. O enterro foi semana passada.

— Enterro. — Fechei os olhos, sentindo um peso no peito. Nesse momento, a revolta começou a borbulhar.

— Elliott?

— Estou aqui — respondi, rangendo os dentes. — Será que você pode... Pode ir até a casa dos Calhoun? E explicar para a Catherine por que eu vim embora?

— Elas não estão recebendo ninguém, Elliott. Já tentei. Levei uma torta e uma fornada de brownies. Não estão atendendo a porta.

— Ela está bem? Tem alguma maneira de você descobrir? — perguntei, esfregando a nuca.

Dawson ficou olhando, com uma mistura de preocupação e curiosidade nos olhos, enquanto eu andava pela sala.

— Eu não a vi mais, Elliott. Acho que ninguém mais viu nenhuma das duas desde o velório. As pessoas estão comentando, com certeza. A Mavis estava muito estranha no enterro, e desde então elas estão confinadas naquela casa.

— Preciso dar um jeito de voltar lá.

— Mas os treinos não vão começar?

— Você pode vir me buscar?

— Elliott — tia Leigh disse, com um remorso que tornava meu nome pesado —, você sabe que eu não posso. Mesmo que eu tentasse, ela não me deixaria. Não é uma boa ideia. Me desculpe.

Sacudi a cabeça, sem conseguir elaborar uma resposta.

— Até mais, meu bem. Eu te amo.

— Eu também te amo — murmurei, jogando o celular de volta para o Dawson.

— Como assim? — ele perguntou. — Alguém morreu?

— Obrigado por me deixar usar seu celular, Dawson. Preciso voltar para casa antes que meus pais cheguem. — Fui correndo para fora, e o calor me atingiu no rosto. Já estava suando quando cheguei à varanda de casa, e mal tive tempo de fechar a porta quando a caminhonete estacionou novamente na garagem. Eu me refugiei no meu quarto, batendo a porta.

O pai dela tinha morrido. O pai de Catherine tinha morrido, e eu simplesmente tinha desaparecido. Se antes já estava preocupado, agora o pânico invadia até a minha alma. Ela não só me odiaria, como também ela e a mãe estavam praticamente incomunicáveis.

— Olha só quem está vivo — minha mãe disse quando abri a porta com tudo e saí pisando duro pela porta da garagem. Os pesos do meu pai estavam lá, e, como eu não tinha permissão para sair de casa, o único jeito de descarregar energia era me exercitar até meus músculos ficarem trêmulos de exaustão. — Ei — ela disse, apoiando-se no batente da porta e me observando. — Está tudo bem?

— Não — grunhi.

— O que aconteceu?

— Nada — soltei, já sentindo os músculos queimarem.

Minha mãe ficou olhando enquanto eu terminava uma série e depois outra, as rugas entre suas sobrancelhas ficando cada vez mais profundas. Ela cruzou os braços, cercada por pneus de bicicleta e prateleiras repletas de quinquilharias.

— Elliott?

Fiquei focado no som da minha respiração, tentando, só com a força do pensamento, fazer com que Catherine entendesse que eu estava tentando ao máximo.

— Elliott!

— Quê? — gritei, deixando cair o peso que tinha na mão. Minha mãe deu um pulo por causa do barulho e em seguida desceu os degraus que davam na garagem.

— O que está acontecendo com você?

— Cadê o pai?

— Ficou na casa do Greg. Por quê?

— Ele vai voltar?

Ela colocou a mão no queixo, confusa com a minha pergunta.

— Claro.

— Não precisa fingir que vocês não estavam brigando de novo.

Ela suspirou.

— Desculpa. Vamos tentar fazer menos barulho da próxima vez.

— Do que adianta? — bufei.

Ela apertou os olhos.

— Mas tem mais alguma coisa.

— Não tem nada.

— Elliott — ela disse, em tom de aviso.

— O pai da Catherine morreu.

Ela franziu as sobrancelhas.

— Como você sabe disso?

— Só sei.

— Andou falando com a sua tia? Como? Seu celular está comigo. — Como não respondi, ela apontou para o chão. — Você está me escondendo alguma coisa?

— Você não está me dando outra escolha.

— Eu te digo o mesmo.

Revirei os olhos, e sua mandíbula se retesou. Ela odiava quando eu fazia isso.

— Você me arrasta de volta para cá para me deixar trancado no quarto, escutando você e o meu pai gritarem o dia todo? Era esse o seu plano genial para eu querer ficar aqui?

— Sei que as coisas andam complicadas...
— As coisas andam uma merda. Não aguento mais ficar aqui.
— Não faz nem duas semanas que você voltou.
— Quero ir para casa!
O rosto da minha mãe ficou vermelho de repente.
— Sua casa é aqui! É aqui que você vai ficar!
— Por que você não me deixa nem explicar para a Catherine por que eu tive que ir embora? Por que não me deixa nem saber se ela está bem?
— Por que você não esquece essa menina?
Minha mãe cobriu os olhos e deixou a mão cair, virando em direção à porta. Fez uma pausa, me olhando por cima do ombro.
— Você não pode salvar todo mundo.
Olhei para ela com as sobrancelhas franzidas, mantendo minha revolta nas rédeas.
— Só quero salvar a Catherine.
Ela saiu andando, e eu me debrucei para recolher o peso, depois o segurei acima da cabeça e fui abaixando e levantando lentamente, repetindo o movimento até meus braços tremerem. Eu não queria ser como o meu pai, que esbravejava toda vez que alguém ou alguma coisa o irritava. Partir para o ataque era tão natural que às vezes eu ficava assustado. Manter minha raiva sob controle era uma tarefa que exigia muita prática, principalmente agora que eu precisava arranjar um jeito de encontrar Catherine. Eu tinha que manter a cabeça no lugar. Eu precisava bolar um plano sem deixar minhas emoções me dominarem.
Caí de joelhos, e os pesos bateram no chão pela segunda vez, minhas mãos dobradas com força em cada um, o peito arfando, os pulmões implorando por ar, os braços tremendo, os dedos se esfolando no chão de cimento. As lágrimas queimavam meus olhos, tornando a raiva muito mais difícil de controlar. Driblar as emoções para conseguir voltar para a garota que eu amava parecia tão impossível quanto voltar para Oak Creek.

6

Catherine

AS DOBRADIÇAS ENFERRUJADAS DO PORTÃO RANGERAM, ANUNCIANDO que eu tinha voltado da escola. Meu último ano do ensino médio tinha começado havia menos de duas semanas, mas meus ossos já doíam e meu cérebro parecia inteiramente tomado. Arrastei minha mochila pela terra e pela calçada rachada e torta que ia em direção à varanda. Passei pelo Buick destruído que teria sido meu presente de dezesseis anos e caí de joelhos quando tropecei num pedaço de concreto.

Cair é fácil. Difícil é levantar.

Passei a mão no joelho esfolado, cobrindo o rosto quando uma rajada de vento quente soprou grãozinhos de areia que pinicaram minhas pernas e olhos. A placa lá no alto fez um barulho, e eu olhei para cima, observando enquanto se movia para a frente e para trás. Para quem vinha de fora, aqui era a POUSADA JUNIPER, mas para mim, infelizmente, era minha casa.

Eu me levantei, espanando a terra que se transformava em lama nos arranhões que ficaram em minhas mãos e joelhos. Chorar não adiantava. Ninguém me escutaria.

Parecia que eu carregava uma bolsa cheia de tijolos quando a puxei pelos degraus, tentando chegar à varanda antes de ser golpeada novamente por grãos de areia. A Escola de Ensino Médio de Oak Creek ficava na zona leste da cidade — e minha casa ficava na zona oeste, e minhas costas sofriam com a longa caminhada para casa naquele sol quente. Em um mundo ideal, mamãe estaria na porta com um sorriso no rosto e um copo de chá com açúcar na mão, mas a porta empoeirada estava fechada e estava escuro lá dentro. Morávamos no mundo da mamãe.

Rosnei olhando para aquela porta imensa com um arco na parte superior. Ela me recebia com uma careta toda vez que eu chegava em casa, debochava de mim.

Virei a maçaneta e arrastei a mochila para dentro. Mesmo irritada e cansada, tomei cuidado para não deixar que a porta batesse.

A casa estava suja, escura e quente, mas ainda assim era melhor que o lado de fora, com aquele sol cruel e aquelas cigarras escandalosas.

Mamãe não estava na porta com um chá gelado nas mãos. Ela nem sequer estava em casa. Fiquei imóvel por um instante, tentando descobrir quem estava.

Contrariamente à vontade do meu pai, mamãe usara a maior parte do dinheiro do seguro de vida para transformar nossa casa de sete quartos em um lugar onde viajantes cansados pudessem passar a noite ou o fim de semana. Assim como meu pai previra, raramente recebíamos alguém novo. E os clientes recorrentes não eram o bastante. Havíamos vendido o carro da mamãe, e mesmo assim as dívidas se acumulavam. Mesmo depois de usarmos o dinheiro do seguro social, mesmo se alugássemos todos os quartos todas as noites pelo resto do meu tempo no ensino médio, ainda perderíamos tudo. A casa seria confiscada pelo banco, eu seria levada pelo Conselho Tutelar e a mamãe e os poucos clientes precisariam dar um jeito de viver do lado de fora das paredes da Pousada Juniper.

Sufocada com o ar úmido e parado, decidi abrir uma janela. O verão havia sido miseravelmente quente, mesmo para os padrões de Oklahoma, e o outono não trazia nenhum alívio. Ainda assim, mamãe não gostava de ligar o ar-condicionado se não estivéssemos esperando hóspedes.

Mas estávamos. Sempre esperávamos hóspedes.

Ouvi alguém descendo a galope as escadas do hall. O lustre de cristal balançou e dei um sorriso. Poppy tinha voltado.

Deixei minha mochila perto da porta e subi os degraus de madeira, dois de cada vez. Poppy estava no fim do corredor, em pé ao lado da janela, olhando para o quintal lá embaixo.

— Quer sair para brincar? — perguntei, estendendo a mão para fazer carinho no cabelo dela.

Ela fez que não, mas não se virou.

— Poxa — eu disse. — Dia ruim?

— O papai não quer que eu saia até ele voltar — ela choramingou. — Faz muito tempo que ele saiu.

— Você já almoçou? — perguntei, estendendo a mão, ao que ela sacudiu a cabeça. — Aposto que seu pai vai deixar você ir comigo lá fora se antes você comer um sanduíche. Pasta de amendoim e geleia?

Poppy sorriu. Ela era praticamente uma irmã para mim. Eu cuidava dela desde a primeira noite em que se hospedaram na nossa casa. Ela e o pai foram os primeiros a chegar depois que meu pai morreu.

Ela desceu as escadas de um jeito desengonçado, depois ficou olhando enquanto eu vasculhava os armários em busca do pão, de uma faca, geleia e pasta de amendoim. Os cantinhos sujos da boca de Poppy se levantaram quando ela me viu juntando os ingredientes e colocando uma banana de brinde.

Quando eu tinha a idade de Poppy, mamãe sempre escondia alguma coisa saudável no meu lanche, e agora, faltando cinco meses para meu aniversário de dezoito anos, eu era a pessoa adulta. Era assim desde que meu pai morreu. Mamãe nunca me agradeceu ou reconheceu o que fiz por nós duas, não que eu esperasse isso dela. Agora nossa vida se baseava em sobreviver, um dia de cada vez. Qualquer coisa a mais poderia me sobrecarregar, e eu não podia me dar ao luxo de desistir. Ao menos uma de nós precisava dar conta do recado para que tudo não desmoronasse.

— Você tomou café da manhã? — perguntei, tentando ter uma ideia do horário que ela tinha chegado.

Ela fez que sim, enfiando o sanduíche na boca. Um rastro de geleia de uva se juntou à sujeira e ao melado que já manchavam seu rosto.

Peguei minha mochila e a deixei no canto da nossa mesa de jantar retangular e comprida, não muito longe de onde Poppy estava sentada. Enquanto ela mastigava e limpava o queixo melecado com as costas da mão, eu terminei a tarefa de geometria. Poppy era alegre mas solitária, igual a mim. Mamãe não me deixava trazer amigos para casa, exceto por uma ou outra visita da Tess, que praticamente só falava sobre a casa em que morava no fim da rua. Ela recebia ensino domiciliar e era um pouco estranha, mas era alguém com quem eu podia conversar e que não se importava com as peculiaridades da Pousada Juniper. De qualquer forma, eu mal tinha tempo para essas coisas. Não podíamos deixar que gente de fora ficasse sabendo do que acontecia do lado de dentro.

Um som alto surgiu lá fora, e eu abri um pouco a cortina para espiar pela janela. O Mini Cooper branco-pérola conversível da Presley estava recheado de clones, que agora, como eu, estavam no último ano. O teto estava rebaixado, e as clones davam risada e mexiam a cabeça ao som da música, enquanto a Presley diminuía a velocidade no cruzamento que ficava em frente à minha casa. Dois anos atrás, talvez eu fosse invadida por um sentimento de inveja ou tristeza, mas atualmente o desconforto do entorpecimento era tudo que eu conseguia sentir. A parte de mim que queria ter carros, encontros e roupas novas tinha morrido com meu pai. Querer uma coisa que eu não podia ter era dolorido demais, então escolhi não querer.

Mamãe e eu tínhamos contas a pagar, e isso implicava guardar os segredos das pessoas que andavam pelos nossos corredores. Se os vizinhos soubessem a verdade, não nos deixariam ficar. Então éramos leais aos clientes e guardávamos seus segredos. Eu estava disposta a sacrificar minhas poucas amizades para que ficássemos juntas, felizes e sozinhas.

Assim que abri a porta dos fundos, Poppy saiu voando pelos degraus e chegou ao quintal, apoiando as mãos no chão e chutando o ar num salto meio desajeitado. Ela deu uma risadinha e cobriu a boca, e depois se sentou na grama seca e dourada. Senti a boca ressecar só de ouvir a grama estalando sob nossos pés. O verão tinha sido um dos mais quentes da minha vida. Mesmo agora, no fim de setembro, as árvores estavam secas e o chão estava coberto de grama morta, poeira e besouros. A chuva tinha se tornado uma coisa da qual os adultos falavam com saudosismo.

— Logo o papai vai voltar — Poppy disse, com um tom de nostalgia na voz.
— Eu sei.
— Conta de novo. Aquela história de quando você nasceu. A história do seu nome.

Sorri, sentando nos degraus.
— De novo?
— De novo — Poppy disse, arrancando, distraída, pedaços de grama do quintal.
— A mamãe passou a vida inteira querendo ser uma princesa — falei, de um jeito respeitoso, com o mesmo tom que meu pai usava quando me contava essa história antes de dormir. Todas as noites, até o dia em que morreu, ele me contou a História de Catherine. — Quando mamãe tinha só dez anos, ela já sonhava com vestidos bufantes, pisos de mármore e xícaras de ouro. Ela desejava com tanta força que tinha certeza de que tudo se tornaria realidade. Quando ela se apaixonou pelo meu pai, ela simplesmente soube que, em segredo, ele era um príncipe.

As sobrancelhas e os ombros de Poppy se ergueram enquanto ela se perdia nas minhas palavras, e em seguida sua expressão mudou.
— Só que ele não era.
Sacudi a cabeça.
— Não, não era. Mas ela o amava ainda mais do que amava aquele sonho.
— Eles se casaram e tiveram um bebê.
Fiz que sim com a cabeça.
— Ela queria fazer parte da realeza, e conceder um nome, um título, a outra pessoa era o mais próximo que ela chegaria desse lugar. Para ela, "Catherine" parecia um nome de princesa.
— Catherine Elizabeth Calhoun — Poppy disse, ajeitando a postura.
— Esplêndido, né?
O rosto de Poppy se contorceu.
— O que significa "esplêndido"?
— Com licença. — Uma voz grave surgiu no canto do quintal.
Poppy se levantou, encarando o intruso.

Fiquei ao lado dela, erguendo a mão para proteger os olhos do sol. De início, só consegui ver uma silhueta, mas depois o rosto ganhou definição. Quase não o reconheci, mas a câmera pendurada no pescoço o entregou.

Elliott estava mais alto, e seu corpo tinha ficado maior, mais musculoso. O maxilar marcado o fazia um homem, em vez do menino de que eu lembrava. O cabelo estava mais comprido e agora chegava à altura dos ombros. Apoiou os cotovelos no alto da nossa cerca de estacas, já descascada, com um sorriso esperançoso.

Olhei para Poppy por cima dos ombros.

— Vá lá para dentro — eu disse. Ela obedeceu e entrou. Olhei para Elliott e me virei.

— Catherine, espera — ele pediu.

— Já esperei — disse bruscamente.

Ele enfiou as mãos nos bolsos da bermuda cáqui, e senti meu peito se apertar. Ele estava tão diferente da última vez que o vi, e ao mesmo tempo tão igual. Tão distante do adolescente esquisito e desengonçado de dois anos atrás. O aparelho tinha ido embora, e só restava um sorriso perfeito por trás daqueles lábios mentirosos, daqueles dentes brancos em contraste com a pele. Sua expressão havia mudado, assim como o brilho em seus olhos.

O pomo de adão de Elliott estremeceu quando ele engoliu em seco.

— Eu, hum, eu...

Sou um mentiroso.

A câmera balançou, presa a uma alça grossa pendurada no pescoço, enquanto ele procurava as palavras. Ele estava nervoso, arrependido e bonito.

Tentou de novo.

— Eu...

— Você não é bem-vindo aqui — falei, subindo os degraus e recuando.

— Acabei de me mudar — ele falou, enquanto eu me virava. — Com a minha tia? Enquanto meus pais finalizam o divórcio. Meu pai está morando com a namorada, e minha mãe passa quase o dia todo na cama. — Levantou a mão e fez um gesto com o dedão, apontando para trás. — Estou ali no fim da rua? Lembra onde a minha tia mora?

Não gostei do jeito como ele terminava as frases, com pontos de interrogação. Se um dia eu fosse voltar a falar com um garoto com o mínimo sinal de interesse, ele precisaria falar usando pontos-finais, e só às vezes pontos de exclamação. Só quando fosse uma coisa muito interessante, como meu pai falava.

— Vai embora — eu disse, olhando com desprezo para sua câmera.

Ele pegou aquela engenhoca quadrada com seus dedos longos e me lançou um sorrisinho. Sua câmera nova era velha e provavelmente já tinha vivido muito mais que ele.

— Catherine, por favor. Me deixa explicar?

Não respondi. Em vez disso, caminhei em direção à porta de tela. Elliot soltou a câmera, estendendo a mão.

— Começo na escola amanhã. Pedi transferência no último ano, acredita? Seria... seria legal conhecer pelo menos uma pessoa?

— As aulas já começaram — rosnei.

— Eu sei. Tive que me recusar a ir para aula em Yukon para a minha mãe finalmente me deixar vir.

O tom de desespero em sua voz enfraqueceu minha determinação. Meu pai sempre dizia que eu precisaria me esforçar muito se quisesse cobrir meu coração mole com uma casca grossa.

— Você tem razão. Deve ter sido péssimo — eu disse, não conseguindo me segurar.

— Catherine... — Elliott implorou.

— Sabe o que também é péssimo? Ser sua amiga — declarei, e me virei em direção à minha casa.

— Catherine. — Mamãe se assustou quando entrei e dei de cara com ela. — Nunca te vi sendo tão grossa.

Mamãe era alta, mas tinha um corpo macio e cheio de curvas que no passado eu adorava abraçar. Depois que meu pai morreu, houve uma fase em que ela não era mais nem macia nem cheia de curvas, e suas saboneteiras ficaram tão protuberantes que faziam sombra, e receber um abraço dela era como ser agarrada pelos galhos sem vida de uma árvore seca. Agora suas bochechas estavam cheias e ela estava macia de novo, embora não me abraçasse com a mesma frequência. Agora eu a segurava.

— Desculpa — falei. Ela tinha razão. Ela nunca tinha me visto sendo mal-educada. Eu só agia assim quando ela não estava por perto, para mandar embora gente inconveniente. A profissão de mamãe era a hospitalidade, e qualquer grosseria a deixava chateada, mas era necessário para guardar nossos segredos.

Ela colocou a mão no meu ombro e deu uma piscadinha.

— Bom, você é minha cria, não é? Acho que a culpa é minha.

— Oi, senhora — ele disse. — Sou o Elliott. Youngblood?

— Sou a Mavis — mamãe disse, agradável, educada e gentil, como se a umidade não a sufocasse como acontecia com todos nós.

— Acabei de chegar para morar com a minha tia Leigh, no fim da rua.

— Leigh Patterson Youngblood?

— Sim, senhora.

— Nossa — mamãe disse, piscando. — Como você aguenta sua tia Leigh?

— Ela está melhorando — Elliott disse, com um sorrisinho.

— Bom, então que Deus a abençoe. Sempre achei que ela era uma cobra. Desde os tempos da escola — mamãe disse.

Elliott riu, e eu percebi como havia sentido sua falta. Chorei por dentro, como havia chorado desde que ele se fora.

— Puxa vida, onde foi parar a nossa educação? Quer entrar um pouquinho, Elliott? Acho que tenho um pouco de chá, umas frutas e vegetais frescos da nossa horta. Ou do que sobrou depois da seca.

Virei de costas e olhei feio para mamãe.

— Não. A gente tem que trabalhar. A Poppy e o pai dela chegaram.

— Ah, entendi... — mamãe disse, levando a mão ao peito. De repente ela tinha ficado nervosa. — Mil desculpas, Elliott.

— Fica para a próxima — Elliott disse, despedindo-se com uma continência. — Até amanhã, princesa Catherine.

Fiquei nervosa.

— Nunca mais me chame assim.

Levei mamãe para dentro, deixando a porta de tela bater ao entrar. Mamãe passou as mãos pelo avental, um pouco inquieta. Eu a levei para o andar de cima e cruzamos o corredor, depois subimos cinco degraus até chegar à suíte principal, e lá fiz um gesto para ela se sentar na penteadeira. Ela não tinha conseguido passar nem uma noite no quarto que era dela e do meu pai desde que ele tinha morrido, então transformamos o pequeno depósito que ficava no sótão em um cômodo só para ela.

Ela ficou mexendo nos cabelos e pegou um lenço para limpar o rosto.

— Jesus, não é à toa que você não quis que ele entrasse. Estou um desastre.

— Você anda trabalhando muito, mamãe. — Peguei o pente e passei no cabelo dela.

Ela relaxou um pouco e deu um sorriso.

— Como foi seu dia? Como foi a escola? Já terminou sua tarefa?

Dava para entender por que ela gostava do Elliott. Ela também falava com interrogações.

— Tudo bem. E sim. Só tinha de geometria.

Ela bufou.

— *Só tinha de geometria* — ela falou, imitando meu tom antipático. — Eu mal conseguia resolver um simples problema de matemática.

— Não é verdade — eu disse.

— Tudo porque o seu pai... — Ela parou no meio, e vi seu olhar ficar perdido.

Deixei o pente de lado e desci a escada em direção ao hall, tentando arranjar alguma coisa para fazer. Agora mamãe tinha ficado chateada e passaria o resto do dia ausente. Ela passava seus dias fingindo que estava tudo bem, mas, de vez em quando, quando meu pai ressurgia em uma conversa, ela se abatia demais, se lembrava demais, e por isso se escondia. E eu ficava — limpando, cozinhando, conversando com um possível hóspede. Passava meu tempo atualizando os registros e tentando manter aquela casa decrépita funcionando. Comandar a Juniper, embora fosse só uma pousada minúscula com poucos clientes, envolvia uma quantidade de trabalho capaz de ocupar dois funcionários em tempo integral. Havia noites em que eu ficava contente por ela ter se trancado em suas memórias, me deixando encarregada de tudo. Ficar ocupada havia se transformado em um sinônimo de ficar em paz.

A porta bateu, e Poppy chamou meu nome do alto da escada.

— Catherine!

Subi os degraus correndo e a segurei. Os soluços faziam seu corpo estremecer.

— O papai saiu de novo!

— Que pena... — falei, balançando-a devagar.

Eu preferia lidar com Poppy a lidar com o pai dela. Duke era um homem bravo e escandaloso, sempre gritando, sempre ocupado (mas não do jeito que transmite paz) e um hóspede nem um pouco agradável. Quando ele estava por perto, Poppy ficava quieta. Mamãe ficava quieta. Com isso, eu era a única pessoa que sobrava para lidar com ele.

— Eu fico com você até ele voltar — falei.

Ela concordou e apoiou a cabeça no meu peito. Fiquei sentada com ela no tapete vermelho e velho que caía pelos degraus até a hora de ela dormir, e depois a coloquei na cama.

Eu não sabia se Poppy ainda estaria em casa no dia seguinte, mas não seria difícil garantir que ela tivesse alguma coisa rápida e doce para comer no café da manhã, ou que Duke comesse seu omelete e seu mingau de aveia. Desci as escadas para ajeitar a cozinha para a manhã seguinte. Se deixasse tudo pronto, mamãe faria a comida e eu poderia me aprontar para a aula.

Depois de limpar tudo e guardar os tomates, cebolas e cogumelos já fatiados na geladeira, voltei correndo lá para cima.

Mamãe tinha dias bons e dias ruins. O dia de hoje estava mais ou menos no meio da escala. Já houve piores. Administrar a Juniper era demais para ela. Eu ainda não sabia como estava conseguindo manter tudo em pé, mas, quando tudo que importava era chegar ao dia seguinte, a idade não importava, só o que tinha que ser feito.

Tomei banho e vesti meu pijama — estava quente demais para usar qualquer outra coisa —, depois me enfiei na cama.

No silêncio, os soluços de Poppy atravessavam os corredores. Fiquei paralisada, esperando para ver se ela dormiria de novo. Essas noites na Juniper não eram fáceis para ela, e eu sempre me perguntava como eram as coisas quando ela estava longe, se ficava triste, assustada e solitária, ou se tentava esquecer aquela parte de sua vida que existia entre as noites Juniper Street. Pelo pouco que ela havia me contado, eu sabia que sua mãe tinha ido embora. Seu pai, Duke, era assustador. Poppy vivia presa em um ciclo em que ou ela ficava trancada em um carro com ele, viajando de cidade em cidade, ou era abandonada durante horas, às vezes dias, enquanto ele trabalhava como vendedor. Os momentos na pousada eram seus preferidos, mas eram só uma pequena parte de sua vida.

Pensamentos relacionados ao próximo dia de aula interromperam minha preocupação com Poppy. Eu faria o meu melhor para afastar as pessoas e me esforçaria ainda mais para afastar Elliott. Nós dois éramos os únicos jovens que moravam na Juniper Street. Exceto Tess e um único aluno da pré-escola, nossa vizinhança era composta de ninhos vazios e avós cujos filhos e netos moravam do outro lado do país. Inventar desculpas para ignorar Elliot não seria fácil.

Talvez ele rapidamente se tornasse um aluno popular e parasse de tentar ser meu namorado. Talvez ele me chamasse de estranha e cuspisse no meu cabelo, como alguns alunos faziam. Talvez Elliott facilitasse meu trabalho de odiá-lo. Quase adormecida, torci para que fosse assim. O ódio tornava a solidão mais fácil.

7

Catherine

TIRINHAS BRANCAS PRESAS A UMA ABERTURA NO TETO BALANÇAVAM EM um ritmo silencioso em algum lugar dentro do sistema de ventilação da escola. Estavam lá para mostrar que o ar-condicionado estava funcionando, e estava, só que não muito bem.

Scotty Neal se contorceu todo para fazer um alongamento e se apoiou na minha cadeira até as costas estralarem, depois soltou um suspiro dramático. Ergueu a barra da camiseta para enxugar o suor do rosto vermelho e inchado.

Puxei para trás o cabelo, que agora passava dos ombros, e fiz um coque alto. Os fios da nuca estavam úmidos e faziam cócegas, então os prendi. Os outros alunos também estavam agitados, cozinhando com o calor.

— Professor Mason — Scotty resmungou —, será que a gente consegue um ventilador? Água? Qualquer coisa?

O professor Mason passou um lenço na testa e ajeitou os óculos no nariz brilhoso pela décima vez.

— Boa ideia, Scotty. Pausa para beber água. Usem o bebedouro no fim do corredor. Tem várias salas de aula no caminho. Quero silêncio, quero que sejam eficientes e quero que estejam de volta em cinco minutos.

Scotty concordou, e as cadeiras se arrastaram no piso de cerâmica verde com padrão geométrico quando todos levantaram e saíram, nem um pouco em silêncio. Minka passou por mim, com o cabelo cheio de frizz e ameaçando cachear. Ela me olhou por cima do ombro, ainda chateada por eu ter cortado relações com ela e com Owen dois anos atrás.

O professor Mason revirou os olhos diante do burburinho e sacudiu a cabeça, e só depois percebeu minha presença. A aluna solitária que ainda estava na sala.

— Catherine?

Ergui as sobrancelhas.

— Não está com sede? — perguntou uma única vez, já imaginando qual seria a resposta. — Ah, isso aqui é um circo. Eu entendo. Mas vê se vai depois que todo mundo voltar, tudo bem?

Fiz que sim com a cabeça e comecei a rabiscar no meu caderno, tentando não pensar no rastro de suor que se formava na camiseta do professor, bem onde seus peitos ficavam caídos como duas panquecas grossas e gêmeas, logo acima da barriga dilatada de chope.

O professor Mason respirou fundo e prendeu o fôlego. Ia me perguntar alguma coisa, provavelmente se eu estava bem ou como as coisas iam em casa. Mas ele sabia que era melhor não perguntar. Tudo estava "bem", "legal" ou "normal". Tudo sempre esteve "bem", "legal" ou "normal" na aula dele no ano anterior, também. Parecia que ele sempre se lembrava de me perguntar às sextas. Nas férias de fim de ano, ele parava.

Quando metade da sala já havia voltado, o professor Mason me olhou por cima dos óculos.

— Tudo bem, Catherine?

Como não queria discutir na frente de todo mundo, concordei e me levantei, me concentrando na cerâmica verde e branca enquanto caminhava. As risadinhas e as vozes ficaram mais altas, e vários pares de sapato invadiram meu campo de visão.

Parei no final da fila do bebedouro, e as clones deram risada.

— Bacana você ter ficado no final da fila — Presley disse.

— Eu não vou beber depois dela — sua amiga Anna Sue cochichou.

Cravei uma unha no braço.

Presley lançou um olhar animado para a amiga e em seguida se dirigiu a mim:

— Como vai a pousada, Cathy? Parecia fechada da última vez que passei na frente.

Soltei um suspiro.

— Catherine.

— Perdão? — Presley disse, fingindo estar ofendida porque não respondi.

Ergui a cabeça e olhei para ela.

— Meu nome é Catherine.

— Ah... — Presley debochou. — A Kit-Cat está atacada.

— Hoje ela decidiu andar com os plebeus — Minka cochichou.

Rangi os dentes, soltando o braço e fechando a mão com força.

— Eu ouvi falar que é mal-assombrada — Tatum disse enquanto tirava as madeixas tingidas da frente dos olhos, que brilhavam com a empolgação da briga.

— Sim — voltei à vida. — E a gente bebe sangue de mulheres virgens, então vocês não correm perigo — falei, retornando para a sala.

Corri de volta para a presença segura do professor Mason e me enfiei em minha carteira. Ele nem notou, embora ninguém o distraísse. Ninguém falava ou se mexia. Estava tão quente que até respirar parecia impossível.

Scotty voltou, enxugando gotas d'água do queixo com as costas das mãos. O gesto me fazia lembrar de Poppy, e me perguntei se ela estaria na Juniper quando eu voltasse para casa, se mamãe precisaria de ajuda, e se algum hóspede havia chegado enquanto eu estava fora.

— Posso ajudar? — o professor Mason perguntou.

Levantei a cabeça do caderno. Elliott Youngblood estava em pé, com metade de um tênis gigantesco já na parte de dentro da sala, uma mão segurando um papelzinho branco, a outra, uma mochila vermelha puída. Mais alunos voltaram, empurrando Elliott com os cotovelos enquanto passavam, como se ele fosse um objeto inanimado no caminho. Nenhum pedido de desculpa, nenhuma palavra sobre o fato de terem esfregado a pele suada nele sem nem um "com licença".

— Isso é para mim? — o professor Mason perguntou, apontando para o papel na mão de Elliott.

Elliott deu um passo adiante, e o topo de sua cabeça quase alcançou o pequeno Saturno de papel que ficava pendurado no teto.

Fiquei pensando em formas de odiá-lo. Pessoas muito altas, muito baixas ou muito qualquer coisa geralmente tinham um sentimento exagerado de inferioridade, e provavelmente Elliott tinha se tornado uma pessoa sensível e insegura — impossível de conviver.

O braço forte de Elliott se estendeu para entregar o papel ao professor Mason. Seu nariz ficava enrugado dos lados quando ele fungava. Fiquei com raiva daquele nariz, daqueles músculos e do fato de ele estar tão diferente e tão mais alto e mais velho. Mais do que tudo, eu o odiava por ter me deixado sozinha por ocasião da morte do meu pai. Eu tinha dado meu verão inteiro para ele — meu último verão com meu pai — e, quando precisei dele, ele simplesmente me abandonou.

O professor Mason estreitou os olhos para ler o papel, depois o colocou junto dos outros, que formavam uma pilha caótica em sua mesa.

— Seja bem-vindo, sr. Youngblood. — O professor Mason ergueu a cabeça em direção a Elliott. — Você veio da Águia Branca?

Elliott levantou uma sobrancelha, chocado com uma colocação tão ignorante.

— Não?

O professor Mason apontou para uma cadeira vazia no fundo da sala, e Elliott caminhou silenciosamente em direção à minha fileira. Algumas risadinhas voaram pelo ar, e eu fiquei olhando para trás, observando enquanto Elliott tentava acomodar suas pernas intermináveis na carteira. Minha altura estava abaixo da média. Nunca me ocorrera que aquelas carteiras eram mais adequadas para crianças. Elliott era um homem, um gigante, e não cabia em nada que tivesse tamanho único.

As dobradiças de metal rangeram quando Elliott se mexeu de novo, e mais risadinhas cruzaram a sala.

— Tudo bem, tudo bem — o professor Mason disse, se levantando. Quando ergueu os braços para fazer um gesto pedindo à turma que se acalmasse, as manchas escuras de suor em sua roupa ficaram visíveis, e a turma riu mais ainda.

A orientadora da escola entrou na sala e examinou os alunos até parar em Elliott. Então suspirou, fazendo cara de decepção.

— Já falamos sobre isso, Milo. O Elliott vai precisar de uma mesa e uma cadeira. Pensei que você já tivesse providenciado tudo.

O professor Mason fez uma careta, irritado com uma segunda interrupção.

— Eu estou bem — Elliott assegurou. Sua voz era grave e clara, mas o constrangimento pingava de cada palavra.

— Sra. Mason.... — o professor Mason disse seu próprio nome com o desdém de um futuro ex-marido. — Está tudo sob controle.

O olhar preocupado desapareceu de seu rosto, e ela lhe lançou um olhar irritado. Segundo os boatos, os Mason tinham decidido passar um tempo separados na primavera passada, mas as coisas estavam bem melhores para ela do que para ele.

A sra. Mason tinha perdido quase vinte quilos e agora estava mais leve, usava mechas loiras no cabelo castanho e mais maquiagem. A pele estava mais luminosa e as rugas em volta dos olhos haviam desaparecido. Estava cheia de alegria, uma alegria que transbordava da pele e dos olhos, alastrando-se pelo chão, quase deixando um rastro de arco-íris com perfume de rosas aonde quer que fosse. A sra. Mason era melhor sem o marido. Sem a mulher, o sr. Mason não era quase nada.

O professor Mason levantou as mãos, mostrando as palmas.

— Está lá no depósito. Já vou trazer.

— Não tem problema, de verdade — Elliott disse.

— Confie em mim, filho — o sr. Mason murmurou. — Quando a sra. Mason põe uma coisa na cabeça, é melhor você fazer.

— É isso aí — a sra. Mason confirmou, quase sem paciência. — Então faça logo. — Mesmo quando ficava irritada, a felicidade ainda cintilava em seus olhos. Os sapatos de salto bateram no piso quando ela saiu da sala, pisando firme pelo corredor.

Morávamos numa cidade de mil habitantes e, dois anos após a demissão do meu pai, ainda não havia muitos empregos lá. Os Mason não tinham outra escolha a não ser continuar trabalhando juntos, a não ser que um deles se mudasse. E aquele parecia ser o ano da decisão.

Descobrir qual dos dois se mudaria prometia ser uma reviravolta interessante no nosso tradicional ano escolar. Eu gostava de ambos os Mason, mas tudo indicava que um deles deixaria Oak Creek em breve.

O professor Mason fechou os olhos e massageou as têmporas. A sala ficou em silêncio. Até crianças sabiam que era melhor não provocar um homem à beira de um divórcio.

— Tudo bem, tudo bem — o professor Mason disse, levantando a cabeça. — Scotty, pegue as minhas chaves e traga aquela mesa e aquela cadeira que fiz você guardar no depósito no primeiro dia de aula. Leve o Elliott e umas carteiras com vocês.

Scotty foi até a mesa do professor Mason, pegou as chaves e fez sinal para Elliott segui-lo.

— É logo no final do corredor — Scotty explicou, esperando que Elliott conseguisse escapar da carteira.

As risadas haviam derretido como os nossos desodorantes. A porta se abriu, e uma brisa leve foi sugada para dentro da sala, fazendo os alunos mais próximos da porta soltarem um suspiro involuntário de alívio.

O professor Mason deixou as mãos caírem sobre a mesa, revirando os papéis.

— Deviam suspender as aulas. Vamos todos ficar com insolação. Desse jeito vocês não conseguem se concentrar. Desse jeito nem eu consigo me concentrar.

— A professora McKinstry deixou a gente assistir à aula de inglês debaixo daquela árvore enorme que fica entre a escola e o auditório — Elliott disse. Os cabelos compridos e escuros também estavam reagindo ao calor, à umidade e ao suor, e tinham ficado meio oleosos. Ele pegou um elástico e os prendeu em um rabo de cavalo falso, quase um coque, com a maior parte dos fios escapando pela parte de baixo.

— Não é má ideia. Se bem que — o professor Mason disse, pensando em voz alta — a essa altura lá fora deve estar mais quente que aqui dentro.

— Pelo menos lá fora tem um ventinho — Scotty argumentou, bufando e pingando suor enquanto ajudava Elliott a levar a mesa para dentro da sala.

Elliott segurava a cadeira com a mão livre, junto com sua mochila vermelha. Eu não tinha notado essa parte, mas tinha percebido todo o resto.

Olhei para a abertura que ficava em cima da cabeça do professor Mason. As fitinhas brancas estavam paradas. O ar-condicionado finalmente tinha chegado ao fim.

— Meu Deus, professor Mason — Minka choramingou, debruçando-se na carteira. — Assim eu vou morrer.

O professor Mason me viu olhando para cima e fez o mesmo, levantando-se assim que percebeu o que eu já sabia. O sistema de ventilação não estava funcionando. O ar-condicionado estava quebrado, e a sala de aula do professor Mason ficava na ala mais ensolarada da escola.

— Tudo bem, todo mundo para fora. Aqui só vai ficar cada vez mais quente. Fora, fora, fora! — ele gritou, alguns segundos após os alunos ficarem olhando ao redor, confusos.

Pegamos nossas coisas e seguimos o professor Mason pelo corredor. Ele instruiu que sentássemos nas mesas estreitas da área comum enquanto foi procurar Augustine, nossa diretora.

— Já volto — o professor disse. — Ou eles vão suspender as aulas, ou vamos continuar a nossa na sorveteria no fim da rua.

Todos comemoraram, menos eu. Eu estava ocupada olhando para Elliott Youngblood. Ele se sentou numa cadeira ao meu lado, na mesa vazia que eu havia escolhido.

— Sua Alteza — Elliott disse.

— Não me chama assim — murmurei, olhando em volta para ver se alguém tinha escutado. A última coisa de que eu precisava era que a turma tivesse mais um motivo para caçoar de mim.

Ele chegou mais perto.

— Quais são suas outras aulas? Talvez a gente tenha outros horários em comum.

— Não temos.

— Como você sabe? — ele perguntou.

— Só estou torcendo.

A secretária da escola, sra. Rosalsky, começou a falar pelos alto-falantes.

— Atenção, alunos, levantem-se para um anúncio oficial da nossa diretora.

Ouviram-se alguns ruídos, e em seguida a voz da sra. Augustine surgiu, com seu tom de menina empolgada de treze anos.

— Boa tarde, alunos. Como vocês já devem ter notado, o sistema de ar-condicionado entrou em pane hoje, e precisaremos comprar um novo. As aulas da tarde foram canceladas, assim como as de amanhã. Esperamos resolver esse problema até sexta-feira. A administração da escola entrará em contato com os pais de vocês sobre o recomeço das aulas. Os ônibus sairão mais cedo. Quanto aos alunos que estiverem a pé, por favor, peçam que seus pais ou responsáveis venham buscá-los, já que hoje estamos sob alerta de altas temperaturas. Aproveitem os dias de folga!

Todos ao meu redor se levantaram e comemoraram, e segundos depois os corredores se encheram de adolescentes animados e saltitantes.

Abaixei a cabeça para olhar para o rabisco em meu caderno. Um cubo 3D e um alfabeto desenhado com uma letra grossa, contornados por plantas que formavam arabescos.

— Até que ficou legal — Elliott comentou. — Você faz aula de arte?

Puxei minhas coisas e empurrei a cadeira para trás enquanto me levantava. Após poucos passos em direção ao meu armário, Elliott me chamou.

— Como você vai voltar para casa? — ele perguntou.

Depois de hesitar um pouco, eu respondi:

— Sempre vou a pé.

— Você cruza a cidade inteira? A temperatura passou dos quarenta graus.
— Aonde você quer chegar? — perguntei, virando-me para encará-lo.
Ele encolheu os ombros.
— Tenho carro. É uma merda de um Chrysler 1980 detonado, mas o ar-condicionado pode te congelar se estiver no máximo. Pensei que podíamos parar na Braum's e comprar uma pink lemonade, e depois eu te deixaria em casa.

A ideia de degustar a bebida e ficar no ar-condicionado fez meus músculos relaxarem. A Braum's era o único lugar da cidade em que dava para sentar, e uma volta no carro de Elliott, na sombra, durante todo o caminho até a minha casa, parecia um sonho, mas, assim que chegássemos lá, ele ficaria na expectativa de ser convidado para entrar, e, se ele entrasse, ele veria.

— Desde quando você tem carro?
Ele deu de ombros.
— Desde que fiz dezesseis anos.
— Não. — Dei meia-volta e voltei para o armário. Ele já tinha o carro por quase dois anos. Agora não havia mais dúvida. Ele tinha quebrado a promessa.

Eu havia tido tarefa de casa para fazer todos os dias durante as duas últimas semanas — desde o primeiro dia de aula. Sair da escola sem minha mochila e meus livros me obrigava a repassar obsessivamente uma lista mental. Sentia um pânico momentâneo a cada cinco passos, mais ou menos. Cruzei a Main Street e virei à esquerda na South Avenue, uma estrada nos limites da cidade que seguia até a zona oeste e ia direto para a Juniper Street.

Quando cheguei à esquina da Main com a South, minha mente já saltava de desejo por um chapéu, um pouco d'água e de protetor solar, evocando uma raiva de mim mesma por ter rejeitado a oferta de Elliott.

O sol batia em meus cabelos e ombros. Após cinco minutos de caminhada, gotículas de suor começaram a escorrer pelo meu pescoço e pelas laterais do meu rosto. A sensação era de que eu tinha engolido areia. Entrei no quintal do sr. Newby para ficar debaixo da árvore dele por alguns minutos, pensando se devia ou não ficar em pé perto dos sprinklers antes de continuar.

Um sedã grandalhão com uma cor meio marrom estacionou ao lado da calçada, e o motorista se debruçou enquanto abaixava a janela manualmente. Era Elliott. Ele colocou a cabeça para fora.

— Agora aceita minha oferta de ar-condicionado e uma bebida gelada?
Saí da sombra e continuei andando sem responder. Pessoas persistentes são persistentes com tudo o que querem. Nesse momento, Elliott queria me dar uma carona. Depois ele poderia querer entrar na minha casa ou voltar a sair comigo.

O cocô-móvel foi andando lentamente ao meu lado. Elliott não disse mais nada, embora a janela continuasse aberta, deixando escapar seu precioso ar-condicionado. Fui seguindo a calçada pela grama, sentindo uma gratidão silenciosa pelo restinho de ar frio que vinha da janela do passageiro do carro.

Depois de três quarteirões e de enxugar o suor da testa pela décima vez, Elliott tentou novamente.

— Tudo bem, a gente não precisa beber nada. Eu só te deixo em casa.

Continuei caminhando, embora meus pés estivessem quentes e minha cabeça, prestes a ferver. Como não havia nuvens para barrar os raios solares, a exposição estava mais brutal do que o normal.

— Catherine! Por favor, me deixa te levar para casa. Não vou falar com você. Eu te deixo em casa e vou embora.

Parei de andar, apertando os olhos por causa da luz brilhante lá do alto. O mundo inteiro parecia descolorido pelo sol, e o único movimento era o das ondas de calor dançando pelo asfalto.

— Sem falar nada? — perguntei, encostando a mão na testa para cobrir os olhos o suficiente para ver o rosto dele. Seus olhos diriam a verdade, mesmo se ele não dissesse.

— Se é isso que você quer. Se é isso que vai fazer você sair do sol. É perigoso, Catherine. São quatro quilômetros até a sua casa.

Pensei por um momento. Ele tinha razão. Eu não tinha nada que andar toda essa distância num calor de mais de quarenta graus. E o que aconteceria com mamãe se eu ficasse com insolação?

— Nem uma palavra? — perguntei.

— Eu juro.

Fiz uma cara feia.

— Você nunca cumpre o que promete.

— Eu voltei, não voltei? — Vendo minha cara, Elliott estendeu a mão, me chamando. — Por favor, Catherine. Deixa eu te levar para casa.

Ele manobrou o carro para estacionar e então se inclinou de novo, os bíceps se movendo de um jeito bonito quando ele esticou o braço e abriu a porta do passageiro.

Sentei no banco de veludo cor de chocolate, fechando a porta e a janela rapidamente. Em seguida me inclinei no banco e deixei o ar frio cobrir minha pele.

— Obrigada — eu disse, fechando os olhos.

Honrando sua palavra, Elliott não respondeu e se afastou da calçada.

Olhei para ele, para o pomo de adão se mexendo enquanto ele engolia saliva, para os dedos batucando no volante. Ele estava nervoso. Tive vontade de dizer que eu não mordia, que eu até podia odiá-lo por ele ter ido embora, me fazendo sentir sua falta durante dois longos anos, mas havia coisas muito mais importantes no mundo para ele realmente temer.

8

Catherine

— QUERIDA, QUERIDA, QUERIDA — ALTHEA DISSE, PUXANDO-ME PARA seus braços. Ela me levou até a pia da cozinha, abriu a torneira e molhou um pano com água gelada.

Dei um sorriso, apoiando o queixo com a palma da mão. Althea não ficava na pousada com muita frequência, mas me adorava, e não poderia ter escolhido um momento melhor para sua estadia.

Ela dobrou o pano e o encostou na minha testa, segurando firme.

— Está tão quente que nem consigo usar minha peruca. Onde você estava com a cabeça, menina?

— Eu precisava voltar para casa — expliquei, fechando os olhos. A casa também estava quente e abafada, mas pelo menos o sol não me castigava. — Você acha que a mamãe deixaria a gente ligar o ar-condicionado?

Althea soltou um suspiro, limpou as mãos no avental e as colocou na cintura.

— Pensei que já estivesse ligado. Deixa eu ver. — Sua saia dançava ao redor das coxas grossas enquanto ela saltitava de um lado para o outro. Ela se inclinou, apertando os olhos para enxergar o termostato. Balançou a cabeça. — Está marcando quinze graus. Mas a temperatura está chegando aos trinta e dois. — Estalou a língua. — Minha nossa! Sua mamãe vai precisar chamar alguém.

— Eu posso fazer isso — eu disse, começando a me levantar.

— Bebê, senta lá! Você está branca feito papel — Althea disse, correndo em minha direção.

Ela me fez voltar para a cadeira e depois revirou os armários até encontrar um copo limpo. Encheu-o com gelo e pegou uma jarra de chá gelado.

— Fica aí sentada e bebe isto. Sua mãe logo vai voltar para casa, e aí ela liga para o idiota que faz a manutenção do ar-condicionado.

Dei um sorriso para Althea. Ela era uma das minhas hóspedes preferidas. Só de pensar em lidar com a Poppy e o pai dela eu já ficava cansada.

— E aí? — ela começou a falar, apoiando-se nos cotovelos. — Como foi a aula?

— O de sempre — respondi. — Bom, quase o de sempre. Tem um menino novo na escola. Hoje ele me deu uma carona.

— Ah, é? — Althea disse, intrigada, com um pouco de farinha no rosto. Ela tinha feito alguma coisa, como sempre. Era a única hóspede da Juniper que às vezes ajudava mamãe, mas era porque ela não conseguia ficar parada. Ela assava um pão ou limpava o chão, sempre cantando a mesma música alegre, algum hino religioso antigo que eu conhecia de algum lugar. Seu cabelo estava preso num coque baixo, só uma mecha escura solta na frente do rosto.

Ela se abanava com um prato de papel, e o suor brotava no colo e na testa.

— O Elliott — eu disse, torcendo para ela se lembrar do nome. Mas ela não lembrou.

— Quem é ele? Desculpa, querida. Tenho andado tão ocupada com o trabalho e com o estudo bíblico que não consigo prestar atenção em quase nada.

— A gente se conheceu dois anos atrás. Era meu amigo.

— *Era* seu amigo ou *é* seu amigo? — Ela arqueou uma sobrancelha. — Porque você precisa de um amigo, menina. Você precisa de uns dez amigos. Você passa muito tempo trabalhando aqui. Deus sabe que é um fardo muito grande para uma menina tão nova.

— Era — falei, revirando minha bebida.

— Poxa vida — Althea lamentou. — O que aconteceu?

— Ele foi embora sem dar tchau. E não cumpriu uma promessa.

— Que promessa? — ela perguntou, com um tom protetor.

— Voltar para cá.

Althea sorriu e chegou mais perto, pegando minhas mãos.

— Minha criança... Escuta a tia Althea. Ele voltou. — Ela se levantou e abriu a torneira, começando a encher a pia com água para lavar os pratos que não cabiam na lava-louças. — Pelo que eu entendi, ele voltou, sim, ele voltou correndo para casa.

— Eu precisei dele — eu disse. — Ele foi embora quando eu mais precisei dele, e, agora que eu não preciso mais, ele resolveu aparecer. Mas chegou atrasado.

Althea passou as mãos na água, misturando o detergente. Levantou a cabeça, mas não se virou, e continuou falando de um jeito doce e suave. Eu conseguia ouvir um sorriso em sua voz, como se ela estivesse se lembrando de uma época mais tranquila. — Talvez você ainda precise dele.

— Preciso nada — retruquei, bebendo o último gole do chá. O cubo de gelo bateu no meu rosto, e eu devolvi o copo na mesa e limpei a boca.

— Bom, você precisa ter alguém por perto. Não é bom passar tanto tempo sozinha. Tem aquela escola inteira, e você não conseguiu achar um amigo? Nem um?

Fiquei em pé.

— Tenho tarefa para fazer e preciso lavar roupa.

Althea estalou a língua.

— Eu faço isso mais tarde, depois de ligar para o conserto. Meu bom Jesus, não dá para respirar de tanto calor.

— Olha quem fala, a pessoa que está suando em cima de uma pia cheia de água quente, lavando louça — brinquei.

Althea me olhou por cima do ombro com aquele olhar de mãe sem frescura que eu amava tanto. Às vezes eu queria que ela pudesse ficar. Seria tão legal ter alguém para cuidar de mim, para variar. Os netos dela moravam em algum lugar em Oak Creek, mas, quando vinha visitá-los, ela ficava conosco para não aborrecer o genro controlador. Ela era a única coisa boa que acontecia na Pousada Juniper.

— Não vai ter aula amanhã. O ar-condicionado de lá também quebrou.

— Parece que é contagioso — ela disse, chateada. — Você precisa achar um lugar fresquinho para descansar. Lá em cima está pior do que aqui.

Deixei meu copo na pia e passei pelo termostato na sala de jantar. Dei uma batidinha, como se fosse adiantar alguma coisa. O aparelho nem se mexeu, e, como a poeira e o calor estavam me sufocando, abri a porta da frente e sentei no balanço.

De quando em quando, uma brisa suave soprava através da treliça nas laterais da varanda, oferecendo uma pausa passageira daquele calor sufocante. Peguei impulso de leve para me balançar, esperando o sol se pôr, observando os carros passarem e ouvindo os gritos das crianças a alguns quarteirões de distância — provavelmente vizinhos que tinham uma piscina inflável.

As correntes rangiam num ritmo lento, e eu me debrucei, olhando para as teias de aranha cobertas de poeira que ficavam no teto. Alguma coisa tocou minha pele logo acima do joelho direito, e eu dei um grito, me ajeitando no banco.

— Desculpa. Estava passando e vi você aí sentada. Achei que devia parar.

— Passando de onde? — perguntei, esfregando o joelho.

A menina à minha frente fez uma careta.

— Do fim da rua, sua besta. Quer ver um filme hoje à noite?

— Não sei, Tess. Eu te aviso.

Tess tinha dezessete anos como eu, estudava em casa, era um pouco esquisita e meio desengonçada, mas eu gostava de receber suas visitas. Ela passava na minha casa quando não tinha nada para fazer ou quando precisava de uma amiga. E tinha um sexto sentido que eu achava incrível. Seu cabelo vivia preso no alto da cabeça, e ela usava roupas que pareciam herdadas de seu irmão mais velho, Jacob. Eu nunca o vira, mas ela falava tanto dele que eu sentia que já o conhecia.

Ela fungou, limpando o nariz com as costas da mão.

— Como estão as coisas? — perguntou, olhando para a rua, em direção à sua casa.

— Tudo bem. O Elliott voltou.

— É mesmo? E aí?

— Ainda estou brava. A Althea acha que eu não devia ficar.

— A Althea é muito sábia, mas vou ter que discordar. Acho que você devia ficar longe dele.

Suspirei.

— Acho que você está certa.

— Sei lá, tudo o que você sabe dele é que ele gosta de tirar fotografia e ir embora.

Engoli em seco.

— Ele gostava de mim.

Tess fez uma careta.

— Como você vai explicar para a Minka e para o Owen que, no fim das contas, você pode ter amigos?

Sorri para ela.

— Eu já tenho você.

Ela imitou minha expressão facial.

— Sim, você tem. Por isso não precisa do Elliott.

Fiz uma cara feia.

— Não preciso mesmo. E eu nunca correria o risco de passar por tudo aquilo de novo.

— Verdade. Justo agora que você tinha esquecido, ele aparece. Se quiser saber, acho que é muita maldade. — Ela se levantou. — Preciso ir. O Jacob está me esperando.

— Tudo bem. Até mais tarde. — Eu me debrucei de novo, fechando os olhos e deixando a brisa passar por mim mais uma vez. As tábuas da varanda rangeram, e, mesmo de olhos fechados, soube que alguém havia aparecido na minha frente. O sol havia se posto, tornando o escuro ainda mais escuro.

Meus olhos se abriram rapidamente, e franzi as sobrancelhas. Elliott estava em pé, com um copo em cada mão. As embalagens de isopor pingavam água, e dava para ver uma cereja dentro da tampa, alojada debaixo do plástico.

Ele segurou um dos copos bem na frente do meu rosto.

— Pink lemonade.

— Você me prometeu — eu disse, olhando para o copo.

Elliott sentou ao meu lado, soltando um suspiro.

— Eu sei. Mas você mesma disse... Eu não cumpro o que prometo.

Ele estendeu o copo mais uma vez, e eu o peguei, levando o canudo aos lábios. Tomei um gole, saboreando o limão ácido gelado e o xarope de cereja superdoce, o gás fazendo bolhas na língua.

— Senti sua falta, mesmo que você não acredite. Pensei em você todos os dias. Tentei de tudo para conseguir voltar. Sinto tanto por seu...

— Não fala mais nada — eu disse, fechando os olhos.

Ele esperou um pouco, mas em seguida voltou a falar, como se não conseguisse se segurar.

— Como vai a sua mãe?

— Ela lida do jeito dela.

— A Presley continua... sendo a Presley?

Dei uma risadinha e olhei para ele.

— Você passou um dia inteiro na escola. O que você acha?

Ele sacudiu a cabeça uma vez.

— Acho que sim?

— Você tem que parar com isso — falei.

— O quê?

— De falar usando perguntas. Você muda o tom de voz. É estranho.

— Desde quando você parou de gostar de coisas estranhas?

— Desde que a minha vida se tornou a própria definição dessa palavra.

— Você quer que eu controle meu tom de voz? — Ele sacudiu a cabeça. — Tudo bem.

Parecia que Elliott tinha passado todo o tempo em que estivera ausente de Oak Creek morando numa academia de ginástica. O pescoço dele estava largo, o maxilar, protuberante, as curvas dos ombros e braços, firmes e definidas. Ele se movimentava com mais confiança, me olhava nos olhos, sorria com aquele tipo de charme que beira a arrogância. Eu gostava dele do jeito que era antes: desengonçado e esquisito, com a voz suave e uma rebeldia tímida. Naquela época ele era humilde. Agora eu estava diante de um menino que sabia que era bonito e tinha certeza de que só essa característica já era garantia de que ele seria perdoado.

Meu sorriso desapareceu, e voltei a olhar para a frente.

— A gente mudou, Elliott. Não preciso mais de você.

Ele olhou para baixo, preocupado, mas não derrotado.

— Parece que você não precisa de ninguém. Percebi que a Minka e o Owen passaram por você e você nem olhou para eles.

— E daí?

— Catherine... Eu deixei para trás todos os meus amigos, meu time de futebol, minha mãe... Eu voltei.

— Eu percebi.

— Por você.
— Para.
Ele suspirou.
— Você não pode ficar magoada comigo para sempre.

Eu me levantei e joguei o copo nele. Ele o segurou apoiando no peito, mas a tampa se desencaixou e o líquido vermelho espirrou na camisa branca, atingindo seu rosto.

Soltei uma risada involuntária. Os olhos de Elliott estavam fechados, sua boca estava aberta, mas, depois do choque inicial, ele sorriu.

— Tudo bem. Eu merecia isso.

De repente deixou de ser engraçado.

— Você merecia isso? Meu pai morreu, Elliott. Levaram o corpo dele numa maca e eu fiquei olhando, na frente da vizinhança inteira. Minha mãe pirou. Você era meu amigo, e você só... me deixou ali, sozinha.

— Eu não queria fazer isso.

As lágrimas queimaram meus olhos.

— Você é um covarde.

Ele se levantou. Era mais de dois palmos mais alto que eu. Eu sabia que ele estava olhando para o topo da minha cabeça, mas não olhei de volta.

— Minha mãe veio me chamar. Eu tentei explicar. Ela viu a ambulância e a viatura de polícia e surtou. Ela me forçou a ir embora. Eu tinha quinze anos, Catherine!

Ergui o pescoço, olhando para ele com olhos apertados.

— Mas e depois?

— Eu queria te ligar, mas você não tem celular, e meus pais tiraram o meu. Fiquei com raiva por terem feito eu ir embora daquele jeito. Liguei escondido algumas vezes para a minha tia, para perguntar de você, mas ela não quis ir até a sua casa. Ela disse que tudo tinha mudado, que a sua mãe não falava mais com ela. Uma semana depois de ganhar meu carro, me pegaram na estrada, na metade do caminho para Oak Creek, e meu pai tinha instalado um limitador de velocidade de setenta quilômetros por hora. Tentei chegar aqui mesmo assim, mas apreenderam o meu carro. Tentei pedir para todos os meus amigos me trazerem. Tentei de *tudo* para voltar, Catherine, juro por Deus.

— Isso não significa nada para mim. Deus não existe — grunhi.

Ele colocou a mão no meu queixo e levantou meu rosto com cuidado até meu olhar encontrar o dele.

— No mesmo segundo que meus pais me contaram que iam se divorciar, eu pedi para vir morar com a minha tia até estar tudo acertado. Falei que não queria passar meu último ano no meio da guerra deles, mas a gente sabe qual era o motivo real. Eu precisava voltar para você.

— Por quê? — perguntei. — Por que eles estavam tão obcecados em te manter longe de mim?

— No dia que fui embora, a tia Leigh ligou para a minha mãe. Ela acabou comentando que a gente andava passando muito tempo juntos. Minha mãe passou por muita coisa aqui. Ela odeia Oak Creek, e não queria que eu tivesse um motivo para ficar. Ela queria que eu te esquecesse.

— Mas você está aqui. Então ela desistiu?

— Ela não liga mais para nada, Catherine. Nem para si mesma.

Senti minha convicção se enfraquecer e encostei a bochecha no peito dele. Ele me envolveu com os braços, o calor irradiando da camiseta cinza.

— Me desculpa — ele disse. — Eu não queria te deixar aqui daquele jeito. Eu não queria te deixar de jeito nenhum. — Como não respondi, ele tentou me levar em direção à porta. — Vamos lá para dentro.

Eu o empurrei, sacudindo a cabeça.

— Você não pode.

— Entrar? Por quê?

— Você tem que ir embora.

— Catherine.

Fechei os olhos.

— Só porque eu estava magoada por você ter me deixado, não quer dizer que senti sua falta. Não senti. Nem um pouco.

— Por que não? Por causa das dezenas de amigos que você tem por aí?

Olhei fixamente para ele.

— Me deixa sozinha.

— Olha em volta. Você já está sozinha.

Elliott deu meia-volta, colocou as mãos nos bolsos da bermuda cargo e desceu os degraus até o portão. Não virou à direita em direção à casa da tia. Eu não sabia para onde ele ia, e tentei não me importar com isso.

Meus olhos se encheram de lágrimas, e fiquei me balançando, ouvindo as correntes rangerem em contato com o gancho.

O balanço pareceu mais pesado, e, sem perceber, eu me encostei em Althea, que tinha se sentado ao meu lado. Eu nem tinha notado que ela tinha saído na varanda.

— Você conseguiu enxotar o coitado do garoto.

— Que bom.

9

Catherine

O PROFESSOR MASON VIROU DE COSTAS PARA AS ANOTAÇÕES QUE FIZEra na lousa interativa, enxugando a testa com um lenço. O aparelho vinha direto dos anos 90, e os professores estavam a cada dia mais irritados.

— Vamos lá, pessoal. Já é quase outubro. Vocês já devem saber disso tudo. Alguém?

Uma das pernas da mesa de Elliott arranhou o piso de cerâmica, e todos nos viramos para olhar.

— Desculpa — ele disse.

— Está tudo bem com a mesa? — o professor Mason perguntou. — A sra. Mason anda cobrando uma notícia.

— Está ótimo — ele respondeu.

— Fiquei sabendo que você ganhou a posição de quarterback — o professor comentou. — Parabéns.

— Obrigado — Elliott agradeceu.

— Passou raspando — Scotty soltou.

Todas as meninas da sala imediatamente olharam para Elliott com um brilho no olhar, e eu continuei olhando para a frente, sentindo as bochechas queimarem.

— Efeito fotoelétrico — falei, desesperada para tirar a atenção de Elliott.

— Isso mesmo — o professor Mason disse, realmente surpreso. — Isso mesmo. Muito bem, Catherine. Obrigado.

A porta se abriu, e a sra. Mason entrou na sala, toda arrumada e radiante.

— Sr. Mason.

— Sra. Mason — ele murmurou.

— Preciso que a Catherine Calhoun vá à minha sala, por favor.

— Não podia ter mandado uma assistente? — o professor perguntou. Havia esperança em seu olhar, como se ele desejasse que sua esposa, mesmo em processo de separação, admitisse que só queria vê-lo.

— Eu estava na sala ao lado. — A vingança cintilava nos olhos dela. O treinador Peckham estava dando aula de saúde na sala ao lado, e corriam boatos sobre um caso amoroso entre os dois. — Catherine, pegue suas coisas. Você não vai voltar hoje.

Olhei para Elliott por cima dos ombros, sem saber direito por quê. Talvez porque eu sabia que ele era a única pessoa que se importaria com o fato de eu ter sido chamada para a sala da orientadora. Ele estava debruçado sobre a mesa, com um misto de curiosidade e preocupação no rosto.

Eu me debrucei para colocar livro, caderno e caneta na mochila, depois me levantei, enfiando os braços nas alças.

O professor Mason me cumprimentou com a cabeça e continuou a lição, apontando para sua deprimente ilustração de fotoelétrons na lousa.

A sra. Mason me guiou pelo corredor e pelas áreas comuns até sua sala. Suas longas pernas davam passos curtos porém elegantes dentro dos limites da saia lápis que usava. O comprimento ia logo abaixo do joelho, e a saia seria até recatada se não fosse justíssima, combinando com a blusa vermelho-sangue com os três primeiros botões abertos. Dei um sorriso. Ela estava vivendo a própria liberdade, e eu torcia para que um dia eu fosse assim.

Recebemos os olhares da secretária da escola, sra. Rosalsky, de algumas assistentes da secretaria e de alguns contraventores que estavam suspensos das aulas.

A porta da sala da sra. Mason já estava aberta, e um coração de tricô com seu nome bordado no meio pendia de um único prego preso à madeira. Ela fechou a porta assim que entrei e, com um sorriso, me convidou a sentar.

— Srta. Calhoun, faz tempo que não conversamos. Suas notas estão ótimas. Como vão as coisas?

— Bem — respondi, quase sem conseguir olhá-la nos olhos.

— Catherine — ela disse, com uma voz acolhedora —, já falamos sobre isso. Não precisa ter vergonha. Estou aqui para ajudar.

— Mas não consigo.

— Não foi culpa sua.

— Não, mas mesmo assim é constrangedor.

Fiquei sentada nessa cadeira três vezes por semana no primeiro semestre do primeiro ano, revisitando o que eu sentia a respeito da morte do meu pai. A sra. Mason deu um prazo de seis meses para a mamãe e, quando sentiu que ela não ia melhorar, ligou para o Conselho Tutelar para que fossem à Pousada Juniper fazer uma entrevista. Isso piorou o estado da mamãe, e um dia, de madrugada, ela acabou indo à casa dos Mason.

Depois daquilo, eu aprendi a fingir. A sra. Mason me convocava uma vez por semana. No segundo ano era só uma vez por mês, e, nesse ano, eu já tinha começado a pensar que ela nem ia mais me chamar.

Ela ficou aguardando, com seus olhos tranquilos e seu sorriso reconfortante. Eu me perguntei como o sr. Mason tinha sido capaz de fazer alguma coisa que a afastasse. Em qualquer outra cidade, ela seria casada com um advogado ou um executivo, e seria orientadora só por paixão. Em vez disso, ela tinha se casado com seu namoradinho de escola, que tinha se transformado numa bolha redonda, ranzinza, suarenta e bigoduda de tédio. Eu sabia mais do que ninguém que havia coisas bem piores para se ter em casa, mas a sra. Mason estava no caminho da felicidade, e o sr. Mason não.

— E você? — perguntei.

Ela levantou um canto da boca, habituada com minha tentativa de fuga.

— Catherine, você sabe que eu não posso discutir...

— Eu sei. Mas eu fico curiosa pensando por que você deu um basta se não estava tão ruim. Tem gente que fica, mesmo com motivos melhores para ir embora. Não estou te julgando. Acho que só estou perguntando... quando exatamente você decidiu que podia?

Ela ficou me olhando por um momento, tentando decidir se falar honestamente me ajudaria.

— O único motivo que você precisa ter para ir embora é não querer ficar. Você sabe do que estou falando. Quando você chega a um lugar e sente que não se encaixa. Quando você não se sente confortável nem bem-vinda. As coisas mais importantes devem ser seguras, felizes e saudáveis, e muitas vezes essas coisas são sinônimos. Quando você ainda não é adulta, é importante deixar que alguém em quem você confia ajude você a se encontrar no meio disso tudo.

Sacudi a cabeça e olhei para o relógio. Em dez minutos o sinal tocaria, e eu iria para casa no calor, para um lugar que correspondia exatamente às descrições da sra. Mason.

— Como vão as coisas em casa? — ela repetiu.

— A pousada está lotada. Só que é muito trabalho. Ainda sinto falta do meu pai.

A sra. Mason concordou com a cabeça.

— Sua mãe continua falando com alguém?

Fiz que sim.

— Ela melhorou.

A sra. Mason percebeu que eu estava mentindo.

— Catherine... — ela começou a falar.

— Eu arranjei um amigo novo.

Suas sobrancelhas se levantaram, criando três linhas compridas que atravessavam a testa.

— É mesmo? Que ótimo. Quem é?

— Elliott Youngblood.

— O novo quarterback. Que bacana — ela sorriu. — Ele parece um menino legal.

— Ele mora no fim da minha rua. Às vezes a gente vai na sorveteria.

Ela se inclinou na mesa, fechando as mãos.

— Fico feliz. Só que... ele é novo. Ele parece...

— Popular? Querido? Totalmente o oposto de mim?

A sra. Mason sorriu.

— Eu ia dizer que ele parece tímido.

Pisquei.

— Sei lá, pode ser. Não o vejo assim. Comigo ele não para de falar um minuto.

A risada melodiosa da sra. Mason preencheu a sala. O sinal tocou e ela se levantou.

— Caramba. Queria que tivesse demorado mais. Tudo bem se nos encontrarmos de novo mês que vem? Quero falar com você sobre possíveis universidades.

— Claro — concordei, pegando minha mochila.

A sra. Mason abriu a porta e revelou a sra. Rosalsky em pé do outro lado da mesa, conversando com Elliott.

Ele se virou na minha direção com uma expressão de alívio.

— Sra. Mason, o Elliott precisava falar com a Catherine antes do treino de futebol.

— Eu queria saber se você queria uma carona para casa.

A sra. Mason me deu um sorriso, satisfeita por confirmar a veracidade do que eu havia dito.

— Que atitude bacana, Elliott.

Ele sabia que eu não ia ignorá-lo na frente dos funcionários da escola, então concordei e o segui até o lado de fora. Ele pegou minha mochila, e a sra. Mason pareceu empolgada.

Assim que Elliott saiu pelas portas que levavam ao estacionamento, peguei minha mochila de volta e virei em direção à minha casa.

— Logo imaginei — ele disse.

Parei, dando meia-volta.

— Imaginou o quê?

— Que era só um teatro. Um "obrigada" seria legal.

Enruguei o nariz.

— Por que eu diria obrigada?

— Por te oferecer uma oportunidade de enganar a sra. Mason, do jeito que você está querendo.

— Você não sabe de nada — eu disse, voltando a andar.

Elliott correu para me alcançar, puxando minha mochila de leve para eu andar mais devagar.

— Eu ainda quero te levar para casa.

— Só aceitei porque eu sabia que a sra. Mason ia se sentir melhor. Só faltam alguns meses para eu fazer dezoito anos. Se eu fingir que não te odeio vai fazer ela não ligar para o Conselho Tutelar para denunciar minha mãe de novo, é isso que eu vou fazer.

Ele fez uma careta.

— Por que ela denunciou sua mãe para o Conselho Tutelar?

Eu me afastei, segurando as alças da mochila.

— Você não me odeia — ele disse.

Corri até chegar à esquina, lutando contra minhas emoções conflitantes e evitando as palavras de Althea em meus ouvidos. Eu tinha muita roupa para lavar e, mesmo se minha mãe tivesse lavado enquanto eu estava na escola, ela ficaria chateada comigo. Elliott estava me distraindo, e eu não podia me dar ao luxo de causar ainda mais estresse à mamãe. Quando ela ficava infeliz, todo mundo ficava infeliz, e o resultado era uma casa cheia de tensão.

Saí da calçada para atravessar a rua, e de repente eu estava caída no chão, de barriga para cima, tentando recuperar o fôlego. Elliott estava me olhando de cima, com os olhos arregalados.

— Meu Deus, Catherine, você está bem? Me desculpa.

Assim que voltei a respirar, dei um empurrão nele. Ele me fez ficar sentada enquanto eu o golpeava com os dois braços.

— O que você está fazendo? — gritei, lutando com ele.

Ele apontou para a rua.

— Você quase entrou na frente do carro! — ele disse, tentando prender os meus pulsos.

Respirei fundo, olhando para a estrada. Além dos alunos que saíam do estacionamento, outros carros estavam vindo da rodovia para entrar na cidade, trafegando mais rápido do que deveriam.

Pisquei e olhei em volta, tentando criar coragem para pedir desculpas.

— Obrigada — falei. — Eu estava preocupada.

— Por favor, me deixa te levar em casa.

Fiz que sim, abalada por quase ter virado uma panqueca. Fiquei pensando no que aconteceria com a mamãe e com a Pousada Juniper se alguma coisa acontecesse comigo. Eu precisava ter mais cuidado.

Ainda se ouvia o motor do carro de Elliott a um quarteirão, e fiquei com raiva porque, quanto mais ele se afastava, mais meu coração doía. Eu não queria sentir falta dele. Eu não queria desejá-lo. Quando ele era gentil, ficava muito mais difícil odiá-lo. Minha mochila atingiu a cadeira da sala de jantar fazendo barulho, e eu fiquei parada na pia, enchendo um copo com água gelada.

O suor que evaporara no ar-condicionado do carro de Elliott ainda estava na minha pele, e novas gotas começaram a se formar por conta do ar pesado e abafado da Pousada Juniper. Coloquei meu copo na pia para lavar o rosto e usei um pano de prato para me secar. O tecido puído era macio, e segurei o pano na frente dos olhos, desfrutando a escuridão, até que ouvi o barulho de um banco sendo arrastado pelo chão.

— Quem era aquele? Ele é superbronzeado — Tess disse, do seu jeito sempre sincero.

— Aquele — falei, bebendo mais um gole d'água — era o Elliott.

— O menino que foi embora?

Soltei um suspiro, organizando os copos na ilha da cozinha.

— É, e ele pode continuar onde estava. Não preciso de mais esse problema.

— Com certeza. Fala que você está apaixonada e que já começou a escolher o nome dos filhos de vocês. Sério. Ele sai correndo na hora.

Dei risada, coloquei um copo na frente de Tess e outro na minha frente. Bebi de uma vez, e Tess ficou me olhando com cara de nojo.

— Por que você não liga o ar-condicionado? É uma ideia.

— Se você vir a mamãe antes de mim, fica à vontade para pedir.

— Mas e aí, quem era aquele?

— Não é problema seu.

Tess colocou seu copo na mesa.

— Estou indo. Deve estar uns trinta graus aqui dentro, e você está muito chata. Ah, e chegou um hóspede. Ele fez o check-in logo depois você chegou.

Fiquei olhando Tess ir embora e fui atrás, perguntando:

— Quem?

Alguns instantes depois, Duke gritou lá de cima.

— Vai pro inferno!

Ouvi o barulho de alguma coisa se quebrando e corri até o último degrau. Uma porta bateu, e em seguida surgiram passos atravessando o corredor, lentos porém firmes, e a madeira rangeu com o peso do corpo de Duke.

Ele olhou para mim. Estava com uma camisa branca manchada e uma gravata cinza meio frouxa. A barriga caía por cima do cinto que segurava as calças cinza, e ele desceu alguns degraus da escada, apoiando-se no corrimão.

— Não tem toalha. Quantas vezes eu já te disse que preciso de toalhas novas? Eu tomo banho todo dia! Preciso de uma merda de uma toalha todo dia! É muito difícil?

Engoli em seco, observando enquanto ele descia lentamente os degraus. No dia anterior, Althea dissera que terminaria de lavar as roupas para eu poder falar com Elliott. Como saí da minha rotina, tinha esquecido de abastecer os quartos.

— Me desculpe, Duke. Já vou buscar para você.

— Agora não adianta mais! Precisei ficar em pé no banheiro me secando sem toalha. Agora estou atrasado. Não aguento mais precisar pedir as coisas toda vez que me hospedo neste buraco! Toalha é um item básico. Básico! Por que você não entende isso?

— Vou pegar as toalhas — eu disse, indo em direção à lavanderia.

Duke desceu os dois últimos degraus muito rápido e agarrou meu braço, afundando os dedos grossos na minha pele.

— Se isso acontecer de novo... — Ele me puxou para mais perto ainda. Duke era baixo, nossos olhos ficavam quase na mesma altura, mas isso não fazia com que a expressão doentia que ele tinha naquela cara suada fosse menos opressora. Ele ficou me encarando, e suas narinas se dilataram com a respiração pesada. — Vê se dá um jeito de não acontecer.

— Primeiro você precisa me soltar, Duke — eu disse, fechando a mão.

Ele olhou para baixo, viu meu punho fechado e então me soltou, me empurrando para longe. Fui até a lavanderia e vi as toalhas que Althea dobrara e deixara em cima da secadora. Levei cinco toalhas brancas empilhadas para o quarto que costumava ser de Duke, batendo antes de entrar. Como ninguém respondeu, abri a porta.

— Oi? — perguntei, esperando ver Poppy ou a mamãe, ou qualquer pessoa que não fosse Duke.

Entrei no quarto vazio e notei a cama ainda arrumada, e uma mala vazia e aberta no móvel ao lado da cômoda. Pendurados no armário estavam aqueles ternos familiares que permitiam que a saudade que eu sentia do meu pai se transformasse em luto integral. Eu sempre sentia falta dele, mas às vezes a dor era insuportável, e então a consciência e a tristeza me atingiam com tudo. Eu tinha ficado muito boa em chorar por dentro. Colocar as lágrimas para fora não mudava nada, mesmo.

O banheiro estava limpo e a cortina do chuveiro, fechada. Eu me agachei na frente da prateleira de madeira que ficava no canto, guardando as toalhas brancas, dobradas e macias.

As argolas da cortina do chuveiro balançaram e eu me levantei, fechando os olhos, esperando que quem quer que fosse que estava ali se revelasse. Não aconteceu nada, então me virei e ouvi o ar-condicionado estalar. O ar saía pela abertura, fazendo a cortina ondular suavemente.

Soltei o ar, aliviada, e saí rapidamente, levando o restante das toalhas para o quarto da mamãe, separando uma para mim. Os outros quartos estavam vagos, mas mesmo assim passei por eles procurando roupa para lavar, levando uma cesta quase vazia lá para baixo.

Quando o tambor da máquina de lavar começou a encher, xinguei a mim mesma em voz baixa. Deixar minhas tarefas para outra pessoa tinha sido uma ideia idiota. Eu estava careca de saber de tudo aquilo, mas deixar minhas responsabilidades por causa de Elliott era exatamente o que eu precisava evitar. Guardar segredos implicava não chamar a atenção para a Pousada Juniper e, se Duke ficasse bravo o suficiente para se hospedar em algum outro lugar, isso chamaria a atenção. Eu até conseguia imaginá-lo levando aquela mala verde carcomida para o Holiday Inn na cidade mais próxima, fazendo uma cena na recepção quando tentasse fazer o check-in com um nome falso. Precisávamos mantê-lo satisfeito, porque, do contrário, a pior coisa possível aconteceria, e eu nem tinha certeza do que era essa coisa, só sabia que eles me separariam da mamãe. Talvez para sempre.

Depois disso, passei uma hora inteira limpando a casa e, assim que terminei de preparar um macarrão de forno, ouvi a porta abrir e fechar. Não sabia se era Duke ou a mamãe, então esperei o barulho dos passos na escada.

Fiquei tensa. Duke já havia voltado.

— Tem alguma merda de toalha nesse lugar? — ele gritou, a caminho do andar de cima. — Toda vez que coloco o pé para fora nesta merda de cidade fico coberto de suor.

— Tem toalhas limpas no seu quarto — gritei.

Ele desceu as escadas pisando duro, e meu corpo enrijeceu.

— Por acaso você gritou comigo, menininha?

— Não, só te chamei, como você fez comigo.

Ele estreitou os olhos e enrugou o nariz, fungando, e se inclinou para olhar a panela que estava atrás de mim.

— O que é isso?

— Macarrão de forno. Receita da mamãe.

— Já comi outro dia.

Precisei pensar para ver se me lembrava da última vez em que tínhamos comido esse macarrão, e de quando ele esteve na pousada. Era possível.

— Daqui a uma hora fica pronto. — Liguei o forno alto.

— Espero que sim. O atendimento daqui é pior do que ficar apodrecendo nesta cidade de merda.

— Se precisar de mais alguma coisa, me avise.

Ele veio marchando em minha direção e parou a poucos centímetros do meu rosto. Olhei para o chão.

— Está a fim de se ver livre de mim, garota? — Os dentes dele se esfregavam uns nos outros, e ele tinha voltado a respirar pelo nariz, fazendo um barulho que lembrava o de um animal selvagem, preparando-se para dar o bote.

Sacudi a cabeça.

— Só quero corrigir o erro que cometi mais cedo. Quero que se sinta feliz aqui.

Duke não conseguiria ficar em nenhum lugar que não fosse a Pousada Juniper, mesmo se alguém de fato o deixasse se hospedar. Com seu comportamento sorrateiro, ninguém ia querer que ele ficasse mais de uma noite, ou talvez nem isso, e eu tinha certeza de que ele não podia bancar nenhum outro lugar, de qualquer forma. E eu também temia pela Poppy, se isso acontecesse.

Duke se ajeitou.

— Feliz, é?

Fiz que sim. O forno apitou, e eu abri a porta, colocando a travessa lá dentro. Fiquei de frente para Duke, para aqueles olhos vermelhos e arregalados de raiva, que parecia sempre ferver dentro deles.

— O que mais posso fazer por você?

Um olho dele estremeceu, mas ele não disse nada.

Dei um sorriso forçado e fui andando em direção à porta da frente, meus pés se movendo mais rápido a cada passo. Quando enfim saí para a varanda, dei de cara com Elliott.

— Eita! Oi — ele abriu um sorriso, que desapareceu assim que viu a minha expressão. — Você está bem?

Olhei rapidamente para trás.

— O que você veio fazer aqui?

Ele deu um sorrisinho.

— Eu estava passando na rua.

Eu o empurrei para fora.

— Temos que ir. Vamos.

— Aonde? — ele perguntou, olhando para Duke, que estava atrás de mim, perto da base da escada, nos observando de testa franzida.

— Qualquer lugar. Por favor, só vamos.

— Tudo bem — Elliot disse, pegando minha mão. Ele me levou pelos degraus, pela calçada torta e para fora do portão, deixando que batesse quando saímos. Andamos em direção ao parque e, quanto mais nos afastávamos, mais tranquila eu ficava.

Elliott não fez nenhuma pergunta durante a caminhada, o que valorizei ainda mais do que a mão dele, que continuava grudada à minha. Sentir ódio por ele era impossível, por mais que eu tentasse. Assim que chegamos à calçada que dava para um espaço aberto, cheio de carvalhos e bétulas, puxei a mão de Elliott e escolhi o banco mais reservado. Ficava perto de uma lixeira fedorenta, mas tinha a melhor sombra.

Eu me recostei no banco, tentando fazer meus batimentos cardíacos desacelerarem. Minhas mãos tremiam. Duke não aparecia sempre, mas, quando aparecia, me aterrorizava.

— Catherine, você está bem? — Elliott por fim perguntou, depois de alguns minutos em silêncio. — Você parece assustada.

— Estou bem — respondi. — Só que você me deu um susto.

— Mas o que era tudo aquilo?

— Esqueci de abastecer as toalhas dos quartos ontem à noite, e um hóspede ficou irritado.

Elliott não pareceu convencido.

— Você tem tanto medo assim de levar bronca?

Não respondi.

Elliott soltou um suspiro.

— Você não precisa me contar, a não ser que alguém esteja te machucando. Tem alguém te machucando?

— Não.

Ele pareceu pensar se devia acreditar em mim ou não, e então sacudiu a cabeça.

— Eu te vi na escola hoje. Te chamei, mas você não respondeu.

— Quando? — perguntei.

— Na hora do almoço. Você tinha acabado de levantar para jogar a bandeja. Tentei te alcançar, mas você virou a esquina e sumiu.

— Ah...

— Como assim, "ah"?

— Eu entrei correndo no banheiro. A Presley e as clones estavam vindo na minha direção.

— Aí você se escondeu?

— Era melhor do que a outra opção.

— Que é...?

— Dar abertura. — Olhei para baixo, em direção ao relógio dele. — Que horas são?

— Quase sete.

O sol já estava se pondo.

— Você não devia estar no treino de futebol?

Ele se olhou, e eu percebi quão suado e sujo ele estava, ainda com a camiseta do futebol e a bermuda azul-marinho do treino.

— Vim direto para cá. Sei lá. Senti uma coisa ruim, e, assim que pisei na sua varanda, você veio quase caindo para cima de mim. Agora a gente está aqui como se nada tivesse acontecido. Estou preocupado com você.

— Por quê?

Ele levantou as sobrancelhas.

— Já te falei. Você parece assustada, e eu sei que você não está me contando tudo.

Eu me inclinei para o lado, cocei o queixo com o ombro e olhei para longe.

— Sabe, essas coisas não são da sua conta.

— Eu não disse que são, mas posso ficar preocupado mesmo assim.

— Eu não pedi para você ficar preocupado comigo. — Fechei os olhos. — Eu não quero que você se preocupe comigo. Você não pode ajudar, de qualquer forma. Sua vida já tem problemas por nós dois.

— Para.

Eu me virei para olhar para ele, surpresa com a ausência de mágoa em sua expressão.

— Parar o quê?

— De tentar me tirar do sério. Não vai adiantar.

Abri a boca para falar, mas hesitei. Ele tinha razão. Afastar as pessoas era algo que eu vinha fazendo desde que meu pai havia morrido, mas, agora que Elliott tinha voltado, a ideia de vê-lo indo embora de novo me corroía por dentro.

— Desculpa.

— Está desculpada.

Apontei para trás.

— Acho que preciso voltar para casa. Estou com comida no forno.

— Só fica mais uns minutos. Por favor?

Olhei para a rua, em direção à pousada.

— Catherine...

— Eu estou bem, sério. Só tem alguns dias que são mais difíceis que outros.

Elliott pegou minha mão e encaixou os dedos nos meus.

— Eu também tenho dias difíceis, Catherine. Mas eu não saio correndo da minha casa por medo de alguma coisa lá dentro.

Eu não sabia que resposta dar, então soltei a mão dele e o deixei sozinho no parque.

10

Elliott

— PARA COM ISSO, YOUNGBLOOD! — O TREINADOR PECKHAM GRITOU, me tirando do gramado.

Eu me levantei, concordando com a cabeça.

Ele segurou meu capacete.

— Eu sei que você corre como um profissional, mas não preciso que saia correndo direto para o hospital antes mesmo da merda do primeiro jogo.

— Desculpe — eu disse.

Era a segunda vez naquele dia que eu trombava de cabeça. Já tinha levado bronca pelo atraso. O treinador me fez correr até quase morrer debaixo do sol, mas foi exatamente o que eu precisava para queimar a raiva que fervia dentro de mim. Era mais fácil correr com a bola do que tentar lembrar das estratégias de jogo quando Catherine dominava meus pensamentos, então simplesmente peguei a bola e corri direto para a *end zone*.

Ficamos em pé ouvindo as orientações antes de sermos liberados. Os supervisores entraram no campo distribuindo garrafas d'água. Quando nos deixaram ir embora, não demorou muito para meus colegas de time me cercarem, me cumprimentando. Estavam todos gritando e comemorando quando entramos no vestiário, animados com o início da temporada de futebol, porque agora eles tinham um quarterback de primeira categoria no time.

— Não que a gente não esteja feliz, mas por que mesmo você se mudou para cá no último ano? — Connor Daniels perguntou. Ele também era do último ano e adorava falar da garota que tinha comido e do porre que tinha tomado na noite anterior. Lembrava muito os caras com quem eu jogava em Yukon, como se transar e beber fossem as únicas coisas para fazer e falar. Ou talvez ele estivesse tentando disfarçar alguma outra coisa. De qualquer forma, ele me irritava.

— Seu pai é militar, alguma coisa assim? — Scotty Neal me perguntou. Eu tinha tirado seu posto de quarterback e, mesmo que ele fingisse que estava revoltado, pude perceber que isso tinha sido um alívio para ele.

— Por causa de uma menina — falei, orgulhoso.

Meus colegas riram.

— Cala a boca, Youngblood, você está de brincadeira — Connor comentou. Como minha expressão não mudou, ele arregalou os olhos. — Espera aí. Você está falando sério? Que menina?

— Catherine Calhoun — respondi.

Scotty enrugou o nariz.

— A Catherine? Que porra é essa, cara?

— Até que ela é gatinha — Connor disse. Olhei sério para ele, e ele deu um passo para trás. — Era para ser um elogio.

— A gente mora na mesma rua. Passo as férias de verão aqui desde que era criança.

— Caralho — Scotty disse. — Você sabe que ela é doida, né?

— Ela não é doida — falei num tom conclusivo. — Ela só... passou por muita coisa.

— Alguém tem que te avisar — Scotty disse. — Aquela família toda é encrenca. Tipo assim, várias gerações de encrenca. Eles envenenaram a cidade inteira, depois foram à falência. O pai morreu, e a mãe é estranha pra caralho. A Catherine... Você pode conseguir uma bolsa de estudos, de repente até virar profissional. É melhor passar longe dessa menina.

— Fala isso de novo — eu o repreendi, dando um passo em sua direção.

Scotty se encolheu.

— Tudo bem, cara. Só estava tentando te avisar.

O restante do time seguiu Connor e Scotty até os chuveiros, e eu peguei minha bolsa, joguei no ombro e saí do vestiário, ainda nervoso.

Alguém agarrou meu ombro quando virei a esquina, e eu tirei o braço na hora.

— Ei, calma — o treinador Peckham disse. — Bom trabalho no treino de hoje, Elliott.

— Valeu, treinador.

— Eu ouvi o que o Scotty disse ali dentro. Ele não está errado. Aquela família... Você tem que tomar cuidado, entendeu?

Fiz uma careta. Tínhamos a mesma altura e eu o encarei, deixando claro que eu não mudaria de ideia a respeito de Catherine.

— Você não a conhece como eu.

— Você disse que são vizinhos?

Percebi que meus ombros estavam tensionados e procurei relaxar. Por conta do meu tamanho, eu precisava ficar mais atento à minha linguagem corporal. No ano anterior, eu entrei em muitas brigas só porque pareceu que eu estava ameaçando alguém, e a última coisa que eu precisava era que meu treinador pensasse que eu queria intimidá-lo.

— Sim, ela mora na mesma rua que eu.

Ele sacudiu a cabeça, pensando por um momento no que eu disse.

— Oi — uma voz feminina surgiu do nada. Era a sra. Mason, e ela parecia meio constrangida. — Você não vai acreditar. Tranquei minhas chaves e meu celular dentro do carro.

O treinador Peckham sorriu e se empertigou.

— Na verdade eu acredito, sim.

Ela riu como uma líder de torcida apaixonada, e eu arrumei a alça da minha bolsa de academia.

— Elliott? — a sra. Mason disse, tocando gentilmente meu braço. — Você estava falando da Catherine?

Fiz que sim com a cabeça.

A sra. Mason sorriu.

— Ela é uma pessoa do bem. Que bom que você enxerga isso.

— Becca — o treinador a repreendeu.

A sra. Mason olhou para ele com uma cara feia.

— Até que enfim ela fez um amigo, e você está preocupado com o time?

— Eu sempre fui amigo dela — falei, e a sra. Mason me olhou com uma expressão confusa. — Eu sempre visito a minha tia no verão. Somos amigos há um bom tempo.

— Ah... — ela disse, com os olhos brilhando. — Que bacana. Em cidades pequenas como a nossa, as pessoas acabam sendo rotuladas, e é difícil escapar. Mas não escute o que as pessoas dizem. Depois da morte do pai dela, pude conhecê-la melhor. Acho a Catherine adorável.

Dei um sorrisinho antes de voltar para o meu carro.

— Eu também acho.

— Youngblood — o treinador Peckham gritou. — Não chegue atrasado de novo, senão te faço correr até vomitar.

— Sim, senhor — gritei de volta.

Assim que cheguei ao Chrysler, meu celular tocou. Era o alerta-padrão do meu pai, então deixei tocar até que estivesse sentado no banco.

— Alô?

— Oi. Como você está? O time de futebol daí vale alguma coisa?

— Agora vai valer.

— Preciso que você faça uma coisa para mim — ele disse, sem nenhuma emoção.

Revirei os olhos, sabendo que ele não podia me ver.
— Elliott?
— Oi.
— Você, hum... Você ainda corta a grama dos vizinhos?
— Cortava. Estou começando a diminuir o ritmo. Por quê? — Eu nem precisava perguntar. Já sabia o que ele ia dizer.
— Pensei em ir aí ver seu primeiro jogo, mas o preço da gasolina está nas alturas. Se você conseguisse me emprestar o dinheiro do combustível...
— Não tenho nada — menti.
— Como assim? — ele perguntou, irritado. — Eu sei que você tem dinheiro guardado de três anos atrás.
— Meu carro quebrou. Precisei pagar o conserto.
— Não soube consertar sozinho?
Meus dentes rangeram.
— Não tenho dinheiro mesmo, pai.
Ele suspirou.
— Acho que não vou conseguir ver seu primeiro jogo.
Acho que vou sobreviver.
— É uma pena.
— Que merda, Elliott! Que desculpa esfarrapada! Qual era o problema com o seu carro?
— Um negócio que eu não sabia consertar. — Tentei disfarçar.
— Está bancando o espertinho para cima de mim?
— Não, senhor — respondi, olhando para os insetos que zuniam nos feixes de luz do campo.
— Porque eu vou aí, seu merdinha. E vou te dar uma surra.
Eu pensei que você precisava de dinheiro para a gasolina. Você podia ter pedido uma carona para a minha mãe se quisesse mesmo me ver jogando. Acho que você vai precisar arranjar um emprego em vez de ficar devendo dinheiro para o seu filho adolescente.
— Sim, senhor.
Ele suspirou.
— Bom, vê se não faz nenhuma cagada. Sua mãe odiava essa cidade, e não é à toa. Eles podem até te achar o máximo agora, mas se fizer uma cagada acabou tudo, está ouvindo? Eles vão te destruir, porque essas pessoas não dão a mínima para um menino de pele vermelha. Eles só estão gostando porque estão se dando bem por sua causa.
— Sim, senhor.
— Tudo bem. Tchau.
Desliguei o telefone e segurei o volante, respirando profundamente para tentar dissipar a raiva. Após praticar alguns exercícios de meditação que tia Leigh

havia me ensinado, comecei a melhorar. Eu conseguia ouvir a voz calma da minha tia, me aconselhando: *Ele não pode te atingir, Elliott. Você está no controle das suas emoções e das suas reações. Você sempre pode modificar seus sentimentos.*

Minhas mãos pararam de tremer e relaxaram. Assim que meu coração desacelerou, girei a chave na ignição e dei a partida no carro.

Dirigi meu Chrysler velho até a mansão Calhoun e estacionei do outro lado da rua, entre dois postes de iluminação. Todas as luzes de dentro da casa estavam apagadas, exceto a de um dos quartos, no segundo andar. Fiquei esperando, torcendo para Catherine ver meu carro e sair na rua, para eu poder falar com ela mais uma vez antes de voltar para casa. Ela tinha me perdoado mais rápido do que eu imaginava — ou pelo menos estava começando a perdoar. Ainda assim, eu não conseguia deixar de pensar que eu precisaria me esforçar muito mais para ela se abrir comigo. Eu sabia que o que ela estava escondendo de mim era o que a assustava, e ela já tinha passado tempo demais resolvendo tantos problemas sozinha. Eu queria protegê-la, mas não sabia ao certo de quê.

Assim que peguei a chave do carro, uma sombra apareceu na frente da única janela iluminada. Era Catherine, olhando para a rua lá embaixo, em direção à casa da minha tia. Ela segurava alguma coisa nas mãos e parecia triste. Fiquei desesperado para fazer alguma coisa para ajudá-la.

Meu celular vibrou, revelando uma mensagem de tia Leigh.

> Você já devia estar em casa.

> Estou a caminho.

> Você não pode sair rodando pela cidade sem pedir permissão. Você ainda não fez dezoito anos.

> Eu só estava tentando me acalmar antes de chegar em casa. Meu pai me ligou.

> Ah, é? O que ele queria?

Dei um sorrisinho. Ela o conhecia muito bem.

> Meu dinheiro.

Demorou um pouco para os três pontinhos mostrarem que ela tinha voltado a digitar.

> O tio John vai dar um jeito para isso não acontecer mais. Venha para casa. Vamos conversar.

> Está tudo bem. Já estou melhor.

> Venha para casa.

Engatei a primeira marcha, manobrei o carro e fui para casa. Consegui ver Catherine pelo espelho retrovisor, ainda em pé na janela. Eu me perguntei se ela estava sonhando com a liberdade ou se sentindo grata pela existência do vidro que a separava do mundo cruel que existia aqui fora.

11

Catherine

PARTE DO PISO DE MADEIRA RANGEU DO LADO DE FORA DA MINHA PORta. Assim que reconheci aquele barulho, meus olhos se abriram e fiquei piscando até que eles se acostumassem à escuridão. Uma sombra bloqueava a luz do corredor que vinha da fresta embaixo da minha porta, e eu esperei, pensando em quem poderia estar em pé no meio da noite, em silêncio, do lado de fora do meu quarto.

A maçaneta girou, e a tranca fez um clique. A porta se abriu vagarosamente. Fiquei deitada, imóvel, enquanto passos se aproximavam da minha cama e a sombra que se avultava sobre mim crescia cada vez mais.

— Meu Deus, Catherine. Você está com uma cara péssima.

— Eu estava dormindo — resmunguei. Sentei na cama, coloquei as pernas na lateral do colchão e esfreguei os olhos embaçados. Eu não precisava enxergar para saber que minha prima Imogen tinha chegado no meio da noite. Ela não conseguia esperar até a manhã seguinte para me provocar. — Tudo bem? — eu disse, olhando para meus pés descalços. Eu não estava a fim de conversar, mas Imogen simplesmente não parava de me atormentar até que eu lhe desse atenção. Não era sempre que ela e tio Toad nos visitavam, mas eles sempre vinham em outubro.

Ela soltou um suspiro dramático, como toda pré-adolescente costuma fazer, e deixou as mãos caírem nas laterais, fazendo barulho.

— Odeio este lugar. Não vejo a hora de ir embora.

— Mas já? — perguntei.

— Está muito calor.

— Você devia ter visto algumas semanas atrás. De lá para cá deu uma esfriada.

— Agora tudo tem que ser sobre você, Catherine! Aff! — Imogen disse, enrolando o cabelo escuro com o dedo. — Quando chegamos, sua mãe disse que você está de mau humor.

Tentei não devolver a provocação. Tolerar Imogen exigia muita paciência, e suas aparições no meio da noite dificultavam essa tarefa. Minha única prima sempre aparecia com tio Toad, e, quando eles vinham, eu já sabia que ou eu ia precisar aguentar as reclamações e os insultos de Imogen, ou eu ia precisar limpar a bagunça do pai dela, porque ele era preguiçoso demais para se mexer, mas sempre dava um jeito de virar do avesso qualquer lugar por onde passasse.

Apesar de Poppy ser vários anos mais nova que Imogen, de alguma forma ela era mais madura e muito mais agradável que minha prima. Era realmente difícil saber se eu preferia lidar com Poppy e Duke, ou com Imogen e tio Toad.

Minha prima ficou enrolando o tecido do meu cobertor entre os dedos, enrugando o nariz.

— Este lugar virou mesmo um lixão.

— Gostou do seu quarto? — perguntei. — Quer que eu te leve lá?

— Não — ela disse, batendo os pés no assoalho.

— Por favor, não... não faz isso — eu disse, tentando alcançar seu pé, para fazê-la parar.

Imogen me olhou com uma cara feia e revirou os olhos.

— Que idiota.

Eu me levantei e fui andando pelo corredor, fazendo um sinal para Imogen me acompanhar. O barulho de seus pés pesados contra a madeira ecoou pela casa, e eu me perguntei como a vizinhança inteira não tinha acordado.

— Aqui — falei, mantendo a voz baixa. Virei o corredor, escolhendo o quarto ao lado do de Duke, porque eu sabia que estava limpo e bem-arrumado.

Imogen passou por mim franzindo as sobrancelhas, insatisfeita.

— Só tem esse?

— Sim — menti. Tínhamos vários quartos disponíveis, mas pensei que, dormindo tão perto da escada que levava ao quarto da mamãe, Imogen ficaria no seu canto do corredor.

Imogen cruzou os braços.

— Esta casa inteira virou um lixão. Antes era legal. Você era legal. Agora você está uma grossa. Sua mãe está estranha. Nem sei por que a gente ainda vem para cá.

— Também não sei — falei, quase sem emitir som algum, enquanto me virava para voltar para o meu quarto. Meus pés se arrastavam no assoalho, quando ouvi Imogen me chamar.

— Catherine?

Olhei de novo para a minha prima, vendo as olheiras escuras sob seus olhos. Rezei para ela cair no sono assim que sua cabeça encostasse no travesseiro.

— Sim, Imogen?

Ela botou a língua para fora, enrugando o nariz e fazendo a careta mais feia de que era capaz. A língua brilhava com a baba que tinha se acumulado nos cantos da boca. Eu me encolhi toda, olhando aquela menina mimada fazendo uma cara horrorosa, até que ela voltou para dentro do quarto, batendo a porta.

Meus ombros se sacudiram, reagindo ao contraste entre o barulho e o silêncio da casa.

Após alguns instantes, ouvi outra porta se movendo, depois pés descalços andando pelo assoalho de madeira.

— Catherine? — mamãe perguntou, com cara de cansaço. — Está tudo bem?

— Sim — respondi, voltando para o meu quarto.

Eu tinha empurrado minha cama até ficar encostada na porta. Os pés de ferro rangeram em contato com o chão, criando novos riscos na madeira. Já fazia seis meses desde a última vez que eu tinha precisado me proteger das pessoas lá fora. A Pousada Juniper não era mais minha casa, e não era só uma pousada; mamãe tinha criado um santuário para pessoas que não se ajustavam ao mundo exterior, e eu estava presa com elas. Mesmo que eu fantasiasse com a liberdade, eu não tinha certeza se minha consciência me permitiria deixá-la para trás. Essa era uma coisa difícil de explicar para as pessoas... Para Elliott, para a sra. Mason, até para mim mesma. E, de qualquer forma, explicar só me trazia mais dúvidas.

Peguei meu porta-joias e o levei para a cama. Fiquei ouvindo a música, tentando deixar o som me ninar.

Encostei a cabeça no travesseiro, me alongando para voltar a ficar confortável no colchão. Ouvi um barulho do lado de fora da minha porta e olhei para baixo, avistando outra sombra bloqueando parcialmente a luz do corredor que entrava por baixo. Esperei. Imogen era escandalosa, mas não forçava o confronto. Era revoltada. Eu me perguntei se a pessoa do outro lado era tio Toad, ou, pior ainda, Duke.

Preparei-me para ouvir a batida na porta, o grunhido de tio Toad ou as ameaças de Duke. Em vez disso, a sombra se moveu, afastando-se cada vez mais. Respirei fundo e soltei o ar, tentando me acalmar e fazer meu coração parar de bater tão rápido, para eu conseguir descansar um pouco antes de ir para a escola no dia seguinte.

— Ei. Você está bem? — Elliott perguntou, apoiando-se no armário fechado que ficava ao lado do meu e ajeitando a mochila vermelha que carregava em um dos ombros.

Enfiei o livro de geometria entre os de química avançada e espanhol, tão cansada que quase não conseguia parar em pé. Só de elaborar uma frase, meu organismo ameaçava entrar em pane.

— Já sabe o que vai fazer no almoço? — ele perguntou. — Tenho um sanduíche a mais e uma poltrona de passageiro que inclina quase até o fim.

Olhei para ele com uma cara mortal.

— Para cochilar — ele disse rapidamente, surpreendendo-me quando suas bochechas cor de bronze revelaram um tom avermelhado. — Só comer e cochilar. A gente nem precisa conversar. O que acha?

Fiz que sim, quase indo às lágrimas.

Elliott fez um gesto para que eu o seguisse, tirando minha mochila dos ombros e andando devagar para acompanhar o meu ritmo até o fim do corredor, que dava para o estacionamento.

Abriu a porta e deixou que eu fosse na frente.

Estreitei os olhos por causa da luz, levantando a mão para protegê-los e afastar a dor de cabeça que vinha ameaçando piorar desde o início do dia.

Elliott destrancou a porta e a deixou bem aberta, esperando que eu me sentasse para mostrar a alavanca que ajustava a poltrona. Assim que a porta se fechou, eu já estava quase deitada, com o corpo esticado, até a poltrona encostar no banco traseiro.

A porta do motorista se abriu, e Elliott se sentou ao meu lado. Tirou dois sanduíches de um saco de papel pardo e me entregou um.

— Obrigada — foi tudo o que consegui dizer enquanto abria sem jeito a embalagem e enfiava um quarto do sanduíche na boca. Comi o restante rapidamente e fechei os olhos sem dizer mais nada, sentindo minha consciência se perder.

Após o que pareceram alguns poucos minutos, Elliott me cutucou com cuidado.

— Catherine? Desculpa. Não quero que você se atrase.

— Hã? — perguntei, esfregando os olhos. — Por quanto tempo eu dormi?

— Praticamente meia hora. Você dormiu tipo uma pedra. Não se mexeu nenhuma vez.

Agarrei a alça da minha mochila de nylon e desci do carro. Vários dos nossos colegas de turma nos encaravam, entre cochichos e risadinhas.

— Ah, que fofura — Minka disse. — Eles ainda têm o cabelo igual. — Seu cabelo ruivo caiu nos ombros quando ela virou para me encarar. Cutucou Owen com o cotovelo e nos olhou, fazendo uma cara de nojo, antes de puxá-lo em direção à porta.

— Não liga — Elliott disse.

— Tudo bem. — Continuamos andando até o prédio da escola. As portas duplas de metal eram pintadas de vermelho, e uma barra prateada que fazia as vezes de maçaneta praticamente gritava "afaste-se". As fofocas logo começariam. Presley ganharia um novo motivo para me importunar e agora Elliott também estaria na mira. Ele empurrou a barra prateada, que fez um estrondo. Então fez sinal para eu ir na frente, e eu fui.

— Ei — Elliott disse, encostando a mão no meu braço. — Estou preocupado com você. Está tudo bem? Você não era a melhor amiga da Minka e do Owen?

— Parei de falar com eles depois...

Connor Daniels deu um tapa nas costas de Elliott.

Elliott cerrou o maxilar, apertando os lábios numa linha fina.

— Hoje tem amistoso, Youngblood! Começou!

Elliott apontou para ele.

— Mudcats, *é nóis!*

— Vai, Mudcats! — Connor gritou de volta, fazendo sua melhor pose de campeão.

Elliott deu uma risadinha e sacudiu a cabeça, depois voltou a ficar sério quando viu minha expressão.

— Desculpa. Você estava me falando da Minka e do Owen.

— Você é amigo do Connor Daniels?

Ele ergueu uma sobrancelha.

— Sei lá, acho que sim. Ele é do time.

— Ah...

— Ah o quê? — ele perguntou, me cutucando com o cotovelo enquanto continuamos a caminhar.

— É que eu não sabia que você...

— Youngblood! — outro membro do time chamou.

Elliott o cumprimentou e voltou a olhar para mim.

— Que eu o quê?

— Era amigo dessas pessoas.

— "Dessas pessoas"?

— Você entendeu, vai — falei, indo em direção ao meu armário. — Ele é amigo do Scotty, que é amigo da Presley. E você não pegou o lugar do Scotty como quarterback oficial? Por que eles não te odeiam?

Ele encolheu os ombros.

— Eles gostam de ver o time ganhando, eu acho. Eu sou bom, Catherine. Sei lá... — Ele fez uma cara de quem ia voltar atrás, mas desistiu no meio do caminho. — Bom, vou dizer logo de uma vez. Eu sou muito bom. Disseram que eu sou um dos melhores quarterbacks do estado.

Continuamos andando.

— Uau. Que demais, Elliott.

Ele me cutucou.

— Você não parece tão impressionada.

Outros colegas do time o chamaram mais uma meia dúzia de vezes, antes que eu parasse na frente da fileira de armários marrons. Parei no 347 e comecei a girar os números, inserindo meu segredo e puxando o cadeado.

Soltei um grunhido. Como sempre, a porta emperrou. Elliott ficou parado atrás de mim, me observando. Eu conseguia sentir o calor da pele dele mesmo através das nossas roupas. Ele enfiou o braço por cima do meu ombro, alcançou a alça e deu um forte chacoalhão. A tranca se soltou e a porta se abriu.

Ele se inclinou e cochichou no meu ouvido:

— A minha também emperra. Tem que ser persistente.

— E você com certeza é. — Senti cada músculo do meu corpo. Um tanto envergonhada, fui tirando os livros da minha mochila e guardando-os no armário. Eu precisava ficar na ponta dos pés, mas conseguia alcançar. — E essa mochilinha vermelha?

— Ah... — ele disse, olhando para baixo. — É a minha câmera. Está escondida.

— Ainda bem que eu sei guardar segredo — falei, com um sorrisinho.

Elliott me olhou, impressionado.

— Você devir vir ao amistoso.

— Hoje à noite? Não — eu disse, sacudindo a cabeça.

— Por quê?

Pensei nisso por um momento, constrangida demais para responder. Eu não teria ninguém para ficar ao meu lado. Não saberia onde me sentar. Havia uma arquibancada para os alunos? Precisava pagar entrada? Senti raiva de mim por ser tão covarde. Eu já tinha enfrentado coisas bem mais assustadoras do que um evento social desconfortável.

— Vem, por favor — ele disse, me encarando.

Mordi o lábio, remoendo os motivos para ir e para não ir. Elliott esperou pacientemente, como se o sinal não fosse tocar a qualquer momento.

— Vou pensar — respondi, por fim.

O sinal tocou, e Elliott quase não notou.

— É?

Fiz que sim e o empurrei de leve.

— Você devia ir para a aula.

Ele deu alguns passos para trás, sorrindo feito um bobo.

— Você primeiro.

Peguei minhas coisas e tranquei meu armário, observando-o por mais alguns segundos antes de me virar para ir para a próxima aula.

Não fiz contato visual com o professor Simons quando me sentei. Ele parou de falar um momento, mas decidiu não chamar a minha atenção, e eu me acomodei em silêncio em minha cadeira, aliviada.

Como de costume, o professor Simons estava animado falando sobre fisiologia, mas meu pensamento oscilava entre ir ao jogo como uma aluna normal ou voltar para casa como eu achava que devia. Eu não sabia quais hóspedes haviam chegado — se é que havia chegado algum — e começaram a se formar listas na minha cabeça enquanto eu repensava tudo que pretendia fazer depois da aula, e o que podia ou não ficar para depois.

Lavar roupa.

Limpar as banheiras.

Fazer o jantar.

E se eu fosse ao jogo e Poppy estivesse na pousada sozinha, ou pior, e se Imogen ainda estivesse lá quando eu chegasse, revoltada e fazendo bico porque eu não tinha voltado para casa no horário combinado? Tio Toad daria as caras de um jeito ou de outro. A chegada de Imogen não deixava dúvida. Fechei os olhos, imaginando o mau humor do meu tio sendo despertado ou o pai de Poppy furioso com meu atraso. Quanto mais eu pensava em tudo isso, mais desanimada eu ficava. Os contras ganhavam e muito dos prós. O sinal tocou, e eu levei um susto.

Cambaleei de novo em direção ao meu armário. Antes que pudesse abri-lo, um braço moreno familiar apareceu por cima do meu ombro e deu uma batida na alça. Tentei não sorrir, mas, quando olhei para Elliott, seu sorriso contagiante ainda estava lá.

— E aí, já decidiu?

— A que horas começa o jogo? — perguntei.

— Praticamente depois da aula. — Ele estendeu um molho de chaves. — Se você precisar correr para casa, pode levar meu carro. É só trazer de volta. Eu não vou ter forças para voltar andando.

Sacudi a cabeça.

— Não tenho carta.

Ele enrugou o nariz.

— Sério?

— Meu pai nunca providenciou isso antes de... Eu não sei dirigir.

Ele sacudiu a cabeça uma vez.

— Bom saber. Podemos trabalhar nisso. E aí? O jogo.

Olhei para baixo.

— Desculpa. Não posso.

O professor Mason checou o celular, a camisa branca puída manchada de suor na altura das axilas. Enxugou a testa com um lenço.

— Meu Deus, será que algum dia vai refrescar?

— No inferno nunca refresca, professor Mason — Minka resmungou.

Os alunos se sentaram, o sinal tocou, e o professor tinha acabado de afastar a cadeira para se levantar quando a sra. Mason entrou na sala.

Olhou para Elliott imediatamente.

— Pensei que eu tinha solicitado uma mesa para o sr. Youngblood?

O professor Mason piscou e encarou Elliott.

— Está lá no fundo. — Scotty estava sentado na mesa de Elliott. — Está certo, vocês dois. Isto aqui não é a dança das cadeiras. Voltem para os seus lugares.

Elliott soltou um suspiro e fez certo esforço para se libertar da pequena carteira escolar de madeira enquanto todo mundo ria — todo mundo, menos eu e os Mason.

O professor Mason olhou para a ex-mulher, esperando algum sinal de satisfação. Ela estava surpresa — pelo menos uma vez na vida a culpa não era dele. Olhei o professor ficar um pouco mais ereto na cadeira. Aquela pequena vitória tinha sido o bastante para ele se sentir mais homem do que vinha se sentindo havia muito tempo.

— Precisa de alguma coisa, Becca? — ele perguntou, firme.

— Eu... preciso da Catherine.

Eu me afundei um pouco mais na cadeira, já sentindo vinte pares de olhos cravados na minha nuca.

O professor Mason passou os olhos pela sala, parando em mim — como se não soubesse exatamente onde era meu lugar — e fazendo sinal com a cabeça em direção à porta.

Concordei, peguei minhas coisas e acompanhei a sra. Mason até sua sala. Ela se sentou do outro lado da mesa e juntou as mãos, ainda um pouco abalada por não ter razão.

— Tudo bem? — perguntei.

Ela sorriu, deixando escapar uma pequena risada.

— Sou eu quem deve perguntar isso. — Esperei, e ela cedeu. — Sim, estou bem. Acho que não estou acostumada a estar errada, Catherine. Foi um deslize.

— Talvez você não seja perfeita. Talvez isso seja normal.

Ela apertou os olhos, me olhando com uma expressão brincalhona.

— Quem é a orientadora, mesmo?

Dei um sorriso.

— Você sabe o que eu vou perguntar — ela disse, recostando-se na cadeira. — Por que você não começa a falar?

Eu me encolhi.

— As coisas estão melhores.

Ela se ajeitou.

— Melhores?

— Elliott.

— Elliott? — Era óbvio que ela estava tentando manter a própria esperança em segredo, mas vinha falhando miseravelmente.

Fiz que sim, franzindo as sobrancelhas e olhando para o chão.

— Mais ou menos. Estou tentando evitar.

— Por quê? Porque você prefere não contar para ninguém, ou porque ele está te pressionando para que sejam mais do que amigos?

Enruguei o nariz.

— Não é nada disso. Só que eu continuo brava.

Ela se antecipou, como meu pai sempre fazia quando eu falava da Presley.

— O que ele fez?

— Ele sempre passava o verão na casa da tia dele. Aí ele precisou ir embora. No mesmo dia em que o meu... no dia em que...

Ela concordou com a cabeça, e eu me senti grata por não precisar falar com todas as letras.

— E...?

— Ele prometeu que ia voltar, mas não voltou. Depois ele tentou, quando tirou a carteira de motorista, mas não o deixaram. Agora os pais dele estão se divorciando, e ele está aqui.

— É uma boa história. Então você está começando a entender que talvez não tenha sido culpa dele? Ele parece um bom garoto. E você disse que ele tentou voltar?

Fiz que sim, tentando não sorrir enquanto imaginava Elliott fugindo no meio da noite e pulando naquele carro detonado, correndo na rodovia a setenta quilômetros por hora.

— Ele tentou... Sra. Mason?

— Sim?

— Quando você tinha a minha idade, você ia aos jogos de futebol?

Ela sorriu com as memórias que lhe vieram à mente.

— Não perdia nenhum. O professor Mason jogava.

— Você trabalhava?

— Sim, mas eles achavam que eu era muito criança. Bons tempos, Catherine. Pena que não voltam mais.

Pensei nas palavras dela. O ensino médio não era minha fase favorita, mas eu sabia que era impossível fazer o tempo voltar atrás.

— Você já assistiu a algum jogo? — ela perguntou, trazendo-me de volta à realidade. E soube a resposta só de olhar para a minha cara. — Nunca? Ah, você devia assistir, Catherine. É tão bacana. Por que esse assunto te deixa nervosa?

Hesitei, mas a sala da sra. Mason sempre foi um lugar seguro.
— Tenho meus deveres em casa.
— Mas não pode fazer tudo depois? Talvez se você falar com a sua mãe?
Sacudi a cabeça, e ela fez o mesmo para demonstrar compreensão.
— Catherine, você se sente segura na sua casa?
— Sim. Ela não me bate. Nunca me bateu.
— Ótimo. Acredito em você. Se um dia isso mudar...
— Não vai mudar.
— Não quero que você tenha problemas. Não posso te aconselhar a fazer nada que vá contra a vontade da sua mãe. Acho que você devia pedir permissão, mas uma noite fora de casa não é algo absurdo. Como menor de idade, é necessário pedir permissão. Mais alguma coisa? — Ela percebeu minha inquietação. — Vamos. Você sabe que pode falar comigo. Quer que eu enumere de novo os dez momentos mais vergonhosos dos meus anos na escola?

Uma risada me subiu pela garganta.
— Não, não, não vou te fazer passar por isso.
— Tudo bem. Então fale.
Depois de alguns segundos, vomitei a verdade.
— Vou precisar sentar sozinha.
— Eu também vou. Fique comigo.
Fiz uma careta, e ela entendeu.
— Tudo bem, tudo bem. Não sou lá a pessoa mais legal, mas sou uma companhia possível. Muitos alunos ficam com seus pais. — Fiquei olhando, e ela voltou atrás. — Tudo bem. Alguns. Ficam um pouquinho. Fique comigo só até você se sentir confortável. A gente pode comprar uma pink lemonade na volta, e eu te deixo em casa.
— É realmente muito bacana da sua parte, mas o Elliott disse que me daria carona de volta para casa. Somos praticamente vizinhos.

Ela aplaudiu.
— Então está combinado. Primeiro jogo de futebol. Uhu!
A reação dela talvez fizesse outros alunos revirarem os olhos, mas eu não presenciava esse tipo de comemoração desde que meu pai tinha morrido. Ensaiei um sorrisinho sem graça e olhei para o relógio por cima do ombro.
— Acho que eu...?
— Sim. Conversamos de novo no mês que vem, se não houver problema. Estou impressionada com sua evolução, Catherine. Estou feliz por você.
— Obrigada — eu disse, empurrando a cadeira.
O sinal tocou, então fui direto para o meu armário, parando um segundo para me lembrar do segredo do cadeado.

— Dois, quarenta e quatro, dezesseis — Elliott falou atrás de mim.

Apertei os olhos.

— Que enxerido!

— Desculpa. Vou esquecer os números. E aí? Você vai?

Soltei um suspiro.

— Por quê? Por que você quer tanto que eu vá?

— Só quero que você vá. Quero que você veja a gente ganhar. Quero que você esteja lá quando eu sair correndo pelo campo. Quero te ver me esperando perto do carro quando eu chegar de cabelo molhado, sem fôlego, louco de adrenalina. Quero que você faça parte disso.

— Ah... — eu disse, impressionada com sua sinceridade.

— Exagerei? — Ele deu uma risadinha, surpreso com a minha reação.

— Tudo bem. Eu vou.

— Sério?

— Sim, vamos logo, antes que eu mude de ideia. — Guardei todos os livros, menos um, que coloquei dentro da bolsa, colocando uma alça da mochila no ombro e me virando.

Elliott estava com a mão esticada, esperando que eu a pegasse.

Olhei em volta, procurando olhares curiosos.

— Não olha para eles. Olha para mim — ele disse, estendendo a mão.

Peguei a mão dele, e ele me conduziu pelo corredor, em direção ao estacionamento. Guardamos nossas bolsas no carro e fomos até o campo de futebol, nossas mãos ainda grudadas.

12

Catherine

ELLIOTT RECEBEU A BOLA DE SCOTTY, DEU ALGUNS PASSOS PARA TRÁS E a arremessou para Connor, numa espiral perfeita. Connor se lançou no ar, mais alto do que eu jamais pensei que um ser humano fosse capaz de saltar, ultrapassando os braços estendidos de dois jogadores do time adversário. Agarrou a bola perto do peito, caindo de cara no chão.

Os juízes apitaram, erguendo as mãos no ar, e a torcida levantou na hora, gritando tão alto que precisei cobrir as orelhas com as mãos.

A sra. Mason agarrou meus braços, pulando sem parar, feito uma adolescente empolgada.

— A gente ganhou! Eles conseguiram!

O placar mostrava 44 X 45, e os Mudcats ficaram lado a lado, suados e um pouco abatidos, abraçados e se balançando, enquanto a banda tocava o hino da escola.

A sra. Mason começou a cantar, pousando o braço no meu. A multidão se uniu num só coro, sorrindo e comemorando.

— Ooooh-Cêêêêê-Aaaaaah-Êêêêês — a torcida cantou, e em seguida começou a bater palmas.

Os Mudcats saíram da formação e começaram a correr em direção aos vestiários com os capacetes nas mãos — todos, exceto Elliott, que procurava alguém nas arquibancadas. Seus colegas o chamaram para sair do campo, mas ele os ignorou.

— Será que ele está te procurando? — a sra. Mason perguntou.

— Não — eu disse, sacudindo a cabeça.

— Catherine! — Elliott deu um grito.

Fui para a escadaria da arquibancada onde eu estava sentada.

— Catherine Calhoun! — Elliott gritou novamente, colocando a mão livre do lado da boca para ampliar o som.

Algumas pessoas olharam para cima, as líderes de torcida se viraram, e de repente os alunos que estavam enfileirados entre mim e Elliott pararam de aplaudir e conversar para olhar para o alto.

Desci os degraus correndo e acenando. O treinador Peckham puxou o braço de Elliott, mas ele continuou imóvel, até que me viu no meio da multidão e acenou de volta.

Imaginei as pessoas se perguntando o que Elliott via em mim que elas não viam. Mas, no momento em que o olhar de Elliott encontrou o meu, nada disso importava. Era como se estivéssemos à beira do lago, cutucando a grama e fingindo que não estávamos loucos para dar as mãos. E, naquele momento, toda dor e raiva às quais eu me apegava simplesmente desapareceram.

Elliott saiu correndo do campo com o treinador, que lhe deu um tapinha nas costas, antes de ambos entrarem em direção aos vestiários.

A multidão ia se dispersando, lotando as escadas e passando por mim.

A sra. Mason finalmente me alcançou e pegou meu braço.

— Que jogo incrível. Valeu a pena sair hoje à noite. O Elliott vai te levar para casa? — Fiz que sim. — Tem certeza?

— Tenho. Combinei de esperá-lo ao lado do carro dele. Minha mochila está lá dentro, então...

— Parece um bom plano. Até amanhã.

Ela parou de repente, deixando que eu fosse na frente para que ela virar à esquerda em direção à rua lateral que contornava o estádio. O treinador Peckham a encontrou na esquina e os dois seguiram juntos.

Levantei a sobrancelha e continuei atravessando o labirinto de carros que separava a entrada do estádio e o carro de Elliott. Encontrei o Chrysler e me recostei na lataria enferrujada, do lado do motorista.

Meus colegas de sala voltavam para seus carros, animados com o jogo e com a inevitável festa que teria depois. As meninas fingiam que não estavam impressionadas com as bobeiras que os meninos faziam para chamar a atenção. Engoli em seco quando vi o Mini Cooper da Presley a dois carros de distância, e em seguida ouvi sua risada estridente.

Ela fez uma pausa. Anna Sue, Brie, Tara e Tatum vinham logo atrás.

— Ai, meu Deus — ela disse, levando a mão ao peito. — Você está esperando o Elliott? Ele é, tipo, seu namorado?

— Não — falei, mais uma vez constrangida com o tremor na minha voz. Qualquer conflito, por menor que fosse, mexia comigo, e eu odiava isso.

— Então você só está esperando ele voltar? Tipo um cachorrinho? Ai, meu Deus! — Anna Sue disse, cobrindo a boca com a mão.

— Somos amigos — falei.

— Você não tem amigos — Presley provocou.

Elliott veio correndo, ainda molhado do banho, e chegou me abraçando e me girando no ar. Eu o abracei com força, com medo de que, ao soltá-lo, eu abrisse espaço para toda mágoa e escuridão que nos cercavam.

Ele se inclinou e me deu um beijo na boca, tão rápido que só percebi o que tinha acontecido quando já tinha acabado.

Pisquei, ciente de que Presley e as clones nos espiavam.

— Vamos comemorar! — Elliott disse, com um largo sorriso.

— Você vai à festa, Elliott? — Brie perguntou, enrolando nervosamente o cabelo nos dedos.

Ele olhou para elas, parecendo que tinha acabado de perceber que estavam ali.

— Na fogueira? Não. Vou levar minha namorada para passear.

Ele sabia que eu não discutiria na frente de uma plateia, especialmente uma que incluía a Presley.

— Ah, é mesmo? — Presley despertou, finalmente encontrando sua voz. Ela deu um sorrisinho para Brie antes de voltar a falar. — A Kit-Cat acabou de dizer que vocês não eram namorados.

Ele levou minha mão aos lábios e deu um beijinho, piscando de leve.

— O nome dela é Catherine e... ainda não. Mas estou num ótimo dia. Acho que hoje vou conseguir convencê-la.

Presley revirou os olhos.

— Que nojo. Vamos — ela disse, conduzindo as amigas até o seu carro.

— Pronta? — ele disse, abrindo a porta.

Entrei pelo lado do volante e deslizei até o meio do banco. Elliott se sentou ao meu lado, mas, antes que eu me movesse de novo, ele encostou no meu joelho.

— Fica aqui, pode ser?

— No meio?

Ele fez que sim, com olhos esperançosos.

Soltei o ar, me sentindo ao mesmo tempo estranha e confortável. Elliott me transmitia uma segurança que eu não sentia desde o dia que ele fora embora; era como se eu não estivesse mais tentando sobreviver sozinha.

Ele saiu do estacionamento, avançando feito um foguete pela rua, em direção à Main Street. Outros jogadores do time buzinavam para nós com estardalhaço, alguns se pendurando para fora da janela para acenar, levantar a camisa ou alguma dessas bobagens.

Passamos na frente do Walmart, onde havia uma concentração de veículos e alunos, gritando, dançando e fazendo de tudo para chamar a atenção. Quando reconheceram o carro do Elliott, eles gritaram e buzinaram, tentando fazê-lo parar.

— Você pode me deixar em casa e voltar para cá — sugeri.

Ele sacudiu a cabeça devagar.

— Sem chance.

— Mas eu preciso voltar para casa.

— Sem problema. A gente passa no drive-thru e te deixo em casa em dez minutos. Combinado?

O carro de Elliott trabalhou duro para atingir sessenta quilômetros por hora na rua que levava à Braum's. Elliott entrou no drive-thru, pediu duas casquinhas e duas pink lemonades e depois seguiu em frente.

— Obrigada — falei. — Depois eu te pago.

— Não, não precisa. É presente.

— Obrigada pela carona, também. E por me convidar para o jogo. Foi legal de assistir.

— Legal me assistir?

— Essa parte também foi legal — eu disse, ruborizando.

Quando recebemos as casquinhas, Elliott levantou a dele, propondo um brinde.

— Aos Mudcats.

— E ao quarterback do time — falei, encostando com cuidado meu sorvete no dele.

Elliott sorriu, e boa parte de seu sorvete desapareceu. Ele segurou o copo de limonada entre as pernas enquanto me levava para casa, uma mão manobrando o volante e a outra segurando o sorvete.

Ficou falando sobre as diferentes jogadas que existem no futebol, como elas funcionavam, as besteiras que eles falavam durante o jogo e, quando estacionou ao lado da calçada, de frente para minha casa, deu um suspiro satisfeito.

— Vou sentir saudade de jogar.

— Você não vai continuar jogando na faculdade?

Ele sacudiu a cabeça.

— Ah, não. Eu ia precisar ganhar uma bolsa de estudos, e não sou tão bom assim.

— Você disse que foi eleito um dos melhores do estado.

Ele parou para pensar.

— É...

— Então você é bom, Elliott. Uma bolsa é algo possível. Tem que confiar na sua capacidade.

Ele se encolheu, pensativo.

— Nossa. Acho que eu não estava me permitindo, mesmo. Talvez eu possa ir para a faculdade.

— Você pode.

— Você acha?

Concordei com a cabeça.

— Eu acho.

— A minha mãe e a tia Leigh querem que eu vá. Eu não sei. Estou meio cansado de estudar. Tem tanta coisa que eu quero fazer. Tanto lugar que eu quero conhecer.

— Você podia tirar um ano só para viajar. Seria legal. Só que o meu pai sempre falava que a maioria das pessoas que tiram um ano acabam nunca se matriculando na faculdade. E que isso acaba com qualquer bolsa de estudo.

Ele se virou, e seu rosto ficou a poucos centímetros do meu. Os bancos eram ásperos e tinham um cheiro de mofo que se misturava com o suor de Elliott e o perfume de desodorante fresco. Ele parecia tenso, e isso me deixou nervosa.

— Eu sou bom para você — ele disse, enfim. — Eu sei... Sei que você talvez não confie em mim, mas...

— Elliott — suspirei. — Eu perdi as duas pessoas que eu mais amava no mesmo dia. Ele morreu, e eu fiquei sozinha. Com *ela*... E você simplesmente me deixou aqui, afogada em problemas. Não é uma questão de confiança. — Apertei os lábios. — Você partiu meu coração. Mesmo se a gente conseguisse voltar a ser o que era antes... aquela menina que você conheceu... ela não existe mais.

Ele balançou a cabeça, e seus olhos ficaram marejados.

— Você precisa entender que eu nunca teria ido embora por decisão própria. Minha mãe ameaçou nunca mais me deixar voltar para casa. Ela sabia que eu gostava de você. Ela sabia que eu não queria estar em nenhum outro lugar, e ela tinha razão.

Franzi o cenho.

— Por quê? Por que você gosta tanto de mim? Você tem um monte de amigos, e a maioria deles não gosta de mim, aliás. Você não precisa de mim.

Ele ficou me olhando, incrédulo.

— Eu me apaixonei por você naquele verão, Catherine. E continuei te amando depois.

Demorei alguns segundos para reagir.

— Eu não sou mais aquela menina, Elliott.

— Sim, você é. Ainda vejo aquela menina.

— Faz muito tempo que aquilo aconteceu.

Ele deu de ombros e não desistiu.

— A gente nunca esquece o primeiro amor.

Tentei encontrar as palavras, mas não encontrei nenhuma.

As sobrancelhas dele se moveram, e certo desespero surgiu em seus olhos.

— Me dá mais uma chance? Catherine, por favor — ele implorou. — Eu prometo que nunca mais vou te abandonar. Juro pela minha vida. Não tenho mais quinze anos. Agora sou livre para tomar minhas próprias decisões, e espero que você me perdoe. Não sei o que vou fazer se você não me perdoar.

Olhei para a Pousada Juniper por cima do ombro. As janelas estavam escuras. A casa estava dormindo.

— Eu acredito em você — falei, encarando-o. Mas, antes que seu sorriso se alargasse, acrescentei rapidamente: — Mas a mamãe piorou depois que meu pai morreu. Preciso ajudá-la a tocar a pousada. Mal tenho tempo para mim.

Ele sorriu.

— Eu aceito o que você puder me dar.

Eu imitei a expressão dele, mas não durou muito.

— Você não pode entrar na minha casa e não pode fazer perguntas.

Ele franziu as sobrancelhas.

— Por quê?

— Isso é uma pergunta. Eu gosto de você, e gostaria de tentar. Mas eu não posso falar sobre a mamãe, e você não pode entrar na pousada.

— Catherine... — ele disse, encaixando os dedos nos meus. — Ela é violenta com você? Algum hóspede é violento com você?

Sacudi a cabeça.

— Não... Ela só... é uma pessoa muito discreta.

— Você vai me contar? Se isso acontecer? — ele perguntou, apertando minha mão.

Concordei.

— Sim.

Ele se endireitou no banco e em seguida segurou o meu rosto, inclinando-se e fechando os olhos.

Eu não sabia direito o que fazer, então o imitei. Seus lábios tocaram os meus, carnudos e macios. Ele me beijou e se afastou, dando um sorriso antes de voltar, desta vez entreabrindo os lábios. Tentei reproduzir o que ele fazia, ao mesmo tempo entrando em pânico e me derretendo. Ele me segurou, e sua língua entrou na minha boca e tocou a minha, morna e úmida. Assim que a dança das nossas bocas encontrou seu ritmo, envolvi os braços em seu pescoço e cheguei mais perto, pedindo para ele me abraçar mais forte. Logo eu precisaria voltar para a pousada e queria que a segurança que eu sentia na presença de Elliott não me abandonasse.

No segundo em que meus pulmões começaram a pedir um pouco de ar, Elliott se afastou, encostando a testa na minha.

— Até que enfim — ele sussurrou, as palavras quase inaudíveis.

Suas próximas palavras não saíram muito mais altas:

— Vou estar no balanço da varanda às nove. E vou trazer pão de amora para o café da manhã.

— O que é isso?

— Receita da minha bisavó. Com certeza é muito antiga. A tia Leigh prometeu que ia fazer hoje. É incrível. Você vai amar.

— Eu trago o suco de laranja.

Elliott se inclinou para me dar mais um beijo no rosto, antes de abrir a porta. Ele precisou empurrar duas vezes, e então a porta se abriu.

Desci na calçada, em frente à pousada. Ainda estava tudo escuro. Deixei escapar um suspiro.

— Catherine, eu sei que você me disse que eu não posso entrar. Posso pelo menos te acompanhar até a porta?

— Boa noite. — Entrei pelo portão e andei pela calçada rachada, tentando escutar os ruídos lá de dentro. Os grilos cantavam e, assim que cheguei à porta, o carro de Elliott deu a partida. Não havia nenhum movimento vindo da casa.

Girei a maçaneta e empurrei a porta, olhando para o alto. A porta ao lado da escada estava aberta — meu quarto — e tentei não deixar o peso que senti no peito tomar conta de mim. Eu sempre deixava minha porta fechada. Alguém tinha ido me procurar. Com as mãos tremendo, coloquei minha mochila numa cadeira da sala de jantar. A mesa ainda estava coberta de pratos sujos, e a pia também estava cheia. Havia cacos de vidro ao lado da ilha da cozinha. Corri em direção ao armário debaixo da pia para pegar as luvas de borracha da mamãe, depois peguei a vassoura e a pá de lixo. O vidro raspava o piso enquanto passava pelo chão. O luar entrava pela janela da sala de jantar, fazendo os cacos menores brilharem — embora estivessem misturados com poeira e fios de cabelo.

Um arroto alto veio da sala de estar, e fiquei paralisada. Mesmo que eu imaginasse quem poderia ser, esperei que ele se revelasse.

— Sua egoísta — ele atacou.

Eu me levantei, esvaziei a pá no latão de lixo e tirei as luvas, guardando-as novamente debaixo da pia. Sem pressa, atravessei o corredor que levava à sala de estar, onde tio Toad estava sentado na poltrona. Sua barriga caía por cima da calça, parcamente coberta por uma camiseta gasta e manchada. Ele tinha uma garrafa de cerveja na mão e uma coleção de outras vazias a seu lado. Já tinha vomitado, e a prova estava no chão e nas garrafas vazias.

Cobri a boca, enojada com o cheiro.

Ele arrotou mais uma vez.

— Ah, por favor — eu disse, correndo até a cozinha para pegar um balde. Voltei em seguida, coloquei o balde no chão, ao lado da poça de vômito, e peguei a toalha que tinha agarrado no caminho e pendurado no bolso da calça. — Use o balde, tio Toad.

— Você acha que pode ir e vir desse jeito? Sua egoísta — ele repetiu, olhando para longe com cara de desprezo.

Limpei o peito de tio Toad, enxugando a saliva e o vômito que estavam no pescoço e na camiseta.

— Você devia subir e tomar um banho — eu disse, engasgando.

Movendo-se mais rápido do que eu jamais havia visto, ele pulou, agarrou minha camiseta e parou a poucos centímetros do meu rosto. Consegui sentir seu hálito azedo quando abriu a boca.

— Trate de cumprir com suas responsabilidades antes de me dar ordens, garota.

— Desculpa. Eu devia ter vindo ajudar a mamãe. Mamãe? — chamei, trêmula.

Tio Toad sugou os restos do jantar do meio dos dentes e me soltou, caindo novamente na cadeira.

Eu me levantei, dando um passo para trás, depois larguei o pano e subi correndo as escadas até o meu quarto, trancando a porta. Senti a madeira fria nas costas e levantei as mãos para cobrir os olhos. Solucei e meus olhos se encheram de lágrimas, que rolaram pelas faces. As coisas lá fora estavam melhorando, mas aqui dentro só pioravam.

Minha mão cheirava a vômito, e eu a afastei, enojada. Corri para o banheiro, peguei o sabonete e lavei as mãos até ficarem doloridas, depois o rosto.

Um barulho na escada me paralisou por um momento. Assim que a adrenalina se dissipou, fechei a torneira e corri para empurrar a cama em direção à porta. A escada rangeu de novo, e eu me afastei e fiquei encostada na parede oposta, tentando controlar os tremores que atravessavam o meu corpo, sem tirar os olhos da maçaneta. Fiquei ali em silêncio no escuro, esperando que tio Toad passasse ou tentasse entrar à força.

Ele subiu mais um degrau, depois outro, até que finalmente chegou ao topo da escada. Tio Toad andava cambaleando, carregando os quase duzentos quilos de que se gabava de pesar. Ele bufou algumas vezes, e depois o ouvi arrotando de novo pelo corredor, a caminho de seu quarto.

Encostei o peito nos joelhos, fechei os olhos e caí de lado, sem saber se ele voltaria ou se alguém mais bateria na minha porta. Nunca na minha vida quis tanto ver mamãe, mas ela não queria me ver. A pousada estava um caos. Ela provavelmente estava chateada e perdida em seu mundo, para onde sempre costumava ir, quando as coisas ficavam turbulentas demais.

Quis chamá-la, mas não sabia se ela me ouviria. Fiquei imaginando que talvez Althea estivesse na cozinha de manhã, cozinhando e limpando, me cumprimentando com um sorriso no rosto. Essa era a única coisa capaz de me acalmar para que eu conseguisse dormir. E saber que amanhã era sábado e eu teria aulas de direção. E um dia inteiro com Elliott, em segurança, longe da pousada e de todos ali.

13

Catherine

NO COMEÇO, AS VOZES PARECIAM FAZER PARTE DE UM SONHO DO QUAL eu não conseguia me lembrar, mas, quando ficaram mais altas, eu me sentei na cama, esfregando os olhos e ouvindo-as mais claramente, enquanto discutiam alguma coisa com uma raiva abafada, como meus pais costumavam fazer. Os hóspedes estavam todos ali, alguns em pânico, outros revoltados, outros tentando reestabelecer a ordem.

Eu me arrastei para fora do colchão e andei pelo quarto, girando lentamente a maçaneta, tentando evitar que descobrissem que eu tinha acordado. Assim que a porta se abriu, prestei atenção. As vozes continuavam agitadas. Fui até o corredor, o piso frio queimando meus pés descalços. Quanto mais eu me aproximava do cômodo onde os hóspedes estavam reunidos, mais nítidas as vozes ficavam.

— Não me venham com essa — Althea disse. — Eu disse "não" e continuo dizendo "não". A gente não vai fazer isso com a coitada da menina. Ela já passou por muita coisa.

— Ah, é? — Duke avançou. — E o que você pretende fazer quando ela cair fora e esse lugar for para o saco? A coisa já está indo para esse caminho. E a gente? E a Poppy?

— Ela não é responsável por nós — Willow comentou.

— E o que você tem com isso? — Duke perguntou. — Você mal para aqui.

— Eu estou aqui hoje — Willow falou. — Meu voto é "não".

— Meu voto é "não" — Althea disse. — Mavis, fala para eles.

— Eu... eu não sei.

— Não sabe? — Althea disse, com a voz mais firme do que eu jamais ouvira. — Como não sabe? Ela é sua *filha*. Dê um fim a essa loucura.

— Eu... — mamãe começou a falar.

A porta se abriu, e era mamãe de roupão, bloqueando meu campo de visão.

— O que você está fazendo acordada, Catherine? Vá para a cama. Agora.

Ela bateu a porta na minha cara, e do outro lado os sussurros preencheram o ambiente.

Dei um passo para trás e fui para o meu quarto, fechando a porta. Fiquei olhando para a luz que entrava pela fresta embaixo da porta, me perguntando por que eles estavam falando sobre mim e o que estavam cogitando para Althea votar contra com tanta convicção. A caixa de música soltou algumas notas, me estimulando a agir. Empurrei a cômoda em direção à porta e, em seguida, sentindo que não era suficiente, empurrei a cama em direção à cômoda, e depois fiquei sentada. Olhei para a porta até não conseguir mais manter os olhos abertos, implorando para o sol nascer.

Da segunda vez que abri os olhos, eu me perguntei se aquela reunião tinha sido um sonho. Enquanto me vestia e descia as escadas, tinha a cabeça cheia de dúvidas sobre tudo o que acontecera na noite anterior. A bagunça do tio Toad havia desaparecido. A sala de estar, a sala de jantar e a cozinha estavam impecáveis, mesmo com a mamãe cozinhando. O ar cheirava a biscoitos saindo do forno e banha de porco, as linguiças saltando na frigideira entre uma e outra nota da música que mamãe cantarolava.

— Bom dia — mamãe disse, pegando as linguiças com uma escumadeira.

— Bom dia — respondi, desconfiada. Fazia tanto tempo que a mamãe parecia outra pessoa e vivia de mau humor que eu não sabia direito como reagir.

— Seu tio e sua prima foram embora. Falei para ele ficar longe por um tempo. O que aconteceu na noite passada é inaceitável.

— Quanto tempo é um tempo? — perguntei.

Mamãe se virou para me ver, com remorso nos olhos.

— Sinto muito pelas coisas que ele te disse. Não vai acontecer de novo, eu prometo. — Eu me sentei na frente do prato que ela tinha colocado na mesa de jantar. — Agora coma. Ainda tenho algumas coisas para fazer. Tem muita gente descendo para o café. Tem tanta, tanta coisa para fazer, e eu não dormi direito na noite passada.

E saiu.

— Querida? — Althea disse, vindo da despensa, amarrando o avental. Ela pegou um pano e começou a limpar as bocas do fogão. — A gente te acordou?

— Foi você ou a mamãe que limpou a bagunça do tio Toad?

— Bom, você não precisa pensar nisso. — Olhou pela janela. — É melhor terminar logo. Seu garoto chegou.

— Ah... — eu disse, enfiando uma linguiça na boca e pegando dois biscoitos, a jaqueta e a bolsa. Elliott já estava em pé na varanda quando abri a porta.

— Tchauzinho, querida! — Althea gritou.

14

Elliott

ABRI A PORTA PARA CATHERINE COM UMA MÃO E FIQUEI SEGURANDO O pão de amoras embrulhado com a outra.

— Obrigada — ela disse.

Dei uma risadinha.

— Já começamos a pensar igual. Nosso destino é ficar juntos.

Catherine ficou vermelha e se ajeitou no banco do passageiro. Eu fechei a porta, dando a volta correndo para chegar ao outro lado. Ela estava quieta, e isso me deixou nervoso.

— Está tudo bem?

— Sim. Só estou um pouco cansada — ela disse, olhando pela janela enquanto eu dava a partida no carro.

— Não dormiu bem?

— Dormi. Eu acho.

Olhei para os braços dela e vi várias marcas vermelhas, inflamadas, em formato de meia-lua, que iam do pulso ao cotovelo.

— Tem certeza que está tudo bem?

Ela puxou a manga para baixo.

— Não é nada. Tique nervoso.

— Por que você está nervosa?

Ela se encolheu.

— Eu não conseguia dormir.

— Posso fazer alguma coisa? — perguntei, sentindo certo desespero.

Ela se recostou no banco, fechando os olhos.

— Não, só preciso de um cochilo.

Encostei em seu joelho.

— Então dorme. Eu dirijo.
Ela bocejou.
— Ouvi falar que a Anna Sue vai dar uma festa de Halloween semana que vem.
— E daí?
— Você vai?
— Você vai?
Os olhos de Catherine se abriram. Mesmo cansada, ela parecia surpresa, como se esperasse que eu admitisse que estava brincando.
— Não. Não acho legal me fantasiar de outra pessoa.
— Nem por uma noite?
Ela sacudiu a cabeça, fechando os olhos novamente.
— Não, ainda mais se tiver alguma coisa a ver com a Anna Sue Gentry.
— Então parece que vai ser pipoca e maratona de filme de terror na minha casa?
Ela sorriu, ainda de olhos fechados.
— Parece perfeito.
Os ombros de Catherine amoleceram, seu corpo relaxou e sua respiração ficou estável. Tentei dirigir mais devagar, fazendo curvas suaves. Antes de chegarmos à estrada de terra que eu tinha escolhido, Catherine deslizou no banco e agarrou meu braço, encostando a bochecha em meu ombro. Usei o outro braço para estacionar o carro e desligar a ignição, e então ficamos ali, na beira da estrada, enquanto ela dormia. Sua respiração fazia um leve barulho e, mesmo quando comecei a sentir um adormecimento no braço e no traseiro, não ousei me mexer.

O céu mudou em minutos, projetando uma leve neblina. Mexi no celular até a bateria chegar a um por cento, depois, muito devagar, conectei o telefone ao carregador do carro, olhando para a garota que estava agarrada a mim. Catherine parecia tão menor do que quando nos conhecemos — mais frágil, mais delicada, e mesmo assim era uma fortaleza. Eu nunca tinha conhecido ninguém igual a ela, mas eu sabia que também era por que nunca tinha amado ninguém do jeito que a amava, e nunca amaria de novo. Ela era mais importante para mim do que eu imaginava. Eu tinha esperado tanto tempo para voltar para ela, e, agora que estávamos juntos dentro de um carro frio e silencioso, tudo parecia surreal. Encostei no cabelo dela só para me convencer de que era real.

Meu celular tocou, e me atrapalhei todo para atender a ligação sem acordá-la.
— Alô? — sussurrei.
— Oi — meu pai disse.
Revirei os olhos.
— E aí?
— Então, prometi ao seu tio John que eu não ia mais te ligar pedindo nenhum favor, mas a Kimmy perdeu o apartamento e estamos na casa do Rick, e ele arran-

jou uma namorada nova, e ela e a Kimmy não se bicam. Eu ainda não arranjei emprego e as coisas não vão nada bem. Eu sei... eu sei que o seu aniversário está chegando e que sua tia Leigh sempre te dá um dinheiro. Se você puder pedir para ela adiantar o presente e me emprestar, eu juro que te devolvo até o Natal, com juros.

Fiz uma careta.

— Você está pedindo o dinheiro do meu aniversário que eu ainda nem ganhei?

— Você não ouviu o que eu disse? Mais uma ou duas semanas e não vamos ter para onde ir.

Rangi os dentes.

— Arranja um emprego, pai. A Kim ou sei lá quem está desempregada?

— Isso não é da sua conta.

— Se você quer dinheiro emprestado, é, sim.

Ele ficou em silêncio por alguns instantes.

— Sim, ela está desempregada. Você vai me emprestar ou não?

— Não vou pedir dinheiro para a tia Leigh só para te dar. Ela cuida muito bem de mim. Não vou fazer isso. Se você quer emprestar dinheiro dela, peça você mesmo.

— Eu tentei! E já estou devendo quinhentos paus para eles.

— E não pagou, e agora quer emprestar de mim.

Ele se atrapalhou todo, frustrado.

— Consigo pagar todo mundo mês que vem. Só preciso me reerguer, filho. Depois de tudo que fiz por você, não pode ajudar seu velho?

— O que você fez por mim? — eu disse, tentando manter a voz baixa como um sussurro.

— O que você disse? — ele perguntou, com a voz grave e hostil.

— Você me ouviu. Minha mãe era quem pagava as contas. Você a trocou por uma pessoa que não paga, e agora quer emprestar dinheiro do seu filho de dezessete anos. Você vivia batendo na minha mãe e em mim, nos abandonou, nunca trabalhou... Sua contribuição para a minha vida começou e terminou quando você fez aquilo que os homens pensam o dia inteiro em fazer. Isso não te dá direito a nada, pai, muito menos a um empréstimo. Para de me ligar, a não ser que seja para pedir desculpas.

— Seu filho da pu...

Desliguei o celular, deixando a cabeça cair para trás. Coloquei o telefone no modo silencioso, e alguns segundos depois o aparelho vibrou. Mantive o botão apertado, passando o dedo para desligar o celular por completo.

Catherine apertou meu braço com mais força.

Olhei pela janela, xingando meu pai em voz baixa. Meu corpo inteiro tremia, e eu não conseguia fazê-lo parar.

— Eu não sabia — ela disse, me abraçando. — Sinto muito.

— Ei. — Eu sorri e a encarei. — Está tudo bem, não se preocupe. Desculpe se te acordei.

Ela olhou em volta, vendo minha nova jaqueta do time cobrindo seu colo. Então me devolveu, com uma cara triste.

— Ele te batia?

Tirei o cabelo dela do rosto, pousando a mão em sua bochecha.

— Já passou. Ele não pode mais me machucar.

— Você está bem? — ela perguntou. — Tem alguma coisa que eu possa fazer?

Sorri.

— Você se importar já é o bastante.

Ela inclinou o rosto na minha mão.

— É claro que eu me importo.

Aos poucos os tremores se dissiparam e a raiva foi diminuindo. Catherine não falava sobre seus sentimentos com muita frequência, então qualquer migalha que ela me desse parecia um gesto maravilhoso.

Ela ficou olhando, tentando descobrir onde estávamos.

— Por quanto tempo eu dormi?

Eu me encolhi.

— Por um tempo. 29th Street. Quando você estiver realmente acordada, vamos trocar de lugar.

— Sabe... — ela disse, ajeitando-se no banco. — A gente não precisa fazer isso hoje.

Soltei uma risada.

— Sim, a gente meio que precisa.

— Eu estava tendo o melhor sonho — ela disse.

— É? Eu estava nele?

Ela sacudiu a cabeça, e seus olhos ficaram marejados.

— Ei — eu disse, puxando-a para perto. — Tudo bem. Fala comigo.

— Meu pai tinha voltado para casa, mas era agora, não antes. Ele estava muito confuso e, quando percebeu o que a mamãe tinha feito, ficou bravo. Bravo de um jeito que eu nunca tinha visto. Ele disse para ela que ia embora, e foi mesmo, mas me levou com ele. Eu coloquei algumas coisas numa mala, e fomos embora no Buick. Era tipo uma vida nova. Quanto mais longe ficávamos da pousada, mais segura eu me sentia. Eu queria... Acho que, se tivéssemos feito isso, meu pai estaria vivo agora.

— Não posso mudar essa parte, mas posso te levar para longe da pousada. A gente pode entrar no carro e só... sair dirigindo.

Ela se apoiou em mim, olhando para o céu cinzento pelo vidro embaçado.

— Para onde?

— Para onde você quiser. Qualquer lugar.

— Pensar nisso dá uma sensação de... liberdade.

— A gente vai ter liberdade — falei. — Mas antes você precisa aprender a dirigir. Você não pode ir embora se não puder assumir o volante se precisar.

— Por que eu precisaria? — ela perguntou, virando-se para me olhar.

— Se alguma coisa acontecer comigo.

Ela sorriu.

— Não vai acontecer nada com você. Você é tipo... invencível.

Eu me ajeitei no banco e me senti um pouco mais forte só por saber que ela me via assim.

— Você acha?

Ela fez que sim.

— Ótimo, porque aí nem você dirigindo vai poder me matar.

Puxei o freio de mão e me afastei, perdendo por pouco um empurrão de brincadeira de Catherine. Saí do carro, e meus sapatos pisaram no cascalho molhado. Uma chuva fina ia e voltava havia algumas horas, mas as estradas de terra ainda não estavam lamacentas. Corri para o lado do passageiro e abri a porta, encorajando Catherine a assumir o volante.

— Certo — falei, esfregando as mãos. — Primeiro, cinto de segurança. — Nós dois colocamos os cintos. — Agora, os espelhos. Verifique todos, dos dois lados e o retrovisor, para ter certeza de que consegue ver, e ajuste o banco e o volante até conseguir manobrar de forma confortável.

— Você está falando igual a um instrutor de autoescola — ela sussurrou, olhando para os espelhos e ajustando a regulagem do banco. Soltou um grito quando o banco pulou para a frente.

Fiquei sem graça.

— É meio complicado. Desculpa. Agora você pode virar a chave. É só girar para a frente. Em carros mais novos, você não precisa pisar na embreagem, mas no meu... Você pisa no pedal de leve até o carro pegar. Não muito forte, porque pode afogar o motor. Só coloca um pouco de pressão no pedal.

— Estou um pouco nervosa.

— Vai melhorar.

Catherine girou a chave na ignição e o motor roncou. Apoiou as costas no banco.

— Ai, graças ao monstro do espaguete voador!

Dei uma risadinha.

— Agora liga a seta para a esquerda, porque a gente está fingindo que você vai dar sinal para entrar no trânsito. É essa coisa, tipo uma haste, que fica do lado esquerdo do volante. Para baixo, liga a seta para virar à esquerda, para cima, à direita. — Ela seguiu minha instrução, e o mostrador no painel começou a piscar. — E agora você pisa no freio de leve, engata a primeira e começa a acelerar aos poucos.

— Nossa. Tudo bem. Que nervoso.

— Vai dar tudo certo — eu disse, transmitindo confiança.

Catherine fez exatamente o que era preciso, indo devagar em direção à estrada. Depois de desligar o pisca, ela segurou o volante como se sua vida dependesse disso e foi andando pela 29th, a vinte quilômetros por hora.

— Você está dirigindo — eu disse.

— Eu estou dirigindo! — ela praticamente gritou, com uma voz aguda, gargalhando pela primeira vez desde aquele verão em que nos conhecemos. Um som parecido ao de um mensageiro do vento, uma sinfonia e uma vitória. Ela estava feliz, e eu só queria ficar sentado e aproveitar aquele momento.

15

Catherine

A CHUVA COBRIA A JANELA RETANGULAR QUE DEMARCAVA A PAREDE DO lado norte da sala de aula do professor Mason. Os alunos estavam quietos, concentrados, fazendo uma prova, então as gotas gordas eram o único barulho além da ocasional ponta de lápis se quebrando ou de alguém esfregando a borracha no papel e limpando os farelos.

A chuva de novembro havia chegado, trazendo o outono, como acontecia todos os anos, finalmente baixando as temperaturas e garantindo altas mais toleráveis. As nuvens escuras se contorciam no céu e as calhas transbordavam, deixando uma cortina de água cair no chão de forma ritmada. Eu conseguia ouvir a água respingando no chão, criando pequenos caminhos na terra.

Circulei minha última resposta de múltipla escolha e deixei o lápis de lado, cutucando as unhas. Minka costumava ser a primeira a terminar, e eu geralmente era a segunda, ou a terceira, caso Ava Cartwright terminasse primeiro. Olhei para os lados, curiosa, e fiquei surpresa quando vi que Ava e Minka ainda trabalhavam, focadas. Passei os olhos pela minha prova mais uma vez, com medo de ter deixado faltar alguma coisa. Virei as duas páginas grampeadas, revisando cada pergunta sem seguir a ordem, como eu havia respondido.

— Terminou, Catherine? — o professor Mason perguntou.

Ava ficou me olhando pelo tempo necessário para que eu percebesse sua irritação, depois voltou a se inclinar sobre sua prova.

Fiz que sim.

Ele fez um sinal, me chamando.

— Então traga aqui.

Sua testa estava coberta de gotículas de suor e as axilas da camisa de manga curta estavam molhadas, embora o dia estivesse confortavelmente fresco.

Coloquei a prova em sua mesa, e ele imediatamente começou a corrigi-la.

— Está tudo bem, professor? O senhor está um pouco pálido.

Ele sacudiu a cabeça.

— Sim, obrigado, Catherine. Só estou com fome. Hoje só bebi shakes de proteína. Por favor, sente-se.

Eu me virei, e meus olhos encontraram os de Elliott. Ele estava sorrindo para mim, como vinha fazendo toda vez que me via desde seu primeiro jogo de futebol. Tinha sido a primeira vez que ele havia me beijado e declarado que me amava, e desde então ele não perdia a oportunidade de fazer ambas as coisas novamente.

Seus últimos jogos tinham acontecido fora da cidade, mas às sete e meia da noite haveria um jogo em casa, contra os Blackwell Maroons. Ambos os times estavam invictos, e Elliott vinha falando sobre isso a semana inteira, assim como sobre as bolsas de estudo que poderia ganhar. Pela primeira vez, a faculdade era algo real para ele, e isso fazia com que suas vitórias no campo tivessem mais significado. Um jogo em casa significava que poderíamos comemorar juntos, e Elliott não conseguia esconder a empolgação.

Um a um, os demais alunos entregaram suas provas. Elliott foi um dos últimos, levando a folha para o professor Mason, pouco antes de o sinal tocar.

Peguei minhas coisas e fiquei na sala, e Elliott fez o mesmo. Andamos juntos até o meu armário, e ele esperou enquanto eu brigava com o meu cadeado. Dessa vez, porém, eu consegui abrir sozinha. Elliott me deu um beijo no rosto.

— Tem tarefa?

— Acho que pela primeira vez na vida, não.

— Você quer sair comigo depois do jogo?

Sacudi a cabeça.

— Não me sinto bem em festas.

— Não é festa. É, hum, para comemorar o meu último jogo em casa. Minha mãe vem nos visitar, e vão fazer um jantar bacana depois da partida. Todas minhas comidas preferidas.

— Pão de amoras?

— Sim. — Ele sacudiu a cabeça, parecendo nervoso. — E... eu pensei em chamar a sua mãe para ir.

Virei a cabeça, olhando para Elliott de rabo de olho.

— É impossível. Desculpa.

— Não precisa pedir desculpa. Mas eu meio que falei de você para a minha mãe, e ela ficou animada pra encontrar você e a sua mãe.

Fiquei olhando para ele por um momento, sentindo o coração bater forte.

— Você já falou que ela iria, não falou? Elliott...

— Não, não que ela iria. Falei que ia convidar. Também falei que sua mãe não tem estado muito bem.

Fechei os olhos, aliviada.

— Ótimo. — Suspirei. — Então está certo, a gente vai continuar assim.

— Catherine...

— Não — falei, trancando meu armário.

— Talvez ela se divirta.

— Eu disse não.

Elliott fez uma careta, mas, quando comecei a andar pelo corredor em direção às portas duplas que levavam ao estacionamento, ele me seguiu.

A chuva parou assim que íamos até o carro de Elliott, e o cheiro fresco deixado pela passagem de uma tempestade parecia energizar ainda mais os alunos, que já estavam agitados. Não tínhamos um jogo em casa havia algumas semanas, e parecia que todo mundo sentia a mesma eletricidade no ar. Faixas haviam sido penduradas no teto, ostentando frases como "Adeus, Blackwell" e "Morte aos Maroons", os jogadores do time usavam suas jaquetas oficiais, as líderes de torcida vestiam seus uniformes combinados e o corpo estudantil era um mar de azul e branco.

Elliott usou a palma da mão para enxugar o capô do carro. Toquei o número sete em azul-cobalto que ficava na jaqueta de malha branca de Elliott e ergui a cabeça para olhar para ele.

— Desculpa se te decepcionei. Eu te avisei.

— Eu sei — ele disse, encostando os lábios na minha testa.

Mais uma onda de alunos explodiu pelas portas duplas. Motores de carro roncavam, buzinas ecoavam, e Scotty e Connor davam cavalo de pau em uma parte do estacionamento que ficava mais próxima da rua.

Presley tinha estacionado quatro vagas depois de Elliott e passou por nós sorrindo.

— Elliott — ela disse. — Obrigada pela ajuda ontem à noite.

Elliott franziu as sobrancelhas, acenou sem empolgação e enfiou as mãos nos bolsos da calça.

Demorei um pouco para processar o que ela tinha dito, sem saber ao certo o que aquilo significava.

Elliott não esperou que eu perguntasse.

— Ela, humm... ela me mandou uma mensagem pedindo ajuda sobre o guia de estudos do Mason. — Ele abriu a porta do motorista e eu entrei deslizando, a raiva me engolindo lentamente. O fato de Presley saber alguma coisa que eu não sabia sobre Elliott me deixou chateada de um jeito irracional, e meu corpo reagiu de um modo bizarro.

Ele se sentou ao meu lado e pegou o celular para me mostrar a troca de mensagens. Eu mal olhei para a tela, para não parecer tão desesperada quanto estava me sentindo.

— Olha — ele disse. — Eu respondi às perguntas. Foi só isso.
Sacudi a cabeça.
— Tudo bem.
Elliott deu a partida no carro.
— Você sabe que eu não me interesso por ela. Ela é péssima, Catherine. — Comecei a cutucar as unhas, magoada. Ele continuou: — Nunca, de jeito nenhum. Eu sei que ela só me mandou a mensagem para poder me agradecer na sua frente hoje.
— Eu não ligo.
Ele fez uma careta.
— Não fala isso.
— O que eu vou falar?
— Que você liga.

Fiquei olhando pela janela enquanto Elliott saía da vaga e ia em direção à saída. O treinador Peckham estava em pé ao lado de sua caminhonete, perto do estádio, com a sra. Mason ao lado dele. Ela jogou o cabelo por cima do ombro com um sorriso que ia de orelha a orelha.

Elliott buzinou de leve, e eles mudaram de postura na hora, acenando. Eu me perguntei por que a sra. Mason tinha abandonado seu marido e seu casamento suburbanos de forma tão fervorosa só para se jogar de cabeça numa relação parecida. O treinador Peckham tinha se divorciado duas vezes — sua segunda ex-mulher era uma antiga aluna que tinha se formado só quatro anos atrás —, e a sra. Mason andava por aí como se tivesse pescado o bom partido da cidade.

Eu e Elliott ficamos calados durante todo o trajeto e, quanto mais perto da pousada chegávamos, mais Elliott ficava nervoso. Os para-brisas varriam a chuva e faziam um ruído relaxante, mas Elliott estava alheio a tudo, aparentemente tentando pensar em alguma coisa para dizer para consertar tudo. Quando virou o carro em direção à calçada, bruscamente engatou marcha à ré e estacionou.

— Eu não quis dizer que não ligava — eu disse, antes que ele pudesse falar. — Só quis dizer que não ia brigar por causa da Presley. Ninguém precisa ser um gênio para entender o que ela está querendo.

— A gente não precisa brigar. A gente pode só conversar.

A reação dele me surpreendeu. Meus pais nunca simplesmente conversaram quando discordavam. Era sempre uma batalha de gritos, uma guerra de insultos que levava a lágrimas, promessas e velhas feridas.

— Você não precisa ir para o jogo? Pelo jeito vai ser uma longa conversa.

Ele olhou para o relógio e limpou a garganta, incomodado por estarmos sem tempo.

— Você tem razão. Preciso ir para o vestiário.

— Eu só preciso dar uma olhada nas coisas, mas, se eu demorar muito, você pode ir. Eu vou a pé para o estádio.

Elliott fez uma careta.

— Catherine, está chovendo. Você não vai a pé nessa chuva.

Estiquei o braço para abrir a porta do passageiro, mas Elliott pegou minha mão e ficou olhando nossos dedos entrelaçados.

— O que acha de ver o jogo sentada com a minha família?

Tentei dar um sorriso, mas ficou estranho no meu rosto, mais parecendo uma expressão de agonia.

— Você vai estar no campo. Vai ser esquisito.

— Não vai ser esquisito. A tia Leigh vai querer que você fique com eles.

— Ah, tudo bem — eu disse, as palavras saindo truncadas da minha boca. — Volto em um minutinho.

Saí do carro e corri para casa, só parando para abrir o portão. Antes que eu chegasse à varanda, a porta da frente se abriu.

— Minha nossa, menina. Você não tem guarda-chuva? — Althea disse, me enxugando com um pano de prato.

Eu me virei e vi Elliott acenando para mim. Puxei Althea para dentro de casa, fechando a porta.

— Como vão as coisas com ele?

— Muito boas, na verdade — respondi, puxando o cabelo úmido para trás. Olhei em volta, e tudo parecia em ordem. Eu sabia que Althea era a responsável. — O Elliott tem um jogo de futebol hoje. Vou chegar tarde em casa. A mamãe disse se precisava de algo?

— Vamos combinar uma coisa: se ela precisar, eu dou um jeito.

— Obrigada — falei, ainda recuperando o fôlego por ter corrido para entrar em casa. — Preciso me trocar. Desço em instantes.

— Traga o guarda-chuva, querida! — Althea gritou assim que subi as escadas.

No quarto, arranquei o agasalho de moletom e coloquei uma blusa azul e um casaco. Penteei os cabelos e escovei os dentes rapidamente, me apressando para pegar o guarda-chuva e sair.

O barulho dos meus sapatos na escada foi inevitável, mas mamãe estava decidida a dizer alguma coisa a respeito.

— Catherine Elizabeth — ela falou da cozinha.

— Mil desculpas, mas preciso correr. Precisa de alguma coisa? — perguntei.

Mamãe estava em pé de frente para a pia, lavando batatas. Seus cachos escuros estavam bem presos no alto da cabeça, e ela se virou com um sorriso.

— A que horas você volta?

— Tarde — eu disse. — É o último jogo em casa dessa temporada.

— Não volte muito tarde — ela avisou.

— Vou deixar tudo pronto para amanhã de manhã. Prometo. — Eu lhe dei um beijo no rosto e virei em direção à porta, mas ela me segurou pela manga do casaco, a expressão alegre rapidamente a abandonando.

— Catherine. Tome cuidado com aquele garoto. Ele nem pretende morar aqui.

— Mamãe...

— É sério. Eu sei que o relacionamento de vocês é bacana, mas não se envolva muito com ele. Você tem suas responsabilidades aqui.

— Você tem razão. Ele não quer ficar aqui. Ele faz planos de viajar. Talvez com a *National Geographic*. Ele perguntou se você... — Eu comecei a falar e não parei mais.

— Perguntou o quê?

— Se você quer ir jantar na casa da tia dele.

Ela deu meia-volta, pegando uma batata em uma mão e um descascador na outra.

— Não posso. Estou muito ocupada. Estamos com a casa cheia.

— Estamos? — perguntei, olhando para cima.

Mamãe ficou quieta, passando o descascador com força na batata, tirando toda a casca. A torneira continuava aberta, e ela ia cada vez mais rápido.

— Mamãe?

Ela se virou, apontando o descascador para mim.

— Só tome cuidado com aquele garoto, está me ouvindo? Ele é perigoso. Qualquer pessoa fora desta casa é perigosa.

Sacudi a cabeça.

— Eu não contei nada para ele.

Ela relaxou os ombros.

— Que bom. Agora vai. Tenho que trabalhar.

Fiz que sim, virei as costas e praticamente corri em direção à porta, abrindo o guarda-chuva assim que saí. O carro ainda estava parado na calçada, os para-brisas indo de um lado para o outro.

Sentar no banco do passageiro e sacudir o guarda-chuva sem espalhar água dentro do carro era uma manobra delicada, mas de alguma forma consegui fechar a porta sem fazer muita bagunça.

— Você perguntou sobre o jantar?

— Perguntei — eu disse. — Ela está ocupada.

Elliott balançou a cabeça, apoiando o braço na parte de trás do banco.

— Bom, a gente tentou, né?

— Não posso ficar muito tempo depois do jogo — eu disse.

— Por quê?

— Ela anda estranha. Mais estranha que o normal. Ela está de bom humor já faz um tempo, mas disse que a pousada está lotada.

— O que isso quer dizer?

— Quer dizer que eu preciso voltar cedo para casa. Só para prevenir.

— Prevenir o quê?

Olhei para ele, lamentando não poder falar a verdade, e em seguida me contentei com uma versão da verdade.

— Não sei. Isso nunca tinha acontecido antes.

⌒

Atravessei a passarela em frente à fileira onde a tia e a mãe de Elliott estavam sentadas. As duas pareceram me reconhecer na mesma hora.

Leigh sorriu.

— Oi, Catherine. Por que não senta aqui com a gente? O Elliott falou que seria legal.

Concordei.

— Eu adoraria.

Leigh abriu espaço, fazendo um gesto para eu sentar entre ela e a cunhada. Percebi de quem Elliott tinha puxado a pele morena, o cabelo escuro, que brilhava até de noite, e as maçãs do rosto tão bonitas.

— Catherine, esta é a mãe do Elliott, Kay. Kay, esta é a amiga do Elliott, Catherine.

Kay respondeu de um jeito pouco natural.

— Oi, Catherine. Ouvi falar muito de você.

Dei um sorriso e tentei não encolher sob a mira daquele olhar intenso.

— O Elliott falou que hoje vocês vão fazer um jantar para ele. Preciso levar alguma coisa?

— Obrigada, mas já cuidamos de tudo — Kay disse, olhando para a frente. — A gente sabe do que ele gosta.

Assenti, também olhando para a frente. Elliott tinha certeza de que eu me sentiria confortável sentada ao lado da mãe dele. Ou ela era uma ótima atriz ou ele não percebia a frieza com que ela tratava desconhecidos e pessoas indesejadas.

— Será que eu desço agora? — Kay perguntou.

— Acho que é melhor no intervalo — Leigh disse.

— Vou dar uma olhada — Kay se levantou, desviando-se com cuidado de onde Leigh e eu estávamos sentadas, e desceu as escadas. Algumas pessoas que estavam sentadas nas fileiras acima de nós a chamaram, e ela olhou de volta e acenou com um sorriso falso no rosto.

— Acho que vou sentar com a sra. Mason — pensei em voz alta.

— Não seja boba. A Kay demora um pouco para se soltar. Além do mais, ela nunca quis voltar para Oak Creek.

— Ah... — ponderei.

— Lembro de quando eu e o John começamos a namorar. A Kay ficou possessa. Ninguém na família tinha namorado alguém que não fosse cherokee. A Kay e a Wilma, minha sogra, não gostaram nada da notícia, e o John precisou insistir muito para eu acreditar que elas iam superar.

— Demorou muito?

— Ah, imagina... — ela disse, passando as mãos na calça. — Só alguns anos.

— Alguns *anos*? Mas o pai do Elliott é...?

Leigh respirou fundo.

— Cherokee. E alemão, eu acho. A Kay nunca fala no lado alemão, apesar de ele ter a pele mais clara do que eu. E, sim, dois anos. Demoraram para passar, mas isso nos uniu ainda mais. Sabe, é bom não ganhar as coisas de mão beijada. Você valoriza mais. Acho que foi por isso que o Elliott passou os últimos dois anos de castigo, tentando voltar para te encontrar.

Fechei a boca, tentando não sorrir. Kay voltou com uma cara irritada.

— Você tinha razão. Intervalo — ela disse. Mais alguém a chamou e ela olhou para cima, acenou duas vezes sem sorrir e voltou a sentar.

— Quem deu a ideia de ele terminar o ensino médio aqui foi você — Leigh disse.

— Foi ideia dele — Kay retrucou, olhando para mim, indiferente. — Por que será?

— O Elliott pediu para sermos gentis — Leigh avisou.

— Ele também disse que ela é de Aquário — Kay disse, antipática.

Leigh sacudiu a cabeça e deu risada.

— Senhor, não pode ser! Você já tentou fazer isso comigo e com o John, lembra?

— Vocês dois estão por um triz — Kay disse, dando um sorriso forçado e voltando a prestar atenção no campo.

A banda começou a tocar, e as líderes de torcida entraram correndo no campo, criando uma passarela para os jogadores. Em seguida o time entrou rasgando uma faixa de papel e Kay imediatamente reconheceu Elliott no meio de dezenas de outros alunos. Ela apontou para o filho e um sorriso de verdade iluminou seu rosto.

— Olha ele lá — ela disse, agarrando o braço de Leigh. — Ele parece tão grande.

Não era difícil encontrar Elliott na multidão. Seu cabelo escuro escapava do capacete.

Leigh deu um tapinha no braço da cunhada.

— É porque ele é grande mesmo, mana. Você pariu um gigante.

Sorri enquanto Elliott passava os olhos pela multidão, em busca de nós. Ele levantou a mão, apontando o indicador e o mindinho para o alto, o dedão para o lado. Leigh e Kay fizeram o mesmo sinal, mas, quando voltaram os braços para a posição normal, ele continuou com o dele levantado. Leigh me cutucou de leve.

— É a sua vez, menina.

— Ah... — eu disse, repetindo o gesto.

Elliott se virou, mas consegui ver aquele sorriso aberto que era sua marca registrada.

Kay olhou para Leigh.

— Ele *ama* essa menina?

Leigh deu outro tapinha no braço da cunhada.

— Não vá me dizer que você não sabia.

16

Catherine

OS YOUNGBLOOD SE SENTARAM AO REDOR DA MESA DE JANTAR DE LEIGH e se serviram de tudo, de pão de amora a macarrão com queijo. Leigh e Kay haviam preparado todos os pratos preferidos de Elliott com antecedência e estava tudo pronto quando chegamos.

John, tio de Elliott, sentou-se à minha frente, com sua barriga redonda encostada na quina da mesa. Como o sobrinho, ele tinha o cabelo comprido, mas o dele estava preso num rabo de cavalo, amarrado com uma fina tira de couro no meio e, perto das pontas, com outro nó. Fios grisalhos se misturavam aos escuros, logo acima das orelhas. Os óculos de armação dourada apoiavam-se na metade do nariz.

Elliott comeu com vontade, as bochechas ainda coradas pelo esforço naquela noite fria de outono, o cabelo ainda úmido de tanto suar debaixo do capacete.

Estendi o braço e acariciei seu olho machucado, que a cada segundo ficava mais roxo e inchado.

— Está doendo?

— Acho que amanhã vai doer de verdade. Mas valeu a pena, porque eu fiz aquele *touchdown* — ele disse, dando um beijinho rápido na minha mão antes de colocar mais comida no prato.

— Vá devagar, Elliott. Desse jeito você vai acabar passando mal — Kay o repreendeu.

— Ele nunca fica satisfeito — Leigh disse, quase enojada, observando o sobrinho comer.

— Será que não seria melhor a gente colocar gelo nesse olho? — perguntei, avaliando o machucado.

Ele mastigou rapidamente, engoliu a comida e sorriu.

— Juro que estou bem. — Ele se inclinou, puxou minha cadeira mais para perto e beijou minha bochecha antes de atacar a comida novamente.

Nesse momento, eu me dei conta de que estava sendo beijada pelo *quarterback* do time da escola, partilhando a mesma refeição que a família dele.

Elliott limpou a boca com o guardanapo.

— Pelo menos ele ainda tem educação — Kay brincou. — O filho dos Neal disse que hoje ia ter uma festa para os alunos do último ano. Vocês vão?

Elliott fez uma careta.

— Não, mãe. Eu te disse que não.

— É que... — ela hesitou por um instante. — Não quero que você deixe de viver as experiências por causa...

— Mãe — Elliott interrompeu, em voz alta.

Leigh arqueou uma sobrancelha e Elliott abaixou um pouco a cabeça.

— A gente não vai.

— Bom... — John disse. — O que vocês vão fazer, então?

— Não sei. — Elliott olhou para mim. — Talvez ver um filme?

— Elliott, vai você. Eu preciso voltar para casa de qualquer forma, para deixar tudo pronto para o café da manhã.

— A pousada ainda está funcionando? — Kay perguntou. — Não parecia estar aberta.

— Mas está — Elliott replicou. — A Catherine trabalha como uma condenada.

— Ah, é? — Kay demonstrou interesse.

— Eu ajudo minha mãe com as roupas, com a comida e com a limpeza — falei.

Kay deu uma risadinha.

— O que será que as pessoas vêm fazer em Oak Creek para precisar ficar numa pousada? Não deve ter muitos turistas por aqui.

— É gente que vem a trabalho, principalmente — eu disse, me sentindo mais desconfortável a cada pergunta. Eu não gostava de mentir, e conversar sobre a pousada era falar tudo, menos a verdade. Tentei direcionar o assunto para alguma coisa que não fosse uma completa mentira. — Uma das hóspedes fica lá quando vem visitar a família.

— Que coisa mais esquisita. Por que ela não fica com a família? — John perguntou.

— Eles não têm espaço na casa — respondi, simplesmente.

— A família mora na cidade? Qual é o sobrenome? — Leigh perguntou.

Peguei um pouco de comida e cobri a boca enquanto mastigava, ganhando tempo para pensar numa resposta.

— Eu não... não tenho permissão para dar informações sobre os hóspedes.

— Boa menina — John disse.

— Tudo bem — Elliott emendou. — Deixem ela comer. Depois vocês vão ter bastante tempo para fazer um interrogatório.

Lancei um sorriso agradecido a Elliott, em seguida peguei uma porção pequena de macarrão com queijo gratinado e coloquei no meu prato. Dei uma garfada e gemi de satisfação.

Elliott me deu um leve cutucão.

— Bom, né?

— Incrível. Vou querer a receita.

— Você cozinha? — Kay perguntou.

— Mãe... — Elliott avisou.

— Tudo bem — Kay disse, voltando a olhar para a comida em seu prato.

John se recostou na cadeira, cruzando as mãos sobre a larga barriga.

— Fiquei orgulhoso de você, Elliott. Você jogou muito bem.

— Obrigado — Elliott disse, com a boca cheia. Depois do segundo prato, finalmente começou a diminuir o ritmo.

— Você precisava ver a cara do Peckham quando você não conseguiu encontrar ninguém para receber a bola e resolveu correr para fazer um *touchdown* sozinho. Pensei que ele ia começar a chorar — falei.

John e Elliott riram.

— Queria que o seu pai estivesse aqui — Kay resmungou.

— Kay... — John a repreendeu.

— Eu avisei uma semana antes. — Kay deixou o garfo bater no prato vazio.

— Mãe... — Elliott soou irritado.

Kay deu de ombros.

— Acho que eu não posso falar mais nada que tenha a ver com o David.

— Não, mãe. Ele é um babaca egoísta, e a gente não precisa falar disso — Elliot acrescentou, me olhando por um milésimo de segundo e em seguida encarando a mãe. — Eu tive que escutar isso a minha vida inteira. Você está se divorciando. Não mora mais com ele. Já deu.

Kay ficou sentada em silêncio por um momento, depois se levantou.

— Mãe, desculpa — Elliott emendou enquanto ela se afastava. Por fim, uma porta bateu no fim do corredor.

Elliott fechou os olhos.

— Merda — sibilou. — Desculpa. — Ele virou a cabeça em minha direção.

Senti um misto de compaixão e alívio ao constatar que outras famílias também tinham problemas, mas o que eu sentia não importava. Não enquanto Elliott estivesse com um semblante tão triste.

— Não precisa pedir desculpa.

Leigh deu uma batidinha na mesa, bem na frente do prato dele. Elliott abriu os olhos e ela virou a palma da mão para cima. Elliott pegou sua mão, e ela a apertou.

— Está tudo bem — Leigh disse.

O maxilar de Elliot se retesou.

— Ela está sofrendo. Eu não devia ter dito aquilo.

— Quem é o adulto da situação? — Leigh questionou.

Elliott suspirou e concordou com a cabeça.

— Preciso levar a Catherine para casa.

Eu e Elliott ajudamos os tios dele a tirar a mesa. John enxaguou os pratos enquanto eu e Leigh os acomodávamos na lava-louças. Elliott limpou a mesa e varreu a cozinha e a sala de jantar. Terminamos tudo em menos de dez minutos, e sorri quando John e Leigh se abraçaram e se beijaram.

— Preciso responder a alguns e-mails, querida, depois vou para a cama e a gente pode ver aquele filme que você queria alugar no pay-per-view.

— Sério? — Leigh disse, animada.

John fez que sim e beijou Leigh mais uma vez. Em seguida acenou para mim.

— Foi um prazer conhecer você, Catherine. Espero que a gente se encontre mais vezes.

— Com certeza — Elliott disse.

John e Leigh eram a imagem perfeita de um casamento feliz. Entre eles havia apoio, afeto e compreensão. Os dois jogavam no mesmo time, a exemplo de mim e de Elliott. Sorri quando ele me ajudou a colocar o casaco e quando abriu a porta para mim. Na varanda, esperei enquanto ele colocava a jaqueta para, em seguida, pegar minha mão.

— Pronta? — ele perguntou.

Caminhamos na escuridão, em direção à Pousada Juniper. Folhas mortas voavam no vento gelado, batendo as bordas quebradiças no asfalto.

— E aí? O que você achou? — ele perguntou, com um tom de voz cheio de dúvida.

— Foi uma noite legal.

— Que parte?

— Hum... — comecei a falar. — Te ver jogando. Sentar com a Leigh e a Key. Jantar com a sua família. Te ver se entupindo de comida. E agora.

Ele levantou nossas mãos.

— Esse é o meu momento preferido. E ter ganhado o jogo e feito aquele *touchdown*, e te ver levantando a mão.

— Assim? — mostrei, fazendo o sinal de "Eu te amo" com os dedos.

— É. Minha mãe fazia isso no começo das minhas partidas da liga infantil. Depois a tia Leigh também começou a fazer. Mas sei lá. Com você é diferente. — Ele fez uma pausa, pensando nas próximas palavras. — Você fez de verdade?

— Você está me perguntando se eu te amo? — indaguei.

Ele encolheu os ombros, vulnerável.

Paramos em frente ao meu portão e Elliott o abriu, fechando novamente assim que passei. Apoiei os braços na parte de cima, sorrindo. Ele se inclinou para me dar um beijinho na boca.

— Como você tem certeza? — perguntei.

Ele pensou na minha pergunta durante alguns segundos.

— Catherine, quando estou perto de você, presto atenção em tudo o que você faz. Quando estou longe, tudo me faz lembrar de você. Eu tenho certeza porque nada mais tem importância para mim.

Pensei no que ele havia dito e me virei para olhar a casa. Eu tinha responsabilidades, mas será que elas eram mais importantes que Elliott? Será que eu era capaz de dar as costas para tudo se ele precisasse de mim? Eu achava que não. Afinal, mamãe precisava muito de mim.

Elliott viu a preocupação nos meus olhos.

— Você não precisa dizer. Não precisa dizer nada.

Levantei a mão devagar, esticando o indicador e o mindinho, depois o dedão. Elliott sorriu, imitou o gesto e segurou o meu rosto, dando um beijinho. Foi um beijo suave, mas seus lábios queimaram em minha pele fria.

— Boa noite — ele falou baixinho e ficou olhando enquanto eu seguia pela calçada rachada e subia os degraus da varanda. Assim que coloquei a mão na maçaneta, a porta se abriu sozinha.

Uma mulher apareceu no escuro, vestida de preto da cabeça aos pés.

— Willow? — eu disse.

— Por onde você andou? Sua mãe está te esperando há horas.

Eu me virei para olhar para Elliott. Ele estava fazendo uma careta, confuso, mas acenou para mim.

Eu também acenei, puxando Willow para dentro, para poder fechar a porta.

Ela afastou o braço no mesmo instante.

— O que você está fazendo?

— Ele não pode te ver — sibilei.

— Quem? — ela perguntou.

— O Elliott!

— Ah... — Ela cruzou os braços. — É o seu namorado?

Fiz uma careta, tirei a jaqueta e a pendurei num gancho perto da porta. Quase todos os casacos estavam ali: o casaco peludo cor de chocolate da mamãe, o casaco de amarrar cor de vinho da Althea, a capa de chuva do Duke, o casaco de lã cor-de-rosa da Poppy, a jaqueta de couro preta da Willow e a parca bege com capuz de pelinhos da Tess.

— Está gostando do seu quarto? — perguntei.

— Acho que sim. — Ela fungou. — Aquele é o seu namorado? — Willow perguntou, alternando-se entre uma perna e outra. Ela nunca parava quieta, estava sempre uma pilha de nervos. Não se hospedava na pousada com tanta frequência, mas pernoitava aqui sempre que estava a caminho de algum lugar. Qualquer lugar. Mamãe a chamava de sem-teto. Após presenciar suas mudanças de humor repentinas, que iam da agitação a uma depressão debilitante, eu a chamava de outras coisas.

Não respondi, e ela arregalou os olhos.

— Caramba, tudo bem. Acho que vou voltar para o meu quarto.

— Boa noite — eu disse, indo em direção à cozinha. Peguei um pano para limpar os farelos e os pingos de molho de tomate que haviam ficado do jantar. Um ruído baixo de água vinha da lava-louças, e me senti agradecida porque mamãe havia feito pelo menos isso. Eu tinha uma lista de exercícios para fazer, uma redação para escrever e uma manhã de sábado comandando a cozinha. Se tudo corresse bem, eu passaria o restante do dia com Elliott.

— Oi — uma voz fininha surgiu do outro lado da ilha da cozinha.

Levantei a cabeça por um segundo, em seguida voltei a me concentrar numa mancha difícil de tirar.

— Oi.

— Está brava comigo? Sei que faz um tempo que eu não apareço, mas os meus pais andam malucos de novo, e você anda... ocupada.

— Não, Tess. Claro que não. Você está certa. Eu ando ocupada, mas também preciso separar tempo para os amigos. Desculpa. — Abri o armário debaixo da pia e peguei o desinfetante. Borrifei no balcão, passando o pano que tinha na mão.

Uma batida alta veio do teto, e eu e Tess olhamos para cima devagar.

— O que foi isso? — Tess perguntou, ainda encarando o teto.

A casa ficou silenciosa novamente, mas esperamos mais alguns minutos.

— Não sei. Tem vários casacos na entrada. A casa está cheia.

— Vi a Poppy quando cheguei. Ela deve estar correndo lá em cima.

Larguei o desinfetante.

— Vamos lá ver?

— Como assim? — Tess perguntou, e, quando passei, ela não me seguiu imediatamente. — Não acho que é uma boa ideia. Você não sabe quem é.

Chacoalhei as chaves enquanto subia a escada.

— Mas eu posso descobrir.

Só uma porta estava fechada no corredor do andar de cima. Peguei a chave correspondente e a girei na fechadura. Um homem estava de camisa, cueca, meias compridas e mais nada.

— Puta merda! — ele gritou, se cobrindo.

— Ai, meu Deus! Perdão!

— Quem é você? — ele berrou.

— Eu... eu sou a filha da Mavis. Ouvi um barulho. Não sabia que você estava hospedado aqui. Mil desculpas, senhor. Não vai acontecer de novo.

— Fecha a porta! Que tipo de lugar é esse?

Bati a porta e fechei os olhos assim que o ouvi correndo para trancá-la.

Tess estava chateada.

— Eu te avisei — ela disse, espiando perto da escada.

Cobri os olhos, tentando organizar os pensamentos, e sacudi a cabeça, correndo até a escada.

— Não acredito que fiz isso. — Abri o livro de registros e li o nome "William Heitmeyer" escrito com a letra da mamãe. Olhei para cima, pensando se deveria oferecer um ressarcimento do valor da estadia e sugerir o Super 8.

— Foi um erro honesto — Tess me acalmou.

— Eu nem olhei o livro. Só deduzi que o barulho fosse alguma coisa estranha, porque aqui o normal é ser alguma coisa estranha.

— Não fala assim. Ele vai voltar.

— Ninguém nunca volta. — Olhei para ela. — Não vai lá. Fica longe do quarto dele.

Ela levantou as mãos.

— Quê? O que eu fiz para você pensar que eu faria isso? Por que você está me dizendo isso?

Estreitei os olhos e continuei olhando para ela.

— Só me escuta.

— De repente esta casa *está* mesmo mexendo com a sua cabeça. Não que tenha muito espaço aí dentro. Pelo jeito alguém anda monopolizando seus pensamentos.

Tentei não sorrir.

— O Elliott, você quer dizer?

— Sim — Tess disse, sentando num banquinho ao lado da ilha e apoiando o queixo nas mãos. — Como ele é? Já o vi andando por aí. Até que é bonitinho.

— "Até que"?

— Ele é enorme.

— Ele não é enorme. É só... alto e supermusculoso. Eu me sinto segura com ele.

— "Segura" — Tess repetiu.

— Hoje no jogo ele correu com a bola e fez o *touchdown* decisivo sozinho. Foi tipo um filme, Tess. O time correu pelo campo, a plateia também entrou, e todo mundo o ergueu no ar. Quando deixaram ele descer, ele me procurou na arquibancada.

Coloquei um jogo de talheres limpos e uma pilha de guardanapos de pano no balcão e comecei a dobrá-los para a manhã seguinte.

Tranquila e um pouco sonolenta, Tess ficou me olhando enquanto eu trabalhava, esperando que eu contasse o restante da história.

— E aí — cobri a boca, tentando esconder o sorriso ridículo que tinha no rosto —, ele apontou para mim e fez assim com a mão — falei, fazendo o sinal de "Eu te amo".

— Então ele te ama? — Tess disse, arregalando os olhos.

Encolhi os ombros.

— Ele falou que sim.

— E o que você acha disso?

— Eu acho... que eu também o amo. Mas não tenho certeza.

— Ele se forma em maio, Catherine.

— Eu também — falei, sorrindo e dobrando o último guardanapo.

— O que você está dizendo? Que vai embora? Você não pode ir embora. Você prometeu que ia ficar.

— Eu... — *ainda não decidi tudo isso.* — Ninguém falou em ir embora.

— Ele quer ficar?

— Não sei. Não cheguei a perguntar. Não se preocupe com uma coisa que está fora do seu alcance.

Ela ficou parada, quase indo às lágrimas.

— Você é a minha única amiga. Se ele te ama e você o ama, vocês vão embora. Você vai nos abandonar. O que a gente vai fazer?

— Eu não vou a lugar nenhum, calma — eu disse, temendo que Duke acordasse com o barulho.

— Você quer ir embora? — Tess perguntou.

Levantei a cabeça e olhei para ela, encontrando seu olhar choroso. Nos poucos segundos que antecederam minha fala pensei em mentir, mas meu pai sempre me dizia para ser sincera, mesmo que fosse difícil, mesmo que machucasse.

— Eu sempre quis ir embora. Desde que era pequena. Oak Creek não é a minha casa.

Tess fechou os lábios trêmulos e saiu correndo, batendo a porta. Fechei os olhos, já esperando que o hóspede lá de cima tivesse um ataque por causa da intromissão, e agora também por causa do barulho.

A cozinha estava limpa, então subi a escada e fechei a porta do meu quarto. Soltei o ar nas palmas e esfreguei as mãos, tirando um cobertor grosso do armário.

O edredom de matelassê, que um dia fora branco, estava dobrado numa prateleira que ficava em cima das minhas roupas. Dei um pulo para alcançá-lo e o estendi sobre minha cama de casal.

Os pequenos azulejos brancos do chão do banheiro pareciam gelo em contato com meus pés e a água do chuveiro saiu congelante quando abri a torneira. Oklahoma se preparava para mais um inverno gélido, e grunhi, pensando que poucas semanas atrás o sol era capaz de cozinhar quem não andasse na sombra.

A água quente levou vários minutos para alcançar a tubulação do banheiro, e o metal antigo tremeu e sibilou enquanto a temperatura da água esquentava. Eu sempre pensava que o barulho poderia acordar alguém, mas ninguém nunca acordou.

A revolta de Tess continuou no meu pensamento, mas me recusei a sentir culpa. Entrei debaixo da água quente, fantasiando com o ar do verão bagunçando meu cabelo enquanto eu e Elliott viajávamos, num carro conversível, até o Golfo ou a Costa Oeste. Ele pegava a minha mão, entrelaçando os dedos nos meus. Viajávamos para um lugar onde o verão nunca acabava, e, quando esquentava demais, o mar sempre nos oferecia algum alívio.

Durante o banho, eu imaginava nossa viagem, mas, quanto mais nos distanciávamos, mais o céu escurecia e o vento esfriava. Elliott dirigiu até uma rodovia da Califórnia, mas não estava mais sorrindo. Nós dois começamos a tremer e de repente percebemos que éramos o único carro na estrada. Eu me virei e só então notei que todas as casas daquela rua eram idênticas à Pousada Juniper. Passamos pela pousada inúmeras vezes, e, por mais que Elliott corresse, ela continuava ali. A noite nos cercou e os postes de iluminação se apagaram, um a um. Elliott fez uma cara confusa quando o carro engasgou e finalmente apagou, bem no meio de um viaduto de mão dupla que parecia desembocar em Los Angeles.

As portas de todas as pousadas, todas elas iguais à Pousada Juniper, se abriram, e em todas elas mamãe apareceu, com o rosto manchado de alguma coisa preta.

Eu me levantei e fiquei sentada na cama, com os olhos arregalados enquanto se adaptavam à escuridão. Enrolada em meu roupão, tentei lembrar de como eu havia terminado o banho e ido dormir, mas não consegui. Perder a memória era algo perturbador.

Calcei os chinelos e cambaleei pelo quarto em direção à porta, espiando para ver o corredor. A pousada estava em silêncio, e o único ruído era o ocasional rangido das paredes da fundação da casa.

O piso de madeira estava gelado, então olhei o termostato. *Dez graus! Ah, não. Não, não, não. Por favor, não pode ter quebrado.*

Girei o botão e esperei, suspirando quando o aquecimento pegou no tranco e o ar começou a sair pelas aberturas.

— Graças a Deus — sussurrei.

O telefone do térreo começou a tocar e desci a escada correndo para chegar ao balcão.

— Recepção.

— Oi, aqui é o Bill, do quarto seis. Não tem água quente. Está congelada. Daqui a uma hora vou pegar a estrada. Que buraco de lugar é este? Eu sabia que devia ter ficado no Super 8.

— Mil desculpas. Não sei como a calefação desligou, mas agora está funcionando. Logo vai ficar mais agradável.

— Mas, e a água quente?

— Vou verificar isso agora mesmo. Desculpe. O café da manhã vai estar na mesa assim que descer.

— Não vai dar tempo de tomar café! — ele gritou, desligando na minha cara.

Devolvi o telefone na base, desanimada.

— Era o sr. Heitmeyer? — Willlow perguntou, apoiando-se no batente da porta.

— Hum, era.

— Ele gritou com você?

— Não. — Balancei a cabeça. — Ele só fala um pouco alto demais.

Ela sacudiu a cabeça e andou em direção à escada, e eu corri atrás dela.

— Willow? O checkout é daqui a uma hora. A mamãe disse que você ia embora hoje?

— É mesmo?

— É mesmo.

Ela fez que sim com a cabeça e, em vez de subir as escadas, voltou para a sala. Esperei que ela se afastasse e fui andando pelo corredor em direção à porta do porão. O cheiro azedo de bolor escapava pelas rachaduras gordas da porta. Passei pela mesa do corredor e peguei uma lanterna numa das gavetas. O metal das dobradiças rangeu quando abri a porta, um aviso sutil para eu dar meia-volta e sair dali.

Teias de aranha pendiam do teto, as paredes de concreto estavam rachadas e manchadas pela infiltração, os degraus eram frágeis e apodrecidos. Coloquei um pouco do meu peso no primeiro degrau e esperei. Da última vez que eu havia pisado nesse porão alguém me trancou lá dentro por três horas, o que me rendeu três meses de horríveis pesadelos. A cada tábua cedente que eu descia, o cômodo ficava mais frio e eu apertava mais o roupão contra meu corpo. Os tanques de água quente ficavam enfileirados sobre estrados encostados na parede de um dos cantos, logo depois de uma fileira de mais ou menos trinta malas de vários tamanhos e formatos que se revezavam em uma das paredes adjacentes.

A luz das lâmpadas do teto, que já eram fracas, não chegava de fato ao lugar onde estavam os tanques, então pressionei o botão da lanterna e apontei o feixe de luz para o canto, seguindo a parede.

Fiquei agachada, iluminando a base do primeiro tanque. As luzes das chamas estavam acesas. Os termostatos estavam todos virados para baixo.

— Não entendo...

Alguma coisa rangeu atrás de mim e eu fiquei paralisada, esperando por outro barulho. Nada. Girei o botão do primeiro tanque e fiz o mesmo no próximo.

O cascalho arranhou suavemente o chão de concreto.

— Quem está aí? — perguntei, apontando a lanterna.

Gritei e dei um pulo, cobrindo a boca. Mamãe se virou lentamente e ficou de frente para mim. Estava descalça, com o rosto pálido e uma expressão furiosa. Os dedos repuxavam e torciam repetidamente o tecido fino da camisola. — O que você está fazendo aqui? — perguntei.

A ira se desvaneceu e ela olhou ao redor, um pouco confusa.

— Vim procurar uma coisa.

— Veio tentar consertar os tanques? — perguntei e me agachei, apontando a lanterna para os painéis de controle, girando os demais botões. — Mamãe — falei, levantando a cabeça para olhar para ela —, foi você que fez isso?

Ela só ficou me olhando, perdida.

— Você também mexeu no termostato lá de cima? A gente está com um hóspede. Por que você...?

Ela levou a mão ao peito.

— Eu? Não fui eu. Alguém está tentando nos sabotar. Alguém quer ver essa pousada fechar as portas de vez.

As luzes ficaram mais vivas, e, umas após as outras, as chamas foram se acendendo, fazendo um ruído baixo vir de dentro dos tanques. Eu me levantei, atordoada.

— Quem, mamãe? Quem se importa com a nossa pousada falida a ponto de fazer isso?

— A questão não é a pousada. Você não vê? É o que estamos tentando fazer aqui! Estamos sendo observados, Catherine. Eu acho... eu acho que é...

— Quem?

— Acho que é o seu pai.

Meu rosto passou da irritação à raiva.

— Não fala isso.

— Faz meses que estou desconfiada.

— Mamãe, não é ele.

— Ele anda escondido por aqui, mudando as coisas de lugar, afugentando os hóspedes. Ele nunca quis esta pousada. Ele não gosta dos nossos hóspedes. Ele não quer que eles fiquem perto de você.

— Mamãe...

— Ele abandonou a gente, Catherine. Abandonou a gente e agora quer estragar tudo!

— Mamãe, para! Ele não abandonou ninguém. Ele morreu!

Os olhos marejados dela encontraram os meus. Demorou muito para ela falar alguma coisa, e, quando finalmente falou, sua voz saiu entrecortada:

— Você é tão cruel, Catherine.

Então virou as costas e subiu as escadas, batendo a porta.

17

Catherine

AS AULAS NÃO PASSAVAM DE UM BORRÃO. OS PROFESSORES FALAVAM E eu fingia que escutava, mas minha cabeça transbordava preocupação e vivia embaçada por conta das noites maldormidas. O sr. Heitmeyer nunca mais voltaria a se hospedar na Pousada Juniper, e parte de mim torcia para ninguém mais voltar.

As nuvens lá fora estavam baixas e cinzentas. Fiquei olhando, observando os ônibus escolares e os carros passando, os pneus espalhando a água das poças que contornavam as ruas. A previsão era de chuva congelante na parte de tarde, e todos haviam saído para comprar pão e leite e abastecer o carro, como se um pão e um tanque cheio fossem questão de vida ou morte.

Faltando dez minutos para o almoço, apoiei o queixo numa das mãos, piscando para tentar não fechar os olhos pesados. Cada minuto parecia uma hora, e, quando o sinal finalmente tocou, eu me sentia cansada demais para me mexer.

— Catherine? — a professora Faust disse, com seu cabelo cor de cenoura arrepiado em algumas partes, como se ela tivesse tirado um cochilo entre uma aula e outra e esquecido de se pentear.

Os demais alunos já haviam pegado suas coisas e saído para o almoço, e eu ainda recolhia as minhas.

— Venha cá, Catherine. Quero falar com você.

Obedeci e fiquei esperando enquanto ela terminava de organizar uma pilha de folhas de papel.

— Você anda mais quieta que o normal. E parece muito cansada. Está tudo bem em casa? Sei que você tem ajudado sua mãe.

— Ficamos sem água quente hoje de manhã. Vou compensar o sono que perdi hoje à noite.

A professora Faust fez uma careta.

— Tem falado com a sra. Mason?

Fiz que sim.

Ela ficou me observando com o olhar familiar que eu recebia quando alguém tentava descobrir se eu estava encobrindo alguma atitude inadequada de mamãe.

— Então tudo bem. Bom almoço. Até amanhã.

Improvisei um sorriso e me arrastei até o armário 347, onde Elliott me esperava. Desta vez, ele não estava sozinho. Do lado dele estava Sam Soap, um dos jogadores do time de futebol, e sua namorada, Madison. Ambos tinham a mesma cor de cabelo, e os cabelos loiros da menina chegavam quase à cintura. Pareciam inquietos por estarem ao lado do meu armário.

— Como você está? — Elliott perguntou, puxando-me para um abraço.

— Ainda cansada.

— Chamei o Sam e a Maddy para almoçar. Espero que não tenha problema.

O casal ficou me olhando, torcendo por uma resposta afirmativa. Sam era bisneto de James e Edna Soap, o clássico casal perfeito de Oak Creek. James Soap começou no negócio petroleiro, mas expandiu e botou as mãos em tudo, de lojas de conveniência a lavanderias. A família de Sam era rica, mas ele fazia o tipo extrovertido. Ele tinha tudo para ser um garoto popular: a casa enorme, as roupas de marca, a carreira no esporte. Era um dos capitães do time de futebol e tinha pedido Madison em namoro na quinta série. Sam estava a caminho de uma formatura com honra ao mérito, mas seus interesses envolviam Madison Saylor e não muito mais que isso.

Madison era conhecida como uma menina quieta, exceto pelas situações em que saía do sério. No ano anterior, ela fora mandada para a diretoria por ter gritado coisas pesadas para Scotty Neal, depois que ele falou umas besteiras para o Sam. O pai de Madison era diácono na Igreja Cristã de Oak Creek, e a mãe era pianista da mesma igreja. Os pais a mantinham em casa, muito bem protegida de tudo.

— Tem? — Elliott perguntou. — Algum problema?

— Não, enfim... não. — Eu me atrapalhei com as palavras, pensando no que ele havia planejado.

Elliott pegou minha mão e atravessamos o corredor, seguindo Sam e Madison. Sam abriu as portas duplas para a namorada. Os movimentos deles pareciam coordenados e eles se entendiam só pelo olhar.

Em vez de procurar o Chrysler de Elliott, caminhamos em direção ao Toyota 4Runner preto, da Madison.

— A gente não vai no seu carro? — perguntei, imediatamente me sentindo desconfortável.

— A Maddy se ofereceu para levar a gente — Elliott disse.

— Quer ficar comigo na frente? — Madison perguntou, sorrindo.

Senti um medo repentino e irracional de acabar perdida em algum lugar longe da escola. Mas Elliott nunca deixaria isso acontecer. Mesmo se acontecesse, ele não me deixaria voltar a pé sozinha, mas eu estava exausta e não conseguia controlar a ansiedade.

— Esqueci. Eu ia almoçar aqui mesmo — falei.

— Eu pago, Catherine. Não se preocupe — Elliott disse.

— Não é questão de dinheiro — retruquei.

— O que é, então? — Elliott perguntou.

Olhei para Sam e Madison. Sam estava abrindo a porta, já entrando no banco de trás. Madison ainda estava em pé, ao lado da porta do lado do motorista, e tinha paciência e bondade nos olhos.

— Eu... — Travei, tentando decidir se a vergonha de sair correndo seria pior do que a ansiedade.

Elliott olhou para Madison.

— Só um minuto.

— Claro — ela disse, abrindo a porta e segurando o volante. Sua voz parecia o canto de um passarinho. Era doce e meio infantil.

Elliott se inclinou e virou a cabeça, tentando se colocar no meu campo de visão. Colocou as duas mãos nos meus ombros.

— Eu te disse — falei baixinho. — Não posso. O Owen e a Minka queriam ir na minha casa. Ficaram curiosos. Quando eu disser "não" para a Madison e o Sam, as fofocas vão começar de novo. É mais fácil...

— Nós só vamos almoçar. Não vamos na sua casa.

— Isso não vai acabar bem.

— Você não tem como saber. Você merece ter amigos, Catherine. A Maddy disse que sempre achou você legal. Os pais dela são superprotetores, então ela nem vai pedir para ir na pousada, porque não pode. O Sam está no time e é um cara superlegal. Não é um doido de anabolizante, tipo aqueles idiotas. Foi por isso que eu escolhi os dois. Vamos. Por favor?

— Você escolheu os dois? Como assim? Agora você está comprando amigos para a gente? Sou chata demais para você querer sair só comigo?

— Não. Nada a ver. Já te disse o motivo. Você merece ter amigos.

Soltei um suspiro, vencida. Elliott abriu um sorriso de orelha a orelha. Abriu a porta do lado do passageiro.

Eu me sentei ao lado da Madison e coloquei o cinto, enquanto Elliott fechava a porta. Meu banco foi para trás quando Elliott se apoiou para se inclinar e me dar um beijo rápido no rosto.

— E aí... — Madison disse — Sonic ou Braum's? Braum's ou Sonic?

— Sonic — Sam disse, lá de trás.

Madison saiu da vaga e começou a dirigir cuidadosamente em meio ao trânsito do estacionamento. Ligou o pisca e, quando chegamos ao sinal de "pare", mal parou e seguiu adiante.

— A gente precisa continuar com as suas aulas de direção — Elliott disse.

— Você ainda não tirou a carteira? — Madison perguntou, sem nenhum julgamento na voz.

Sacudi a cabeça.

— A ideia era aprender a dirigir com o Buick do meu pai, mas o carro meio que ficou parado no quintal desde que...

— Ah, sim. Desde que ele morreu — Sam disse.

Fiquei contente por não conseguir ver a cara de Elliott. Eu sabia que esse curto passeio para almoçar era uma espécie de teste. Ele tinha sido convidado para várias festas e tinha recusado todos os convites porque não queria ir sem mim. Era um gesto bonito, mas eu não conseguia parar de pensar que ele estava deixando de viver algumas experiências.

— É — falei, sem saber mais o que dizer.

— E a sua casa... — Sam começou a falar. — É mal-assombrada mesmo?

Madison prendeu a risadinha que saiu borbulhando. Ela pisou no freio, parando no primeiro dos quatro únicos semáforos de Oak Creek.

— Sam! Não fala besteira!

Sam se inclinou no banco.

— A gente vê "Casos Paranormais" todo domingo à noite. É meio que um hobby nosso. A gente acha bem legal, se for verdade.

— Não é mal-assombrada — respondi, observando o Mini Cooper branco da Presley parado perto de nós. Tentei não olhar, mas consegui ver a animação dentro do conversível.

Madison se virou e fez uma careta.

— Será que elas estão tendo um treco? — ela perguntou, abrindo minha janela apenas com o toque de um botão.

O ar frio invadiu o carro, queimando minha pele na mesma hora.

— Quê? — Madison gritou.

Eu me recostei no banco, deixando claro que não tinha nenhuma intenção de interagir.

— Meu Deus, Maddy! Sua mãe está sabendo que você agora dá carona para moradores de rua? — Presley perguntou, ao que as clones gargalharam alto.

Madison se virou e olhou para Elliott. Eu não conseguia ver o rosto dele, mas, levando em conta a reação da Madison, ele não estava feliz.

— Cala essa boca, desgraçada! — ela gritou, as palavras não combinando com aquela voz meiga e aguda.

Elliott e Sam deram risada. Fiquei chocada, a exemplo de Presley e suas amigas.

Madison apertou o botão novamente. A janela do lado do passageiro terminou de subir quando ela começou a falar:

— Argh. Ignora essas meninas. A Tatum gosta do Elliott, então a nova missão delas é te infernizar.

— Que bom que pelo menos isso não mudou — sussurrei.

— O quê? Como assim? — ela perguntou.

Elliott se intrometeu.

— Elas enchem o saco da Catherine há anos.

— Sério? Eu não sabia. Você sabia, Sam? — Madison perguntou, olhando para ele pelo retrovisor.

— Não, mas para mim não é nenhuma surpresa. O time inteiro chama essas meninas de "Brubruxas".

Madison franziu as sobrancelhas.

— Brubruxas? Ah, o sobrenome da Presley é Brubaker. Saquei. — Deu uma risadinha. — Essa é boa.

O semáforo ficou verde, e ela pisou no acelerador. As luzes pareciam estar a seu favor até chegarmos à região noroeste da cidade. Madison virou à esquerda em direção à Sonic e jogou o carro para a direita, se enfiando na primeira vaga de estacionamento que encontrou.

— Me desculpem por dirigir tão mal — ela disse. — Chegamos um pouco tarde, então eu queria garantir uma vaga. — Ela abaixou a janela e mais uma vez o vento atingiu meu rosto.

Madison se inclinou para apertar o botão do alto-falante e se virou para trás.

— O que vocês querem?

— Cheeseburger — Elliott disse.

— Cheeseburger — Sam repetiu.

Madison esperou minha resposta, mas o alto-falante começou a chiar.

— Bem-vindos à Sonic, qual o seu pedido?

— Hum... — Madison fez um barulho. — Dois combos de cheeseburger.

— Número um ou dois? — a moça do outro lado perguntou.

— Mostarda — os dois garotos falaram.

— Dois — Madison disse. — Um cone de queijo chilli e...

Balancei a cabeça.

— Parece bom. Também vou querer esse.

— Bebida? — Madison perguntou.

— Vanilla Coke — Sam respondeu.

— Pink lemonade com baunilha — Elliott disse.

Assenti.

— O mesmo para mim.

Madison terminou de fazer os pedidos e fechou a janela, esfregando as mãos. Estendeu o braço e ligou o aquecedor no último.

Fechei os olhos, aproveitando o calor enquanto Elliott, Sam e Madison conversavam sobre o dia na escola, sobre quem namorava quem e sobre o jogo fora de casa que aconteceria no fim de semana. Mamãe deixava a pousada sempre tão fria e a escola não era muito diferente. O ar quente que saía do carro era como um cobertor e deixei o corpo relaxar, aquecido pelo calor.

— Catherine? — Elliott chamou.

Minhas pálpebras se abriram.

— Oi? Desculpa.

— O jogo do fim de semana vai ser em Yukon — Madison disse, empolgada. — Estou começando a convencer meu pai a me deixar pegar o carro para ir a um jogo fora de casa, mas vai ser mais fácil se eu levar uma amiga. Quer ir comigo? Viagenzinha!

O comportamento de mamãe andava mais estranho do que o normal, assim como o dos hóspedes. Eu temia que, se eu passasse um dia inteiro longe, pudesse ser a gota d'água para ela.

— Não posso. Vou trabalhar.

Elliott ficou quieto e um silêncio constrangedor tomou conta do carro, até que Sam abriu a boca de novo.

— Como é que é? — Sam perguntou. — Morar lá?

— É frio — eu disse, cutucando a saída de ar.

— Mas e as pessoas indo e vindo? Acho que seria estranho ter desconhecidos morando na minha casa — Sam disse.

— Eles, hum, não moram lá. E não são desconhecidos. Nós sempre recebemos os mesmos hóspedes.

— Como eles são? — Madison perguntou.

— Na verdade eu não posso...

— Por favor? — Madison disse. — Estamos muito curiosos. Não quero me intrometer, mas você é meio que um enigma.

— Parabéns, Maddy — Sam disse, impressionado.

Madison deu uma piscadinha.

— Eu estou estudando para o vestibular. E aí, Catherine? Por favorzinho.

Olhei de novo para Elliott. Ele estava chateado.

— Não precisa falar nada, Catherine. Eu pedi para eles não pegarem no seu pé.

Olhei para eles, sentindo o sangue subir e chegar ao rosto.

— Você pediu o quê?

A expressão de Elliott mudou, indo da irritação à consciência.

— Eu só... Eu sabia que eles tinham curiosidade de saber sobre você e a casa, e que você não ia querer responder um monte de perguntas, então, antes do almoço, eu pedi para eles, enfim, não te encherem o saco.

Pensar em Elliott avisando sobre algo antes de uma coisa tão simples quanto um passeio de carro para almoçar era uma coisa tão humilhante que eu não sabia direito como reagir.

— Catherine... — ele disse.

Eu precisava fazer alguma coisa, falar alguma coisa, para não ficar parecendo a esquisita que todo mundo pensava que eu era.

— Minha mãe cuida dos check-ins e de tudo durante o dia. Tem a Althea, que vem para visitar os netos. O Duke, que se hospeda lá quando vem trabalhar aqui na região. Às vezes ele traz a filha dele, a Poppy. Meu tio e minha prima às vezes também vêm nos visitar. E uma menina chamada Willow. Acho que ela é só um ano mais velha do que eu. Às vezes ela também dá uma passada por lá.

— Mas a casa é mal-assombrada? — Sam perguntou. — Conta para a gente.

— Não. — A Pousada Juniper vivia cheia de coisas assustadoras, mas eram todas reais.

Sam fez uma cara confusa.

— Mas o seu pai não morreu lá?

— Sam! — Madison interrompeu.

— Tudo bem, já chega — Elliott disse.

A garçonete do drive-thru bateu no vidro e Madison levou um susto. Ela abaixou a janela, pegando o dinheiro de Sam e de Elliott. Pegamos nossa comida e Madison provou que conseguia dirigir e comer ao mesmo tempo, mas, por mais que eu estivesse morta de fome antes, agora o cachorro-quente lambuzado de chilli e queijo derretido não parecia mais tão apetitoso.

Madison olhou para mim com uma expressão de arrependimento.

— A gente vai ter menos de cinco minutos quando chegar lá — Madison lembrou. — Você devia comer.

— Escuta — Elliott disse, abrindo a sacola do seu pedido. — Coloca aqui; a gente come no refeitório.

Guardei meu lanche lá dentro e Elliott fechou a embalagem. Beberiquei minha limonada até chegarmos à escola e abri a porta no segundo em que a Madison estacionou o carro.

— Catherine — Elliott me chamou, correndo para me alcançar. Ele já tinha engolido seu lanche, mas eu sabia que ele ficaria me seguindo até eu comer o meu.

— Ei — ele disse, puxando minha blusa até eu parar. — Desculpa.

— Que humilhação — explodi. — Primeiro, você convence as pessoas a fazerem amizade comigo, depois começa a corrigir o que elas dizem?

— Eu só quero que você seja feliz — ele disse, magoado.
— Eu já te falei. Eu não quero amigos.
Ele suspirou.
— Quer, sim. E você devia ter liberdade para sair e fazer as coisas normais da escola. Você devia ir a festas, viagens, jogos...
— Talvez seja uma questão de preferência. Nem todo mundo gosta de festas e jogos.
— Você não gosta de ver os meus jogos? — ele perguntou, surpreso.
Meus ombros desabaram, e ele fez uma cara que me deixou constrangida.
— Claro que sim. Só acho que... talvez a gente seja diferente.
— Ei, ei, ei, pode parar. Não estou gostando do rumo dessa conversa. — A expressão de Elliott endureceu e uma linha profunda surgiu entre as sobrancelhas. As mãos estavam trêmulas.
— Não foi isso que eu quis dizer — falei, sem querer mencionar a palavra "terminar". Elliott era o meu melhor amigo. A única coisa que eu conseguia lembrar a respeito da minha vida antes da volta dele era que eu sempre me sentia péssima.
Ele relaxou os ombros e soltou o ar.
— Tudo bem. — Balançou a cabeça. — Que bom. — Então pegou minha mão e me levou para dentro, encontrando um lugar no corredor.
Nós nos sentamos, ele entregou meu cachorro-quente e deu uma olhada no relógio.
— O primeiro sinal vai tocar daqui a seis minutos.
Balancei a cabeça, tirei meu lanche da embalagem e dei uma mordida. Meu apetite não havia voltado, mas eu sabia que Elliott ficaria preocupado se eu não comesse. Assim que a salsicha, o molho e o queijo derretido invadiram minha boca, me senti grata por ter me dado essa chance. Aquilo era a melhor coisa que eu tinha comido na vida. Meu pai não gostava de comer fora, e, depois que ele morreu, não tínhamos dinheiro. Eu me dava ao luxo de comprar uma casquinha de sorvete nas férias, mais para sair um pouco de casa, mas a Sonic ficava muito longe da pousada, e agora, para poder sentir isso de novo, eu precisaria descobrir como preparar o cachorro-quente em casa.
— Meu Deus... — eu disse, dando uma mordida enorme.
Elliott deu um sorriso.
— Você nunca tinha comido um *chilli cheese dog*?
Engoli.
— Não, mas já é a minha comida preferida. Quem diria que um cachorro-quente podia virar um pedacinho do céu se você colocar chilli e queijo derretido? — Dei mais uma mordida, gemendo de prazer.

Comi o último pedaço e me recostei na cadeira, me sentindo satisfeita e eufórica.

— O que é isso? Nunca te vi com essa cara — Elliott disse, tão alegre quanto eu.

— É uma porção deliciosa de sódio e carboidrato. E nem preciso lavar a louça.

O sorriso do Elliott desapareceu e ele se debruçou, cuidadoso.

— Por que você não me deixa te ajudar nos fins de semana? Você trabalha demais, Catherine. Não vou te julgar. Não sei o que você não quer que eu veja, mas a imagem que eu tenho de você não vai mudar.

— Você... — Fiz uma pausa. O que eu queria dizer nos levaria a um caminho impossível de seguir. — Não pode.

O maxilar de Elliott se retesou. Eu nunca o vira tão bravo desde que tínhamos quinze anos; na verdade, ele era uma das pessoas mais tranquilas e pacientes que eu havia conhecido na vida, mas minha insistência estava levando-o ao limite.

— O que você ia dizer?

O sinal tocou e dei um sorriso, me levantando.

— É melhor eu ir. O professor Simons vai torcer meu pescoço se eu chegar atrasada de novo.

Elliott assentiu, chateado.

Corri para o meu armário e cheguei ao corredor C para minha aula de fisiologia. O segundo sinal tocou assim que eu me sentei, e o professor Simons levantou a cabeça e me olhou, para em seguida voltar ao caderno.

— Oi — Madison disse, sentando-se na carteira ao meu lado. Era Minka que geralmente se sentava ali, então fiquei surpresa ao ouvir uma voz diferente e mais gentil vindo daquela direção. — Me desculpe por hoje. É que ficamos empolgados por sair com você e acabamos passando do limite.

Arqueei uma sobrancelha.

— Empolgados?

Ela se encolheu.

— Eu sei que você é um ser humano e a gente não pode te tratar como se você fosse parte de um espetáculo. Mas as pessoas têm curiosidade de saber mais sobre você, e você é tão discreta, então todo mundo gosta de dar uns palpites. Rolam umas histórias meio malucas sobre você por aí.

— Sobre mim?

— Sim — ela disse, dando uma risadinha. — Prometo que da próxima vez a gente vai se comportar melhor. O Elliott estava torcendo para você ir comigo para o jogo. A mãe dele não vai conseguir sair do trabalho e os tios não podem ir, então...

— Ah... — eu disse. Eu não tinha entendido que ninguém estaria lá para ver o Elliott jogando, e ele jogaria contra os ex-colegas de time de Yukon. Era muita pressão em cima dele, e alguém precisava estar presente. — Caramba — exclamei, colocando a mão na testa. — Essa sexta é dia 16 de novembro.

— E daí? — Madison disse, piscando os cílios longos.

Cobri os olhos com as mãos e soltei um grunhido.

— Também é o aniversário do Elliott. Eu sou horrível. Por isso ele estava tão chateado.

— É isso! Você tem que ir. Tem que ir.

Fiz que sim.

— Você sentou no lugar errado — Minka gritou.

Madison olhou para cima, subitamente irritada.

— Você é um bebê? Não pode esperar cinco segundos enquanto eu converso com a minha amiga?

Os olhos de Minka se viraram em minha direção.

— Sua amiga? — ela disse, incrédula.

Madison se levantou, encarando Minka.

— Qual o problema?

Minka se sentou, me olhando de novo antes de se encolher na carteira. Tive vontade de cumprimentar a Madison com um *high-five*, mas me contentei com um sorriso agradecido. Ela deu uma piscadinha e saiu andando em direção à sua carteira, no fundo da sala.

— Abram os livros na página setenta e três — o professor Simons disse. — O guia de estudos vai estar na internet hoje à noite, e a prova é sexta. Não se esqueçam de que o trabalho sobre atrofia muscular é para segunda.

Além do trabalho do professor Simons, eu tinha tarefa de outras três matérias, o trabalho na pousada e o jogo. Eu não sabia se conseguiria encaixar tudo, mas Elliott precisava de mim.

Eu me virei para Madison e fiquei esperando até ela me olhar, depois fiz um sinal de positivo e balbuciei "eu vou". Ela bateu palma algumas vezes sem fazer som e eu me virei de novo, sorrindo. Ter amigos sem expor a pousada seria um desafio, mas pela primeira vez eu senti que era possível.

18

Elliott

OS FREIOS DO CARRO GUINCHARAM QUANDO PAREI NA FRENTE DO casarão Calhoun. Catherine estava sentada ao meu lado, de mãos dadas, e parecia contente. Os adolescentes geralmente ficavam estressados no último ano do colégio, por causa das inscrições para as faculdades, dos exames finais e das encomendas de becas e capelos para a formatura. Mas Catherine estava envolvida em algo bem mais sombrio. Tudo o que eu queria fazer era salvá-la ou tornar as coisas mais fáceis — mais suportáveis —, mas ela não deixava que eu me aproximasse. Ela enfrentava tudo sozinha havia muito tempo, e eu não sabia se ela seria capaz de deixar alguém ajudar.

Mas eu precisava tentar.

— Só para te avisar: esse fim de semana temos nossa segunda aula de direção — falei, apertando sua mão.

O esboço de um sorriso fez os cantos de sua boca se levantarem.

— Sério?

— Você vai fazer dezoito anos daqui a alguns meses e só dirigiu uma vez.

Catherine olhou em direção ao Buick do sr. Calhoun. O carro estava na lateral da casa, no mesmo lugar, desde o dia em que eu tinha ido embora — o dia em que o sr. Calhoun foi levado numa ambulância e nunca mais voltou para casa. A grama crescera ao redor do carro e morrera após dois verões, e os dois pneus estavam murchos.

— Não sei por que você faz tanta questão de que eu dirija. Eu não tenho carro — Catherine disse.

— Minha ideia é mais que a gente possa se revezar quando começarmos nossas viagens. E para isso só precisamos de um carro.

— Nossas viagens?

— Depois da formatura. Lembra? Falamos nisso antes da sua primeira aula. Pensei que tínhamos combinado? Que já era certeza absoluta? — O fato de ela ter precisado perguntar me incomodou.

— Eu sei, mas você provavelmente vai para a faculdade, e faz um bom tempo que não te vejo com a sua câmera.

Fiz um gesto em direção às minhas costas, e ela se virou e viu a bolsa da minha câmera no banco de trás.

— Você continua tirando fotos? — ela perguntou.

— Um monte.

— Então você é tipo um paparazzi ninja? Que medo.

— Eu tiro fotos de outras coisas, não só de você — falei, com um sorrisinho.

— Tipo o quê?

— O treino de futebol, os caras do time no ônibus, folhas, árvores, insetos, bancos vazios, minha tia cozinhando... o que me chamar a atenção.

— Bom saber que eu não sou a única pessoa que você persegue.

— Mas você é o meu tema favorito.

— E se você estudar fotografia na faculdade? Não que você já não seja bom, mas, se você ama tanto, acho que seria uma ótima ideia.

O sorriso que estava no meu rosto foi embora. Eu não sabia se faria faculdade ou não.

— O treinador disse que uns olheiros vão estar no jogo em Yukon. O time todo está com raiva de mim por ter vindo embora. A coisa vai ficar feia. E os olheiros vão ver esse jogo.

— Falei para a Maddy que eu ia com ela.

Procurei algum sinal que entregasse a piada.

— Você está me zoando?

— Não! Eu não faria piada com isso.

Um peso enorme saiu das minhas costas. Catherine não podia fazer nada a respeito do inferno que iam me fazer passar em campo, mas saber que ela estaria torcendo por mim na arquibancada me ajudaria a seguir em frente.

— Você vai mesmo pegar carona com a Maddy? Você já sabe que os meus tios não podem ir?

— A Maddy comentou.

— Então você vai.

— Hoje é seu aniversário. Eu vou.

Abri um largo sorriso.

— Você lembrou disso?

— Você é de Escorpião. Eu sou de Aquário. Isso significa que a gente é uma combinação horrível. Fiz questão de guardar aquele verão inteiro na memória, mas guardei especialmente essa parte.

Fiquei olhando para ela com cara de bobo, balançando a cabeça. Segurei seu rosto e lhe dei um beijo de leve na boca. Então me inclinei, encostando minha testa na dela. Ela tinha que me amar. Não tinha outro jeito. Fechei os olhos.

— Me promete uma coisa.

— O quê? — ela perguntou.

— Deixa a nossa história durar, por favor. Não pode ser tipo os nossos pais. Não pode ser banal. Não quero ser o namoradinho da escola de que você conta para os amigos quando ficar adulta.

— Você espera muito de mim, se acha que vou ter amigos.

— Você vai ter amigos. Muitos amigos. Pessoas que te adoram, como eu.

Ela levantou o rosto para me dar mais um beijo e em seguida tentou abrir a porta. Como ficou emperrada, eu a forcei até abrir.

Segurei o braço dela, fazendo-a parar antes de pisar na calçada. O carro era nosso lugar, um lugar onde as forças lá de fora não podiam nos atingir. Ali dentro eu me sentia mais conectado a ela, e tinha a coragem necessária para dizer o que me viesse à mente.

— Eu te amo, Catherine.

Os olhos dela brilharam.

— Eu também te amo.

Ela saiu do carro e eu a observei subindo os degraus. Ela fez uma pausa antes de entrar, virando para me dar um tchauzinho.

19

Catherine

QUANDO ALCANCEI A VARANDA, ACENEI PARA ELLIOTT. AINDA NÃO ERAM quatro da tarde, mas o sol já estava baixo no céu. Eu não queria entrar, então passei muito tempo acenando. Eu não queria que ele ficasse mais preocupado comigo do que já estava, mas lá estava eu, obviamente adiando a hora de entrar na Pousada Juniper.

Os dias estavam mais curtos e à noite coisas sombrias aconteciam na pousada. Os hóspedes estavam acordando mais, andando insones pelos corredores, cochichando uns com os outros sobre planos para manter a pousada funcionando, comigo aqui. Com o passar dos dias, eles ficavam cada vez mais agitados, preocupados com o futuro da Juniper e com o que aconteceria se eu tentasse ir embora.

Fiquei olhando Elliott acenar de volta e esperei até que fosse seguro entrar, porque ele não conhecia a minha realidade assustadora. Se eu contasse o que eu tinha passado e o que estava passando, ele acreditaria em mim e me protegeria, mas eu não sabia se conseguiria fazer o mesmo por ele. A verdade só o aprisionaria, como acontecera comigo. Ele não podia saber, não podia enfrentar. Ele seria reduzido a um mero observador indefeso, como já era agora. Contar a ele não mudaria nada.

Abri a porta só o suficiente para que ele desse a partida no carro e fiquei emocionada quando vi o Chrysler seguindo pela rua. Uma lágrima brotou em meus olhos. Eu vinha ignorando o inevitável, sendo egoísta, aproveitando meu tempo com Elliott enquanto podia. Depois da formatura, ele me abandonaria — de novo — porque eu não poderia acompanhá-lo. Mamãe não tinha mais ninguém. Da última vez, havia sido culpa da mãe dele, mas agora a culpa seria minha.

Assim que a porta se abriu, vi Poppy, com seu vestido preferido, sentada no chão, com as mãos no rosto.

— Poppy? — falei, ajoelhando-me ao lado dela. — O que foi?

Ela levantou a cabeça e me olhou com cara de choro.

— Hoje eu tentei ajudar. Eu tentei, mas acho que quebrei a máquina de lavar roupa.

Respirei fundo, tentando não entrar em pânico.

— Me mostra.

Poppy se levantou, pegou minha mão e me levou até a área de serviço. Tinha água e sabão pelo chão inteiro, e a máquina não dava nem sinal. Estiquei o braço para desligar a entrada de água e olhei dentro do tambor. Toalhas que um dia haviam sido brancas agora estavam rosadas, misturadas com a blusa preferida da mamãe, que era vermelha e precisava ser lavada à mão.

Coloquei a mão na testa.

— Puxa vida. Bom, vamos começar pelo começo. O rodo.

Poppy saiu pulando e em poucos segundos me trouxe o rodo e um balde.

— Poppy...

— Eu sei. Não posso mais ajudar.

— A gente já falou sobre isso. Quando estiver aqui, você me espera.

Poppy assentiu, com o dedo na boca.

— Desculpa.

— E o que você anda aprontando? — perguntei, esperando que ela falasse enquanto eu trabalhava. Coloquei as toalhas secas em cestas e separei tudo que estava molhado.

— Como você vai fazer para consertar? — ela perguntou.

— Eu acho... — resmunguei — que se apertar a mangueira já vai resolver. Queria que o Elliott... — desatei a falar.

— Quem é Elliott?

Sorri.

— Um amigo.

Poppy franziu a sobrancelha.

— O menino da câmera?

— Sim, aquele do quintal. Esqueci que você estava aqui naquele dia. — Eu me levantei e alonguei as costas. — E agora, onde você acha que a gente guardou a chave inglesa?

Procurei nos armários da cozinha e da área de serviço, e finalmente encontrei a caixa de ferramentas no armário perto da máquina de lavar. Afastei a máquina da parede e, depois de girar a chave inglesa algumas vezes, liguei a entrada de água e a máquina encheu sem vazar por todo o chão.

Poppy bateu palmas.

— Viu? Você não precisa do Elliott.

— Parece que não — eu disse, soprando uma mecha de cabelo que tinha caído no meu rosto. — Sabe o que a gente podia fazer agora?

Poppy balançou a cabeça e eu a abracei.

— A gente podia ler *Alice no País das Maravilhas*.

Poppy deu um passo para trás e saltitou, batendo palmas de novo.

— Sério?

— É, e depois eu preciso fazer um trabalho da escola.

— Eu pego o livro! — Poppy falou, deixando-me sozinha na lavanderia.

— Esse trabalho não é para segunda? — mamãe perguntou da cozinha.

Enxuguei a testa.

— É, mas... Preciso conversar com você sobre sexta à noite. O Elliott tem um jogo. E é fora da cidade.

Como mamãe não respondeu, dei a volta. Ela estava com uma cara melhor do que na noite em que eu a encontrara no porão. Parecia descansada e estava com as bochechas coradas.

— Mamãe?

— Eu escutei. Você disse que tinha um trabalho para segunda. — Ela estava concentrada, guardando os pratos e evitando fazer contato visual.

— Eu ia começar hoje, para conseguir terminar a tempo.

— Mas e o resto das tarefas?

— Vou deixar tudo pronto.

— E a pousada?

Eu me atrapalhei e fiquei cutucando as unhas até criar coragem.

— Eu queria tirar a noite de sexta de folga.

Mamãe demorou um minuto inteiro para responder. Eu sabia que Duke estava por perto, então torci para ela não ficar brava e seus gritos não chamarem a atenção dele. Não seria a primeira vez que ele tentaria me dar uma lição a pedido de mamãe.

— Se você me disser o que precisa que eu faça, eu posso tentar terminar tudo na quinta à noite. E na sexta de manhã, antes da aula.

Ela virou o rosto, balançando a cabeça.

— Mamãe...

— Escuta aqui, Catherine. Da primeira vez que você falou desse menino, eu já sabia que era problema. Depois que ele foi embora, você ficou se arrastando pela casa por dois anos e, agora que ele voltou, você voltou a cair nas garras dele. Ele está te usando. Assim que ele se formar, ele vai dar o pé e não vai nem olhar para trás.

— Não é verdade.

— Você não sabe de nada.

— O que eu sei é que ele me chamou para ir com ele depois da formatura. Ele quer viajar, mamãe, e quer que eu vá junto. Ele... ele me ama.

Ela se virou de costas para mim e riu, com aquela risada trêmula e assustadora que dava pouco antes de perder a paciência. Mas dessa vez ela ficou quieta, e isso me apavorava mais do que o Duke.

— Você não vai embora — ela disse, por fim. — Já discutimos isso.

— Quem discutiu isso?

— Eu e os hóspedes. Aquela noite. Chegamos a um consenso.

— Um *consenso*? Mamãe... — implorei. — Do que você está falando? Os hóspedes não têm o direito de tomar essa decisão por mim. *Você* não tem esse direito.

— Você fica.

— O jogo vai ser a uma hora e meia daqui — insisti.

— Eu preciso de você aqui depois da formatura. Você não pode ir.

Tudo que eu queria dizer ficou entalado na minha garganta depois de anos de frustração e solidão reprimidas. Ela sabia de tudo que eu havia passado, de quão miserável era minha vida na pousada, mas ela não se importava. E nem podia se importar, porque a outra opção era ver o barco afundar e ir junto. Meus ombros desabaram. Parte de mim sonhava que ela me libertasse, que me dissesse para ir.

— Eu não vou depois da formatura, mamãe. Eu já tinha decidido.

Mamãe se virou, torcendo o avental, com lágrimas nos olhos.

— Decidiu?

Fiz que sim e mamãe veio em minha direção para me abraçar. Seus ombros estremeciam a cada soluço.

— Obrigada, Catherine. Eu falei que você não ia nos abandonar. Eu sabia.

Eu me afastei.

— Disse para quem?

— Ah, você sabe, para os hóspedes. Mas não para aquele tal de Bill. Acho que ele não vai voltar — ela sussurrou, quase para si. — A Althea é a única que acha que seria bom se você fosse.

— Bill?

Ela me despistou.

— Ah, o sr. Heitmeyer. Ele estava fora de si quando foi embora. Gente igual a ele merece um banho frio. Não sei qual era o drama. — Ela segurou meus ombros. — Catherine, sem você este lugar não para em pé. Sem você não sobrevivemos. Se não fosse por você, não poderíamos seguir em frente.

Fiz uma careta, digerindo suas palavras.

— Vou tirar a sexta à noite de folga.

Mamãe assentiu.

— Tudo bem. É justo. Só que... você prometeu que não vai embora.

— Eu sei o que eu disse.

Eu a deixei e subi as escadas, pegando minha mochila no caminho. Olhei de soslaio e vislumbrei um flash. Passei pelo meu quarto e pelo dos hóspedes para tentar ver alguma coisa. Uma mala de rodinhas, com a alça completamente esticada, estava parada perto da escada que dava para o quarto de mamãe. Olhei a etiqueta da mala, rezando para estar errada.

WILLIAM HEITMEYER
OLEANDER BOULEVARD, 674
WILKES-BARRE, PENSILVÂNIA
18769

Prendi o fôlego e saí de perto da bagagem. Tínhamos duas fileiras de malas no porão, todas com nomes diferentes. A do sr. Heitmeyer se juntaria à pilha de achados e perdidos — era assim que mamãe chamava. Minha cabeça começou a girar e senti um aperto no peito. Ninguém deixava as próprias coisas para trás. Eu não acreditava mais nisso. Pelo menos desde que Elliott havia voltado.

— Catherine? — Althea me chamou.

Levei um susto e coloquei a mão no peito.

— Ai. Althea. Você, hum, sabe alguma coisa sobre isso? — perguntei, fazendo um gesto para mostrar a mala.

Althea passou os olhos pelo objeto e em seguida me lançou um sorriso.

— Não. Quer que eu pergunte para a sua mãe quando a vir?

— Não, tudo bem. Eu pergunto. Obrigada. — Continuei andando até o meu quarto.

— Está tudo bem, meu doce?

— Está. Me avisa se precisar de alguma coisa — respondi.

— Você também — ela devolveu.

Eu conseguia ouvir a dúvida na voz dela e sabia que meu comportamento tinha parecido estranho, mas era melhor não envolver Althea em nenhuma atividade suspeita. Ela era a única segurança que eu tinha dentro daquelas paredes, e eu não queria que ela fosse arrastada para o que quer que aquela mala significasse.

Os quatro livros que estavam dentro da minha mochila atingiram a cama com uma pancada, e eu me sentei ao lado. Esperei cinco minutos e Poppy ainda não havia chegado para ouvir a história. Fiquei contente, porque eu tinha muita coisa para fazer antes do jogo. Saber da reunião noturna que os hóspedes fizeram para falar de mim tinha sido perturbador. Eu me perguntei se aquela havia sido a primeira e se haveria outras.

Com todos eles tão decididos a impedir minha partida, eu só podia imaginar o que planejavam para o meu futuro.

Abri meu livro, pescando uma caneta de dentro do bolso da mochila. A professora Faust queria uma análise literária de quinhentas palavras sobre o livro *Grendel*. Não seria difícil se eu já não tivesse o trabalho sobre atrofia muscular, duas folhas de exercícios do professor Mason, mais a tarefa de geometria. A boa notícia é que era tudo para segunda-feira. Eu estava cansada demais para me concentrar, então o plano era tirar um cochilo e depois mergulhar nos poderes sobrenaturais de Grendel e na mágoa contra os dinamarqueses que acabou o levando à ruína.

Alguém bateu na porta, e senti a cabeça pesada demais para fazer qualquer movimento.

— Quem é? — perguntei.
— Sou eu — mamãe respondeu.

Fiquei sentada na cama.

— A mala no corredor...
— Tem umas meninas querendo falar com você lá na porta.
— Meninas? — perguntei, dando ênfase ao plural.
— Sim, meninas. Não as deixe esperando, não seja mal-educada.
— Elas entraram?
— Não, boba. Estão no balanço da varanda.

A curiosidade me ajudou a sair da cama e descer as escadas para chegar à varanda. Não devia ser nenhuma surpresa que era Presley e as clones que estavam lá, como mamãe havia dito.

— O que vocês querem? — perguntei.

Presley estava pegando impulso com o pé, balançando para a frente e para trás no meu balanço, o mesmo balanço em que eu me sentia segura com Elliott. Fiquei com raiva, porque ela estava manchando essa lembrança.

— Para que ficar tão brava, Kit-Cat? Só viemos conversar. — Esperei, já sabendo que ela falaria, quer eu insistisse ou não. — A gente ficou sabendo que você vai ver o jogo na sexta. Verdade?

— Não é da sua conta — respondi.

Presley riu e as clones a imitaram. Anna Sue, Tara, Tatum e Brie estavam todas bem agasalhadas, e uma fumacinha branca saía de suas bocas enquanto riam. Percebi que estava com frio; tinha saído de casa só de jeans e uma blusa de manga comprida.

Anna Sue se levantou, deu a volta ao meu redor e parou entre mim e a treliça. Continuei de costas para a porta, sem saber direito o que elas planejavam.

Anna Sue puxou um dos cachos loiros.

— Você e o Elliott são tão fofos. Conta para a gente... Como foi que isso aconteceu?

Fiz uma careta.

— Foi ele que deu a ideia de você ir para Yukon? Ou a ideia foi da Madison e do Sam? — Presley perguntou, e, quando percebeu que eu não abriria a boca, resolveu insistir. — Você deve estar sabendo que o Elliott perdeu uma festa incrível no fim de semana passado. A Tatum convidou, mas ele disse que não podia ir sem a coitadinha da princesa Caroline.

— Não me chama assim — respondi, impaciente.

O sorriso arrogante da Presley me fez perder o controle.

— Ele já te disse por que te idolatra? Ele falou para o time de futebol. Ele explicou para os amigos porque eles ficaram provocando.

— É triste, na verdade — Tatum disse, olhando para longe, com o foco em algum outro lugar. Ela realmente sentia pena de Elliott.

— O que vocês querem? — perguntei novamente.

— A gente só veio te avisar. — Presley se levantou. — Que a Madison está toda empolgada com o fato de que Catherine, a Estranha, vai pegar carona com ela para ir ao jogo amanhã. Ela saiu contando para todo mundo. Foi a fofoca do momento hoje depois da aula. Eu sei que você não tem celular, mas só dava você no chat do grupo, e são só vocês duas. Sozinhas. — Presley deu um passo em minha direção. — E ela me chamou de puta.

— Vai direto ao ponto, Presley. Eu tenho muita coisa para fazer — grunhi.

— O ponto — ela disse, destacando o T — é que você vai ter uma surpresa especial te esperando em Yukon.

— Muito especial mesmo. — Tatum sorriu.

— Espero te encontrar lá — Tara disse, virando para ir atrás da Presley, que caminhava, sorridente, em direção ao portão.

— Até mais — Anna Sue se despediu e foi atrás das amigas.

— Sério? — perguntei.

Todas as cinco deram as costas.

Eu estava cansada, tinha tarefa atrasada e trabalhos domésticos, e elas tinham vindo até a minha casa para fazer ameaças.

— Vocês estão me ameaçando? Vão me bater ou é uma coisa tipo Carrie? — perguntei.

Presley cruzou os braços.

— Você vai ver.

Desci um degrau e depois outro, sentindo a pousada atrás de mim.

— Não tenho medo de você, Presley. Nunca tive. E fique sabendo que eu vou ao jogo.

— Ótimo — ela disse, sorrindo. — Seria uma pena se você não fosse.

Elas saíram pelo portão, que bateu assim que passaram. As clones se enfiaram no Mini Cooper da Presley e todas foram embora, tagarelando e rindo como se estivessem saindo de um parque de diversões.

Dei meia-volta, entrei pela porta e subi correndo as escadas, caindo de cara na minha cama. As lágrimas não vieram; pelo contrário, uma revolta ferveu dentro de mim de um jeito que eu não sentia desde que Elliott tinha ido embora, sem se despedir.

Uma leve batida na porta precedeu um rangido longo e arrastado, e quem quer que estivesse do outro lado a abriu.

— Docinho? — Althea me chamou, com sua voz lenta e morna. — Aquelas meninas estão te dando trabalho?

— Não — respondi, enfiada no edredom.

Althea colocou a mão quente nas minhas costas.

— Nossa, você está um gelo, menina. O que te deu para sair lá fora sem casaco?

— Não sei. Não estava sentindo — falei. Eu queria ficar sozinha, mas Althea sempre foi legal comigo e eu não queria magoá-la.

Ela massageou minhas costas por um instante e em seguida voltou a falar:

— O que elas te disseram?

— Que se eu fosse ao jogo elas iam fazer alguma coisa para mim.

— Elas te ameaçaram? Vieram aqui, até a nossa casa, e ameaçaram a minha Catherine? Ah, não. Isso não pode.

Eu me levantei e fiquei sentada, sentindo as sobrancelhas se arquearem.

— Pois é.

— E o que você fez? Mas quer saber? Não importa. Eu vou atrás da mãe delas e... — Ela viu a cara que eu fiz e respirou fundo, sorrindo enquanto mexia no meu cabelo. — Você tem razão. Eu sei. Você consegue resolver isso sozinha.

— Althea?

— Sim, querida?

— A mamãe falou que vocês fizeram uma reunião com os outros hóspedes. Ela disse que vocês falaram sobre mim.

Althea esfregou as mãos na blusa, envergonhada.

— Então ela falou mesmo? Queria que não tivesse falado.

— Por que vocês estavam fazendo uma reunião para falar sobre mim?

Althea passou a mão morna na minha bochecha e sorriu de um jeito maternal e carinhoso.

— Não se preocupe com nada disso, está me ouvindo? A gente já cuidou de tudo.

— De quê? Do que vocês cuidaram?

— Demos um jeito de manter este lugar funcionando. Não somos tanta gente assim, mas dependemos da Pousada Juniper. É um trabalho em equipe.

— Mas por que falaram sobre mim?

— Porque você faz parte de tudo isso, querida.

— Mas a mamãe disse que você não achava que eu devia ficar.

— E não acho — ela disse, voltando a mexer na roupa. — Mas perdi na votação. Agora minha missão é garantir que você fique contente aqui.

Sorri para ela.

— Essa não é a minha missão?

Os olhos de Althea se encheram de lágrimas de felicidade, e ela me deu um beijo no rosto.

— Minha nossa. Olha o que você conseguiu fazer. — Ela enfiou a mão no bolso e tirou um lenço de papel. Em seguida se debruçou e encostou no meu joelho. — Vá àquele jogo e mostre para aquelas meninas que elas não podem te fazer de boba. O Elliott é um bom garoto. Ele vai cuidar de você.

— Ele falou que me ama.

— Te ama? — Ela soltou um assobio. — E como seria possível não amar?

Eu me sentei na cama, observando Althea se aprumar. Ela foi até minha cômoda e pegou a caixinha de música, depois girou o mecanismo algumas vezes, se despediu e saiu, fechando a porta. Eu me deitei e fiquei olhando para o teto, até meus olhos ficarem pesados com aquela melodia tão familiar.

20

Catherine

MADISON SÓ ESTAVA DIRIGINDO HÁ QUARENTA E CINCO MINUTOS quando o sol começou a se pôr. Havia previsão de granizo para o caminho de volta, mas, a quinze minutos de Oklahoma, minúsculas bolinhas brancas começaram a cair no para-brisas.

— Não se preocupe — Madison disse. — Meu pai me obrigou a colocar um kit de sobrevivência de inverno completo no porta-malas.

— Essa é mesmo a primeira vez que você pega a estrada para ir a um jogo em outra cidade? — perguntei.

— É — ela disse, meio sem jeito. — Eu costumo ir com os meus pais, mas agora que tenho você para me fazer companhia...

Sorri. Era bom me sentir querida.

— Obrigada por ter me convidado. Eu não sabia se queria ir.

Ela deu de ombros, sem tirar os olhos da estrada.

— Você trabalha muito. Tem mais responsabilidade que todo mundo. Vou te chamar para sair de vez em quando. Sei lá, se não tiver problema. Para falar a verdade, nem sei se você gosta de mim.

Dei uma risadinha.

— Sim, eu gosto de você.

— Que bom. — Ela sorriu. — Ótimo. Não tenho muitos amigos. Muita gente acha que eu sou... meio estranha.

— Eu também.

Madison era um respiro. Ela me fazia lembrar de como eu me sentia perto de Elliott: tranquila e normal. Ele estava certo quando pensou em nos apresentar, e eu me perguntei se ele me conhecia melhor do que eu mesma.

Madison esticou o braço para alcançar o rádio. Aumentou o volume e sacudiu a cabeça.

— Ah, eu adoro essa música.

Sorri e me inclinei no banco, fechando os olhos. A música fluiu pelos alto-falantes e me invadiu. O jeito alegre de Madison era tão contagiante que preenchia o carro e me fazia sorrir. Ela começou a rir sem motivo, e riu tanto que eu também comecei a rir. Nossas risadas viraram gargalhadas e tentativas fracassadas de parar. Madison enxugou as lágrimas, com os limpadores dos para-brisas trabalhando em dobro para ela ver a estrada.

— O que foi isso? — perguntei, ainda rindo.

— Não sei — ela respondeu, prendendo o fôlego e deixando escapar mais uma gargalhada, até começarmos tudo de novo.

Após cinco minutos de uma incontrolável crise de riso, o trânsito de Oklahoma começou a surgir diante de nós, e Madison enxugou as bochechas e se concentrou.

— Fazia muito tempo que eu não ria assim. Desde que era pequena. Foi legal e bizarro ao mesmo tempo — eu disse.

— Tipo, você riu tanto que pareceu que estava chorando?

Fiz que sim.

— Meu Deus! Pensei que isso só acontecesse comigo. Fico exausta depois. Quase em depressão.

— Total, eu também — falei.

O lábio inferior de Madison estremeceu.

— Você ainda vai querer ser minha amiga se eu chorar?

Assenti, e lágrimas caíram pelo rosto dela. Ela soltou um barulho de choro, e senti meus olhos se encherem de lágrimas. Eu não chorava havia anos, e eis que de repente eu estava com a Madison, praticamente uma desconhecida, me permitindo ser um pouco vulnerável.

Ela olhou para mim.

— É legal ter companhia para ser estranha.

Soltei uma risada.

— É um pouco.

— Você mora com um monte de gente. Você não deve se sentir sozinha nunca.

— Na verdade, eu me sinto.

Madison continuou olhando para a frente, e seus lábios estremeceram de novo.

— Eu também. Não conta para ninguém. Por favor, não conta para o Sam. Ele ficaria triste.

— Por quê?

— Porque até hoje ele sempre foi meu único amigo. Ele tem medo de que esse seja o motivo para eu continuar com ele.

— E é?

— Não. — Ela sacudiu a cabeça e se virou para mim, sorrindo com os olhos úmidos. — Eu amo o Sam. Desde que a gente tinha onze anos. — Fez uma pausa. — E quer saber? Acho que o Elliott também te ama.

Concordei, olhando para as minhas mãos, que estavam no colo.

— É o que ele falou.

— Ele falou? — ela perguntou, com uma voz um pouco mais aguda que o normal. — Você disse "eu também"?

— Disse — assenti, sorrindo e esperando algum julgamento, o qual não aconteceu.

— Então finalmente eu posso te contar. Ele fala de você o tempo todo. — Ela revirou os olhos. — Na aula de geografia. E de literatura. Antes de você decidir perdoá-lo, era pior ainda.

— Ah, ele contou sobre isso?

Ela anuiu com a cabeça.

— Só contou que ele tentava se desculpar e você não o perdoava. Eu perguntava, mas ele não se abria muito comigo. Mas você pode me contar, se quiser.

Ela estava meio que brincando, mas era legal poder falar com outra pessoa. Esse era um assunto sobre o qual eu podia conversar sem sofrer consequências.

— A gente se conheceu nas férias depois do primeiro ano.

Ela abriu um sorriso.

— Essa parte ele me contou.

— Depois a gente passou quase todos os dias juntos. Eu sabia que ele ia voltar para casa em algum momento, mas aí meu pai morreu. O Elliott precisou ir embora. E não deixaram ele se despedir, mas naquela época eu não fiquei sabendo.

— Nossa. Você pensou que ele simplesmente viu que seu pai tinha morrido e resolveu sair fora?

Fiz que sim.

— Ele ficou arrasado. Ele voltou por sua causa, disso eu sei.

— Ele... — comecei a falar sem parar, sem saber direito se podia me abrir. Madison ficou esperando de um jeito paciente, o que me deixou confortável para continuar. — Ele já te falou o motivo?

Madison deixou escapar uma risada e cobriu a boca.

— Por sua causa, boba.

— Não, eu sei. Mas *por que* eu?

— Você não sabe? — Fiz que não. — Ah, isso você vai precisar perguntar para ele.

— Eu já perguntei, mas ele não me fala.

O rosto de Madison se encheu de simpatia.

— Ai! Não acredito que ele não te contou. Que fofo!

Tentei não sorrir enquanto pensava em motivos fofos para Elliott ser tão dedicado a mim.

— Bom, agora que já passamos por todas as emoções possíveis, chegamos — Madison disse, virando na entrada da escola. Ela dirigiu vagarosamente pelo estacionamento, tentando achar uma vaga. Demorou mais do que ela esperava, mas encontramos uma vaga livre num canto escuro do terreno.

Saí do carro e senti o frio me envolver completamente. Após alguns instantes, comecei a tremer.

— Este é o lugar perfeito para a surpresa da Presley. Acho que vai ter sangue de porco. Tomara que esteja quente.

Madison fechou o zíper do casaco e apertou os olhos.

— Quero só ver.

— Eu não — falei.

Madison deu uma risadinha.

— Não se preocupa. Qual é a pior coisa que ela poderia fazer?

— Não sei, e acho que isso me deixa com mais medo ainda.

Madison colocou um chapéu, luvas pretas, e abriu a porta traseira do 4Runner, tirando dois cobertores bem grossos de dentro. Ela me entregou uma das colchas e em seguida enrolou seu braço no meu.

— Vamos. Vamos ver os nossos meninos indo para cima dos Yukon Millers e...

— Oi, Maddy! — Presley disse, andando com as clones.

Madison lançou um sorriso igualmente falso.

— E aí, garota?

Presley não estava mais tão animada, e seu sorrisinho arrogante foi se apagando. Elas continuaram andando pelo estacionamento em direção à bilheteria, e nós fizemos questão de ir um pouco atrás para não precisar interagir novamente.

O estádio já estava chiando com um barulho ensurdecedor antes mesmo de chegarmos à bilheteria. Enormes cartazes onde se lia "Yukon Millers" estavam pendurados em quase todos os lugares e as luzes da quadra atravessavam o céu noturno.

As botas de Madison raspavam o asfalto a cada passo, o que me fez pensar em Althea insistindo para eu tirar o pé do chão enquanto andava. Eu quase ouvia a voz dela na minha cabeça, e isso me deixou paralisada. Eu não queria carregar todos eles comigo, nem Althea. Queria deixar todos para trás quando finalmente me afastasse.

— Catherine? — Madison me chamou, puxando meu braço.

Pisquei e dei uma risadinha para disfarçar. Eu tinha ficado fora do ar por alguns minutos.

— Você está bem? — ela perguntou, verdadeiramente preocupada.

— Estou — respondi, dando um passo. Ela voltou a caminhar comigo, ainda de braços dados. — Sim, estou bem.

Paramos na bilheteria e mostramos nossas carteirinhas de estudante. A vovó que estava dentro da cabine carimbou nossas mãos sem parar de sorrir.

— Obrigada — falei.

— Espero que gostem de perder — a vovó disse, com um sorriso do gato da Alice se abrindo de orelha a orelha no rosto enrugado.

Madison não acreditou no que estava ouvindo e eu a puxei para longe, mostrando o caminho até o portão.

— Ela disse...?

— Sim. Disse — falei, fazendo uma pausa no primeiro degrau que levava ao lado do estádio reservado para a torcida convidada. Metade estava lotada com a torcida dos anfitriões, mas havia muitas arquibancadas vazias e eventuais grupos de pais.

Subimos os degraus e nos sentamos na sexta fileira, o mais perto possível da parte central dos bancos dos jogadores. As líderes de torcida estavam em pé na pista, de frente para a banda, vestidas com seus uniformes. Os alunos que tocavam trompete, trombone e tambores já estavam se aquecendo, tocando músicas variadas.

Madison esfregou as mãos protegidas por luvas e então notou que minhas mãos estavam descobertas. Ela agarrou meus dedos, levantando a cabeça para me encarar com olhos arregalados.

— Você esqueceu as luvas no carro?

Fiz que não.

— Não tenho luvas, mas tudo bem.

— Não, não está tudo bem! Está fazendo seis graus negativos! — Ela levantou meu cobertor, cobriu minhas mãos e colocou as dela sobre as minhas, até sentir que tinha dado tempo de esquentarem.

O condutor da banda se posicionou à frente, fazendo um sinal. Os alunos que tocavam instrumentos de sopro emitiram algumas notas rápidas e em seguida todos entraram em sincronia. O anunciante começou a falar no megafone, dando boas-vindas aos espectadores e agradecendo o comparecimento de todos, apesar da baixa temperatura.

Eu e Madison nos aconchegamos debaixo de nossos cobertores e casacos, e assistimos aos Oak Creek Mudcats se apresentarem em campo com a música da nossa escola tocando ao fundo.

— Olha! Olha eles ali! — ela disse, apontando para os nossos namorados. Eles estavam parados na lateral, um ao lado do outro, ouvindo o treinador Peckham dar instruções.

Assim que o treinador se afastou, Elliott se virou e olhou para a arquibancada. Eu levantei a mão, esticando os dedos e o dedão. Elliott fez o mesmo sinal, como no jogo anterior, e eu senti os olhares das pessoas que estavam nas fileiras entre nós. Elliott se virou de novo, pulando para se aquecer, com a respiração criando nuvens brancas acima do capacete preto.

— Acho que essa é a coisa mais fofa que eu já vi na vida — Madison disse.
— Não é à toa que você não usa luvas. Não ia dar para fazer isso — ela completou, levantando uma das mãos.

Assenti, sentindo as bochechas queimarem de vergonha, mas não consegui parar de olhar para o número sete enquanto ele se movimentava para se manter aquecido. Talvez pela primeira vez, percebi o que eu significava para ele e o que ele significava para mim. O calor se espalhou pelo meu peito e depois pelo meu corpo inteiro. Eu não estava mais sozinha.

— Ui! — Presley caçoou, algumas fileiras acima de nós. — Que fofura!

Madison se virou, piscando os grandes cílios e sorrindo.

— Vai à merda, Presley!

— Madison Saylor! — gritou uma mulher loira que estava sentada ao lado da Presley.

— Sra. Brubaker! — Madison exclamou, surpresa, uma risada nervosa lhe escapando da boca. — Que bom ver a senhora. Acho que sua filha não vai fazer *bullying* com ninguém com a senhora aqui.

Presley abriu a boca e todas as clones imitaram a expressão. A sra. Brubaker ficou mais séria.

— Já passou do limite — ela disse, impassível.

Madison se virou, falando baixinho.

— Ela está digitando no celular?

Olhei de rabo de olho.

— Está.

Ela se encolheu e soltou um grunhido.

— Ela está escrevendo para o meu pai. A gente frequenta a mesma igreja.

— Ninguém está mais chocada do que eu. Sempre achei que você fosse tímida — falei.

— Mas não sou. Só nunca tive uma amiga para defender. Não é isso que as amigas fazem?

Encostei meu ombro no dela.

— Você é uma amiga incrível.

Ela olhou para mim, radiante.

— Sou?

Fiz que sim.

Ela pegou o celular e a tela mostrou uma mensagem do pai dela.

— Valeu a pena — ela disse, guardando o celular sem ler a mensagem.

Elliott, Sam, Scotty e Connor caminharam até o meio do campo para encontrar os capitães do time de Yukon. Os jogadores lançaram uma moeda no ar, e Elliott escolheu cara ou coroa. Não sei o que ele disse, mas o árbitro apontou para Elliott e os poucos torcedores de Oak Creek na arquibancada comemoraram. Elliott escolheu receber a bola, e comemoramos mais uma vez. Os alto-falantes ficaram tocando música de elevador enquanto os jogadores formaram uma fila no campo e o time de Yukon se preparou para lançar a bola para o nosso recebedor. Tentamos em vão gritar mais alto que a torcida adversária.

Sam pegou a bola e Madison gritou, batendo palmas e torcendo pelo namorado do começo ao fim das sessenta jardas.

Quando Elliott correu pelo campo, senti uma pontada estranha no estômago. Ele estava se preparando para enfrentar seus ex-colegas de time, e eu me perguntei o que ele estava sentindo. A pressão devia ser insuportável.

Elliott gritou algumas palavras que eu não consegui entender por causa do barulho, e Scotty passou a bola para ele. Elliott deu alguns passos para trás e, depois de alguns segundos, lançou uma espiral perfeita para os recebedores. Eu não sabia direito o que estava acontecendo e tinha dificuldade de acompanhar as jogadas, mas, de repente, a torcida ficou sem ar, os árbitros mostraram bandeiras amarelas, e eu vi um jogador da defesa de Yukon se levantar e apontar para Elliott. Meu número sete estava caído no chão, com os braços e as pernas abertos.

— Meu Deus, o que aconteceu? — perguntei.

— Eles estavam preocupados com isso — Madison disse.

— Com o quê?

— Que o antigo time do Elliott tentasse derrubá-lo. Eles sabem que ele é muito bom. E estão putos que ele tenha saído no último ano.

Eu me encolhi ouvindo essas palavras, me sentindo culpada. Eu sabia muito bem por que ele tinha abandonado o time.

Elliott se levantou, cambaleando vagarosamente, e a torcida aplaudiu. Juntei as mãos congeladas, embora bater palmas enviasse uma onda de dor pelos meus braços. Enfiei as mãos debaixo da coberta, observando Elliott voltar à linha, mancando um pouco.

Quando Elliott lançou a bola novamente, alguém a pegou na *end zone*. Os Millers fizeram um *touchdown*, e os times mantiveram o ritmo por algum tempo até conquistarmos alguma vantagem perto do intervalo.

Madison me convenceu a entrar com ela na fila para comprar um copo de chocolate quente. Tentei me aquecer enquanto esperávamos.

— Anna Sue? — Presley disse bem alto atrás de nós. — Ele disse que ia te mandar uma mensagem na volta para casa, né?

— Vamos ver — Anna Sue respondeu. — Ultimamente ele anda fazendo muita birra porque tem medo de ela descobrir.

— Não vire — Madison disse. — Elas só querem chamar a sua atenção.

— Não dava para escapar. Um cara que adora sorvete ia acabar te vendo — Presley disse, dessa vez ainda mais alto. — Nozes, né?

Madison mexeu os olhos com nervosismo e se virou devagar.

Presley percebeu, revelando um sorrisinho.

— Bom, só me avisa se você for perder a festa de novo para encontrar com ele. Não quero ficar esperando uma hora como no fim de semana passado.

Madison se virou novamente, com lágrimas nos olhos. Soltou um suspiro.

— Elas estão mentindo.

— Mentindo? — perguntei. — Sobre o quê?

— O Sam vai à Braum's todo dia. E nozes é o sorvete preferido dele.

Fiz uma careta.

— Isso não quer dizer nada. Se ele faz esse pedido toda vez, é claro que ela sabe.

— O Sam chegou atrasado na festa do fim de semana passado. Demorou uma hora e disse que levou mais tempo do que pensava para fazer a tarefa.

— Não. Sem chance. Já vi o jeito que ele te olha.

Madison assentiu.

— Você tem razão. Mesmo assim eu queria arrancar aqueles cachinhos loiros de líder de torcida.

— Por favor, não faz isso.

— Eu não vou nem perguntar nada para ele. O Sam jamais faria isso. Ele odeia a Anna Sue.

Subimos no quiosque e pedimos dois chocolates quentes duplos. Paguei o meu com as poucas notas que tinha trazido para ajudar com a gasolina e voltamos para os nossos lugares, ignorando as risadinhas das clones.

A banda de Oak Creek tocou "Back in Black", do AC/DC. Batemos palmas quando eles saíram e foram substituídos pela gigantesca banda de Yukon. Tocaram um *mashup* de músicas da Beyoncé e trouxeram um mascote de tiranossauro. A torcida foi à loucura. Até os torcedores de Oak Creek se levantaram e gritaram.

Não muito depois de a banda de Yukon sair do campo, os Mudcats vieram correndo de dentro do túnel. Gritei quando avistei o agasalho do número sete, me ajeitando para encarar mais uma hora de frio congelante e gente se amontoando.

Jogaram Elliott no chão duas vezes, e da segunda ele demorou um minuto inteiro para conseguir se levantar. Quando finalmente ficou em pé, parecia ainda mais determinado a ganhar o jogo. Saiu correndo para fazer mais um *touchdown*. Com apenas um minuto de jogo pela frente, estávamos com doze pontos de vantagem, e o time de Yukon estava com a bola. Os jogadores fizeram uma fila na linha de vinte jardas.

— O que significa "primeira descida para dez"? — perguntei à Madison. As líderes de torcida estavam cantando isso durante todo o jogo.

— Basicamente, toda vez que um time pega a bola, eles têm quatro chances de avançar dez jardas por vez. Se não conseguem dez jardas nas quatro tentativas, o outro time fica com a bola. Deu para entender?

Fiz que sim.

O relógio chegou à contagem regressiva, e o time de Yukon tentou mais uma vez e falhou. Na quarta tentativa eles se atrapalharam, e o número 22 de Oak Creek levou a bola sozinho até a *end zone*.

Eu e Madison nos levantamos e pulamos com nossos copinhos de isopor nas mãos. Os jogadores de Oak Creek e Yukon se cumprimentaram tocando as mãos e logo depois Elliott e os outros se dirigiram aos vestiários. Sam e Elliott acenaram para nós quando passaram, mas Elliott estava mancando. Tentei ser corajosa e continuar sorrindo, mas Elliott viu a preocupação no meu rosto. Ele encostou a mão, protegida por uma luva, na minha bochecha por um segundo quando passou.

— Eu estou bem, linda.

Madison abaixou a cabeça e me deu um sorriso. Em seguida, fomos esperá-los ao lado do portão, perto do ônibus.

— O que você acha que é? — perguntei.

Madison fez uma careta.

— Hã?

— A surpresa da Presley. Você acha que ela vai desistir porque a mãe dela veio?

— Acho que não. Como você acha que ela ficou assim? Acha que a mãe se incomoda porque a filha é péssima?

— Faz sentido — eu disse. Por um momento imaginei o que a Presley pensaria se um dia conhecesse minha mãe, mas logo afastei esse pensamento. Isso nunca aconteceria.

Elliott foi um dos primeiros do time a sair do estádio.

— Feliz aniversário! — falei.

Ele me ergueu nos braços, roubando um beijinho antes que os treinadores chegassem. Estava com um arranhão, o nariz inchado e mais um olho roxo. O queixo e a maçã do rosto também estavam arranhados. Ele estava detonado, mas não parava de sorrir.

— Está tudo bem? — perguntei.

Sam deu um tapinha no ombro de Elliott, e ele se encolheu de dor.

— A gente sabia que iam cair em cima dele. Mas a gente estava lá para proteger — Sam disse.

— Quase o tempo todo — Elliott disse, soltando-se do abraço de Sam.

— Elliott... — comecei a falar.

Ele sorriu.

— Eu estou ótimo. Só mais uma noite em campo. Foi divertido.

— Não pareceu divertido. Seu nariz está quebrado? — Madison perguntou.

— O treinador disse que não — Elliott respondeu. — A gente ganhou. E... — ele olhou em volta, inclinando-se um pouco — o treinador disse que os olheiros viriam assistir ao mata-mata. Então, se eu for bem, posso ser chamado para um time universitário.

— Pensei que você tinha falado que isso nunca ia acontecer. — Dei uma piscadinha.

Ele se inclinou para me dar um beijo no rosto.

Madison se virou para Elliott.

— Pessoas nativo-americanas não vão para a faculdade de graça?

Elliott soltou uma risada.

— Não.

— Ai, meu Deus. Falei besteira? Desculpa — Madison disse.

— Muita gente acredita nisso. — Ele olhou para mim, sorrindo. — Mas, com uma bolsa de estudos, pode ser que a gente escolha uma universidade daqui a pouco.

Olhei em volta, sem vontade de falar sobre esse assunto na frente da Madison e do Sam.

— Eu não posso fazer faculdade, Elliott. Não tenho dinheiro — sussurrei.

Elliott não pareceu se abalar.

— A gente vai dar um jeito.

— Que jogo incrível, Elliott — Presley disse, convencida. — Oi, princesa Kit-Cat.

Tatum acenou, vindo atrás dela.

Elliott sacudiu a cabeça e sussurrou:

— Elas pegaram no seu pé?

Fiz que não.

— Tentaram inventar uma fofoca sobre a Maddy e o Sam.

— Oi? — Sam pareceu confuso. — Eu? O que eu fiz?

— Nada. — Madison beijou a bochecha do namorado.

— O que elas falaram? — ele perguntou.

— Não tem importância — Madison disse. — Eu não acredito.

— Agora você tem que me contar — Sam disse, fazendo uma careta.

Ela se remexeu um pouco, inquieta.

— Falaram que você está me traindo com a Anna Sue.

Sam e Elliott caíram na gargalhada.

— Isso é um "não"? — eu disse, impressionada.

Quando finalmente eles pararam de rir, Sam fez uma cara de nojo.

— Espero que elas não comecem a espalhar isso pela escola. Eca.
Madison o abraçou e o beijou no rosto.
— Eu não acreditei nem por um segundo.
Elliott se levantou, respirando fundo.
— Bom, acho que não é só isso que elas estão tramando.
— Nós vamos ficar juntas — Madison disse, entrelaçando o braço no meu.
— Não vão nem chegar perto dela.
— A Maddy tem dois irmãos mais velhos. Então ela sabe pegar pesado se precisar — Sam disse, abraçando sua garota.

Madison tirou o gorro de tricô e prendeu rapidamente o cabelo loiro e comprido num rabo de cavalo.

— Digamos que eu dou conta, eu acho. Posso tentar.

Eu me virei para Elliott.

— Eu não estou com medo.

Elliott afastou o cabelo do meu rosto e beijou o meu nariz.

— Catherine não é nome de princesa. Para mim está mais para guerreira.

Dei um sorriso. Sempre adorei a história que a mamãe tinha me contado sobre a escolha do meu nome e adorava quando meu pai me chamava de princesa, mas agora tudo tinha mudado e a versão de Elliott tinha mais a ver comigo.

Ele me abraçou novamente antes de entrar no ônibus.

Sam acenou para Madison e nós duas caminhamos juntas em direção ao carro dela. Senti que havia pisado em caquinhos de vidro e, nesse momento, Maddy destravou o carro e eu entrei, tentando me proteger do frio.

Madison ligou o ar quente no máximo. Ficamos tremendo e esfregando as mãos por um instante, e, enquanto isso, Madison mandou uma mensagem para o pai. Coloquei as mãos na frente das saídas de ar, torcendo para que aquecessem logo.

Ela deu uma risadinha.

— Ele nem ficou bravo.

— Que bom — falei.

— Só estou avisando para ele que já vamos embora, e aí a gente vai. — Ela tocou na tela do celular mais algumas vezes e levou a mão ao câmbio para engatar a ré. Virou a chave algumas vezes, fez uma careta e em seguida abriu a porta, andando até a frente do carro. Então arregalou os olhos e cobriu a boca.

Saí rápido do carro para me juntar a Madison, mas não precisei andar muito para sentir novamente os cacos de vidro debaixo dos meus sapatos, imediatamente me dando conta do que ela tinha visto: os faróis estavam quebrados.

— Aquelas... aquelas... Eu vou matar aquelas meninas! — Madison gritou.

Os ônibus ainda estavam parados no estádio, então peguei as nossas coisas, fechei as portas do carro e puxei o casaco da Madison.

— A gente precisa alcançar o ônibus, senão vamos ficar presas aqui!

Madison começou a correr comigo. Na metade do caminho eu já estava sem fôlego, mas o primeiro ônibus estava saindo e o segundo deixaria o estádio logo depois.

Assim que o ônibus começou a andar, bati na porta. O motorista pisou no freio, olhou para trás e nos viu. Madison também bateu na porta.

— Deixa a gente entrar! — ela gritou, com as bochechas molhadas de raiva.

Elliott apareceu na porta, puxou a alavanca e nos ajudou a subir os degraus. O treinador Peckham se levantou. Estava sentado ao lado da sra. Mason.

— O que aconteceu? — ele perguntou.

— Precisamos de carona para casa — Madison respondeu.

O treinador Peckham colocou as mãos na cintura.

— Não podemos fazer isso.

— Alguém quebrou os faróis do carro dela. Tem vidro espalhado por todo o estacionamento — falei.

— Quê? — Elliott quis saber, com uma raiva repentina surgindo nos olhos.

O treinador suspirou.

— Deve ter sido o outro time.

— Foi a Presley Brubaker e as amigas dela — Madison disse. — Elas falaram que iam preparar uma surpresa se a gente viesse no jogo!

— Essa é uma acusação muito séria — a sra. Mason declarou. — Ligue para os seus pais. Pergunte se você tem permissão para pegar carona com o ônibus do time.

— Becca, vamos precisar pedir permissão para o diretor de atletismo. Talvez até para a supervisora — o treinador disse.

— Não podemos deixá-las aqui. Com esse tempo, os pais delas só vão conseguir chegar de manhãzinha. Eu estou no ônibus, então minha presença é suficiente como supervisão feminina. Vou mandar uma mensagem ao sr. Thornton e à sra. DeMarco e informá-los sobre a situação.

O treinador Peckham refletiu por um instante, o que levou Elliott a tomar a voz.

— Qual é o problema? Você realmente está pensando em deixar as duas aqui, a duas horas de casa, num frio congelante?

— Youngblood, já chega — o treinador ordenou. — Temos regras a cumprir.

Elliott se virou e ficou parado na minha frente, como se estivesse me protegendo da decisão do treinador.

— Se as regras pedem que você deixe as meninas aqui, então as regras estão erradas.

— Me deixa pensar um minuto! — o treinador berrou.

A conversa animada no fundo do ônibus parou na hora, e todos os olhares se voltaram para a frente.

— Não é algo inédito, Brad — a sra. Mason disse. — A equipe da administração está no outro ônibus. As outras meninas andam com o time o tempo todo.

— A equipe assinou uma declaração, assim como o resto do time. A situação é diferente.

Elliott segurou a minha mão.

— Já vou avisar que, se não conseguirmos entrar em contato com o sr. Thornton ou com a supervisora, se vocês não conseguirem a permissão e decidirem que vão deixá-las aqui, eu também vou ficar.

— Youngblood, você vai ser suspenso e não vai poder jogar. Senta! — o treinador esbravejou.

— Eu também. — Sam se colocou ao lado de Maddy. — Não podemos deixá-las aqui, e você sabe disso.

— Eu também — Scotty disse, se levantando.

— Eu também — outro jogador falou, lá de trás, e de repente todos os jogadores no ônibus estavam em pé.

O treinador passou a mão no rosto.

— Que ridículo. Então está certo. Meninas, sentem no banco à nossa frente. Sra. Mason, vá para o banco do corredor. Jogadores, pulem uma fileira para trás. Quero uma fileira vazia entre mim e as meninas. Agora! — ele gritou. — Já!

A sra. Mason facilitou a manobra, e todos os meninos obedeceram sem reclamar, rapidamente e em silêncio. A sra. Mason pediu que nos sentássemos no banco em frente ao dela, e Elliott fez uma pausa antes de ir para o seu lugar.

— Foi a decisão certa, treinador.

O treinador ergueu a cabeça e olhou para ele.

— Elliott, quando você é adulto, certo e errado não é oito ou oitenta.

— Mas deveria ser — Elliott disse, indo para o fundo do ônibus.

O treinador se sentou, fazendo um sinal para o motorista dar a partida.

O celular de Madison era a única luz no ônibus escuro, brilhando na frente do rosto do treinador quando ele viu a mensagem do pai dela.

> Graças a Deus o ônibus ainda não tinha saído. Agradeça ao treinador por ter tomado as providências pra você voltar pra casa em segurança.

O treinador sacudiu a cabeça, meio constrangido. A sra. Mason deu um tapinha em seu joelho e relaxou na poltrona, sorrindo enquanto falava com ele.

Madison fez um rabisco com o dedo na janela embaçada e eu puxei as cobertas sobre a gente, tentando me aquecer no ônibus gelado. O ronco do motor e o barulho da estrada fizeram meus olhos pesarem e eu apaguei, ciente de que estava cercada por um time que faria qualquer coisa pelo Elliott, e que Elliott faria qualquer coisa por mim.

21

Elliott

EU E SAM NOS SENTAMOS DUAS FILEIRAS ATRÁS DE CATHERINE E MADISON. Estava tão escuro que eu mal conseguia ver a cabeça delas por cima das poltronas. No início as duas ficaram olhando pela janela e se olhando enquanto conversavam, e depois eu percebi que Catherine tinha apagado, porque vi quando ela apoiou a cabeça no ombro da amiga.

Senti um misto de frustração e ciúmes. Catherine ficaria muito mais confortável dormindo no meu ombro.

— Oi — Sam disse, cutucando meu cotovelo. — Já terminou de olhar para ela?

Deixei escapar uma risada e sacudi a cabeça. Não tinha mais por que negar. Sam já sabia que eu estava completamente apaixonado por aquela menina. O ônibus andava extremamente devagar, e eu fui achando cada vez mais difícil ficar tão perto de Catherine sem poder falar com ela. Se na escola já era difícil, dentro de um ônibus era uma tortura.

Os pingos de chuva carregados pelo vento passavam trêmulos pela janela e criavam pontinhos brilhantes que ampliavam os faróis dos carros. Os limpadores de para-brisas dançavam de um lado para o outro e, com o chiado do motor e o barulho da estrada, que fazia o ônibus vibrar no escuro, criavam um ritmo relaxante que fazia com que ficar acordado fosse algo quase impossível. Geralmente, na volta de um jogo fora de casa, o ônibus explodia em comemoração e energia, mas, à exceção de algumas vozes graves sussurrando em algum lugar lá no fundo, estava tudo estranhamente silencioso.

— Vai ter uma cervejada na represa — Sam começou a falar, e eu já comecei a balançar a cabeça. — Vamos lá, Elliott, por que não? É o melhor jeito de a gente se vingar da Presley e das outras. Elas estavam torcendo para a Tatum ter um momento sozinha com você, e aí elas iam poder espalhar mais uma fofoca. Se a gente aparecer com as meninas e elas descobrirem que elas voltaram com a gente de ônibus, vão ficar revoltadas — ele disse, rindo.

— A Catherine precisa voltar para casa.

Ele me cutucou novamente.

— Nós podemos ajudar ela a fugir.

Olhei pela janela.

— Não, cara. Você não sabe dos problemas dela.

— A mãe dela é bem rígida, não é? Bom, você pode ir mesmo assim. Comigo e com a Madison lá, pelo menos as Brubruxas não podem dizer que você fez alguma coisa que não fez. — Neguei mais uma vez, e Sam fez uma careta. — Por quê? Você não foi em nenhuma festa desde que as aulas começaram.

— E não vou. Não se ela não for.

— Então convence a Catherine a ir. Uma chantagenzinha não faz mal a ninguém.

— Não posso fazer isso, Sam. Você não imagina como foi difícil reconquistar a confiança dela. Voltei para cá sem saber se ela um dia ia me perdoar. Passei dois anos longe dela e senti que ia morrer até o momento em que ela voltou a falar comigo. Só agora a gente está voltando a ser como era antes de eu ir embora. Talvez até melhor que antes. Não vou destruir tudo que construí por causa de uma festa. Para mim isso não é mais importante que a Catherine.

— Tem alguma coisa que seja? O futebol?

— Não.

— Sua câmera?

— Nem.

— E comida?

Dei uma risada.

— Se tivesse que escolher, morreria de fome.

— Sei lá, eu amo a Madison de paixão, então eu sei como é, mas... não sei se entendo.

Sacudi a cabeça.

— Então você não sabe.

— Me explica.

— Para que ir a uma festa se eu não ia me divertir sem ela lá? — perguntei.

— Você não tem como saber. Você nunca viu o Scotty pulando por cima da fogueira.

— Ele consegue pular até o outro lado? — perguntei.

— Na maioria das vezes — Sam disse.

Nós dois rimos.

— Aliás — Sam continuou —, eu sei como é, sim. A Madison também não pode ir às festas. Quando vou, passo o tempo todo pensando que ela podia estar lá. — Ele olhou pela janela e deu de ombros. — Mas ela quer que eu vá. Ela não quer sentir que está me privando das coisas. Se a Catherine também pensa assim, vai e só fica uma hora. Fica um pouco com os caras e vai para casa. Aí você vai sentir que passou um tempo com o time e ela não vai se sentir culpada. A Maddy sabe que eu nunca faria nada para magoá-la. Ela é minha melhor amiga.

Balancei a cabeça. Catherine era tudo para mim. Se alguma coisa lhe acontecesse enquanto eu estivesse numa merda de uma festa, se ela fosse até a minha casa e eu não estivesse lá, se ela se magoasse com alguma fofoca, mesmo que só por um segundo, eu nunca me perdoaria. Mas eu não podia contar nada disso para o Sam.

— A Catherine também é a minha melhor amiga. — Meu celular começou a vibrar. Quanto mais perto de Oak Creek chegávamos, mais o time falava sobre a festa.

Sam leu as mensagens.

— Viu? Vai ser foda se você não for.

— Vou falar com a Catherine — eu disse.

22

Catherine

PISQUEI ASSIM QUE OS DOIS ÔNIBUS ESTACIONARAM. ESTIQUEI OS BRAços, ouvindo o time de futebol se agitar nas poltronas de trás. Começamos a sair do ônibus. Assim que Elliott segurou a minha mão, a sra. Mason nos interrompeu.

— Me avise se a sua mãe quiser conversar sobre o que aconteceu hoje, tá? Posso pedir para o sr. Thornton enviar uma carta ou mesmo telefonar.

— Vai ficar tudo bem — falei.

— Tem certeza? Catherine, se ela ficar brava...

— Tenho certeza. Obrigada, sra. Mason. Boa noite.

A sra. Mason sorriu para mim e para Elliott e voltou sua atenção para o treinador Peckham.

Elliott me conduziu para o carro dele. O chão estava molhado por causa da chuva gelada e as luzes do estacionamento refletiam nas poças d'água das quais Elliott me protegia, me levantando no ar como se eu não pesasse nada. Ele ainda estava mancando, mas um pouco menos.

Ele deu a partida no carro e ficamos lá dentro, esperando o motor aquecer. Então pegou minhas mãos e assoprou com seu hálito quente.

— A Madison disse que vai ter uma festa agora. Você quer ir?

Ele deu de ombros.

— Sei lá, quero, mas não vou morrer se não for.

— Então você quer ir?

— Já fui a muitas festas. São todas iguais.

— Mas você está no último ano, e essas festas são para você. Para comemorar sua atuação nos jogos. Você é a estrela do time. Você mudou a reputação da equipe. Eles te amam.

— E eu te amo.

Abaixei a cabeça, tentando não corar.

— Eu... fiz uma coisa para você. É bobeira — falei, porque senti que era importante dar uma explicação.

— Você me trouxe um presente? — ele perguntou, as sobrancelhas se levantando, o sorriso se expandindo.

Peguei uma pilha de cartas do bolso interno do meu casaco e entreguei a ele, observando sua reação ao ler cada envelope.

— Quando você se sentir solitário — ele leu. — Quando tiver um dia ruim — ele disse, passando para a próxima. — Quando você sentir saudade de mim. Quando a gente brigar. Quando a gente tiver um dia lindo. Se a gente terminar. — Ele levantou a cabeça e fez uma careta. — Essa eu vou rasgar.

— Não, por favor! Essa tem quatro páginas.

Ele olhou para os envelopes novamente.

— Por enquanto.

Então abriu o envelope e desdobrou a folha de caderno, lendo minhas palavras.

Querido Elliott,

Não tenho mais nada para te dar, então espero que isso sirva. Não sei falar dos meus sentimentos. Não sei falar sobre nada, na verdade. Para mim é mais fácil escrever.

Elliott, com você me sinto amada e segura de um jeito que não sentia há muito tempo. Você tem coragem, e as coisas horríveis que as pessoas dizem não te atingem, e depois você fala como se eu fosse a única pessoa que pode te atingir. Você me faz sentir linda, mas quem é lindo é você. Você me faz sentir forte, mas quem é forte é você.

Você é o meu melhor amigo e, como se não bastasse, eu estou apaixonada por você — e essa é a melhor coisa que poderia acontecer comigo. Enfim, obrigada. Você nunca vai saber a diferença que faz na minha vida só por existir.

Com amor,
Catherine

Elliott levantou a cabeça e me encarou com os olhos brilhando.

— Esse é o melhor presente que eu já ganhei na vida.

— Sério? — eu disse, sem graça. — Fiquei quebrando a cabeça tentando decidir o que eu podia fazer para você, mas...

— É perfeito. Você é perfeita. — Ele se aproximou para me beijar, dando dois beijinhos na minha boca e se afastando. Em seguida abaixou a cabeça e suas bochechas coraram. — Você também é a minha melhor amiga. Fiquei feliz que você tenha escrito isso.

Cutuquei as unhas, me sentindo exposta, mas minha curiosidade era maior do que meu medo de ficar vulnerável.

— A Maddy disse... Ela disse que sabia de uma coisa que você nunca me contou, mas ela não quis dizer o quê. Tem a ver com o motivo para você ter voltado.

— Ah. Isso. — Ele massageou a minha mão com o dedão.

— Você tem medo de me contar?

— Um pouco, sim.

Deixei escapar uma risada.

— Por quê? Você não teve medo de contar para a Maddy. — Eu o cutuquei. — Me conta.

Ele passou a mão na nuca e foi ficando mais calmo enquanto o ar aquecia o carro. Éramos um dos últimos carros no estacionamento. Todo mundo estava com pressa para chegar à festa.

— Você lembra da primeira vez que me viu? — ele perguntou.

Arqueei a sobrancelha.

— Quando você estava socando aquela árvore?

— Sim. — Ele olhou para as cicatrizes nas articulações das mãos. — Eu não quero que você pense que eu sou uma figura estranha ou tipo um *stalker* maluco. — Ele se virou, colocou o cinto de segurança e engatou a ré. — Vai ser mais fácil se eu te mostrar.

Seguimos até a casa da tia dele e ele estacionou o carro. A casa estava escura e a garagem, vazia.

— Onde eles estão? — perguntei.

— Saíram com o chefe do tio John. Não devem demorar muito.

Eu assenti e o segui, descendo as escadas que davam no porão. Estava completamente diferente da última vez em que estive ali. Agora era um quarto normal, com uma cama de casal, uma cômoda, uma escrivaninha e objetos de decoração na parede. O tapete verde esquisito fora substituído por um mais moderno, num tom terroso.

— O que é isso? — perguntei, apontando para uma parte nova do cômodo.

— O tio John fez um banheiro, assim eu não tenho que subir para tomar banho.

— Nossa, que legal.

Elliott abriu uma gaveta da escrivaninha e pegou uma caixa de papelão com tampa. Ficou um tempo com as mãos sobre ela e fechou os olhos.

— Não precisa ter medo. Não é tão estranho quanto parece.

— T-tudo bem...

— Lembra de quando eu queria te mostrar a coisa mais linda que eu já tinha fotografado na vida?

Assenti.

Ele pegou a caixa e levou até a cama. Abriu a tampa, juntando com dificuldade o que estava lá dentro, em seguida colocou uma pilha de fotos, todas em preto e branco, de vários tamanhos, em cima da colcha. Espalhou todas elas. Todas, sem exceção, eram fotos minhas — desse ano e do primeiro ano, e, em pouquíssimas, eu olhava para a câmera. Só depois eu notei algumas da época em que eu estava no ensino fundamental, e depois outra na qual eu estava usando um vestido que não cabia mais desde a sexta série.

— Elliott...

— Eu sei. Eu sei o que você está pensando, e é bizarro. É por isso que eu nunca te contei.

— Onde você arranjou essas fotos? — perguntei, apontando para as fotos mais antigas.

— Eu tirei.

— Você tirou? Parecem fotos de revista.

Ele sorriu, envergonhado.

— Obrigado. A tia Leigh me deu minha primeira câmera no ano em que eu tirei essa aqui — ele disse, mostrando a foto em que eu estava de vestido. — Eu passava o dia inteiro tirando fotos, depois eu vinha para casa e passava a noite inteira as editando no velho computador do tio John. Aí na metade das férias eu resolvi subir naquele carvalho gigantesco para fazer uma foto do pôr do sol. Os donos da casa apareceram no quintal e eu fiquei preso nos galhos. Eles estavam tristes, era um momento que eu não queria interromper. Estavam enterrando alguma coisa. Era você e o seu pai. Vocês estavam enterrando o Goober.

— Você estava olhando a gente? Você estava na árvore?

— Não era minha intenção, Catherine, eu juro.

— Mas... eu fiquei lá fora até depois que escureceu. E não vi você.

Elliott se encolheu de vergonha.

— Eu fiquei esperando. Não sabia o que fazer.

Acariciei cada uma das fotos.

— Eu lembro de ver você andando pela rua e cortando a grama dos vizinhos. Eu via você me olhando, mas você nunca falava comigo.

— Porque eu morria de medo — ele disse, com uma risada nervosa.

— De mim?

— Eu achava você a menina mais linda que eu já tinha visto.

Fiquei sentada na cama, com uma das fotos na mão.

— Conta mais.

— Nas férias do ano seguinte — Elliott continuou —, eu te vi sentada no balanço da varanda. Você viu alguma coisa no quintal. Era um passarinho. Eu fiquei olhando e você subiu quase até o topo da árvore para devolver o passarinho ao ninho dele. Demorou meia hora para você conseguir descer, mas você conseguiu. Você estava com um vestido cor-de-rosa.

Ele apontou para uma foto em que eu estava sentada nos degraus da varanda, perdida em pensamentos. Eu tinha onze ou doze anos e estava usando o vestido de que meu pai mais gostava.

— Essa é a foto mais bonita que eu já tirei. Eu consegui ver no seu rosto. Você pensando no que tinha feito, a surpresa, o orgulho.

Ele soltou uma risada, balançando a cabeça.

— Tudo bem, pode rir de mim.

— Não, é... — Eu me encolhi. — Só não esperava por isso.

— É um pouco assustador? — ele perguntou, esperando minha resposta como se a qualquer momento pudesse levar um soco.

— Não sei. Agora eu tenho fotos minhas e do meu pai que eu nem sabia que existiam. E esta? — perguntei.

— Você estava ajudando seu pai a consertar uma tábua quebrada na varanda.

— E aqui?

— Olhando para a roseira dos Fenton. Você sempre olhava aquela rosa branca enorme, mas nunca pegou para você.

— Eu achava aquela casa tão familiar. Senti falta quando demoliram. Agora é só um monte de poeira. Parece que vão construir outra casa.

— Eu sinto falta das luzes nas ruas. Parece que a cada ano mais luzes se apagam — Elliott disse.

— Eu também. Mas fica mais fácil de ver as estrelas.

Ele deu um sorriso.

— Sempre pensando pelo lado positivo.

— O que você estava fazendo no meu quintal nesse dia? — perguntei, apontando para uma foto do velho carvalho. — Na primeira vez que eu te vi, quando você estava socando a árvore.

— Descontando na árvore. — Esperei que ele continuasse. Ele parecia envergonhado. — Meus pais ainda estavam brigando muito. Minha mãe odiava Oak Creek, mas eu gostava cada vez mais daqui. E tinha pedido para ficar.

— No dia em que nos conhecemos?

— É. Não sei. Eu me senti meio que em paz perto daquela árvore, mas aquele dia... estava tudo uma bagunça. Quanto mais eu ficava sentado perto da árvore, quanto mais eu tentava ficar tranquilo, mais revoltado eu ficava. Comecei a socar a árvore antes de pensar no que estava fazendo. Foi bom finalmente colocar aquilo para fora. Só que eu não sabia que você ia chegar da escola. Eu pensava que um dia a gente ia se conhecer, mas não daquele jeito.

— Você sempre faz isso? Isso de colocar para fora?

— Hoje em dia não muito. Mas eu costumava quebrar algumas portas. A tia Leigh ameaçou me proibir de vir se eu quebrasse mais uma. Ela me ensinou a canalizar minha raiva de outro jeito. Fazendo exercícios, jogando futebol, tirando fotos, ajudando o tio John.

— Por que você fica com tanta raiva?

Ele sacudiu a cabeça, frustrado.

— Eu também queria saber. Simplesmente acontece. Hoje em dia eu aprendi a controlar melhor.

— Não consigo imaginar você tão bravo.

— Eu tento me controlar. Minha mãe diz que eu sou igual ao meu pai. Quando a coisa explode, explode mesmo. — Ele pareceu incomodado com esse pensamento.

Então se sentou na cama ao meu lado e eu sacudi a cabeça, incrédula. Eram tantas expressões nas fotos — e todas eram minhas. Brava, entediada, triste, pensativa — tantos momentos da minha vida estavam ali, devidamente registrados.

— Acredite, hoje, com dezoito anos, eu entendo que não era certo tirar fotos de alguém sem permissão. Fico feliz em dar essas fotos para você. Nunca mostrei nenhuma para ninguém. É só que... com dez anos, eu achava que você era a coisa mais linda que eu já tinha visto. E ainda acho. Foi isso que eu contei para a Madison.

— Porque você me acha bonita?

— Porque eu te amo desde aquela época.

Eu me virei para olhar no espelho que ficava pendurado na parede atrás da escrivaninha. Meu cabelo castanho-claro tinha crescido quase trinta centímetros desde que Elliott tinha tirado a primeira foto. Agora eu parecia uma mulher, não mais uma menina. Meus olhos tinham uma cor verde sem graça — eram bem comuns, não a beleza espetacular de que ele falava.

— Elliott, eu não vejo o que você vê. E não sou só eu.

— Por que você acha que meninas inseguras como a Presley e as amigas dela te perseguem? Porque você é comum? Porque você é sem graça? Normal?

— Eu *sou* comum, sem graça e normal — devolvi.

Elliott me colocou de frente para o espelho, me forçando a olhar de novo. Ele era mais alto que eu o suficiente para apoiar o queixo no alto da minha cabeça. Sua pele morena criava um forte contraste com meu tom de pele cor de pêssego, e seu cabelo liso e escuro criava palavras na página bege das minhas ondas castanho-claras.

— Se você não consegue ver, confia em mim, você é linda.

Olhei de novo.

— Quarta série? Sério? Eu era só joelhos e dentes.

— Não, você tinha um cabelo loiro esvoaçante, dedos delicados e pelo menos dez vidas no olhar.

Eu me virei e fiquei de frente para ele, enfiando as mãos por baixo de sua camiseta.

— Sinto falta do cabelo loiro que eu tinha quando era criança.

Ele ficou paralisado; minhas mãos em sua pele o pegaram despreparado.

— Seu... seu cabelo é perfeito do jeito que é. — Ele estava quente, e os músculos rígidos de suas costas endureceram ao meu toque. Ele se inclinou e seus lábios macios tocaram os meus. Dei um passo para trás, em direção à cama, e ele parou.

— O que você está fazendo? — ele perguntou.

— Ficando mais à vontade?

Ele sorriu.

— Agora é você que está falando com perguntas.

Dei uma risadinha, puxando seu corpo para mim.

— Fica quieto.

Ele deu mais alguns passos e seu corpo inteiro reagiu quando eu abri a boca e explorei a dele com a língua. Quando me inclinei para trás, Elliott me acompanhou, apoiando nossos corpos com uma só mão no colchão. O peito dele se colou ao meu, e eu estiquei o braço para levantar a barra de sua camiseta. Quando o tecido de algodão estava quase na metade das costas, a porta da casa se fechou.

Elliott deu um pulo, levando a mão à nuca.

— É o tio John e a tia Leigh — ele disse.

Eu me sentei, constrangida.

— Eu preciso ir para casa, de qualquer forma. Você devia ir para a festa. Eu quero que você vá.

Ele pareceu desanimado.

— Tem certeza?

Assenti.

— Vou tomar um banho e te acompanho até a sua casa. Quer um chocolate quente ou alguma coisa para beber enquanto me espera?

Fiz que não.

— Vai ser bem rápido.

Ele pegou algumas roupas e desapareceu atrás da porta do banheiro que seu tio construíra. A água do chuveiro chiou e o vapor começou a escapar pela fresta de cima da porta.

Fiquei sentada na cama de Elliott, ao lado das fotos. Eram raras as fotos em que eu estava a céu aberto, andando na calçada ou mesmo no meu quintal. Na maior parte delas, eu estava sentada no balanço da varanda, com as janelas da pousada me observando ao fundo. Eu nunca aparecia sorrindo. Sempre estava pensativa, mesmo quando meu pai estava perto de mim.

O chuveiro desligou. Alguns minutos depois a porta se abriu e Elliott apareceu, vestindo uma jaqueta do time de Oak Creek, calças jeans, tênis e um sorriso enorme, com direito a covinhas nas bochechas.

— Que cheiro bom — falei, abraçando-o de novo. Um aroma de sabonete e pasta de dente me envolveu quando ele me abraçou por trás. Seu cabelo ainda estava úmido e se espalhou em cima de mim quando ele se inclinou para me dar um beijo na boca. Ele pegou minha mão e me levou em direção à escada, mas no caminho parou e me beijou de novo.

— O que foi isso?

— Eu demorei seis anos para criar coragem e falar com você. Mais dois anos para voltar para você. Nunca mais, tudo bem? Chega de perder os verões com você.

Dei um sorriso.

— O que foi? — ele perguntou.

— Agora é melhor você terminar as frases com ponto-final.

Ele segurou minha mão, e minha pele fria encontrou conforto em seu calor.

— Vamos — ele disse. — Deixa eu te levar para casa antes que fique muito tarde.

Caminhamos juntos até a pousada, contando quais postes de iluminação tinham se apagado e quais ainda estavam acesos. Elliott levantou a cabeça, concordando que era mais fácil ver as estrelas quando ficava mais escuro.

Passamos pelo terreno baldio dos Fenton e dessa vez Elliott entrou pelo portão de ferro, me acompanhando até a varanda.

— Aproveita, tá? — sussurrei. A pousada estava no escuro e eu queria que continuasse assim enquanto Elliott estivesse tão perto.

Elliott enrolou uma mecha do meu cabelo.

— Queria que você fosse comigo.

Pela primeira vez na vida tive vontade de ir a uma festa. Eu iria a qualquer lugar se isso significasse que eu poderia passar mais uma hora com Elliott. Sufoquei tais sentimentos e sacudi a cabeça.

— É melhor eu entrar. — Dei um beijo na bochecha dele. — Feliz aniversário.

Elliott balançou a cabeça e segurou o meu rosto. Encostou os lábios carnudos e mornos nos meus. Sua boca se mexeu de um jeito diferente, com mais desejo. O segredo compartilhado e a minha compreensão haviam mudado as coisas, derrubado um muro. Seus lábios se abriram e eu deixei sua língua entrar, permitindo uma dança delicada enquanto ele me puxava para perto.

Nossa respiração se transformou numa nuvem branca que pairava sobre nós. Elliott deu mais um passo, me pressionando de leve contra a porta.

— Preciso ir — sussurrei entre um beijo e outro.

Estendi o braço e girei a maçaneta. A fechadura fez um clique e as dobradiças rangeram. Dei um passo para trás e Elliott fez o mesmo, entrando na casa.

Ficamos no hall, sentindo o gosto um do outro, perdidos naquela proximidade. Nesse momento, pensei seriamente em fazer as malas e ficar com ele, deixando para trás tudo que era assustador e exaustivo.

— Que merda é essa? — Duke berrou, me puxando pelo casaco.

— Nossa, calma aí — Elliott disse, levantando as mãos.

— Vai embora, Elliott — pedi, em pânico.

— Você... — Elliott começou.

— Sai! Sai! — gritei, empurrando-o pela entrada e batendo a porta na cara dele.

— Catherine! — Elliott gritou de volta, socando a porta.

— Sai daqui, seu vagabundo! — Duke rosnou.

Encostei o dedo nos lábios, implorando para Duke ficar quieto.

— Desculpa. Desculpa. Shhhh — murmurei, com as mãos tremendo. Encostei as palmas na porta. — Elliott? Eu estou bem. Só vai para casa. Até amanhã.

— Você não está bem! — Elliott disse. — Me deixa entrar, Catherine. Eu posso explicar.

Duke agarrou meu braço, mas eu o puxei de volta. Respirei fundo e girei a tranca da porta.

— Você não pode entrar aqui. Eu estou bem, eu prometo. Só vai para casa, por favor. Por favor, vai embora.

— Eu não posso te deixar aqui — Elliott retrucou.

Engoli em seco e olhei por cima do ombro, vendo o ódio nos olhos de Duke.

— Elliott, eu não quero que você se machuque. Eu prometo que amanhã a gente se vê e que vai estar tudo bem. Por favor, confia em mim.

— Catherine — Elliott disse, com a voz desesperada e abafada.

Fui até a janela e dei uma batidinha. Elliott me encontrou do outro lado e colocou a palma da mão no vidro. Dei um sorriso forçado, e Elliott olhou em volta procurando Duke, que por pouco não podia ser visto.

— Você precisa ir embora — repeti.

Elliott fez uma careta, os músculos do maxilar retesados. Eu via a dúvida em seus olhos.

— Vem comigo. Eu te protejo.

Uma lágrima rolou pelo meu rosto.

— Você precisa ir embora, Elliott, ou eu não vou mais poder te encontrar.

Os lábios de Elliott tremiam de raiva. Ele tentou ver o que havia atrás de mim mais uma vez.

— Vai direto para o seu quarto e tranque a porta.

— Eu vou fazer isso. Eu prometo.

— Eu venho aqui amanhã de manhã.

— Tudo bem.

Elliott deu meia-volta e desceu os degraus da varanda. Pulou por cima do portão, correndo para casa.

Fechei os olhos, sentindo mais lágrimas rolarem. Enxuguei o rosto e me virei para encarar Duke. Ele continuava respirando pesado, ainda me olhando de um jeito furioso.

— Faça esse menino ficar bem longe daqui, Catherine, ou eu vou dar um sumiço nele.

Enfrentei meu medo e caminhei em sua direção, apontando o dedo para sua camisa manchada.

— Você não vai chegar nem perto do Elliott, está ouvindo? Eu vou embora. Vou embora e nunca mais volto se você encostar um dedo nele!

Duke ficou surpreso, piscando e se sacudindo, sem saber como responder.

— A pousada não pode continuar funcionando sem mim. Você faz o que *eu* mandar — sibilei. — Vai para a cama! — ordenei, apontando para o andar de cima.

Duke ajeitou a gravata e se afastou, virando em direção à escada. Subiu devagar e foi para o seu quarto, no final do corredor. Quando escutei a porta bater, subi correndo as escadas e entrei no meu quarto, empurrei a cama contra a porta e sentei no colchão para deixá-la mais pesada.

Cobri a boca, ao mesmo tempo envergonhada e aterrorizada. Eu nunca tinha falado com Duke daquele jeito e não sabia o que aconteceria depois. Ele era o mais assustador dos nossos hóspedes, e ter falhado na tarefa de me assustar trazia incerteza. Tive medo de que alguém novo e mais assustador aparecesse para tentar me fazer andar na linha.

A cômoda arranhou o assoalho quando a empurrei para perto da porta. Assim que me posicionei para mover a cama, um barulho estranho me fez parar.

Plic, plic.

Congelei.

Plic.

O barulho vinha da janela do meu quarto.

Andei até lá e vi Elliott parado no círculo perfeito criado por um dos postes de iluminação que ainda restavam na rua. Abri a janela e sorri.

— Você está bem? — ele perguntou.

Fiz que sim, enxugando o rosto.

— Desculpa. Fico triste que você tenha visto aquilo.

— Não se preocupe comigo. Eu posso te ajudar a descer se quiser. Você não precisa ficar aí.

— Estou no meu quarto. A porta está trancada. Estou segura.

— Catherine.

— Você sabe que eu não posso — sibilei.
— Eu não sabia que a situação estava tão ruim assim.
— Não está ruim. Estou bem.
— Eu não sei o que foi aquilo, mas não estava certo. Estou preocupado com você.
— Você tem que confiar em mim — falei.
Elliott soltou as pedras que tinha na mão e coçou a nuca.
— Estou com medo de acontecer alguma coisa com você. Estou com medo do que você falou, de não poder mais me ver. Que tipo de escolha é essa?
— Uma escolha de verdade. — Olhei para trás. — Você precisa ir.
— Não consigo — ele disse.
Senti as lágrimas voltando. A vida na pousada estava piorando a cada dia. Alguma coisa perigosa crescia ali dentro, e eu não queria que Elliott se envolvesse. Aquela dificuldade de ir embora podia fazer com que ele acabasse se machucando, ou algo ainda pior.
— Não faz isso — falei. — Eu consigo me virar.
— Eu posso chamar alguém. Pelo menos me deixa falar com a tia Leigh.
— Você prometeu — eu disse.
— Não é justo. Você não devia ter me pedido para prometer uma coisa assim.
— Mas eu pedi. E você prometeu... e agora está quebrando a promessa.
— Catherine... — ele implorou. — Me deixa subir aí. Não consigo ir embora depois de ter visto aquilo.
Como não neguei, ele pegou impulso, escalou a lateral da casa e entrou pela minha janela. Ficou parado com as mãos na cintura até recuperar o fôlego.
Olhei para a porta.
— Você não devia estar aqui! — sibilei. Era a primeira vez que alguém, fora os hóspedes, Tess ou mamãe, entrava na casa desde que meu pai tinha sido levado pela ambulância.
Ele ficou me olhando de cima, depois olhou em volta.
— Não foi nada de mais. Não vou fazer barulho. — Ele se virou para fechar a janela e deu alguns passos pelo quarto. — Alguma coisa mudou aqui desde que você era pequena?
Fiz que não, tentando não entrar em pânico. Mamãe ficaria furiosa se soubesse. Ela era mais protetora com a pousada do que era comigo.
— Você não devia estar aqui — sussurrei.
— Mas estou e, a não ser que você me expulse, vou ficar.
— A sua tia vai ter um treco. Ela pode falar alguma coisa para a mamãe.
— Eu já tenho dezoito anos. — Ele olhou para o outro lado do quarto e franziu as sobrancelhas. — Por que a sua cômoda está encostada na porta?
Levantei a cabeça e olhei para ele.

— Catherine... — Ele passou os olhos ao meu redor, desesperado para me proteger de alguma coisa que me assustava a ponto de eu ter feito uma barricada de móveis na porta.

— Tudo bem... — Fechei os olhos. — Tudo bem, eu vou te contar, mas você não pode ficar. Não quero que tenha pena de mim. Não quero sua caridade. E você precisa prometer que não vai contar para ninguém. Nem para sua tia, nem para ninguém da escola. Ninguém.

— Não é pena, Catherine, estou preocupado.

— Promete.

— Não vou contar para ninguém.

— O Duke nunca entra aqui, mas às vezes a mamãe entra, ou a Willow, ou a Poppy, ou a minha prima Imogen. A mamãe não me deixa furar a parede para instalar uma fechadura, então eu uso a cama para não deixar eles entrarem.

Elliott fez uma careta.

— Isso não é normal.

— Eles só vêm para conversar. Às vezes me acordam no meio da noite. Incomoda muito. Eu durmo melhor com minha cama assim. — Depois de um segundo, fiz um gesto em direção à janela. — Então tudo bem, eu já te contei. Agora vai para a festa.

— Catherine, eu não vou para aquela festa idiota. Vou ficar aqui e te proteger.

— Você não pode ficar comigo o tempo todo. Além do mais, eu lido com isso há mais de dois anos. Só porque você sabe não quer dizer que alguma coisa mudou. Não quero que a gente deixe de viver as coisas por causa desse lugar. Vai.

— Catherine...

— Vai, Elliott. Vai, ou eu não posso continuar assim com você. E eu também não posso viver com essa culpa.

A expressão de Elliott se alterou, e ele se virou para a janela e saiu engatinhando, depois fechou a janela. Encostou a mão no vidro e fez seu sinal de "Eu te amo". Retribuí.

— Feliz aniversário — sussurrei.

Assim que Elliott desceu, abri a última gaveta da cômoda e peguei a camiseta preferida do meu pai, uma da Universidade de Oklahoma. O tecido estava puído e tinha alguns buraquinhos, mas era o máximo de proximidade que eu poderia ter depois de uma experiência tão assustadora. Enrolei a camiseta e deitei na cama, abraçando o tecido. A camiseta já não tinha o cheiro dele havia muito tempo, mas eu ainda me lembrava, e tentei visualizá-lo sentado na beirada da cama, me esperando dormir, como ele fazia quando eu era pequena. Logo comecei a adormecer, mas quem eu sentia que estava me protegendo naquele espaço entre o sono e a vigília não era meu pai. Era Elliott.

23

Elliott

FECHEI A JAQUETA DO TIME E ENFIEI AS MÃOS NOS BOLSOS. A FOGUEIRA tinha o dobro do meu tamanho, mas a chuvinha gelada tornava mais difícil a tarefa de afastar o frio. À exceção dos jogadores, todo mundo já estava bêbado quando eu e Sam chegamos, mas o time estava bebendo uma garrafa de tequila para tentar acompanhar.

Eu inclinava a cabeça a cada rajada de vento, protegendo o queixo na gola da minha jaqueta de lã. Sam pulava para se manter aquecido.

— Vou pedir uma dose para o Scotty. Ele comprou uma garrafa de Fireball. Quer um pouco?

Fiz uma careta.

— Eu estou péssimo. Vou voltar para a casa da Catherine.

Sam arqueou as sobrancelhas.

— Você sempre entra lá?

— Hoje eu entrei.

— O que a mãe dela achou disso? Pensei que ela não deixasse ninguém entrar, a não ser a família e os hóspedes.

Eu me encolhi e olhei para baixo.

— Eu subi na treliça para entrar pela janela. Ela só me deixou entrar e logo depois me expulsou.

— Eita. Você falou daquele assunto?

Senti minha expressão se alterar.

— Na verdade, não. Foi mais ou menos o que você falou. Ela não quer se sentir responsável por eu perder essas coisas. Ela nunca foi a nenhuma festa na vida. Na cabeça dela é uma coisa superdiferente.

Um grupo começou a cantar em volta da fogueira. Mais um barril de cerveja.

— Elliott... — Tatum disse, jogando o cabelo molhado para trás. — Pensei que você não vinha.

— Não vou ficar muito tempo — falei, olhando para além dela, observando o movimento em volta do barril.

— Quer beber alguma coisa? Eu trouxe...

— Não, obrigado. Preciso falar uma coisa com o Scotty — respondi, deixando o Sam sozinho com a Tatum.

— Oi — falei, dando uma batidinha no ombro de Scotty.

— É o aniversariante! — Scotty disse. O litro de Fireball já estava pela metade. Ele estava cambaleando, mas ainda sorria. — Quer uma dose? Vamos tomar uns *shots*! — Bebeu um gole.

— Não, estou de boa — falei. Ele não estava sentindo o frio, então estava um pouco mais longe da fogueira. Comecei a tremer, então dei alguns passos para trás e acabei trombando com o Cruz Miller. Ele estava de mãos dadas com a Minka.

— Vê se olha por onde anda, Youngblood — ele lascou. Já estava bêbado, mas não tão bêbado quanto Scotty, que entrou no meio como se estivéssemos prestes a brigar.

— Ei, ei, ei... Hoje é o aniversário do Elliott — Scotty falou, enrolando a língua. — Não vai dar uma de babaca bem no aniversário do cara.

— Cadê a Catherine? — Minka perguntou, antipática. — Ela não pôde vir? Ou precisou ficar limpando o banheiro, sei lá?

— Cala a boca, Minka — retruquei, com um tom de desdém.

— O que você disse? — Cruz perguntou. Ele era bem mais baixo que eu, mas era o destaque da equipe de luta livre. Tinha as orelhas e o nariz repletos de cicatrizes e o pescoço da grossura de uma cabeça.

— Elliott — Sam disse, vindo para o meu lado. — Está acontecendo alguma coisa?

Outros caras da equipe de luta livre vieram para o lado de Cruz, levando Scotty a despertar e fazer um sinal para o time se reunir atrás de mim.

— Repete o que você falou, sem-terra — Cruz disse.

Todos os músculos do meu corpo se retesaram. Fazia um bom tempo que ninguém atacava minha origem, mas isso sempre se repetia, porque era a ofensa mais óbvia para imbecis como o Cruz.

Fechei os olhos e tentei me acalmar, relembrando os conselhos de tia Leigh para eu controlar a minha raiva.

— Eu não vou brigar com você, Cruz. Você está bêbado.

Cruz soltou uma risada.

— Ah, você pode xingar a minha namorada, mas não vai brigar comigo? Você pode ser alto, mas é lento.

Sam sorriu.

— Você não viu nenhum jogo esse ano, né, Cruz?

— E daí? — Cruz disse. — Agora ele é o fodão? Ele não consegue nem pegar uma menina normal. A Catherine é doida.

Os lutadores riram.

— Cala a boca. Agora. — falei, entredentes.

— Ah, então você pode falar merda para a minha namorada, mas a Catherine é protegidinha, é isso? — Cruz disse.

— A Catherine não fez nada para você. Ela não fez nada para ninguém aqui — retruquei, sentindo que estava prestes a surtar.

Sam colocou a mão no meu ombro e me puxou um pouco para trás. Eu não tinha percebido que já estava avançando.

Minka agarrou o braço de Cruz.

— Você não sabe o que ela fez, mas logo vai saber. A Catherine está só te usando.

Fiz uma cara feia.

— Me usando para *quê*?

— Enquanto ela precisar, como ela fez com todo mundo.

— Com todo mundo — eu disse. — O pai dela morreu, Minka. Elas tiveram que abrir aquela pousada. E você se sente rejeitada? Que bom que ela não é mais sua amiga. Pensa numa pessoa egoísta...

— A Catherine é uma ótima amiga para a Maddy — Sam emendou. — De repente ela ficou cansada de ouvir a sua voz de taquara rachada. Eu ia ficar cansado.

Minka abriu a boca, chocada, e Cruz se jogou para cima de Sam. Então eu surtei. Agarrei Cruz, joguei-o no chão e comecei a socá-lo. Minka gritava ao fundo, os jogadores do time e os lutadores berravam em cima de mim, puxando o meu casaco, e tudo virou um borrão. Eu não conseguia sentir a dor nas mãos quando meus ossos se chocavam contra o rosto de Cruz, mas conseguia ouvir o barulho.

Não sei ao certo quanto tempo levou para meus colegas de time finalmente me tirarem de perto dele. Cruz estava caído e seu rosto tinha virado uma mancha de sangue. Minka estava chorando e os lutadores me olhavam como se eu fosse um monstro.

Os colegas do time me deram um tapinha nas costas, como se eu tivesse acabado de ganhar mais um dos nossos jogos.

— A gente precisa sair daqui — Sam disse, meio zonzo.

Scotty tentava me dar os parabéns, mas eu saí de perto dele.

— Sai de perto de mim! — gritei, bem na frente do rosto dele.

— Foi mal, cara... Eu só...

Não ouvi o resto da frase, se é que ele chegou a terminá-la. Sam me seguiu até o meu carro e nós dois batemos as portas ao mesmo tempo. Agarrei o volante e notei que saía sangue das minhas mãos.

— Que babaca do caralho! Meu Deus! Você está bem, Elliott? — Sam perguntou.

Eu estava tremendo, ainda tentando me acalmar.

— Só me dá um segundo.

Sam assentiu e ficou olhando para a frente.

— Eu posso dirigir, se você quiser.

Fiz que não e girei a chave na ignição.

— Eu vou te deixar na sua casa. Preciso ir para um lugar. Preciso ver a Catherine.

Sam fez uma careta.

— Tem certeza que você quer que ela te veja com as mãos assim? E se ela pirar?

Suspirei.

— Ela vai saber de tudo na escola na segunda-feira, de qualquer jeito. É melhor que ela saiba por mim. — Engatei marcha a ré, pisei no acelerador com tudo e saí do terreno baldio onde todos tínhamos estacionado. Fiquei aliviado por ter chegado por último. Caso contrário, meu carro ficaria preso.

Sam não falou quase nada durante o caminho até a casa dele, e eu me senti grato. As vozes na minha cabeça estavam tão altas que qualquer outro ruído seria insuportável. Tive medo do que Catherine e tia Leigh diriam. Em questão de segundos, todo o esforço que eu havia feito para controlar minha raiva ao longo dos anos havia se dissipado.

Sam deu uma batida no capô do Chrysler quando saiu do carro.

— Valeu por salvar a minha pele. Me liga amanhã.

Assenti e manobrei rapidamente em direção à Juniper Street.

Quando estacionei, a luz do quarto de Catherine ainda estava acesa, e toda a adrenalina voltou a correr no meu sangue. Eu não sabia se ela entenderia ou se ficaria triste ou assustada. Fechei os olhos e deixei a cabeça cair no banco. Ela não tinha ficado assustada quando me viu socando a árvore, mas isso fazia muito tempo. Desde aquela época, ela havia passado por muita coisa. Mesmo assim, eu não conseguia deixar aquilo de lado e não queria que ela soubesse pelos outros.

Atravessei a rua e fui correndo até o lado da casa que ficava perto do terreno baldio dos Fenton. Peguei impulso enquanto me aproximava da treliça e subi, sentindo o metal áspero arranhar minhas mãos.

Catherine estava encolhida na cama, abraçando alguma coisa cinza. Ela tinha dormido com a luz acesa. A culpa tomou conta de mim e senti a raiva voltando a fervilhar no meu sangue. Respirei fundo algumas vezes, tentando me obrigar a ficar calmo antes de bater na janela devagar.

Catherine se remexeu e logo se levantou, levando um susto ao me ver agachado perto da janela. Acenei com um sorriso amarelo, me sentindo culpado de novo, dessa vez por tê-la assustado.

Ela olhou por cima do ombro em direção à porta e foi cambaleando abrir a janela. Suspirou e soltou uma nuvem branca de ar quando entrei no quarto e fechei a janela.

Arqueou as sobrancelhas ao ver minhas mãos.

— O que aconteceu?

— Eu fui à festa — eu disse.

— Você está bem? — ela perguntou, examinando minhas mãos com cuidado.

— Vamos limpar isso.

Catherine me levou ao banheiro, abriu a torneira e lavou a terra e o sangue de minhas mãos. Em seguida pegou um frasco de água oxigenada.

— Pronto? — Fiz que sim e ela derramou um líquido transparente nas minhas feridas. Prendi a respiração e fiquei olhando o líquido ganhar um tom vermelho-claro e escorrer pelo ralo. Ela improvisou um curativo com o que tinha e depois me levou para sentar na cama.

Nós nos sentamos devagar e, assim que a cama rangeu, ficamos esperando para ver se tínhamos acordado alguém.

— Me diz... — Catherine disse.

— Cruz Miller.

— Ah — ela disse, com um olhar compreensivo.

— Acho que ele já foi para lá procurando briga. A Minka começou a falar besteira e ele quis defender ela porque eu disse para ela calar a boca.

— Ela estava falando de mim? — Catherine perguntou, fazendo uma cara triste. — A briga foi por minha causa.

— Não é culpa sua, Catherine — falei, franzindo as sobrancelhas. Eu sabia que ela se culparia.

— Você não consegue nem aproveitar uma festa no seu aniversário, porque acabou arranjando briga para me defender.

— Eu faria tudo de novo.

— Não acho que você devia fazer isso — ela disse, e se levantou. Ficou andando de um lado para o outro, a camisola comprida balançando entre as pernas. Depois parou e ficou me olhando com uma expressão resoluta.

— Não fala isso — retruquei. — Eu consigo lidar com muita coisa que me jogam na cara, mas com isso não.

Os olhos dela ficaram úmidos.

— Eu não te faço bem. O que está acontecendo com você não é justo. Você é a estrela do time. Todo mundo ia amar você se não fosse por mim.

— Eu só me importo com o amor de uma pessoa. — Fiz uma pausa. — Catherine? — Esfreguei a nuca. — Na segunda-feira, você vai ouvir na escola que eu surtei. E eu meio que surtei mesmo. Não me lembro de quase nada. O Cruz ficou destruído.

— O que isso significa?

— Senti que todo mundo ficou com medo de mim quando eu fui embora. Até o Sam.

Ela ficou me olhando, sem dizer nada por alguns segundos.

— Você perdeu a noção? Tipo nas vezes em que você quebrava portas? — Assenti. — Pensei que você não fizesse mais isso?

Suspirei.

— Eu não sei o que aconteceu. Eu pirei.

Ela sentou ao meu lado e segurou minha mão, tomando cuidado para não encostar nos machucados.

— Tudo bem. Vai ficar tudo bem.

— Posso ficar aqui? — perguntei.

Ela anuiu com a cabeça e se deitou na cama. Deitei ao seu lado e ela envolveu meu corpo com os braços, apoiando o rosto no meu peito. O tecido cinza aterrissou silenciosamente no chão, mas Catherine pareceu não notar. Na verdade, ela me abraçou ainda mais forte, e pouco depois sua respiração voltou a se estabilizar e seu corpo todo relaxou.

24

Catherine

NA SEGUNDA-FEIRA, DEPOIS QUE O ÚLTIMO SINAL TOCOU, PEGUEI MInhas coisas e caminhei em direção ao meu armário. Cruz não tinha ido à escola e Minka nem me olhou durante as poucas aulas que tivemos juntas. Era tipo um universo paralelo. Na semana anterior era impossível atravessar o corredor sem que alguém tentasse chamar a atenção de Elliott. Agora ele era recebido com as mesmas expressões de curiosidade e desgosto que geralmente eram reservadas a mim.

Elliott ficou em silêncio durante todo o caminho até a pousada, mas não largou a minha mão, às vezes segurando-a ainda mais forte. Deduzi que, quando pensava em alguma coisa, ele preferia não falar em voz alta.

— Obrigada pela carona — falei para Elliott, abrindo a porta do passageiro contra o vento. — Está tudo bem?

— Não se preocupa comigo, eu estou bem. Volto logo depois do treino.

Fechei a porta e ele levantou a mão, erguendo o indicador e o mindinho, esticando o dedão. Repeti o gesto e me virei, em direção à pousada.

Meu cabelo voava no rosto, protegendo minhas bochechas do frio, mas não eram só as rajadas de vento gelado que me impeliam a ter pressa. Elliott não daria partida antes que eu entrasse, e ele não podia chegar atrasado ao treino.

— Catherine? — mamãe me chamou assim que entrei.

— Cheguei — eu disse, tirando as camadas de roupa e pendurando o casaco, o cachecol e o gorro de tricô nos ganchos, ao lado da porta.

O livro de reservas não acusava a chegada de nenhum hóspede para o dia todo, então me arrastei até a cozinha e coloquei minha mochila em cima do balcão, abrindo o zíper e tirando cinco livros. Fazia três dias desde que Elliott havia encontrado Duke, e eu continuava preocupada, o que dificultava a concentração durante as aulas. Eu não tinha terminado nenhum dos trabalhos e tinha perdido a maior parte das anotações. Só de olhar para a pilha de livros já fiquei cansada.

— Uma época, meu irmão namorava uma menina de que a minha mãe não gostava. Não durou muito. — Tess colocou uma caneca de chocolate quente na minha frente, bebericando o dela.

— Quem disse que a mamãe não gosta do Elliott? Ela te disse isso?

Tess deu de ombros.

— Ela disse que o Duke teve um ataque na frente do Elliott. Ela se sentiu mal, mas talvez tenha sido para o bem.

Suspirei.

— Obrigada pelo chocolate, mas hoje não, Tess.

— Hoje não? Você precisa terminar isso agora. Você vai partir o coração do garoto. Você sabe que não vai poder ir com ele, e ele não vai ficar aqui.

— Eu *não* sei — disse subitamente e respirei fundo, tentando me controlar.

— A culpa não é sua — Tess disse. — É normal querer se encaixar, então faz sentido que você queira as duas coisas. O Elliott e a pousada.

— Quem disse que eu quero as duas coisas? — perguntei. — A pousada é um mal necessário, não algo que eu quero. O Elliott é algo que eu quero, e eu estava indo bem até o Duke chegar e quase estragar tudo. Eu ainda posso tentar. Eu vou dar um jeito. Eu sempre dou um jeito.

— É um saco, mas você sabe que o que você tem aqui é muito importante, e você está botando tudo a perder.

Fechei os olhos.

— Eu não sei de nada. Nem você.

— Eu sei o que você está pensando, mas você está errada. Você não pode ficar com as duas coisas. Mais cedo ou mais tarde você vai precisar escolher.

— Eu posso ficar com as duas coisas enquanto ele estiver aqui. Quando ele for embora, eu deixo ele ir, mas por enquanto me deixa aproveitar. Me deixa ser feliz uma vez na vida.

— Ele te faz feliz?

— Você sabe que sim.

— Então você já escolheu.

— Não é exatamente uma escolha, Tess. Por favor. Tem muita pressão em cima de mim ultimamente. Vai para a sua casa.

— A escolha é entre ser leal à sua mãe e fugir com um garoto que vai embora. Seria uma escolha óbvia para qualquer outra pessoa. Não consigo acreditar na sua atitude. — Suspirei e me levantei, mas Tess agarrou meu braço. — Eu passei aqui sexta à noite. Você não estava. A Mavis disse que você foi ver o jogo dele. Você tem deixado o trabalho de lado o tempo todo.

Eu me afastei.

— Eu tenho direito de sair de vez em quando. Eu trabalhei sete dias por semana durante dois anos inteiros, Tess.

— Pode ser. Mas e aí, como foi? O jogo? Você se divertiu?

— Não tanto quanto eu esperava.

Tess me olhou e apertou os olhos.

— O jogo? Por que não?

O vento que vinha lá de fora sacudia as janelas e fazia as cortinas balançarem. Como não respondi, Tess tirou as próprias conclusões.

— Ele te tratou mal?

— O Elliott? Não, ele arrancaria o próprio braço para não me deixar chateada. Ele não quer nem ir a festas se eu não for. Ele enfrentou o treinador do time por mim. Ele me ama, Tess. Às vezes penso que ele me ama mais do que qualquer outra coisa.

As bochechas dela ficaram coradas.

— E o que o treinador fez?

— Nada — eu disse, soltando um suspiro. — Não fez nada. É complicado.

Ela apertou os olhos.

— Aquelas garotas. Aquelas que te perseguem. Elas mexeram com você? Foi a Presley de novo, não foi? Era disso que a Althea estava falando? Eu ouvi ela falando para a sua mãe que aquelas garotas estavam pegando no seu pé. A Mavis disse que elas tinham vindo aqui. — A cada frase, Tess ficava mais agitada.

— A Tatum gosta do Elliott, então a Presley está pior do que o normal, só isso.

— Bom, pelo menos quando você der um fora nele, elas vão te deixar em paz.

— Eu não vou dar um fora nele... E acho que não.

— Você acha que elas não vão te deixar em paz? — Tess perguntou.

Dei de ombros.

— Não sei por que elas me deixariam em paz. Elas me perseguem há anos e adoram fazer isso. Principalmente a Presley. Elas quebraram os faróis do carro da Madison só para nos deixar presas lá. — Tess fez uma careta e bebeu mais um gole do chocolate quente. — Mas tudo bem. Todas vão para a faculdade daqui a alguns meses.

— E por falar nisso... — Tess disse, empurrando uma pilha de cartas em minha direção. — A Althea me fez prometer que você ia dar uma olhada nisso.

Acariciei as cartas. Eram todas de várias universidades, em vários estados. A chance de eu não ter dinheiro para pagar nenhuma delas era de noventa e nove vírgula nove por cento. Alguns envelopes continham pesquisas. Outros traziam folhetos sobre as universidades. Os campi, todos lindos, foram fotografados no verão, quando estavam cobertos de grama verde e macia, sob a luz do sol. Senti um peso no peito. Aqueles lugares estavam tão fora do meu alcance que pareciam de outro planeta.

Eu me perguntei se Elliott seria recrutado pelos olheiros durante a etapa de jogos mata-mata, qual universidade ele escolheria, quão longe ele iria, se ele seria um dos calouros reunidos naqueles jardins, e qual garota estaria na arquibancada torcendo por ele. Meus olhos se encheram de lágrimas e empurrei os envelopes para longe.

— Quanto antes você terminar com ele, mais fácil vai ser para os dois.

Olhei para Tess.

— Você precisa ir para casa. Eu tenho um monte de tarefas da escola para fazer, além das minhas obrigações aqui na pousada.

Tess assentiu e se levantou do banco.

Abri o livro de geometria, tirando a folha de caderno dobrada que ainda estava lá dentro. Eu havia feito só a metade do exercício durante a aula, enquanto minha mente dava voltas e eu pensava se ainda conseguiria ignorar por muito mais tempo que Elliott iria embora. Eu havia deixado que ele se aproximasse demais, e com isso o havia colocado em perigo. Agora ele era um rejeitado na escola. Quando chegasse a hora, eu precisava deixá-lo.

Página após página, problema após problema, fui terminando todas as tarefas enquanto a noite se aproximava. A pousada ficava mais barulhenta à noite. As paredes estalavam, a água espirrava pelos encanamentos e a geladeira zumbia. Às vezes, no inverno, o vento soprava tão forte que a porta da frente quase se abria sozinha.

A geladeira fez um clique e o chiado parou. De repente, tudo ficou em silêncio. A porta dos fundos abriu e fechou, e os passos pareciam andar em círculos.

— Mamãe? — chamei, mas ela não respondeu. — A calefação não está funcionando muito bem. Quer que eu chame alguém?

Duke apareceu no canto, suado e ofegante, com a gravata solta e pendurada de qualquer jeito. Fiquei tensa, já esperando uma explosão.

— Duke. Eu... não tinha percebido que tinha alguém aqui. Desculpa, precisa de alguma coisa?

— Eu cuido da calefação. Você, fique longe do porão daqui para a frente. Fiquei sabendo que você tem o péssimo hábito de se trancar lá embaixo.

— Como se você não soubesse? — perguntei.

— O que você quer dizer? — ele grunhiu.

— Nada — resmunguei, deixando de lado minha lição de casa, que eu tinha acabado de fazer. Ele estava se referindo à vez em que fiquei presa no porão por três horas. Eu tinha descido para ver o aquecedor de água e alguém trancou a porta. Eu suspeitava que tinha sido o Duke, mas, quando a mamãe finalmente ouviu meus gritos de socorro, ela disse que ele não estava na pousada.

A porta do porão bateu e as botas de Duke desceram os degraus frágeis pisando duro e só pararam quando ele chegou lá embaixo. Ele começou a mover as coisas, fazendo uma bagunça. Fiquei aliviada por ter terminado minha tarefa. O som das batidas e das cadeiras sendo arrastadas pelo chão de concreto teria impossibilitado qualquer concentração.

Arrumei minha mochila para o dia seguinte e a deixei ao lado da porta. Em seguida subi a escada, me sentindo mais exausta a cada degrau. Meus pés cansados se embolaram no tapete sujo e emaranhado e, para não tropeçar, precisei segurar no corrimão de madeira carcomido. A casa tinha envelhecido duas décadas nos dois anos que se passaram desde que meu pai havia partido. Eu só sabia fazer a manutenção básica, coisas como acender o aquecimento e verificar se havia algum vazamento no encanamento. A tinta estava descascando, os canos estavam vazando, as lâmpadas piscavam e a casa vivia gelada. Mamãe não me deixava fazer nem pequenas melhorias. Ela não queria que nada mudasse, então deixávamos tudo apodrecer.

Assim que entrei no meu quarto, tirei as roupas e escutei os canos tremendo e assobiando logo antes de a água sair espirrando pelo chuveiro.

De banho tomado, fiquei em pé de roupão em frente ao espelho, enxugando as centenas de gotinhas de água com a palma da mão. A menina do reflexo era diferente daquela que tinha ficado na frente do espelho com Elliott, poucos dias atrás. As olheiras profundas haviam voltado, os olhos estavam tristes e cansados. Mesmo que soubesse como tudo acabaria, eu ainda esperava a hora de vê-lo todos os dias na escola. Era a única coisa que eu podia esperar, e eu precisaria abrir mão dele por motivos que eu não compreendia completamente.

O pente passou por meus cabelos molhados. Fiquei pensando no que meu pai pensaria sobre o comprimento deles, se ele aprovaria minha relação com Elliott, e quão diferente minha vida seria se ele estivesse vivo. A caixinha de música na minha cômoda começou a tocar uma nota de cada vez e fui para o quarto, olhando para o cubo cor-de-rosa. A caixa estava fechada e eu não girava a engrenagem havia dias, mas, desde o enterro do meu pai, eu fingia que a falha do mecanismo que criava aquela melodia lenta e melancólica era o jeito que meu pai havia arranjado de falar comigo.

Levei a caixinha de música para a janela, girei a minúscula manivela dourada e abri a tampa. Fiquei olhando minha bailarina deformada fazer suas piruetas ao som daquela música suave.

Eu me sentei no banquinho embutido embaixo da janela, já sentindo o ar frio entrando pelas frestas. O bordo dos Fenton, que ficava do outro lado do terreno, obscurecia a visão do céu, mas eu ainda conseguia ver centenas de estrelas brilhantes entre os galhos.

As luzes dos postes da rua haviam sido negligenciadas e se apagavam lentamente, mas os milhões de estrelas lá no alto estariam lá para sempre — testemunhas misteriosas e silenciosas, como os hóspedes da Pousada Juniper.

Várias pedrinhas golpearam o vidro. Olhei dois andares para baixo e vi Elliott parado no escuro.

Abri a janela com um sorriso e o frio envolveu meu rosto.

— Pensei que você não ia vir.

— Por que você pensou uma coisa dessas?

— Porque o treino demorou mais do que devia?

Ele fez uma cara envergonhada.

— Desculpa, eu me enrolei. Eu pensei que... Eu acho que preciso subir aí de novo — sussurrou. — Acho que eu devia ficar.

— Elliott... — Suspirei. Uma noite já havia sido muito arriscado. Duas, seria fatal.

O vento frio soprava o cabelo de Elliott no rosto. Depois de apenas uma noite com ele no meu quarto, eu estava morrendo de vontade de ficar envolvida por aquele cabelo, aqueles braços e a segurança que eu sentia só por estar perto dele. Mais uma rajada entrou pela janela e fechei um pouco mais meu roupão.

— Está muito frio. Você precisa ir para sua casa.

— Só um segundo — ele disse, dando alguns passos para trás, pegando impulso, escalando a fachada e pulando no telhado, embaixo da minha janela.

Eu o fiz parar antes que entrasse, pousando a mão em seu ombro.

— Vão pegar a gente no flagra.

— É por isso que estou aqui, não é? Para o caso de alguém entrar no seu quarto contra a sua vontade?

— Eu não quero que você esteja aqui se isso acontecer, Elliott. Seria ainda mais difícil de explicar.

— Você não precisa me explicar nada.

— Que loucura — eu disse, suspirando. — Minha vida é uma loucura.

— Bom, agora essa loucura é minha também.

Acariciei seu rosto e ele se apoiou no meu braço, fazendo meu peito se apertar.

— Eu sei que você só quer ajudar, mas, se eu gostasse um pouco de você, eu não deixaria você se envolver nisso. De repente... — senti um embrulho no estômago antes mesmo de pronunciar as palavras — Elliott, eu acho que chegou a hora de... a gente precisa terminar. Você vai embora de qualquer maneira, e eu quero que você fique longe de tudo isso.

Ele fez uma careta.

— Caramba, Catherine, não fala isso. Nunca mais fala isso. Você vai vir comigo, lembra? E, além do mais, sou eu que te protejo.

— Eu pensei que eu fosse a guerreira?

— O que você acha de tirar uma folga?

Deixei escapar um suspiro de frustração.

— Elliott, você não faz ideia do que está dizendo. Você nem sabe com o que está lidando.

— Isso tem a ver com a briga? — ele perguntou.

— Não.

— Tudo bem, tudo bem. Então talvez... — ele começou a falar, escolhendo cada palavra com cuidado. Eu via que ele estava irritado porque eu tinha falado a palavra "terminar", tão agitado quanto da primeira vez que fomos almoçar com o Sam e a Madison. — Está certo, eu entendi. Se ninguém está te machucando, eu não vou falar mais nada. Eu só estou preocupado com você. E não saber o que está acontecendo só piora as coisas.

O vento soprou, e cruzei os braços ao redor do corpo.

— Eu sei, isso é ridículo — ele disse, entrando no quarto.

Então fechou a janela e andou pelo quarto, sentando na minha cama. A estrutura rangeu com seu peso. Ele olhou para mim e deu um tapinha no lugar ao lado dele, com um sorriso fofo no rosto.

Olhei para a porta e falei baixinho:

— Eu agradeço a preocupação, mas, como você pode ver, eu estou bem. Agora, por favor...

Vozes abafadas vieram do corredor e nós dois ficamos paralisados. Reconheci Duke e mamãe, e depois Willow, mas Elliott franziu as sobrancelhas, parecendo confuso.

— Isso é...?

Cobri os olhos com as mãos, sentindo as lágrimas quentes que ameaçavam cair.

— Elliott, você precisa sair daqui.

— Desculpa. Eu não vou falar com perguntas.

— Estou falando sério. É para te proteger.

— Me proteger de quê?

Apontei para a porta.

— Nenhum deles estava aqui hoje, e agora eles estão. Tem que ter algum motivo. Eles estão tramando alguma coisa. Você precisa ir. Aqui não é seguro.

Ele se levantou, estendendo a mão.

— Então você também não devia ficar aqui. Vamos.

Levei a mão ao peito.

— Eu não tenho escolha!

Elliott encostou o dedo nos lábios e ficou em pé, me puxando para um abraço apertado. Eu queria ficar envolvida ali para sempre.

— Eu vou te dar pelo menos uma escolha — Elliott disse baixinho, acariciando meu cabelo. Ele não tinha medo, e eu não podia mostrar o quão perigosa era a situação sem colocar a ele e a pousada em risco. — E a sra. Mason? Você não pode falar com ela?

Fiz que não, meu rosto colado ao dele. Era difícil discutir, porque tudo que eu queria era que ele ficasse ali comigo.

— A gente vai pensar numa solução. Mas chega de falar sobre terminar ou eu ir embora e te deixar aqui. Olha para mim. Eu pareço uma pessoa que você precisa salvar? — Ele arriscou um sorriso, o qual desapareceu assim que ele viu a tristeza nos meus olhos.

— Você vai me deixar aqui sozinha, Elliott. Você vai acabar indo embora, e eu não posso ir com você. É melhor você...

Uma tábua do corredor rangeu. Cobri a boca, saí de perto da porta e olhei pelo vão, esperando que alguma sombra rompesse a luz.

Elliott me abraçou enquanto os passos avançaram e viraram em direção à escada, as botas pisando duro a cada degrau. Em seguida alguém bateu a porta do porão.

— Era o Duke — sussurrei. Levantei a cabeça e olhei para Elliott, implorando com os olhos. — Você não pode correr o risco de te pegarem aqui. Não com ele na casa. Vai piorar tudo. Ele não entra no meu quarto. A mamãe não deixa. Então, por favor, vai embora.

— Se você não tem medo de ele entrar, por que sua cômoda está encostada ali na porta?

— Não é por causa dele.

Elliott esfregou a testa com a palma da mão.

— Catherine, já chega. Não aguento mais essas respostas que não dizem nada. Você precisa confiar em mim e me contar o que está acontecendo. De quem você se protege?

Engoli em seco.

— Da mamãe.

Os ombros dele despencaram.

— Ela te machuca?

Fiz que não.

— Não, ela só me assusta. E está cada vez pior. É difícil explicar, e Elliott, eu juro que não faria nenhuma diferença se eu explicasse. Você não pode mudar nada.

— Me deixa tentar.

Mordi o lábio, pensativa.

— Tudo bem, você pode ficar.

Ele suspirou, aliviado.

— Obrigado.

A porta dos fundos bateu, e eu corri para a janela. Olhei para a escuridão e prendi a respiração quando vi alguém em pé, lá embaixo.

Mamãe estava bem no meio do terreno dos Fenton, de camisola, olhando fixamente para a rua. Os filhos dos Fenton tinham acabado de mandar um trator para nivelar o terreno, preparando a terra para receber a fundação para uma nova casa. Os pés descalços de mamãe estavam cheios de lama gelada, mas ela não parecia notar.

Ela se virou para olhar a janela do meu quarto, mas dei um passo para trás antes que ela pudesse me ver e fiquei de costas para a parede. Depois de alguns segundos, espiei de novo. Mamãe continuava lá, olhando para a casa. Dessa vez, seu corpo estava curvado em direção à janela do próximo quarto. A consciência de que sempre tinha sido a mamãe — e não a casa — o que me assustava fez meu sangue congelar.

Como sempre, meu instinto inicial foi ignorar o medo e ir atrás dela, fazê-la entrar, mas ela parecia com raiva, e eu tinha muito medo de quem mais poderia estar lá fora.

Saí de perto da janela e procurei o abraço de Elliott.

— Aquela... aquela é a sua mãe?

— Ela vai voltar e vai para o quarto dela.

Elliott se inclinou para olhar pela janela e depois voltou à posição normal, parecendo tão assustado quanto eu.

— O que você acha que ela está procurando lá fora? Acha que ela está me procurando?

Fiz que não, observando-a enquanto ela olhava a rua.

— Ela não sabe que você está aqui.

Mamãe abaixou a cabeça e olhou para os próprios pés, afundando os dedos na terra molhada.

— O que ela está fazendo? — Elliott perguntou.

— Acho que nem ela sabe.

— Você tem razão. Dá medo.

— Você não precisa ficar — falei. — Só espera ela entrar e você pode ir embora.

Ele me abraçou.

— Eu não vou a lugar nenhum.

25

Elliott

TOMAMOS CUIDADO PARA QUE A CAMA NÃO FIZESSE MUITO BARULHO quando nos deitamos. Catherine tinha razão quando dizia que a pousada era um lugar assustador. Os sons que a casa fazia eram tão constantes que parecia que as paredes, os canos, os assoalhos e a fundação estavam tentando se comunicar.

Não consegui parar de pensar no que eu deveria fazer se alguém entrasse pela porta. Ainda assim, nenhum dos piores cenários que eu conseguia imaginar era mais assustador do que as palavras que Catherine tinha dito. E ela tinha dito mais de uma vez, tinha falado em voz alta, o que quer dizer que ela tinha pensado naquelas palavras dez vezes mais. Ela pensava que éramos muito diferentes, que a situação dela era monstruosa demais para que nós a superássemos, e que para me proteger era necessário que eu saísse da vida dela. Eu simplesmente me recusava a pensar nisso, mas, quanto mais nos aproximávamos da data da formatura, mais eu temia que ela me desse adeus.

O fato de Catherine ter finalmente me contado pelo menos uma ínfima parte da verdade me encheu de esperança e, enquanto eu a abraçava, disse a mim mesmo que, no fim da história, eu poderia mostrar que a amava o suficiente para ela me escolher. Se isso não acontecesse, eu não sabia se teria forças para pegar meu carro, ir para a faculdade e deixá-la sozinha.

Eu queria que ela descansasse, mas também queria que ela falasse comigo sobre o nosso futuro. Fiquei em silêncio enquanto meu altruísmo e meu egoísmo lutavam entre si, esperando até que um saísse vencedor.

— Elliott? — Catherine sussurrou.

Meu alívio era palpável.

— Sim?

— Eu não quero que você se machuque. Nem por minhas atitudes, nem pelas atitudes de mais ninguém.

— Você é a única pessoa que poderia me machucar — eu disse, sentindo o peito queimar. Eu não fazia ideia do que ela diria em seguida.

Catherine afundou a cabeça no meu peito e me abraçou mais forte.

— Aquilo que você disse, sobre como você sabe que ama alguém... Mas e se... e se essa pessoa é a coisa mais importante, mas tem coisas que estão fora do seu controle que simplesmente se metem no seu caminho?

Abaixei a cabeça e olhei para Catherine, esperando até que ela levantasse os olhos e me encarasse. Os olhos dela estavam úmidos, e tentei não entrar em pânico.

— Eu me lembro da primeira vez que te vi. Eu pensei que você era a menina mais linda do mundo. Depois, você se tornou a mais generosa, depois a mais triste. A mais assustada. A mais corajosa. A cada dia eu fico mais maravilhado com você e, se você quer saber o que me assusta, é que eu provavelmente não te mereço, mas eu sei que vou te amar mais do que qualquer outra pessoa nessa vida. Vou fazer qualquer coisa para te proteger e para te fazer feliz. Eu só posso torcer para isso ser o suficiente.

— Eu sei. E te amo por causa disso. Meus momentos mais felizes, em que me sinto mais segura, são com você. Mas e se... e se eu não puder ir embora?

— E se eu puder te ajudar? — perguntei.

— Como? — ela disse. Eu podia tocar a esperança que ela sentiu e transformá-la num cobertor para nos cobrir. Ela estava esperando que eu mostrasse a saída, mas estava acorrentada nesse lugar pela responsabilidade que tinha com a mãe, e eu não sabia ao certo se conseguiria competir com isso. A culpa e o medo eram criaturas poderosas, e há anos vinham devorando Catherine por dentro.

— Eu posso pegar suas coisas e colocar tudo no meu carro.

Catherine olhou para longe.

— Esse lugar vai afundar com você ou sem você. Ninguém te culparia por abandonar o navio. Se a sua mãe estivesse com a cabeça no lugar, ela também não te culparia. Qualquer pessoa que te ame vai querer que você fique bem longe daqui. Então pergunte para você mesma: quando afundar, porque vai afundar, você vai sentir que seu esforço valeu a pena? O que o seu pai ia querer que você fizesse?

Uma lágrima rolou no rosto de Catherine, e ela balançou a cabeça.

— Mas eu não posso simplesmente abandonar minha mãe aqui.

— Então vamos pensar em outra coisa. Algum projeto do governo, ou a gente pode arranjar um emprego e mandar dinheiro. A gente pode ligar para alguém e conseguir uma ajuda, uma assistência para ela, mas... aqui não é o seu lugar, Catherine. A casa não é sua. Os hóspedes não são sua família.

— Mas ela é. Ela é tudo que eu tenho.

— Você tem a mim — eu disse. — Você não está sozinha, e nunca mais vai ficar sozinha de novo.

— *Se* eu for com você.

Ergui seu queixo com cuidado, até nossos olhos se encontrarem.

— Você ainda não entendeu? Você é livre para ir aonde quiser. Eu vou com você. Mas a gente não pode ficar aqui. Você não pode ficar aqui, Catherine. Você não quer, eu sei disso.

Ela balançou a cabeça, e outra lágrima rolou pela bochecha.

— É verdade, eu não quero. — Ela fechou os olhos e encostou os lábios nos meus. Com uma mão segurei seu rosto, com a outra a puxei mais para perto de mim. Ela fungou, se afastando. — Eu já disse para ela que ia ficar.

— As pessoas mudam de planos.

— Tenho medo do que pode acontecer com ela se eu for embora.

— Catherine, me escuta. Ela é a adulta. Ela não é sua responsabilidade. Ela não pode te prender aqui e, além do mais, depois que você for embora, ela vai precisar procurar ajuda. Ela está te usando para continuar acomodada desse jeito. Ela vai precisar seguir em frente, ou...

— Vai se afogar. — Catherine olhou para a porta.

— Uma pessoa não consegue tirar a outra da areia movediça se ela também estiver afundando — falei.

Ela apoiou o rosto no meu peito.

— Você está certo. Eu sei que está, mas... é difícil explicar. A ideia de partir é ao mesmo tempo tão emocionante e terrível. Não sei se consigo ajudar a mamãe se eu não estiver aqui.

— Mas o que eu sei é que você também não vai conseguir ajudar estando aqui.

Ela concordou, pensativa.

Eu a abracei mais forte.

— Tem muitas coisas que a gente não sabe, mas eu te prometo que você não vai enfrentar tudo sozinha.

26

Catherine

OS CORREDORES DA ESCOLA ESTAVAM ESPECIALMENTE QUIETOS NA MAnhã de terça-feira. Os alunos pareciam cansados, e a princípio pensei que era só por causa do céu nublado e do frio. Mas havia outra coisa se aproximando com a frente fria. Só que nós ainda não sabíamos disso.

Um auxiliar da secretaria estava parado ao lado da porta, com o cabelo ruivo arrepiado. Era tão sardento que parecia ferrugem e já tinha uma cara desanimada, mesmo estando no primeiro ano. Os anos de pequenas provocações e brincadeiras não apareciam mais em sua expressão. Pelo contrário, ele parecia ansioso quando colocou o bilhete na mesa do professor.

— Tatum? — a professora Winston chamou. — Estão te chamando na secretaria.

— Mas a prova... — ela argumentou.

— Pegue suas coisas — a professora disse, olhando para o papel em suas mãos. — Agora.

Pela parede de vidro, vi Anna Sue andando pelo corredor, acompanhada de outro auxiliar. Ela estava com seus livros.

Tatum fez uma pausa, observando a amiga. Elas trocaram olhares por um segundo quando Anna Sue passou.

Tatum pegou a mochila e rapidamente se dirigiu para o corredor, pedindo para Anna Sue esperar.

Quando as duas desapareceram do meu campo de visão, ainda restavam alguns sussurros, mas em seguida todos voltamos às nossas provas. Enquanto eu preenchia círculos, uma sensação inquietante de que algo estava errado foi tomando conta de mim. Os alunos estavam exaustos, inconscientemente preparados para o horror que estava prestes a se instalar nos ossos da escola.

O sinal tocou e centenas de adolescentes tomaram conta dos corredores, parando diante dos armários para pegar livros e materiais durante os dois minutos permitidos.

— Você ficou sabendo? — Madison disse, ofegante.

— Não, mas consigo sentir — falei, fechando a porta do armário.

Elliott e Sam apareceram e ficaram do nosso lado com a mesma confusão no rosto.

— Estão dizendo que a Presley não veio para a escola hoje, e todas as clones foram chamadas na diretoria — Sam disse.

— Madison — a sra. Mason chamou, olhando para mim e encostando no braço de Madison. — Preciso que você venha comigo.

— Eu? Por quê? — Madison perguntou.

— O que está acontecendo? — Sam perguntou.

— Só venha comigo, Maddy. Não discuta — a sra. Mason sussurrou.

Madison caminhou com a sra. Mason em direção ao corredor C que levava à sua sala.

Ficamos parados, observando, enquanto uma multidão se formava ao nosso redor. Estavam todos fazendo perguntas, mas as vozes se confundiam.

— Vocês acham que tem a ver com o carro da Maddy? — Sam perguntou. — De repente descobriram o que as meninas fizeram e agora querem falar com ela?

— Você não viu a cara da sra. Mason? — Elliott disse. — Seja lá o que for, não é boa coisa. — Ele se inclinou e entrelaçou os dedos nos meus.

A segunda e a terceira aulas passaram voando. Depois da aula, eu imaginava que Madison estaria ao lado do meu armário, falando muito rápido sobre qualquer que fosse o motivo para ter sido levada para a secretaria, num tom de voz quase inaudível. Elliott, Sam e eu ficamos esperando, mas Madison não apareceu.

— Ela ainda está na secretaria — Sam disse.

Então notei as lágrimas e as caras de tristeza, algumas até de medo.

— Que merda está acontecendo? — Elliott perguntou.

Sam pegou o celular.

— Vou mandar uma mensagem para o pai da Maddy. Ele tem que saber o que...

O professor Saylor passou por nós, olhando para Sam de um jeito estranho antes de desaparecer, virando o corredor.

— Ele está indo para a secretaria — Sam disse, guardando o celular.

— Eu vou — falei.

— Catherine, não — Elliott disse, mas, antes que pudesse terminar a frase, eu já tinha fechado meu armário e começado a seguir o professor Saylor.

A sra. Rosalsky pareceu entrar em desespero no momento em que Elliott, Sam e eu aparecemos. Ela ficou em pé, estendendo a mão.

— Catherine, você precisa ir embora. Você também, Elliott. Sam, vá com eles.

— Onde está a Maddy? — perguntei. — A sra. Mason a chamou há duas horas. Acabamos de ver o pai dela.

A sra. Rosalsky abaixou a cabeça, encontrando meus olhos.

— Catherine, vá. Logo, logo eles vão te chamar.

— Srta. Calhoun — um homem disse, saindo da sala da sra. Mason. Madison, parecendo horrorizada, seguiu o homem na companhia do pai.

— O que aconteceu? — Elliot perguntou.

— Detetive Thompson — ele disse, apertando a mão de Elliott e nos observando com seus olhos azuis esbugalhados.

— Prazer — Elliott cumprimentou, sacudindo a cabeça, olhando em volta e vendo Madison. — Você está bem?

Madison fez que sim. Parecia minúscula atrás do pai.

O detetive Thompson estava vestindo um terno escuro e puído, as botas de faroeste molhadas de chuva. O bigode cheio e grisalho o fazia parecer mais um caubói do que um policial.

— Já que estão aqui, por que não entram na sala da sra. Mason?

Olhei para Elliott, procurando uma resposta em seu rosto. Eu não tinha a mínima ideia do que estava acontecendo, mas Elliott parecia tranquilo. Ele pegou minha mão e foi na frente. Quando passamos, Madison nos enviou todos os alertas possíveis com os olhos. A mão dela encostou na minha e na de Elliott quando ela saiu com o pai, silenciosamente nos desejando boa sorte.

A sra. Mason estava em pé atrás de sua mesa e fez um gesto para nos acomodarmos nas duas cadeiras do outro lado. Nós nos sentamos, mas Elliott não soltou minha mão.

O detetive Thompson ficou olhando para as nossas mãos entrelaçadas quando se sentou na cadeira da sra. Mason, juntando as mãos logo atrás da plaquinha onde se lia nome dela.

— Vocês sabem por que foram chamados aqui hoje? — ele perguntou.

Elliott e eu trocamos olhares e fizemos que não com a cabeça.

— Presley Brubaker não voltou para casa ontem à noite — Thompson disse, sem nenhum traço de emoção.

Franzi as sobrancelhas, esperando as palavras fazerem sentido e o detetive explicar o que tinha acontecido.

— Ela fugiu de casa? — Elliott perguntou.

A boca do detetive se contorceu.

— Interessante dizer isso, Elliott. Nenhuma das pessoas com quem eu falei pensou nisso.

Elliott deu de ombros.

— O que mais poderia ser?

O detetive se recostou na cadeira, tão calmo e controlado quanto Elliott. Eles se encaravam como se aquilo fosse uma espécie de campeonato.

— Preciso da data de nascimento de vocês. Vamos começar com o Elliott.

— Dezesseis de novembro. Mil novecentos e noventa e nove — Elliott disse.

— Dois de fevereiro — falei.

O detetive Thompson pegou uma caneta do porta-trecos da sra. Mason e anotou nossas respostas.

— Você fez aniversário no último fim de semana, não foi? — o detetive perguntou.

Elliott assentiu com a cabeça.

— Catherine? — a sra. Mason disse. — Você sabe onde a Presley está? Teve alguma notícia dela?

— Eu faço as perguntas, sra. Mason — Thompson a interrompeu, esperando que eu respondesse.

Tentei relaxar, parecer tão confiante quanto Elliott, mas Thompson já tinha tomado sua decisão. A sensação era de que ele estava esperando uma confissão, e não conduzindo uma entrevista informal.

— A última vez que eu vi a Presley foi depois do jogo em Yukon, na sexta à noite — falei.

— Vocês conversaram? — Thompson questionou.

— Isso está me parecendo persuasão, detetive — Elliott respondeu.

A boca do detetive se contorceu de novo.

— Esses jovens de hoje... — ele comentou, apoiando as botas enlameadas na mesa da sra. Mason. Uns pedaços secos e esturricados de sujeira caíram na madeira e no tapete. — Você anda vendo muita televisão. Não acha, sra. Mason?

— Em alguns casos, sim. O Elliott e a Catherine são dois dos nossos melhores alunos. Eles têm comportamento exemplar, além de manter uma média excelente nas disciplinas.

— Você teve bastante contato com a Catherine desde que o pai dela morreu, não é? — Thompson perguntou. Ele tinha feito a pergunta para a sra. Mason, mas não tirou os olhos de mim.

A sra. Mason se atrapalhou na hora de responder.

— Desculpe, detetive. Você sabe que eu não posso comentar...

— Claro — ele disse, se aprumando. — Mas, então, Catherine, você e a Presley conversaram no jogo em Yukon?

Pensei por um instante.

— Não, acho que não.

— Parece que a Madison discorda — Thompson disse. — Não foi com ela que você foi ao jogo? Com sua amiga Madison?

— Foi, mas eu não falei com a Presley — respondi, num tom confiante. — A Madison interagiu com ela algumas vezes. Ela disse "oi", depois... — Engoli as palavras. Fazer Madison se envolver era a última coisa que eu queria e, se Presley estava desaparecida, qualquer sinal de hostilidade, mesmo que merecida, chamaria a atenção do detetive.

— Falou "vai à merda" para ela? — Thompson perguntou. — Não foi isso que ela disse?

Senti as bochechas corando.

— Foi? — ele perguntou.

Assenti.

Elliott deixou escapar uma risada.

— Tem alguma graça? — Thompson perguntou.

— A Presley não costuma escutar esse tipo de coisa — Elliott respondeu. — Então, sim, é um pouco engraçado.

Thompson apontou para mim e depois para Elliott, balançando o dedo no ar.

— Vocês dois são namoradinhos, não é?

— E isso tem alguma importância? — Elliott perguntou. Pela primeira vez ele demonstrou algum sinal de desconforto, e o detetive se aproveitou da situação.

— Você tem algum problema para responder a essa pergunta? — Thompson indagou.

Elliott fez uma careta.

— Não. Só não entendo o que isso tem a ver com a Presley Brubaker e por que estamos aqui.

Thompson fez um gesto em direção às nossas mãos.

— Responda à pergunta.

Elliott apertou minha mão mais uma vez.

— Sim.

— A Presley costuma fazer *bullying* com a Catherine, não é mesmo? E você... você costuma abrir buracos nas paredes.

— Portas — Elliott corrigiu.

— Meninos — a sra. Mason interrompeu. — Não se esqueçam, vocês podem chamar um advogado. Ou seus pais.

— Por que a gente faria isso? — Elliott perguntou. — Ele pode perguntar qualquer coisa para a gente.

— Teve uma festa depois do jogo. Algum de vocês foi? — ele perguntou.

— Eu fui com o Sam — Elliott disse.

— A Catherine não foi com você? — Thompson questionou, arqueando uma sobrancelha.

— Eu não queria ir — respondi.

Thompson ficou nos encarando por vários segundos antes de voltar a falar.

— E por que não queria ir?

— O Elliott me levou para casa e eu fui dormir — eu disse.

— Você foi para casa? — ele perguntou, apontando para Elliott. — No dia do aniversário dele? Depois de uma grande vitória contra Yukon? Que estranho.

— Eu não costumo ir a festas.

— Nunca? — o detetive perguntou.

— Nunca — eu disse.

Thompson soltou uma risada, mas logo depois fez uma cara séria.

— Algum de vocês dois viu a Presley depois da noite de sexta?

— Não — respondemos ao mesmo tempo.

— E ontem à noite, Youngblood? Me fala o que aconteceu na sua noite, depois do treino de futebol.

— Eu fiquei andando por um tempo.

Olhei para Elliott. Ele tinha me dito que precisava fazer umas coisas depois do treino e antes de ir à minha casa. Nem passou pela minha cabeça perguntar o que ele tinha feito durante aquele tempo.

Os olhos do detetive se comprimiram.

— Andou para onde?

— Pelo meu bairro, esperando a Catherine se ajeitar.

— E por quê?

— Fiquei esperando e, quando vi algum movimento, joguei umas pedrinhas até ela aparecer na janela.

— Você jogou pedras na janela dela? — Thompson repetiu, inabalável. — Que romântico.

— Tento ser — Elliott disse com um sorrisinho.

A sra. Mason se apoiou no gaveteiro, apertando os lábios em uma linha tensa. Elliott levou quase tudo na esportiva, mas o detetive não sabia disso. Para ele, Elliott poderia parecer sarcástico — ou pior, insensível.

— A Cathy apareceu na janela? — Thompson perguntou.

— É Catherine — Elliott disse, com um tom de voz firme. Um pouco firme demais para falar com um adulto, ainda mais com um detetive.

— Peço desculpas — Thompson disse, com os olhos brilhando. — Continue.

Elliott se inclinou na cadeira e limpou a garganta.

— Catherine apareceu na janela e... a gente conversou.

— Só isso?

— Acho que cheguei a escalar a frente da casa para roubar um beijo — Elliott disse.

— Foi assim que você arranhou a mão? — Thompson perguntou.

Elliott levantou a mão que estava livre.

— Foi.

— E as articulações?

— Numa briga sexta à noite, depois do jogo.

— Ah, é? — o detetive disse.

— A gente ainda estava se sentindo invencível depois da partida. Acabamos brigando com os lutadores. Coisa de moleques.

— Ouvi falar que você desceu a mão no Cruz Miller até ele desmaiar. É verdade?

— Sim, perdi um pouco a noção.

— Foi por causa da Catherine? — Thompson perguntou.

— Nós dois falamos merda. Mas já está tudo resolvido.

— Quando você saiu da casa da Catherine ontem à noite?

Elliott mudou de posição na cadeira. Escolher a sinceridade significava que o detetive contaria para a mamãe que ele tinha passado a noite na pousada.

— Elliott — Thompson pressionou. — A que horas você saiu da casa da Catherine?

— Não me lembro — Elliott disse, por fim.

— Tem alguma coisa que vocês dois não estão me contando. Já vou avisando que é melhor falarem a verdade desde o começo. Caso contrário, qualquer coisa que vocês disserem mais para a frente vai ser questionada. — Como não reagimos, ele suspirou. — Você tem alguma ideia do horário que ele foi embora?

Encolhi os ombros.

— Não olhei o relógio. Desculpa.

— Me conta, Catherine. Será que o Elliott não é um pouco possessivo demais para o seu gosto? Um pouco controlador?

Engoli em seco.

— Não.

— Ele acabou de se mudar para cá, não é? Parece que vocês dois estão namorando firme.

— Ele passa as férias na casa da tia — eu disse. — A gente se conhece há muitos anos. — Tentar me equilibrar na tênue linha que separava a verdade da mentira era uma coisa que eu já tinha feito muitas vezes, mas nesse caso Thompson tinha a própria narrativa, e eu já não sabia se meias verdades estavam atrapalhando mais do que ajudavam.

Thompson ficou batendo o dedo indicador enrugado na mesa da sra. Mason, a aliança de casamento refletindo a lâmpada fluorescente. Apoiou o queixo na outra mão. Mantive os olhos fixos naquela mão magra, contando as manchas senis, imaginando se a mulher dele sabia que ele aterrorizava alunos do ensino médio nas horas vagas. O jeito que ele olhava para Elliott me fez pensar que aquilo era só o começo.

— Mais alguma coisa? — Elliott perguntou. — A gente precisa voltar para a aula.

O detetive Thompson ficou quieto por um tempo, depois se levantou de repente.

— Isso, Catherine. Por que você não volta para a sala?

Nós nos levantamos, de mãos dadas.

— Elliott, preciso que você venha comigo — Thompson disse.

Elliott entrou na minha frente e tomou uma posição de proteção, puxando-me para perto.

— O quê? Por quê?

— Preciso perguntar mais algumas coisas. Você pode se recusar, mas eu voltaria com um mandado. Então podemos te interrogar.

— Um mandado de prisão? — Elliott perguntou. Todos os músculos do corpo dele ficaram tensos, como se ele não conseguisse decidir se ia fugir ou atacar. — Por quê?

A sra. Mason se levantou, estendendo as mãos.

— Detetive, eu sei que o senhor não conhece o Elliott, mas acho que está enxergando possessividade quando, na verdade, ele é só muito cuidadoso com a Catherine. O pai dela morreu há alguns anos, e ela e o Elliott têm uma história juntos. Ele se importa muito com ela.

Ele ergueu uma sobrancelha.

— E a Catherine têm uma história com a Presley Brubaker. Já entendemos que o Elliott é muito cuidadoso com a Catherine...

A sra. Mason sacudiu a cabeça.

— Não. O senhor está deturpando as coisas. O Elliott jamais...

— Você pode vir comigo à delegacia, sr. Youngblood? Ou será que vou te ver no treino usando duas pulseiras de prata bem bacanas? — Thompson perguntou.

Elliott abaixou a cabeça e me olhou, depois olhou de novo para o detetive, soltando o ar pelo nariz, com as narinas dilatadas. Sua expressão era grave. Eu só tinha visto Elliott fazendo essa cara uma vez — no dia em que nos conhecemos.

— Eu vou — ele disse, simplesmente.

O rosto do detetive se iluminou, e ele deu um tapinha no ombro de Elliott.

— Então é isso, sra. Mason. Posso ainda não conhecer o sr. Youngblood muito bem, mas a gente vai poder se entrosar de verdade hoje à tarde. — Ele pegou o braço de Elliott, mas continuei segurando-o.

— Espera! Espera um pouco — falei.

— Vai ficar tudo bem. — Elliott me deu um beijo na testa. — Liga para a minha tia. — Ele pegou as chaves do carro no bolso e me entregou.

— Eu... eu não sei o número dela.

— Eu sei — a sra. Mason disse. — Exija um advogado, Elliott. Não fale mais nada até ele chegar.

Elliott aquiesceu e foi embora com o detetive Thompson. Fui atrás, seguindo a uma distância respeitável, acompanhada da sra. Mason. Fiquei na parede envidraçada da frente da escola e vi o detetive abrindo a porta traseira do Ford Crown Victoria. Eu me recostei na parede congelada e fiquei olhando, sem poder fazer nada, enquanto Elliott e o detetive se perdiam de vista.

Então me virei para a sra. Mason.

— Ele não tem nada a ver com isso!

— Vamos voltar para a minha sala. Vamos achar o número da Leigh. Precisamos ligar para ela. Agora!

Concordei, seguindo a orientadora de volta para a sala. Sentei-me na mesma cadeira em que tinha sentado poucos minutos atrás. Meus joelhos tremiam e enfiei as unhas no antebraço enquanto a sra. Mason digitava no computador e pegava o telefone.

— Sra. Youngblood? Oi, aqui é Rebecca Mason. Infelizmente tenho más notícias. Presley Brubaker está desaparecida, e o detetive Thompson, do Departamento de Polícia de Oak Creek, veio buscar o Elliott para um interrogatório. Ele o levou para a delegacia há menos de cinco minutos, e o Elliott pediu para eu ligar para você.

Ouvi Leigh entrando em pânico do outro lado da linha, fazendo mil perguntas.

— Sra. Youngbloood... Leigh... eu sei. Eu sei que ele é um bom rapaz. Mas eu acho... acho que você devia ligar para um advogado para acompanhar o Elliott na delegacia o quanto antes. Sim. Sim. Eu sinto muito. Sim. Até mais.

A sra. Mason desligou o telefone e cobriu os olhos com uma das mãos.

— Becca... — o sr. Mason disse, entrando pela porta.

A sra. Mason olhou para cima, tentando ao máximo parecer controlada, mas, quando viu o marido, lágrimas encheram seus olhos e caíram pelo rosto.

O sr. Mason deu a volta ao redor da mesa e ajudou a esposa a se levantar e a abraçou apertado enquanto ela tentava não chorar. Entrei no campo de visão da sra. Mason e ela soltou o marido, alisando o blazer e a saia.

— Catherine? — Ela limpou a garganta. — A Leigh está a caminho da delegacia. O John também estará lá em breve. Eles vão contratar um advogado para o Elliott. Quero que você volte para a aula — nesse momento seus olhos demonstraram cuidado — e que tente não se preocupar. Se alguém, qualquer pessoa, te incomodar por causa disso, venha direto falar comigo. Entendeu?

Fiz que sim.

Ela enxugou as bochechas com as costas das mãos.

— Ótimo. Tenho um horário com a Tatum, a Anna Sue e a Brie daqui a dez minutos. Venha falar comigo depois do almoço, por favor.

Aquiesci e a observei saindo da sala, decidida a manter a escola em pé com as próprias mãos, se fosse necessário.

O caminho da sala dela até meu armário pareceu ser duas vezes mais longo do que o de costume. Girei os números do cadeado, mas, quando empurrei a porta, ela não se abriu. O sinal tocou e tentei mais uma vez, tentando desesperadamente evitar comentários e olhares curiosos. Quando tentei de novo e não consegui, meu lábio inferior começou a tremer.

— Deixa eu tentar — Sam disse, batendo na porta, direto na fechadura. O mecanismo se soltou e ele abriu o cadeado.

Troquei rapidamente os livros e bati a porta do armário, girando novamente os números do cadeado.

— A Maddy foi para casa — Sam disse. — Posso andar com você? — Ele olhou em volta. — Acho que é melhor eu andar com você.

Olhei por cima dos ombros e me encolhi diante dos olhares acusatórios dos alunos que passavam por nós. A notícia já estava circulando pela escola.

— Obrigada.

Sam ficou perto de mim e me acompanhou até o corredor B. Os alunos ficaram me encarando e encarando Sam, e tive medo de ele também se tornar um alvo.

Quando chegamos à minha sala para a aula de literatura, Sam se despediu de mim e continuou andando até chegar à classe dele. Eu me enfiei na carteira e não pude deixar de notar a professora McKinstry fazendo uma pausa para olhar para mim antes de fazer a chamada.

Fechei os olhos, apertando as chaves do carro de Elliott que estavam na minha mão. Só mais algumas horas e eu poderia ir atrás dele. Só algumas horas e...

— Catherine! — a professora me chamou.

Olhei para baixo, sentindo um líquido quente se acumular na palma da mão e cair pelo pulso. As chaves do carro de Elliott tinham perfurado minha mão.

A professora McKinstry pegou um pedaço de papel toalha e veio correndo, me forçando a abrir a mão. Passou o papel pela pele, absorvendo o sangue.

— Você está bem?

Fiz que sim.

— Desculpe.

— Desculpe? Por que cargas d'água você pediria desculpas? Só... vá para a enfermaria. A enfermeira vai limpar sua mão.

Peguei minhas coisas e saí correndo, aliviada por não precisar aguentar uma aula inteira com vinte e cinco pares de olhos grudados na minha nuca.

A enfermaria ficava em frente à sala da administração, a poucos metros do meu armário. Parei no 347, sem conseguir dar mais um passo. Sentindo as chaves do carro de Elliott embrulhadas no papel toalha, dei meia-volta e corri em direção às portas duplas que levavam ao estacionamento.

27

Catherine

MEUS ALL STARS PRETOS E GASTOS PARECIAM UMA COISA TERRIVELMENte adolescente perto dos escarpins de pele de cobra que Leigh estava usando. Ela se sentou com a postura perfeita e ficou esperando em uma das mais ou menos dez cadeiras de metal sem estofado que contornavam o corredor principal da Delegacia de Polícia de Oak Creek.

As paredes eram bege, e os rodapés da mesma cor estavam arranhados de preto e tinham manchas de café e outras coisas. Contei sete portas que rompiam o tédio das paredes que faziam limite com o corredor. A maior parte das portas tinha janelas de acrílico na parte superior, devidamente cobertas por persianas baratas.

As lâmpadas fluorescentes chiavam lá no alto, um lembrete de que a luz do sol que vinha das janelas da frente só conseguia chegar até o fim do corredor.

De quando em quando, um ou dois policiais passavam por nós, todos nos olhando de um jeito desconfiado, como se estivéssemos tramando um plano intrincado para ajudar Elliott a fugir.

— Nem preciso te dizer que não foi uma boa ideia dirigir o carro do Elliott sem ter carteira — Leigh disse, mantendo a voz baixa.

Fiquei constrangida.

— Sim. Não vai acontecer de novo.

— Bom — ela disse, limpando as mãos nas calças —, eu sei que o Elliott não se importa, mas da próxima vez me ligue. Eu te busco.

Não perdi tempo argumentando que ela precisava ir direto para a delegacia, e não sair do trajeto para me dar uma carona. Leigh não estava num bom momento para ouvir uma resposta atravessada.

— John! — Leigh disse, se levantando.

— Vim para cá o mais rápido possível. Ele ainda está lá dentro?

Leigh fez que sim, ainda com os lábios trêmulos.

— O Kent conseguiu vir?

— Sim, ele está lá dentro há mais ou menos meia hora. O Elliott está lá há uma. Não sei exatamente o que está acontecendo. Não querem me deixar vê-lo.

— Você ligou para a Kay?

Leigh passou a mão na testa.

— Ela está vindo.

John a abraçou e se aproximou de mim. Eu me levantei e deixei que ele me desse um abraço.

— Vai ficar tudo bem, meninas. A gente sabe que o Elliott não teve nada a ver com isso.

— Ela foi encontrada? — perguntei.

John suspirou e sacudiu a cabeça. Fiquei entre ele e Leigh, o que me proporcionou um pouco da segurança que eu sentia quando Elliot estava por perto. John pegou o celular e digitou "processo de prisão" na barra do buscador.

— John — Leigh disse, estendendo o braço por cima de mim para cutucar o joelho do marido.

Ela fez um gesto para a direita, e vimos os pais da Presley saindo de uma das salas, as persianas balançando para a frente e para trás.

A sra. Brubaker estava secando a região embaixo dos olhos com um lenço e o pai de Presley guiava a esposa, com o braço em volta de seu ombro. Os dois pararam quando nos viram sentados no corredor. A sra. Brubaker fungou, olhando para nós três com uma expressão de choque.

— Hum... — o policial disse, erguendo o braço para sinalizar que os Brubaker continuassem andando. — Por aqui.

Depois de alguns segundos, o policial finalmente conseguiu convencer o casal a seguir caminho.

— Vai ficar tudo bem, querida — John disse.

Ele estava falando com a esposa, mas ela não tinha dito nada, então fiquei surpresa quando ela respondeu como se tivesse falado.

— Não me diga que vai ficar tudo bem. De todos os alunos daquela escola, justo o Elliott tinha que ser trazido para a delegacia?

— Leigh... — John negociou.

— Nós dois sabemos que, se ele fosse filho da *minha* irmã e não da sua, ele não estaria aqui.

John ficou olhando para a porta à sua frente, e suas sobrancelhas se arquearam minimamente.

— O Elliott é um menino bacana.

— Sim, ele é, e por isso ele não deveria estar aqui.

— Catherine? — John me chamou, virando-se para mim. — O que aconteceu na escola?

Respirei fundo. Eu não podia contar que Elliott tinha sido detido por conta de seu comportamento na escola. Os dois iam querer saber por que ele vinha me protegendo tanto. No entanto, parte de mim se perguntava por que Elliott não se mostrara mais surpreso quando soubera da Presley. Eu sabia que ele não se importava com ela, mas, por mais tranquilo que ele fosse, até ele deveria ter ficado chocado ao saber que ela tinha desaparecido.

— Bom... — comecei a falar, sem intenção de mentir. — O policial o interrogou. Eles não sabem aonde ele foi depois que saiu da minha casa. Acho que foi por isso que suspeitaram dele. — Eu queria contar a Leigh que ele tinha dormido na minha casa, mas não queria explicar o motivo. Pensei em simplesmente dar a entender que ele tinha ficado lá para fazer o que adolescentes costumam fazer, mas não consegui chegar a dizer.

Leigh ficou inquieta.

— Ontem à noite? Nós saímos. Quando voltamos, eu supus que ele estivesse dormindo.

— Leigh, não fale mais isso — John disse. — A resposta é: o Elliott foi direto para casa.

— Meu Deus — Leigh sussurrou. — A coisa ficou feia... Nós não saíamos para jantar há três anos, e bem quando precisávamos ser o álibi do nosso sobrinho...

Álibi? A palavra era familiar e estranha ao mesmo tempo.

As portas duplas no fim do corredor se abriram e Elliott saiu andando com um homem de terno cinza. Ele estava vermelho, e seus olhos refletiam o estresse e a revolta que haviam se acumulado nas últimas três horas.

Leigh se levantou e abraçou o sobrinho. Ele ficou ali parado, sem demonstrar emoção, até que seus olhos caíram nos meus.

— Está tudo bem com você? — Leigh perguntou, afastando-se um pouco para conseguir vê-lo. — Eles te machucaram? Kent? Ele está bem? — ela perguntou.

Kent endireitou a gravata.

— Ele ainda não é oficialmente um suspeito, mas vai se tornar se eles encontrarem o corpo. Eles certamente pensam que ele tem alguma coisa a ver com o desaparecimento dela. — Ele olhou para mim. — Você é a Catherine?

— Deixa ela em paz, Kent — Elliott alertou, tremendo de nervoso.

— Vamos lá para fora — Kent disse.

Elliott me ajudou a vestir o casaco e envolveu meus ombros com o braço, guiando-me ao estacionamento da delegacia. Caminhamos até o sedã de Leigh.

Kent fechou o zíper do casaco, observando os diversos carros que estavam parados no estacionamento. A respiração dele era visível, saía da boca e desaparecia pelo ar noturno.

— Conte para nós — John disse. — Eles vão acusá-lo de alguma coisa?

— Eu não fiz nada! — Elliott disse, com as bochechas parecendo um pimentão.

— Eu sei! — John grunhiu. — Me deixa falar, caramba!

— Eles ainda não encontraram a Presley — Kent disse. — Parece que ela desapareceu sem deixar vestígios. Sem testemunhas ou corpo, não há como fazer acusações.

Eu me apoiei no carro, pensando como Kent havia falado "corpo". Pensei em Presley abandonada sem vida numa vala qualquer, em sua pele de porcelana coberta de mato e manchada de terra.

— Você está bem? — Elliott perguntou.

— Sim, só estou... um pouco zonza.

— Preciso levar a Catherine para casa — Elliott disse.

— Todos nós vamos para casa — John retrucou.

— É uma boa ideia — Kent emendou, preocupado, remexendo as chaves no bolso do terno antes de pegá-las. — O detetive Thompson está com sangue nos olhos. Ele acha que alguma coisa não está muito certa entre o Elliott e a Catherine. Disse que é intuição — falou, num tom sarcástico. — Como advogado, aconselho que levem o Elliott direto para casa. Ele não pode mais ficar andando por aí à noite. Enfim, só para o caso de mais alguém desaparecer.

— Esse assunto é sério, Kent — Leigh perdeu a paciência.

— Ah, eu sei. E não vai terminar enquanto não encontrarem a menina. E mesmo depois pode demorar para terminar. Essa revolta do seu sobrinho não está ajudando, Leigh. Dê um jeito de ele se controlar.

— Elliott... — Leigh disse, igualmente surpresa e decepcionada. — O que aconteceu lá dentro?

Elliot pareceu envergonhado.

— Eu tentei. Tentei tudo o que podia. Mas eles não desistiam. Um policial ficava apontando o dedo bem na minha cara. Depois de uma hora, empurrei a mão dele para longe.

— Ah, pelo amor de... — Ela viu a expressão de Elliott e acariciou seu ombro. — Tudo bem. Vai ficar tudo bem.

— Por que você deixou o policial botar o dedo na cara do Elliott? — John perguntou para Kent.

Kent suspirou.

— Eu pedi para ele parar.

— Você vai comigo ou com a tia Leigh? — John perguntou.

— Eu vim para cá com o carro dele — falei.

— Sério? — Elliott perguntou, surpreso.

— Ele não pode dirigir. Depois da noite que teve, não dá — John disse.

Elliott fez um gesto em direção ao sedã.

— No carro da tia Leigh cabe todo mundo.

John concordou, admirado por Elliott não tentar discutir.

— Vejo vocês em casa.

Elliott abriu a porta e eu entrei no banco de trás. Senti o couro frio em contato com a calça jeans, mas essa sensação melhorou quando Elliott se sentou ao meu lado e me puxou para perto.

Leigh bateu a porta e girou a chave na ignição. Ela tinha um minúsculo filtro dos sonhos pendurado na chave, e o metal refletia a luz enquanto balançava perto de seu joelho.

— Vou deixar a Catherine em casa.

— Não — Elliott soltou. — Preciso falar com ela antes.

— Então vamos para nossa casa? — Leigh perguntou, exausta.

— Sim, por favor — ele disse.

Eu sabia o que ele estava sentindo. Havia muita coisa a dizer, mas eu não me sentia à vontade para falar nada no banco de trás do carro de Leigh.

Elliott me abraçou. Estava tenso e ainda um pouco trêmulo por conta do tempo que passou na delegacia. Eu não podia nem imaginar o que ele tinha enfrentado, as coisas que eles tinham perguntado e as acusações que tinham feito.

Leigh diminuiu a velocidade e virou na entrada da garagem, esperando o portão automático se abrir.

— Não saia daqui — Leigh alertou, entrando na casa.

— Eu preciso levar a Catherine na casa dela — Elliott disse, parando no vestíbulo.

Leigh fechou e trancou a porta, apontando para o peito do sobrinho. Ela tinha metade do tamanho dele, mas conseguia ser intimidadora.

— Escuta aqui, Elliott Youngblood. Ou eu levo a Catherine na casa dela ou ela fica aqui, mas você não vai sair desta casa. Deu para entender?

— Eu não fiz nada de errado, tia Leigh.

Ela soltou um suspiro.

— Eu sei. Só estou tentando te proteger. Sua mãe vai chegar daqui a algumas horas.

Elliott assentiu e viu a tia desaparecer pelo corredor. Em seguida ele pegou minha mão e me levou para o seu quarto, no porão.

As molas velhas rangeram quando eu me sentei na beirada da cama de Elliott, cruzando os braços. Elliott colocou um cobertor nos meus ombros, e só então percebi que era eu que estava tremendo.

Ele se ajoelhou na minha frente, levantando a cabeça e me olhando com aqueles olhos castanhos e carinhosos.

— Não fui eu.

— Eu sei — eu disse, simplesmente.

— Eles... eles me fizeram responder às mesmas perguntas um milhão de vezes, de um jeito que me deixou tão confuso que a certa altura achei que tinha enlouquecido e não lembrava de mais nada direito. Mas o que eu sei é que eu não vi a Presley. Eu não passei nem perto da casa dela. Não fui eu.

Ele repetia aquelas mesmas palavras mais para si mesmo do que para mim.

— Aonde você foi? — perguntei. — Depois que saiu do treino?

Ele se levantou e deu de ombros.

— Eu fiquei andando, tentando pensar no que ia fazer na hora de ir embora. Eu não consigo ficar longe de você, Catherine. Não posso te deixar sozinha naquela casa. Você se recusa a ir embora, então eu estava tentando pensar numa solução. Você sempre diz que você não me faz bem, que está tentando me proteger. Você já tentou até terminar comigo. Eu estava tentando esfriar a cabeça e pensar num jeito de te convencer.

— Você é um dos possíveis suspeitos num caso de desaparecimento, Elliott. Essa é a última coisa que...

— É a única coisa! — ele disse, tentando se controlar. Então respirou fundo, se afastou um pouco e em seguida voltou. — Eu fiquei sentado naquela sala toda branca, sentindo que ia sufocar. Estava com sede, com fome, com medo. Eu só conseguia pensar nas luzes da nossa rua e na sensação de andar com você por ali de mãos dadas, entrando e saindo da escuridão. Não tinha nada que eles pudessem falar para mudar isso. Não tem nada que ninguém possa fazer para tirar isso da gente. Só você pode. E você me ama, eu sei que você me ama. Eu só não consigo entender por que você não me deixa entrar.

— Eu já te falei.

— Mas não foi o bastante! — Ele ficou de joelhos e agarrou os meus. — Confia em mim, Catherine. Eu juro que você não vai se arrepender.

Fiquei olhando para ele, vendo o medo e o desespero que dominavam os seus olhos. Eu me virei em direção à escada.

— O que está acontecendo lá tem alguma coisa a ver com a Presley? — ele perguntou.

Minha boca se abriu e eu empurrei as mãos dele.

— Você acha que eu tenho alguma coisa a ver com isso?

— Não — ele disse, erguendo as mãos. — Eu nunca pensaria isso, Catherine.

Eu me levantei.

— Mas você perguntou. — Deixei o cobertor cair no chão e caminhei até a escada.

— Catherine, não vai embora. Catherine! — ele chamou.

Quando meus pés tocaram o primeiro degrau, uma batida estridente surgiu ao fundo e eu me virei na hora. Elliott dera um murro na porta do novo banheiro. Seu punho atravessara a madeira fina e oca e ele estava prestes a dar mais um soco.

Assim que ele esmurrou a porta outra vez, subi as escadas correndo, abrindo a porta com força e dando de cara com Leigh, que estava em pé, de olhos arregalados. Ela passou por mim e correu para tentar impedir que Elliott quebrasse o quarto inteiro.

Saí pela porta da frente. Senti a friagem no rosto e pareceu que meus pulmões queimavam cada vez que eu respirava o ar gélido. Um dos últimos postes acesos da rua lançou luz sobre um floco de neve que ficou dançando na minha frente antes de chegar ao chão. Parei e olhei para o alto para ver os flocos enormes que caíam ao meu redor, ficavam presos no meu cabelo e se acumulavam nos meus ombros. Fechei os olhos e senti os pontinhos congelados que beijavam meu rosto. A neve tinha o poder de silenciar o mundo, e eu queria me perder nela. A fina camada que tinha se formado no chão estalou sob os meus sapatos quando dei o primeiro passo em direção à pousada, para longe da pessoa que era meu refúgio em meio aos perigos que existiam para além do meu quarto. Agora não havia mais lugar seguro. Talvez esse lugar nunca tivesse existido.

28

Catherine

A SRA. MASON FICOU GIRANDO O LÁPIS ENTRE OS DEDOS, ESPERANDO que eu começasse a falar. Comentou sobre as minhas olheiras.

Fiquei sentada na cadeira áspera de frente para a mesa dela, engolida por um casaco enorme e um cachecol. Ela estava com a mesma cara de preocupação que estava no dia em que denunciara a mamãe ao conselho tutelar.

— As coisas não estão muito bem — eu disse, simplesmente.

Ela se inclinou para a frente.

— Ontem à noite você foi à delegacia. Como foi lá?

— Só foi.

A sombra de um sorriso surgiu em seus lábios.

— O Elliott está bem?

Eu me afundei ainda mais na cadeira. Seria tão simples expor a pousada, mas para fazer isso eu teria que trair a mamãe. Althea tinha razão. Eles não teriam conseguido seguir em frente sem mim. *Mas será que deviam seguir?* Fiquei olhando para a sra. Mason.

— Sim — respondi. — Pegaram pesado com ele.

A sra. Mason suspirou.

— Fiquei preocupada com isso. O que você acha?

— Se eu acho que ele teve alguma coisa a ver com o desaparecimento da Presley? Não.

— Ele gosta de você. E muito. Você não acha que ele ficaria revoltado com a forma como ela te tratava? Ouvi falar que ela era terrível. Por que você não me contou, Catherine? Nós passamos tanto tempo juntas, por que você não me contou que a Presley Brubaker fazia *bullying* com você?

— O Elliott não seria capaz de machucar a Presley. Ela fez todas as coisas possíveis comigo desde que eu o conheci, e ele no máximo respondeu às provocações dela algumas vezes. Ele arranjou briga com outros garotos, mas nunca encostaria numa menina. Nunca.

— Eu acredito em você — a sra. Mason disse. — Tem alguma coisa que você não está me contando? — Como não respondi, ela juntou as mãos, em expectativa. — Catherine, eu notei que você está cansada. Estressada. Está se afastando. Me deixa te ajudar.

Esfreguei os olhos, tentando aliviá-los. O relógio dizia que eram 8h45. O dia prometia ser longo, principalmente porque Elliott ia querer conversar. Talvez não quisesse. Talvez ele estivesse cansado de tentar escalar todos os muros que eu construí. Eu não o via desde que fui embora da casa dele, na noite anterior.

— Catherine...

— Você não pode me ajudar — eu disse, e me levantei. — A primeira aula já acabou. Preciso ir.

— O detetive Thompson quer que eu faça um relatório. Não posso contar o que conversamos aqui, é claro, mas ele pediu para eu enviar por e-mail uma avaliação do seu estado emocional.

Fiz uma careta.

— Ele o quê?

— Assim que você sair daqui, preciso mandar um e-mail para ele. O plano deles é te interrogar.

— Nós não fizemos nada! Não gostar da Presley não é crime! Por que eles não vão atrás dela, em vez de vir atrás da gente? — gritei.

A sra. Mason se recostou na cadeira.

— Bom, nunca vi você demonstrar tanta sinceridade. Fazer isso requer muita coragem. Sinceridade exige sensibilidade. Como você se sentiu?

Fiz uma pausa, sentindo que estava sendo manipulada.

— Pode mandar o que você quiser para o detetive. Eu vou embora.

Coloquei a alça da minha mochila sobre o ombro e empurrei a porta. A sra. Rosalsky e a diretora Augustine ficaram olhando quando saí pisando duro, e meia dúzia de outros assistentes fizeram o mesmo.

Um bilhete amarelo estava colado na porta do meu armário, com a palavra CONFESSE escrita em letra de forma. Arranquei o bilhete, amassei o papel e o joguei no chão, voltando minha atenção ao armário. Empurrei a alça da porta, mas ela havia emperrado. Tentei inserir o segredo no cadeado várias vezes, sentindo dezenas de olhares cravados em mim. Tentei mais uma vez, empurrando a porta de novo. Nada. Lágrimas mornas se acumularam nos meus olhos.

Um braço surgiu por cima do meu ombro, inseriu os números no cadeado e empurrou a porta com força. A fechadura se abriu e eu agarrei o braço de Elliott, sentindo o ar entalado na garganta.

Ele deu um beijo no meu rosto, sua pele parecendo a luz do sol ao encostar na minha. Ele cheirava a sabonete e serenidade, e sua voz me aqueceu como um cobertor macio.

— Você está bem?

Balancei a cabeça. Ele era importante. Eu tinha que protegê-lo como ele me protegia, mas eu não tinha forças para me afastar. Elliott era minha âncora para todas as coisas normais que ainda restavam no meu mundo.

Elliott soltou a porta do armário e segurou meus ombros, ainda com a bochecha encostada na minha.

— Perdão por ontem à noite, Catherine. Eu jurei que nunca mais ia fazer aquilo. Você é a última pessoa que eu queria que visse aquela cena. Eu estava cansado, com os nervos à flor da pele e... eu perdi a cabeça. Eu nunca, jamais encostaria em você. Eu só encosto em portas, em árvores e naquele idiota do Cruz Miller. A tia Leigh falou que eu preciso ter um saco de pancadas no meu quarto. Eu...

Eu me virei, enterrando o rosto no peito dele. Ele me abraçou mais forte, encostando os lábios quentes nos meus cabelos.

— Me desculpa, por favor — repetiu.

Balancei a cabeça, sentindo as lágrimas rolarem. Eu não conseguia falar. Durante aquela última hora, eu havia me sentido mais vulnerável do que nos últimos três anos.

— Como estão as coisas na sua casa?

O corredor ficou vazio e o sinal tocou, mas continuamos ali.

— Eu só... — As lágrimas não paravam de escorrer. — Estou muito cansada.

Os olhos de Elliott dançavam enquanto seus pensamentos giravam.

— Eu vou dormir lá hoje à noite.

— Não quero que você se machuque.

Ele encostou a testa na minha.

— Você sabe o que eu faria se acontecesse alguma coisa com você? Eu cortaria a mão que uso para arremessar só para te salvar.

Eu o abracei mais forte.

— Então a gente vai proteger um ao outro.

O motor do Nissan da mãe da Madison ficou roncando baixinho enquanto o carro estava parado na frente da pousada. Madison ficou mexendo no volante, contando como tinham sido seus minutos com o detetive Thompson.

— Quando o meu pai chegou — ela disse, estreitando os olhos —, ele mudou o discurso, mas ele tinha certeza de que eu sabia de alguma coisa. Sim, eu acho que ela quebrou os faróis do meu carro. Isso não significa que eu a sequestrei, a matei ou fiz qualquer coisa com ela. O detetive é..

— Insistente — falei, olhando para a Juniper Street. O vento soprava pelos galhos das árvores secas, e eu senti um calafrio.

— Sim, exatamente. Ele disse que poderia nos chamar para ir até a delegacia. Eu, você, talvez até o Sam. Mas ele está obcecado com o Elliott. Você acha que é porque ele é cherokee?

— Parece que a tia dele acha que sim. E acredito que ela esteja certa.

Madison soltou um grunhido.

— Ele é a melhor pessoa da turma! O Elliott é um cara ótimo. Todo mundo adora ele! Até o Scotty Neal, e o Elliott roubou a posição dele no time.

— Eles não amam mais o Elliott — eu disse. Nós dois passamos o dia recebendo bilhetes anônimos bastante agressivos. — As fofocas estão se espalhando. As pessoas pensam que só porque fomos interrogados somos os responsáveis por tudo o que está acontecendo.

— Tem gente que pensa que a Presley está morta.

— Você acha que está?

Madison ficou quieta.

— Eu não sei. Espero que não. Espero que ela esteja bem. De verdade.

— Eu também.

— Se ela foi levada, não foi a gente, mas foi alguém. E essa pessoa ainda está por aí. Isso me assusta. Talvez seja por isso que todo mundo está tão decidido a culpar a gente. Se souberem que fomos nós, talvez eles se sintam um pouco mais seguros.

— Acho que sim — eu disse. — Obrigada pela carona.

— De nada. Você vai ao jogo nesse fim de semana? Vai ser estranho torcer e se divertir com a Presley ainda desaparecida. Ouvi falar que vão fazer uma vigília antes do jogo.

— Não sei. Não sei se é a atitude correta. Mas não quero deixar o Elliott sozinho, também.

— Vamos juntas.

Fiz que sim e saí do carro, pisando nas folhas secas e caminhando pela calçada em direção à minha casa. O chão estava coberto de um bilhão de pontinhos minúsculos da neve de Oklahoma, muitos dos quais não tinham sido levados pelo vento e se alojaram nas rachaduras do concreto. Parei diante do portão de ferro preto, erguendo a cabeça para olhar a pousada.

A despedida alegre da Madison criou um contraste gritante com a visão diante de mim e subitamente tive um sobressalto. Mas rapidamente acenei de volta.

O carro se afastou e eu estendi o braço para alcançar a fechadura do portão, empurrando a tranca para baixo e ouvindo o rangido familiar das dobradiças se abrindo e se fechando com as molas. Torci para que Althea, Poppy ou Willow estivesse do outro lado da porta. Qualquer pessoa que não fosse Duke ou a mamãe.

— Meu bem, meu bem, meu bem.
Suspirei e sorri.
— Althea.
— Me dá esse casaco e vem aqui tomar um chocolate quente. Vai te aquecer na hora. Você veio a pé para casa?
— Não — eu disse, pendurando meu casaco num dos ganchos livres ao lado da porta.

Carreguei minha mochila para a ilha da cozinha e a coloquei ao lado de um banco, depois me sentei. Althea colocou uma xícara fumegante de chocolate quente diante de mim, com direito a um montinho de marshmallows. Ela passou as mãos no avental e se debruçou no balcão, apoiando o queixo em uma das mãos.

— Althea, por que você fica aqui? Por que não se hospeda na casa da sua filha?
Althea se levantou e foi se ocupar com a louça que estava na pia.
— Bom, por causa daquele marido dela. Ele diz que a casa deles é muito pequena. A casa só tem dois quartos, mas eu me ofereci para dormir no sofá. Eu dormia no sofá quando os bebês eram menores.

Ela começou a limpar com mais energia. Tinha ficado desconfortável, e eu levantei a cabeça, pensando se Duke estava ou não por perto. Parecia que os hóspedes chegavam ao limite quando ele estava por perto. Ou talvez ele estivesse por perto porque eles estavam chegando ao limite.

— O chocolate está bom? — Althea perguntou.
— Está ótimo — respondi, tomando um gole performático.
— E a escola?
— Hoje foi um dia longo. Não dormi bem essa noite, e a sra. Mason me chamou na sala dela logo no primeiro horário.
— Ah, é? Ela ficou fazendo perguntas de novo?
— Tem uma aluna que está desaparecida. As perguntas eram sobre ela.
— É? Quem?
— Presley Brubaker.
— Ah, sim. Você disse "desaparecida"?
Assenti, aquecendo as mãos na caneca.
— Ninguém disse mais nada. Tem um detetive aqui na cidade que acha que, como eu não me dava bem com ela, eu posso ter a ver com o que aconteceu.
— E o que a sra. Mason acha?
— Hoje ela me perguntou muitas coisas. O detetive pediu para ela fazer uma espécie de relatório.
Althea fez uma cara de desprezo.
— Foi ela que denunciou sua mãe para o conselho tutelar aquela vez, não foi?
— Ela só estava preocupada.

— Ela está preocupada dessa vez? — Althea perguntou.

— Talvez esteja. Ela também está preocupada com o Elliott. Eu também estou.

— Só Deus sabe o quanto você está. Que bom que você o perdoou. Você fica mais feliz quando estão se dando bem. É bom perdoar. É um santo remédio para a alma.

— Eu o afastei por um tempo. Como fiz com a Minka e o Owen. — Fiz uma pausa. — Pensei que assim seria mais seguro.

Ela soltou uma risada.

— A Minka e o Owen? Fazia tempo que você não falava dessa dupla. Eles não te faziam bem.

— E você acha que o Elliott me faz bem?

— Gosto de te ver sorrindo, e quando você fala desse garoto seu rosto se ilumina.

— Althea, a mamãe estava lá fora outro dia. Ela estava de camisola. Você sabe por quê?

Ela sacudiu a cabeça.

— Sua mãe anda esquisita ultimamente. Já notei isso.

Concordei, tomando mais um gole.

— E você falou com ela? Ela chegou a contar por que tem estado tão... diferente?

— Falei com ela na reunião.

— A reunião para falar sobre mim.

Ela assentiu com a cabeça.

— Você não deixaria ninguém me machucar, não é, Althea?

— Não seja boba.

— Nem a mamãe?

Althea parou de limpar.

— Sua mãe jamais te machucaria. E ela também nunca deixaria que alguém te machucasse. Ela já provou isso muitas vezes. Não falte com o respeito com ela na minha frente. Nunca. — Ela saiu correndo da cozinha, como se alguém a estivesse chamando. Subiu as escadas rapidamente, e a batida de uma porta ecoou pela pousada inteira.

Cobri os olhos com a mão. Eu havia ofendido minha única aliada.

29

Catherine

MADISON FICOU SEGURANDO MEU BRAÇO, ESPERANDO OS MUDCATS voltarem do intervalo. Estávamos nos últimos momentos do último quarto da final do campeonato, na linha de vinte jardas. A arquibancada estava lotada e nosso time enfrentava os Kingfisher Yellowjackets, com o placar de 35 contra 35. O treinador estava concentrado numa conversa com Elliott, que, por sua vez, estava com os olhos cravados em cada palavra do treinador.

Assim que os jogadores se cumprimentaram com um *high-five* e entraram correndo no campo, a multidão foi ao delírio.

— Eles não vão tentar o *field goal*! — a sra. Mason disse, cobrindo a boca.

— O que isso significa? — perguntei.

Madison apertou meu braço, vendo Sam bater na ombreira de Elliott com a lateral do punho.

— Significa que eles têm quatro segundos para fazer a jogada ou vamos para a prorrogação e o outro time fica com a posse da bola.

Olhei para cima e vi os olheiros na cabine de imprensa. Alguns estavam no telefone, outros faziam anotações. Elliot ficou atrás de Sam, fez um sinal, e em seguida Sam passou a bola para ele. Os recebedores se espalharam e Elliott se moveu devagar, apesar dos gritos e da pressão da torcida.

— Ai, meu Deus! Abram espaço! — Madison gritou para os recebedores.

Elliott saiu correndo, carregando a bola em direção à *end zone*, e Madison e a sra. Mason começaram a pular. Elliott saltou por cima de um dos Yellowjackets, depois por outro, e, percebendo que não conseguiria entrar na *end zone* pela direita, girou o corpo e saltou, aterrissando com a bola poucos centímetros dentro da linha. Os juízes ergueram as mãos, fazendo o time e os fãs vibrarem.

Num segundo, Madison e a sra. Mason estavam berrando nos meus ouvidos, e, no outro, estávamos descendo os degraus e pulando por cima das grades para entrar no campo e cumprimentar o time. Todos sorriam, pulavam, gritavam. Era um mar de felicidade, e eu estava ali no meio, tentando encontrar Elliott. Quando o vi, levantei a mão, lançando os dedos no ar.

Elliott tentou atravessar a multidão para chegar até mim.

— Catherine! — ele gritou.

Fiz o possível para passar, mas Elliott me alcançou antes, me levantando com um braço só para me dar um beijinho na boca.

— Você conseguiu! — exclamei, empolgada. — Se eles não te derem uma bolsa de estudos agora, é porque estão loucos!

Ele ficou me olhando por um instante.

— Que foi? — perguntei, rindo.

— É que eu nunca te vi tão feliz. É meio incrível.

Apertei os lábios, tentando não sorrir feito uma boba.

— Te amo.

Ele deu risada e me abraçou mais forte, mergulhando o rosto no meu pescoço. Encostei a bochecha em seu cabelo molhado e beijei sua testa. A torcida continuava comemorando, atraindo a atenção da força policial de plantão, que tentava manter a multidão sob controle. O outro lado do estádio se esvaziou rapidamente, e os ônibus do time adversário já estavam dando a partida e aquecendo os motores.

— Youngblood! — o treinador Peckham chamou.

Elliott me deu uma piscadinha.

— Te encontro no meu carro. — Ele me deu um último beijo no rosto antes de me colocar no chão e começar a atravessar a multidão para alcançar o restante do time, no centro do campo.

Fui sendo arrastada para o canto externo da aglomeração. Alunos e pais estavam distribuindo velas brancas em caixinhas de papelão. Os alunos se acalmaram enquanto as velas foram se espalhando.

A sra. Brubaker ficou parada na minha frente, com uma vela branca nas mãos.

— É, hum, uma vigília para a Presley.

— Obrigada — eu disse, pegando a vela.

A sra. Brubaker tentou forçar um sorriso, com os cantos da boca tremendo. Vendo que não ia conseguir, começou a distribuir velas aos outros alunos.

— Você é nojenta — Tatum disse a poucos metros de mim, com seu uniforme de líder de torcida. — Como você consegue segurar essa vela sabendo o que você sabe?

— O que eu sei? — perguntei.

— Onde ela está! — Tatum gritou.

As pessoas ao nosso redor se viraram em direção ao ruído.

— Isso mesmo — Brie disse. — Onde a Presley está, Catherine? O que você e o Elliott fizeram com ela?

— Você não pode estar falando sério — perdi a paciência.

— Vamos — Madison disse, entrelaçando o braço no meu. — Você não precisa lidar com isso.

— Sai daqui! — Brie gritou, apontando em direção ao estacionamento. — O Elliott fez alguma coisa com a Presley. Ele não é nenhum herói. Ele é um assassino!

— Brie — Tatum intercedeu, tentando fazê-la se calar. — Não é culpa do Elliott. Foi ela. — Ela deu um passo em minha direção, e seus olhos ficaram úmidos. — Foi você.

Um dos pais de um integrante do grupo puxou Tatum para trás.

— Oi, meninas. O que está acontecendo aqui?

Brie apontou para mim.

— A Catherine sempre odiou a Presley. — E então olhou para Elliott. — E ele deu um jeito na Presley para ela.

— É verdade? — uma das mães perguntou.

— Não — insisti, sentindo dezenas de olhos me encarando.

Os sussurros se espalharam pela multidão e a comemoração foi perdendo força.

A mãe de Tatum a puxou para o seu lado.

— Você não devia estar aqui.

— Por que não? — Madison perguntou. — Ela não fez nada de errado.

— Mandem elas embora! — alguém gritou. — Tirem elas daqui!

— Sai daqui!

— Vai embora!

— Parem de dar parabéns para esse garoto! Ele fez alguma coisa com a Presley Brubaker!

— Assassino!

— Ai, meu Deus — Madison disse.

Os alunos empurravam Elliott, que devolvia os empurrões.

— Deixa ele! — gritei.

— Vamos embora, Catherine. Catherine... — Madison me puxou, e pude ver o medo estampado nos olhos dela.

Os pais começaram a vaiar Elliott também. Tio John atravessou a aglomeração e, assim que alcançou Elliott, ele levantou as mãos, tentando dissipar a confusão. No entanto, em questão de minutos, ele já havia começado a empurrar os outros pais e a gritar na cara deles quando se aproximavam demais. Elliott vinha atrás dele, empurrado de todos os lados.

— Parem! — Leigh gritou, num extremo da multidão. — Parem com isso!

Kay gritava com outra mãe e subitamente a jogou no chão.

As luzes iluminaram a turba, evidenciando aquela mudança repentina. Os que ainda estavam na arquibancada pararam para ver o caos no campo. Aquilo não era uma guerra. Numa guerra há dois lados. Aquilo era repressão emocional.

Elliott me procurou, fazendo um movimento para que eu fosse para o portão, enquanto ainda era atingido por gritos e empurrões. Madison me puxou e fiquei seguindo Elliott com o olhar enquanto ela me levava para longe. Os policiais agarraram Elliott e o empurraram juntamente com seu tio pela multidão, protegendo os dois das cuspidas e das bolas de papel arremessadas. Até a polícia precisou gritar e fazer ameaças para conseguir passar. Só foram necessários alguns comentários sobre Presley e, em questão de segundos, Elliott deixou de ser o herói da cidade interiorana para se tornar o vilão renegado.

Seguimos Elliott e a polícia, e só paramos quando chegamos ao portão do estádio.

— Eu não voltaria lá — um dos policiais disse. — Tem muita gente aglomerada e os ânimos estão alterados.

Elliott franziu as sobrancelhas, mas concordou.

Kay e Leigh vieram correndo até o canto em que estávamos com John. Kay abraçou Elliott, e John puxou Leigh para perto.

— Você está bem? — Kay perguntou, abraçando o filho.

— Estou — Elliott disse, percebendo que a gola da jaqueta estava rasgada. — Eles simplesmente começaram a me atacar.

— Vamos — Leigh disse. — Precisamos ir.

— Vou levar a Catherine para casa antes — Elliott falou.

— Pode deixar, eu levo — Madison se ofereceu.

Elliott olhou para mim, preocupado.

— Eu estou bem. Pode ir. Te vejo mais tarde — falei, ficando na ponta dos pés para lhe dar um beijo rápido no canto da boca.

Leigh e Kay levaram Elliott até o carro. Ele não tirou os olhos de mim e não olhou para a frente até que Kay lhe disse alguma coisa.

Madison olhou em direção à multidão. As luzes do estádio foram se apagando e centenas de luzinhas minúsculas ficaram visíveis. Os alunos e os pais começaram a cantar uma música e Madison me puxou pelo casaco.

— Eu me sinto mal por dizer isso, mas acho bizarro que eles tenham tentado atacar o Elliott e agora estejam cantando "Amazing Grace".

— É meio bizarro mesmo. Estavam quase quebrando o Elliott ao meio e agora estão lá, todo tranquilos, tipo uns ETs.

— Vamos.

— Tem certeza que não quer esperar o Sam? — perguntei

— Depois eu mando uma mensagem para ele. A gente se encontra depois.

Eu a acompanhei até o 4Runner, os faróis novinhos apagando qualquer rastro do que a Presley e as clones haviam feito. Madison saiu do estacionamento e dirigiu até a pousada.

— Essa cidade ficou louca — ela disse, arregalando os olhos. — Poucos segundos antes estavam torcendo para ele. Que bom que os policiais tiraram o Elliott de lá. Podia ter sido bem pior.

Balancei a cabeça.

— Parece que eles tinham esquecido de colocar a culpa nele, mas se lembraram quando viram as velas.

— Coitado do Elliott — Madison disse. — Os colegas do time só ficaram lá parados, deixando tudo acontecer, sendo que ele tinha acabado de ganhar o jogo para eles. Ele ganhou em nome da cidade inteira. Estou me sentindo supermal por ele.

Vendo a pena que ela sentia dele, senti um peso no peito. Elliott não merecia nada disso. Ele estava vivendo o melhor momento de sua vida e, num segundo, tudo havia mudado. Em Yukon ele era uma estrela. Os colegas ficaram arrasados quando ele se mudou. Agora, por minha culpa, ele estava preso num lugar onde a maioria das pessoas pensava que ele era o responsável por um assassinato, e, pior ainda, que ele estava tentando enganar todo mundo.

— Eu também.

— Também me sinto mal por você, Catherine. Não é só ele que está carregando esse peso. E eu sei que não foram vocês. Só espero que eles encontrem a Presley ou quem fez isso. — Madison estacionou na entrada da pousada.

Ela me deu um abraço, e eu agradeci a carona e segui pela cerca de ferro preto que protegia a vizinhança da pousada até chegar ao portão. O 4Runner saiu de ré pela rua e foi em direção à escola.

Abri o portão e entrei, fazendo uma pausa no hall para escutar a casa por alguns segundos, antes de subir a escada e ir para o segundo andar. As dobradiças da porta do meu quarto rangeram quando abri, e eu me recostei no batente, olhando para cima. Lágrimas ameaçavam inundar meus olhos, mas eu pisquei e as mandei embora.

A caixinha de música na minha cômoda deixou escapar algumas notas e fui olhar, abrindo a tampa e olhando a bailarina lá dentro. Girei a manivela e ouvi aquela música tão bonita, sentindo a raiva e o medo se dissolverem. Logo Elliott estaria aqui, longe da multidão raivosa, longe das velas trêmulas, e um dia ele estaria longe de Oak Creek, a salvo dos olhos acusadores de todas as pessoas que conhecíamos.

Algumas pedras atingiram minha janela. Deixei a caixinha de música de lado, fui até lá e a abri.

Elliott subiu no meu quarto, trazendo uma bolsa de academia cruzada no peito. Ficou em pé e tirou o capuz, revelando o cabelo preso numa trança baixa e as bochechas ainda vermelhas por causa do jogo.

— Passei em casa para pegar umas coisas e vim direto para cá. Tudo bem se eu tomar um banho? — ele perguntou, falando baixinho.

— Sim, claro — sussurrei, apontando para o outro lado do cômodo.

Ele assentiu, dando um sorriso nervoso antes de levar a bolsa para o banheiro e fechar a porta. Alguns segundos depois os canos começaram a gemer. Olhei para cima, me perguntando se alguém conseguiria ouvir.

A caixinha de música continuava tocando e a dançarina rodopiava. Elliott não tocou no assunto e eu só podia imaginar quão chateado ele estava. Parte de mim tinha receio de que em algum momento ele começasse a pensar que me amar não valia mais a pena.

Menos de dez minutos depois, Elliott abriu a porta vestindo uma camiseta limpa e uma bermuda de basquete vermelha. Segurava algo pequeno. Andou descalço em direção à minha cama e se inclinou, amarrando alguns fios de couro na minha cabeceira, de forma que o pequeno arco que tinha uma teia entrelaçada no meio ficasse pendurado perto do meu travesseiro.

— É um filtro dos sonhos. Minha mãe fez para mim quando eu era pequeno. Pensei que você podia usar. — Ele entrou debaixo das cobertas, tremendo de frio — Aqui dentro é sempre tão frio?

Fiquei olhando atentamente as lindas formas dentro do círculo.

— A mamãe tem deixado a calefação na temperatura baixa para cortar os gastos. Ela aumenta a temperatura quando temos hóspedes novos. Você tem isso desde que era pequeno?

— Hóspedes novos?

— Que não sejam os de sempre.

Elliott ficou me olhando por um momento e em seguida ergueu as cobertas, dando uma batidinha no espaço ao lado dele.

— Desde que eu era bebê. Ficava no meu berço.

Fechei mais o roupão.

— Acho que a gente precisa, hum... — Fui até o pé da cama e ergui a grade de ferro.

Elliott se levantou, encostou a cômoda na porta e me ajudou a empurrar a cama de casal. O pânico que me invadia a cada barulho que fazíamos era paralisante. Eu parava e precisava reunir toda a coragem que tinha para conseguir continuar.

Quando terminamos, esperei alguma porta ranger, alguma tábua chiar, qualquer coisa que indicasse movimento do lado de fora do meu quarto. Nada.

— Tudo bem? — ele perguntou.

Engatinhei para baixo das cobertas, para ficar ao lado de Elliott. Os lençóis não ficaram frios por mais do que um minuto, reagindo à temperatura do corpo dele. Tê-lo ao meu lado era como ter um cobertor elétrico, e tirei minhas meias peludas, me perguntando se no meio da noite as calças de lã e a blusa térmica esquentariam demais.

Eu me deitei de bruços, abraçando meu travesseiro, de frente para Elliott. Ele se aproximou e levantou meu queixo com cuidado até nossos lábios se unirem. Nós havíamos nos beijado dezenas de vezes, mas nesse momento a mão dele escorregou pelo meu quadril e ele encaixou meu joelho nas pernas. Eu me derreti. Senti um calor se formando no peito e se espalhando por todo o meu corpo.

— Elliott... — sussurrei, me afastando. — Obrigada por fazer isso por mim, mas...

— Eu sei por que estou aqui — ele disse, colocando as mãos debaixo do travesseiro. — Desculpa, você pode dormir. Não vou deixar que nada de ruim aconteça com você. Eu prometo.

— Você não pode prometer isso. É tipo hoje à noite. Tem coisas ruins que acontecem quer a gente queira, quer não.

— Não ligo para nada disso.

— Como? Como você não liga? O que eles fizeram foi horrível.

— Você passou dois anos se virando na pousada e na escola. Eu aguento mais uns meses até a formatura. — Ele hesitou. — Catherine, como é que foi? Depois que o seu pai morreu?

Suspirei.

— Foi uma fase de muita solidão. No começo a Minka e o Owen tentaram vir me visitar, mas eu os mandava embora. Uma hora parei de atender a porta e eles desistiram. Ficaram com raiva. Isso facilitou um pouco. Era mais difícil ignorar os dois quando estavam tristes.

— Por que você parou de recebê-los?

— Eu não podia receber ninguém.

— Eu sei que não posso perguntar por que...

— Então não pergunte, por favor.

Elliott deu um sorriso. Ele chegou mais perto, entrelaçando os dedos nos meus.

— Elliott?

— Fala.

— Você às vezes pensa que seria mais fácil se você não me amasse?

— Nunca. Nem uma vez. — Ele se apoiou na cabeceira e me puxou para perto, encostando o queixo no topo da minha cabeça. — Isso eu posso prometer.

— Catherine! — Poppy chamou lá de baixo.

— Estou indo! — gritei, passando a escova no cabelo rapidamente. As manhãs de segunda eram sempre agitadas, mas ficavam piores quando Poppy estava na pousada.

Desci a escada correndo e dei um sorriso quando a vi sentada sozinha na cozinha. Ela parecia triste, e não demorou para eu descobrir o motivo.

— Não teve café hoje de manhã? — perguntei, olhando ao redor. Fora uma bandeja com restos de um sanduíche de presunto e algumas sementes de uva, não havia sinal de ovos, nem salsichas ou torradas.

Poppy balançou a cabeça, com os cachos embaraçados e arrepiados.

— Estou com fome.

Fiz uma careta. Era a primeira vez que mamãe esquecia o café da manhã desde que abrimos a pousada.

— Você dormiu bem? — perguntei, já sabendo a resposta. A pele fina sob os olhos de Poppy estava arroxeada.

— Tinha uns barulhos.

— Que barulhos? — Peguei uma panela no armário debaixo do forno e abri a geladeira. — Não tem bacon. Não tem ovo... — Franzi as sobrancelhas. Mamãe também não tinha ido ao supermercado. — E um pãozinho?

Poppy assentiu.

— Manteiga ou cream cheese?

Ela deu de ombros.

— Tem cream cheese de morango — eu disse, pegando o pote na gaveta de baixo. — Acho que desse você vai gostar.

Deixei Poppy sozinha e fui olhar a despensa. As prateleiras estavam praticamente vazias, à exceção de uma caixa de cereal, arroz instantâneo, alguns molhos, legumes enlatados e, ufa, um pão de forma.

Voltei para a cozinha com o pacote de pão, mas minha alegria durou pouco. A lista de compras que eu tinha feito ainda estava presa com um ímã, na porta da geladeira. Eu precisaria ir ao supermercado depois da aula, e não tinha certeza de quanto dinheiro ainda tínhamos no banco.

Poppy estava empoleirada na cadeira, com os joelhos encostados no peito.

O pote de cream cheese se abriu com um estalo e, assim que preparei a primeira fatia de pão, eu a entreguei para Poppy. Ela cantarolava baixinho a mesma melodia da minha caixinha de música.

Analisou o pão por alguns segundos e enfiou tudo na boca. O cream cheese derreteu nos cantos de seus lábios, deixando um resíduo rosado e melado. Eu me virei para fazer uma torrada com o meu pão.

— É só você e o seu pai? Ele vai querer café? — perguntei.

Ela sacudiu a cabeça.

— Ele saiu.

Passei cream cheese na minha fatia e dei uma mordida, observando Poppy aniquilar a dela em tempo recorde.

— Você jantou ontem à noite?

— Acho que sim.

— Quais barulhos?

— Hã? — ela perguntou, de boca cheia.

— Você disse que não conseguiu dormir por causa dos barulhos. Eu não ouvi nada.

— Era lá embaixo — ela disse.

Terminei minha torrada, e a gaveta embaixo da pia rangeu quando a abri para pegar um pano de prato. Eu o coloquei debaixo d'água e limpei a sujeira do rosto de Poppy. Ela ficou parada, como costumava ficar muitas vezes.

— Embaixo do quê? Da sua cama?

Ela fez uma careta, torcendo o tecido da camisola na mão.

— Sabe o que eu vou fazer? Vou passar para dar uma olhada em você hoje à noite.

Ela concordou, apoiando a cabeça no meu peito. Eu a abracei e fui até o corredor para remexer o baú em busca de um livro para colorir e giz de cera.

— Olha, Poppy — disse, mostrando o livro e a caixinha de giz.

— Ela acabou de sair — Althea disse, lavando os pratos do café da manhã. — Essa menina é uma verdadeira sombra.

As alças da minha bolsa se enterraram nos meus ombros quando passei os braços.

— Bom dia.

— Bom dia, querida. O Elliott vai vir te buscar hoje?

— Vai — eu disse, prendendo o cabelo num rabo de cavalo. — Acho que vai. Não tenho certeza.

Lá fora um motor parou e uma porta de carro fechou. Olhei pela janela da sala de jantar e sorri quando vi Elliott correndo em direção à varanda. Ele parou quando estava quase batendo na porta.

— Fala para mamãe que eu disse "tchau" — me despedi, acenando para Althea. Ela parecia cansada e melancólica de um jeito pouco familiar.

— Falo sim, querida. Bom dia na escola.

Elliott não sorriu quando me viu. Em vez disso, fez um gesto em direção à viatura de polícia que estava estacionada no final da rua.

— O que é isso? — perguntei, indo até o canto da varanda.

— Tem outra na frente da casa da tia Leigh, também.

— Eles estão nos observando? Por quê?

— O tio John disse que provavelmente somos suspeitos.

Olhei mais uma vez para casa e em seguida segui Elliott até seu carro. O aquecedor tinha deixado o carro bem quente, mas eu ainda tremia.

— Eles viram você saindo da minha casa hoje de manhã?

— Não.

— Como você sabe?

— Porque tomei cuidado para eles não verem.

— Não consigo entender — falei, enquanto Elliott dirigia para longe da pousada. — Por que eles estão nos vigiando em vez de procurar a pessoa que levou a Presley?

— Acho que eles pensam que estão fazendo isso. A sra. Brubaker ligou para a minha tia ontem à noite, implorando. Ela pediu para eu dizer se soubesse alguma coisa sobre a Presley.

— Mas você não sabe de nada.

Elliott sacudiu a cabeça. O cabelo dele estava preso num coque, oferecendo uma rara visão de seu rosto inteiro. O maxilar definido tinha um pouco de barba por fazer e os olhos ainda estavam cansados por causa da noite cansativa.

Olhei pela janela e vi a neblina se acumulando sobre as plantações castigadas de trigo e soja, me perguntando onde Presley estaria, se ela havia fugido ou se havia sido levada. De acordo com os boatos, não havia nenhum sinal de luta, mas nem por isso a polícia havia desistido de investigar a mim e a Elliott.

— E se eles disserem que foi você? — perguntei. — E se eles te prenderem?

— Eles não podem fazer isso. Não fui eu.

— Pessoas inocentes são condenadas por crimes todos os dias.

Elliott estacionou o Chrysler na vaga de costume e desligou o motor, mas não se moveu. Seus ombros estavam caídos, e eu nunca o vira tão abatido desde que havíamos ficado amigos novamente.

— Quando te interrogaram na delegacia, você contou que tinha dormido na minha casa? — perguntei.

— Não.

— Por quê?

— Porque eu não quero que falem nada sobre a sua mãe.

Concordei. Se isso acontecesse, realmente eu não dormiria mais à noite.

— A que horas você saiu? — perguntei.

Ele se encolheu.

— Eu dormi e só acordei quando o sol saiu. Desci logo depois.

— Você devia contar isso para eles.

— Não.

— Que merda, Elliott.

Ele olhou para baixo, rindo.

— Eu não vou ser preso.

Entramos na escola juntos, sob os olhares dos outros alunos. Elliott ficou ao lado do meu armário enquanto eu guardava minha mochila e pegava o material para a primeira aula.

Madison e Sam pararam para conversar. O cabelo deles combinando criava um muro que me separava do restante dos alunos.

— E aí — Sam disse —, eles te algemaram e tudo mais?

Madison deu uma cotovelada nele.

— Sam! Nossa!

— Quê? — ele perguntou, coçando as costelas.

— Vocês dois estão bem? — Madison perguntou, me dando um abraço.

Elliott fez que sim.

— Estamos ótimos. Logo a polícia vai encontrar a Presley, e vão descobrir o que aconteceu.

— É bom você torcer — Sam disse.

Madison revirou os olhos.

— Eles vão descobrir, sim. — Ela olhou para mim. — Não aceite desaforo de ninguém hoje. Eu sou capaz de socar alguém.

Um dos lados da minha boca se ergueu, e Sam puxou Madison para a próxima aula deles.

Elliott me acompanhou pelo corredor e me deu um beijo no rosto, antes de eu entrar na sala de espanhol.

— Tem certeza que está tudo bem?

Assenti.

— Por quê?

Ele encolheu os ombros.

— É só uma sensação estranha.

— Vou ficar bem.

Ele me deu mais um beijinho no rosto, depois correu pelo corredor e desapareceu quando virou a esquina, com pressa para chegar à aula que teria do outro lado da escola.

Segurei meus livros contra o peito e fui até a minha carteira, sentindo cada passo sendo observado pelos outros alunos. Até a professora Tipton me encarou enquanto eu me sentava. Ela deu umas batidinhas no cabelo curto e grisalho, crespo graças a um permanente, deu boas-vindas à turma em espanhol e em seguida nos pediu para abrir o livro na página 374.

Assim que a sra. Tipton passou o exercício e a sala ficou quieta enquanto todos se concentravam, comecei a sentir uma dor na barriga. Fiz massagem. A dor vinha da parte de baixo, bem no meio do osso do quadril. *Ótimo*. Menstruar era a última coisa que eu precisava.

Sem querer chamar a atenção, fui até a mesa da professora em silêncio e me inclinei.

— Preciso passar no meu armário.

— Por quê? — ela perguntou, alto o suficiente para todos ouvirem.

Eu me encolhi de vergonha.

— É uma questão pessoal.

A compreensão iluminou seus olhos, e ela me deixou ir. Peguei o retângulo alaranjado onde se lia "PERMISSÃO" em letras de forma. Assim que dobrei o corredor, vi Anna Sue e Tatum em pé na frente do meu armário, extremamente agitadas.

Um som de alguma coisa raspando — de metal contra metal — atravessou o ar. Anna Sue ficou paralisada e Tatum se virou.

— Onde ela está? — Anna Sue perguntou, com ódio nos olhos. Ela deu um passo e veio em minha direção, segurando uma faquinha de legumes. — Eu sei que você sabe!

Recuei, olhando a obra de arte de Anna Sue: uma palavra entalhada na pintura do meu armário, que ia de cima a baixo.

CONFESSE

Tatum tirou a faca da amiga e a segurou perto do meu rosto, me empurrando contra os armários.

— Ela está viva? — Tatum sussurrou. — Aquele selvagem te contou onde a deixou ou simplesmente a matou? Ela foi enterrada em algum lugar? Conta para nós!

As lâmpadas fluorescentes do teto refletiam na lâmina, a poucos centímetros do meu olho.

— Eu não sei onde ela está. — Respirei. — O Elliott também não sabe. Ele passou a noite toda na minha casa. Não tem como ser ele.

Anna Sue gritou bem na frente do meu rosto:

— Todo mundo sabe que foi ele! A gente só quer ela de volta! A gente só quer que ela fique bem! Fala onde ela está!

— Eu estou te avisando. Sai de perto de mim — sibilei.

— Isso é uma ameaça? — Tatum perguntou, encostando a ponta afiada do metal no meu rosto.

Fechei os olhos e gritei, partindo para cima delas. Tatum caiu para trás, e a faca bateu no chão. Eu a chutei para longe e empurrei Tatum em direção a um dos janelões que ficavam em frente aos armários. Senti os dedos encostando nos ossos do rosto dela, mas não senti dor. Eu poderia ter continuado pelo resto do dia.

Anna Sue agarrou meu cabelo e me puxou para trás. Nós duas perdemos o equilíbrio e despencamos no chão. Subi em cima dela, socando seus braços, porque estavam cobrindo seu rosto.

— Eu já disse — gritei, fechando os punhos com mais força ainda — para me deixarem em paz! Eu nunca fiz nada para vocês! Vocês me infernizaram a vida inteira! Chega! Entendeu? Chega! — Eu batia em Anna Sue a cada palavra que dizia, e minha raiva saía por cada poro.

Ela tentou devolver um soco, mas aproveitei a oportunidade para ir com tudo em cima de seu rosto, que agora estava desprotegido.

— Parem! Parem com isso já!

Quando finalmente alguém me puxou, meu coração pulava no peito e meus músculos tremiam de cansaço e adrenalina. Chutei o ar e me sacudi para alcançar Anna Sue de novo. De canto de olho, vi Tatum grudada na parede, desesperada.

— Eu pedi para parar! — o professor Mason gritou, me contendo.

Meus braços despencaram, meus joelhos amoleceram e um choro que eu vinha segurando desde os sete anos saiu borbulhando e transbordou.

A sra. Mason virou a esquina, surpresa ao ver o marido me segurando e Anna Sue no chão, com o lábio sangrando.

— O que está acontecendo? — Ela viu os entalhes no meu armário e depois seus olhos foram direto na faca que estava no chão. Ela a recolheu com dificuldade. — De quem é essa faca? Anna Sue, você usou isso para escrever no armário da Catherine?

Anna Sue se sentou, fazendo uma careta, limpando a boca com as costas da mão.

— Responda! — a sra. Mason gritou. Como Anna Sue se recusou a colaborar, a orientadora olhou para Tatum. — Me diga. O que aconteceu?

— A gente sabe que estão investigando os dois! Queremos saber o que eles fizeram com a Presley! — Tatum disse, chorando.

O professor Mason me soltou, me olhando por cima dos óculos.

— Você atacou as meninas porque elas arranharam o seu armário? Catherine, isso não é do seu feitio. O que aconteceu?

Anna Sue e Tatum me encararam, com raiva. Olhei para baixo por um instante e vi minhas mãos sangrando. Estavam iguais à mão de Elliott no dia em que nos conhecemos. Meus olhos encontraram os da sra. Mason.

— A Anna Sue usou a faca para pichar o meu armário, e eu peguei as duas no flagra. Elas me perguntaram onde a Presley estava, depois a Tatum pegou a faca e encostou no meu rosto. Ela me empurrou.

O professor e a sra. Mason olharam para Tatum, boquiabertos.

— Tatum, você ameaçou a Catherine com essa faca? — a sra. Mason perguntou.

Os olhos de Tatum alternaram entre os Mason, voltando em seguida para Anna Sue, aparentemente recobrando a concentração.

— A gente vai fazer o que for preciso para ter nossa amiga de volta.

A sra. Mason olhou para mim com medo nos olhos. Limpou a garganta.

— Professor Mason, leve a Anna Sue e a Tatum para a diretora Augustine. E chame a polícia. A Catherine Calhoun acaba de ser ameaçada com uma arma perigosa dentro da propriedade da escola.

O professor agarrou o braço de Tatum e depois puxou Anna Sue para que ela ficasse em pé.

— Espera — Tatum disse, se debatendo. — Ela atacou a gente! *Ela* atacou *a gente*!

— Depois que vocês a ameaçaram com uma faca — o professor Mason disse, e sua voz grave ecoou pelo corredor. — Vamos.

Girei os números do meu cadeado e empurrei a porta, e pela primeira vez a fechadura se abriu de primeira. Peguei um absorvente, enfiando no bolso interno do casaco.

— Ah, então foi por isso que você veio até o armário no meio da aula — a sra. Mason disse. Ela colocou as duas mãos no meu rosto, em seguida alisou meu cabelo. — Você está bem?

Fiz que sim, as lágrimas esfriando minhas bochechas.

Ela me puxou e me deu um abraço apertado. Percebi que ainda estava tremendo, com o rosto encostado em seu peito.

— Você está correndo perigo aqui.

— Eu não fiz nada com a Presley. Nem o Elliott. Eu juro.

— Eu sei. Vem cá — ela disse, me puxando pela mão.

— Aonde a gente vai? — perguntei.

A sra. Mason suspirou.

— Você vai fazer suas atividades na minha sala até a poeira baixar.

30

Catherine

A CHUVA COBRIA O PARA-BRISAS DO CHRYSLER E OS PINGOS ROLAVAM sem a interferência dos limpadores. Elliott tinha ficado quieto a tarde toda, depois da aula, no supermercado, e quando chegamos na frente da pousada.

— Posso entrar? — ele perguntou finalmente, ainda com água pingando do nariz. Ficou olhando para o volante, esperando minha resposta.

Pus a mão em seu rosto.

— Sim. Você precisa se secar.

— Eu levo as bolsas até a varanda, depois te encontro lá em cima.

Assenti.

Levei a última bolsa para a cozinha e parei quando percebi que mamãe estava sentada no sofá, olhando para uma tela de televisão escura.

— Fiz as compras de mercado — eu disse, tirando o casaco e pendurando ao lado dos outros. — Quer me ajudar a guardar as coisas? — Ela não respondeu. — Como foi o seu dia?

Um item de cada vez, fui enchendo a despensa e a geladeira. Minhas roupas molhadas estavam grudadas no corpo e meus dentes começaram a bater quando coloquei as sacolas plásticas vazias no cesto de reciclagem. Tirei as botas e as deixei no hall de entrada antes de ir à sala de estar.

— Mamãe?

Ela não se moveu.

Dei a volta e vi seu rosto pálido e os olhos vermelhos encarando o chão.

— O que você está fazendo? — perguntei, ajoelhando-me na frente dela. Tirei seu cabelo embaraçado do rosto com os dedos, e uma sensação desagradável embrulhou meu estômago. Ela já tinha ficado nesse estado uma ou duas vezes, mas seu comportamento vinha ficando cada vez mais perturbador.

— Todo mundo morre — ela falou baixinho, com os olhos marejados.

— Você está com saudade do papai? — perguntei.

Seus olhos se moveram rapidamente em minha direção e em seguida ela virou o rosto, uma lágrima caindo pela bochecha.

— Tudo bem. Vamos descansar um pouco na cama. — Eu me levantei e a ajudei, soltando um grunhido. Eu a levei para o andar de cima e atravessamos o corredor, depois subimos os poucos degraus da escada que davam em sua suíte. Ela se sentou na cama com a mesma cara triste. Desabotoei sua blusa, tirei seu sutiã, peguei sua camisola preferida e a vesti.

— Aqui — eu disse, puxando as cobertas. Quando ela se deitou, eu a ajudei a tirar os sapatos e a calça jeans e a cobri com o lençol e o cobertor. Ela se virou de frente para mim.

Senti que sua pele estava fria e úmida quando levei os lábios a sua face, mas ela continuou imóvel. Dei uma batidinha em suas mãos e percebi que havia terra debaixo das unhas.

— Mamãe, o que você anda fazendo?

Ela puxou a mão.

— Tudo bem. Podemos falar sobre isso amanhã. Te amo.

Fechei a porta e desci a escada sem fazer barulho e atravessei o corredor até chegar ao meu quarto. Passei pela porta e liguei o termostato, suspirando quando o ruído começou. Mamãe nem havia perguntado por que eu estava toda molhada, tremendo.

— Sou eu — sussurrei ao passar pela pequena abertura que restava com a cômoda encostada na porta. Eu esperava ver Elliott no quarto, mas ele não estava lá. Em vez disso, estava em pé no banheiro, encharcado e trêmulo. Estava só com a calça jeans molhada e uma de minhas toalhas em volta dos ombros.

— O que você está fazendo? — perguntei, entrando no banheiro com ele.

Seus lábios estavam azulados, os dentes batiam uns nos outros.

— Não consigo me esquentar — ele disse.

Os anéis da cortina se abriram arranhando o varão, e eu abri o chuveiro. Tirei o casaco e entrei na banheira, puxando Elliott junto.

Ficamos debaixo da água morna até que o tremor incontrolável de nossos corpos foi diminuindo. Mexi na torneira algumas vezes, ajustando a temperatura, aquecendo a água enquanto ela nos aquecia.

Elliott abaixou a cabeça e olhou para mim, finalmente conseguindo perceber outras coisas além do frio. A água caía da ponta do nariz e do queixo enquanto ele me olhava, vendo que minha blusa e minha calça estavam encharcadas. Ele alcançou a barra da minha blusa e a puxou, e eu fiquei só com uma blusinha de alcinha de um tecido fino e cor-de-rosa. Ele se inclinou, segurando meu rosto com as duas mãos e encostando os lábios nos meus.

Estendi a mão para abrir minha calça, mas o jeans não deslizou normalmente e grudou na minha pele várias vezes até sair. Chutei a calça para o fundo da banheira. Os dedos de Elliott pareciam diferentes, alcançando mais partes do meu corpo. Sua respiração estava mais rápida, sua boca, mais ávida. Ele me abraçou e, assim que sua boca deixou a minha para beijar meu pescoço, seus beijos ficaram mais lentos e seu toque voltou ao normal.

Ele se moveu para desligar o chuveiro e para pegar duas toalhas, me entregando uma e enxugando o rosto com a outra.

— Que foi? — perguntei.

— Acho que você devia... — Ele fez um gesto em direção ao quarto e pareceu constrangido.

— Eu fiz alguma coisa errada?

— Não — ele disse logo em seguida, desesperado para me salvar da mesma humilhação que estava sentindo. — Eu só... não estou preparado.

— Ah... — Pisquei, esperando a ficha cair. Quando finalmente entendi, arregalei os olhos. — Ah!

— É. Desculpa. Eu não tinha entendido que era uma opção.

Tentei não sorrir, mas não consegui. Eu não podia culpá-lo. Eu não tinha dado nenhuma pista.

— Eu vou ali... — Apontei para a cômoda, saindo do banheiro e fechando a porta. Cobri a boca, sufocando uma risadinha antes de abrir a gaveta.

Coloquei uma calcinha limpa e depois peguei a primeira camisola que vi e a vesti.

Elliott deu uma batidinha na porta.

— Você pode pegar a camiseta e a bermuda que estão na minha bolsa?

— Sim — eu disse, indo em direção à bolsa de academia que estava no canto do quarto. Uma camiseta preta e uma bermuda cinza de algodão estavam dobradas por cima. Peguei as roupas e fui correndo até a porta do banheiro. A porta se abriu e Elliott apareceu, com a palma da mão virada para cima.

Assim que ele as pegou, a porta se fechou novamente.

Eu me sentei na cama, penteando o cabelo e ouvindo a doce melodia da minha caixinha de música, esperando Elliott aparecer. Finalmente ele saiu do banheiro, ainda meio sem graça.

— Não precisa ter vergonha — falei. — Eu não estou.

— É que... a tia Leigh falou sobre isso depois da primeira noite que passei aqui. E eu garanti que isso não ia acontecer tão cedo. Queria escutar a minha tia.

— *Agora sim* eu fiquei com vergonha.

Elliott deu risada, sentando-se ao meu lado e tentando tirar o elástico de cabelo do coque molhado.

— Deixa eu ajudar — eu disse, sorrindo, e ele voltou a ficar relaxado em contato comigo. Demorou um minuto inteiro, mas eu finalmente consegui tirar todo o cabelo do elástico preto e comecei a desembaraçar os fios. Comecei pelas pontas, segurando as mechas e penteando seu cabelo delicadamente. Ele respirou fundo, fechando os olhos quando o som dos fios escuros passando pelos dentes da minha escova se transformou num barulho rítmico.

— Ninguém penteia o meu cabelo desde que eu era pequeno — ele disse.

— Ajuda a relaxar. Você devia me deixar fazer isso mais vezes.

— Pode fazer sempre que quiser.

Quando finalmente terminei de penteá-lo, Elliott pegou o elástico da minha mão e amarrou o cabelo novamente.

— Você é tipo aquele cara da Bíblia — eu disse. — Um cara forte com um cabelo forte.

Elliott levantou uma sobrancelha.

— Você leu a Bíblia? Você tinha dito que não acreditava em Deus.

— Antes eu acreditava.

— O que te fez mudar de ideia? — ele perguntou.

— Você acredita? Em Deus?

— Eu acredito numa conexão com a terra, com as estrelas, com todas as coisas vivas, minha família, meus ancestrais.

— Comigo?

Ele pareceu surpreso.

— Você é família.

Eu me inclinei, encostando de leve a boca numa rachadura vermelha no lábio dele. Ele se encolheu de dor.

— Vou pegar um pouco de gelo.

— Não, está tudo bem. Fica aqui.

Dei uma risadinha.

— Já volto. — Saí do quarto e desci a escada, abrindo o freezer e pegando uma bolsa de gelo. Embrulhei num pano de prato e subi correndo a escada, e nesse momento percebi que para mim já era automático ouvir o ambiente para tentar detectar algum movimento. Só havia silêncio. Até o aquecedor de água do porão estava quieto.

Quando voltei para o quarto, Elliott me ajudou a empurrar a cômoda e a cama de volta para perto da porta.

— Posso vir aqui quando sua mãe não estiver e instalar uma fechadura.

Balancei a cabeça.

— Ela ia perceber. E ela ia ter um treco se eu mudasse alguma coisa na casa.

— Ela tem que entender se a filha adolescente quiser colocar uma fechadura na porta do quarto. Ainda mais se os hóspedes entram.

— Ela não vai entender. — Encostei na linha escura em seu lábio, um machucado daquela briga com Cruz. — Sinto muito, Elliott. Se você tivesse ficado na sua, não estaria na situação em que está agora.

— Pensa nisso: por que eles acham que você tinha motivos para machucar a Presley? Porque ela era horrível com você. Você nunca vai me convencer de que a culpa é sua. Eles podem me sacanear dez vezes, e mesmo assim não vai ser culpa sua. É uma opção deles. O ódio é deles. O medo é deles. Você não obriga ninguém a fazer nada.

— Você acha que eles vão tentar te sacanear de novo?

Ele soltou um suspiro, irritado.

— Eu não sei. Faz diferença?

— Sim. Porque você tem razão. Está ficando pior. Acho que você também devia fazer suas coisas na sala da sra. Mason — eu disse.

— Não é uma ideia ruim. Sinto falta de ver você no corredor e na aula do professor Mason.

— Nem me fala. Eu já estou lá há um mês. Estamos quase nas férias de fim de ano, e não sei quando isso vai acabar.

— A sra. Mason está preocupada com você. Eu também estou.

— Vamos focar em você um pouquinho.

Nós dois ficamos parados quando uma tábua rangeu no corredor.

— Quem está aqui? — Elliott falou baixinho.

— A Willow estava aqui quando cheguei da escola. Deve ser ela.

— Quem é Willow?

Suspirei.

— Ela tem dezoito anos. Usa bastante lápis preto no olho. Dá para reconhecer a Willow na multidão. Ela é... triste.

— De onde ela é?

— Eu não converso com ela tanto quanto falo com os outros. Na maior parte do tempo ela parece muito deprimida. A mamãe diz que ela fugiu de casa. Pelo sotaque, acho que é de Chicago.

— E as outras pessoas? Você disse que a pousada tem clientes que sempre voltam.

— Hum... — Eu achava estranho comentar sobre os hóspedes com alguém. — Tem o Duke e a filha dele, a Poppy. Ele diz que trabalha com petróleo no Texas, mas geralmente ele só grita. Ele vive nervoso... nervoso de um jeito assustador, e a Poppy é tipo um ratinho que fica andando pela pousada.

— Que horror. Por que ela viaja com ele?

— Ele vem aqui a trabalho. A Poppy não tem mãe.

— Coitada.

Eu me contorci.

— Quem mais?

— Quando a Althea está aqui, ela me ajuda a cozinhar e limpar, e sempre me dá ótimos conselhos. Foi ela que me disse para te perdoar.

— Que pessoa sábia — Elliott disse, sorrindo.

— Aí o meu tio Toad e a minha prima Imogen também vêm de vez em quando, mas não tanto quanto os outros. Depois da última vez, a mamãe disse para ele não voltar por um tempo.

— Tio "Toad"? "Toad", tipo "sapo" em inglês?

Dei de ombros.

— Se ele parece um sapo e tem voz de sapo...

— Ele é irmão da sua mãe ou do seu pai? Ou é marido de alguma irmã?

— Eu não sei — respondi, olhando para o teto, pensativa. — Nunca perguntei.

Elliott riu.

— Que estranho.

— É tudo estranho, pode acreditar.

O quarto estava escuro e a pousada estava em silêncio, exceto pelos movimentos ocasionais de Willow e pelos carros que passavam na rua. A cômoda estava encostada na porta e a cama estava encostada na cômoda, então eu praticamente não tinha mais medo de algum hóspede entrar no meu quarto à noite. Eu me inclinei para beijar de leve o lábio inchado de Elliott.

— Posso fazer isso? — perguntei.

— Sempre.

Eu deitei a cabeça em seu peito, ouvindo as batidas do seu coração. Os batimentos ficaram acelerados por alguns segundos, depois se acalmaram. Ele me abraçou apertado, falando com a voz baixa e calma.

— Férias de fim de ano, depois Natal, depois Ano-Novo, depois último semestre de aulas. Você vai fazer dezoito anos daqui a um mês e pouco.

Pisquei.

— Nossa. Nem parece verdade.

— Ainda pretende ficar por aqui?

Pensei na pergunta. Parecia que o meu aniversário de dezoito anos não chegaria nunca. Agora que estava tão perto e que eu me sentia tão segura e acolhida nos braços de Elliott, minha convicção começava a enfraquecer.

— A indecisão pode ser boa — ele disse.

Dei um beliscão em Elliott, e ele soltou um gritinho quase sem som. Seus dedos encontraram o ponto onde eu tinha cócegas nas costelas e soltei um gemido. Em seguida cobri a boca, arregalando os olhos.

Ficamos dando risada até que a maçaneta virou.

— Catherine? — Willow disse.

Fiquei paralisada, sentindo o medo cavar um buraco no meu peito e se alastrar pelas minhas veias. Precisei reunir toda a coragem que eu tinha para conseguir falar.

— Estou deitada, Willow. Do que você precisa? — perguntei.

A porta vibrou de novo.

— O que tem na frente da porta?

— Minha cômoda?

Ela empurrou a porta de novo.

— Por quê?

— Porque não tenho fechadura na porta e os hóspedes pensam que podem entrar sem bater.

— Me deixa entrar! — ela choramingou.

Levei alguns segundos para criar coragem, mas a outra opção era pior.

— Não, estou deitada. Vai embora.

— Catherine!

— Eu disse "vai embora"!

A maçaneta parou de se mexer e os sons dos passos de Willow pareciam se afastar cada vez mais enquanto ela continuava andando pelo corredor.

Deixei a cabeça cair no peito de Elliott de novo e finalmente retomei o fôlego, como se estivesse debaixo d'água.

— Essa foi por pouco.

Ele me abraçou mais forte, e o calor de seus braços ajudou meu coração a voltar ao batimento normal.

— Com certeza ela é da região de Chicago.

Eu me inclinei, ainda apoiada em Elliott, sem tirar os olhos da porta.

— Você vai ficar olhando a porta até amanhecer? — ele perguntou.

— Elliott, se ela entrar aqui...

Ele esperou que eu terminasse com uma verdade que não viria.

— Fala. Me conta.

Fiz uma careta, e tudo que eu tinha por dentro gritava para eu não pronunciar as palavras.

— Eles vão tentar me prender aqui. A mamãe. Os hóspedes.

— Por quê?

— Mais perguntas... — falei, me sentindo desconfortável.

— Catherine — ele pediu —, o que está acontecendo? O que eles estão fazendo?

Mordi o lábio inferior e mudei de posição.

— Os novos hóspedes... eles não vão mais embora. Às vezes encontro as malas deles no porão, os acessórios abandonados nos quartos. Não é sempre que a gente recebe hóspedes que não sejam os habituais, mas...

Elliott ficou em silêncio por um bom tempo.
— Há quanto tempo isso vem acontecendo?
— Desde um pouco depois que abrimos a pousada.
— O que acontece com eles? Com os novos hóspedes.
Eu me encolhi, sentindo lágrimas arderem nos meus olhos.
Elliott me puxou para perto. Ficou quieto por mais algum tempo.
— Alguém veio procurar essas pessoas?
— Não.
— Talvez seja alguma outra coisa. Talvez os hóspedes de costume estejam roubando as coisas deles.
— Talvez.
— Você nunca viu ninguém indo embora?
— Não se é alguém que veio sozinho.

Ele suspirou, me abraçando. Um pouco depois, meus olhos ficaram pesados e, mesmo que eu me esforçasse para continuar vigiando as sombras que apareciam na luz que vazava por debaixo da porta, a escuridão me envolveu, e eu caí no sono.

Quando meus olhos se abriram novamente, Elliott tinha ido embora. As aves invernais cantavam sob a luz do sol e o vento finalmente silenciou. Troquei de roupa para ir à aula e, no instante em que puxei o cabelo para fazer um rabo, ouvi pratos batendo uns nos outros na cozinha e o alarme de incêndio foi acionado. Corri lá para baixo e parei quando vi o caos na cozinha. Mamãe tinha se atrapalhado na hora de aprontar o café da manhã, e o cheiro de bacon queimado se misturava à fumaça espalhada no ar.

Abri a janela e peguei um pano de prato para dissipar a fumaça. Depois de alguns segundos, o alarme parou de tocar.
— Meu Deus, devo ter acordado a casa inteira — ela disse.
— Tudo bem? — perguntei.
— Eu... — Ela olhou ao redor, fungando diante da visão de um ovo quebrado caído no chão.

Agachei para pegá-lo e o joguei na pia. Mamãe tinha experiência em cozinhar e preparar pães, e não demorou para eu descobrir o que tinha acontecido.
— O Duke está aqui? — perguntei, mas antes que ela pudesse responder, vi o Chrysler estacionado lá fora, na calçada. — Ah! Eu preciso ir! — falei, olhando para trás.

Elliott saiu do carro, exibindo um sorriso tímido e um olhar desanimado.

Segurou minha mão quando me sentei no banco do passageiro, e percorremos o caminho até a escola em silêncio. Quanto mais dias se passavam sem notícias de Presley, mais a escola se tornava um lugar hostil.

Elliott estacionou e soltou um suspiro. Apertei a mão dele.

— Só mais três dias e entramos de férias.
— Eu vou levar suspensão. Estou sentindo.
— Vou perguntar para a sra. Mason se você também pode fazer as atividades na sala dela, tudo bem?

Ele concordou, tentando esconder a ansiedade com um sorriso.
— Ah, não. Eu quero te ver mais vezes, mas não vou me esconder.
— Não acho justo eu ficar lá, protegida, enquanto você fica ao deus-dará. E não seria se esconder. É para evitar uma briga.
— Evitar brigas não é uma atitude que corre no meu sangue.

Entramos de mãos dadas na escola. Ele me manteve um pouco atrás, só o bastante para que os colegas do time e os outros alunos pudessem cumprimentá-lo no corredor. Mas os sorrisos e os *high-fives* tinham sido substituídos por olhares de acusação e de medo.

Elliott caminhava olhando para a frente e seu maxilar pulsava a cada empurrão. Ele poderia ter dado um soco na cara de todo mundo, mas repetiu seu mantra silenciosamente, contando os dias até as férias.

Ele ficou comigo enquanto eu abria meu armário. Quando peguei os livros de espanhol, física e história mundial, Elliott me acompanhou até a sala e me deu um beijo no rosto antes de tentar passar no próprio armário e chegar à aula antes do sinal. Fiquei imaginando se alguém o impediria no meio do caminho.

— Bom dia, Catherine — a sra. Mason disse. Ela já estava digitando loucamente quando pisei em sua sala. Percebendo meu silêncio, levantou a cabeça.
— Ah, não. Está tudo bem?

Mordi a parte de dentro da bochecha. Eu queria tanto falar com ela sobre Elliott, mas ele odiaria a sensação de se esconder na sala dela o dia todo.
— Foi uma manhã terrível. O café da manhã queimou. Tivemos que fazer tudo de novo.
— Você estava distraída?
— Não fui eu. Foi a mamãe. Ela... anda triste de novo. — Passar quatro semanas numa salinha com a sra. Mason fez com que conversar fosse inevitável. Depois da primeira semana ela tinha começado a ficar desconfiada, então eu falava o suficiente para ela ficar satisfeita.
— Aconteceu alguma coisa? Ou...
— Ah, você sabe. Às vezes ela simplesmente fica desse jeito. Quanto mais o dia da minha formatura se aproxima, mais ela piora.
— Você já se inscreveu para alguma faculdade? Ainda dá tempo.

Sacudi a cabeça, deixando a ideia de lado na mesma hora.
— Você conseguiria uma bolsa de estudos facilmente, Catherine. Eu podia te ajudar.
— Nós já falamos sobre isso. Eu não posso abandonar a minha mãe.

— Por quê? Muitos filhos de empresários fazem faculdade. Você podia voltar mais preparada e fazer coisas incríveis com a pousada. E se você estudasse hotelaria?

Dei uma risadinha.

A sra. Mason sorriu.

— Achou engraçado?

— Só acho impossível.

— Catherine, você está me dizendo que não pode ir fazer faculdade porque sua mãe não vai conseguir cuidar de si mesma na sua ausência? Isso quer dizer que você está cuidando dela?

— Alguns dias sim, outros não.

— Catherine... — a sra. Mason continuou, juntando as mãos atrás da placa com seu nome. Ela se inclinou, com uns olhos tristes e desesperados. — Por favor. *Por favor*, aceite minha ajuda. O que está acontecendo naquela casa?

Franzi as sobrancelhas e me virei de costas para ela, abrindo meu livro de espanhol.

Ela suspirou, e um fluxo constante de cliques no teclado preencheu o silêncio no pequeno espaço.

Meu lápis riscava a folha de caderno, dando um novo ritmo à digitação da sra. Mason. Eu tinha começado a me sentir confortável — talvez até segura — sentada com ela, em silêncio. Ali eu não tinha nada a fazer além dos trabalhos da escola. Eu podia só existir.

Pouco antes do horário de almoço, as persianas da sala da sra. Mason se agitaram. Após ouvir alguns gritos e ruídos, ela olhou lá fora e puxou a corda.

O treinador Peckham estava a poucos centímetros da porta de uma das salas, segurando o braço de Elliott com uma das mãos e, na outra, o braço de outro aluno que eu não consegui reconhecer, porque os dois olhos dele estavam tão inchados que quase não abriam.

A sra. Mason saiu correndo e eu fui atrás.

— Esse aqui — o treinador Peckham disse, empurrando o menino para a frente — começou a briga. E esse aqui — ele disse, jogando Elliott longe — resolveu continuar.

— Quem é esse? — a sra. Rosalsky perguntou, correndo com uma bolsa de gelo. Ela ajudou o garoto a se sentar, segurando dois quadrados de gelo em seus olhos.

— Não é meu... Pelo menos dessa vez — o treinador Peckham respondeu. — Owen Roe.

Cobri a boca.

A sra. Rosalsky levantou os olhos.

— Vou chamar a enfermeira. Tenho quase certeza de que o nariz está quebrado.

A sra. Mason abaixou a cabeça.

— A diretora Augustine e o vice-diretor Sharp estão numa reunião. Elliott, me acompanhe até a sala da diretora Augustine. Catherine, volte para sua mesa.

Assenti, vendo a vergonha no rosto de Elliott enquanto ele caminhava sem nenhum arranhão. A mão esquerda estava inchada, e eu me perguntei quantas vezes aquelas articulações tinham golpeado o rosto de Owen até alguém aparecer para impedi-lo de continuar, quanta raiva reprimida havia nos mesmos socos que abriam buracos em uma porta.

Caminhei até onde Owen estava e me sentei ao lado dele, ajudando-o a segurar a bolsa de gelo no olho esquerdo.

— Oi — falei.

— Catherine?

— Sou eu — eu disse, tirando a mão quando ele se afastou. — Eu só queria ajudar.

— Mesmo que tenha sido seu namorado quem me cegou?

— Você não está cego. O inchaço vai passar. — Hesitei, sem ter certeza de que queria saber. — O que aconteceu?

Ele se inclinou para longe.

— Como se você se importasse com isso.

— Eu me importo. Eu me importo de verdade. Eu sei que a gente... Eu sei que estamos distantes.

— Distantes? Está mais para inexistentes. O que a gente fez para você, Catherine?

— Nada. Vocês não fizeram nada.

Ele virou o queixo em minha direção, sem conseguir ver meu rosto.

— Você não rompe com duas pessoas, pessoas de quem você foi amiga quase a vida toda, por causa de nada.

Suspirei.

— Meu pai morreu.

— Eu sei. A gente tentou estar lá para te dar apoio.

— Não era disso que eu precisava.

— Então por que não comentou isso com a gente? Para que fazer a Minka sentir que não valia nada e eu sentir que era um lixo que você tinha jogado fora? Eu entendo que você estava sofrendo. Então dissesse que precisava de espaço.

Assenti, olhando para baixo.

— Você está certo. É isso que eu devia ter feito.

— Você bateu a porta na nossa cara. Mais de uma vez.

— Eu fui horrível com você, e você só estava tentando ser meu amigo. Mas eu não era mais eu mesma. Ainda não sou aquela menina que você conheceu. E agora as coisas estão piores do que nunca.

— Como assim? — ele perguntou, sem mais nenhum traço de mágoa ou raiva na voz.

Eu me levantei.

— Eu ainda preciso que você fique longe de mim. Ainda não é seguro.

Ele se apoiou na cadeira, e a expressão decepcionada voltou.

— Mas a Madison e o Sam podem, não é?

— A Maddy e o Sam não querem entrar na minha casa — sussurrei.

— Como assim? Está acontecendo alguma coisa na sua casa?

Dois paramédicos apareceram, um baixo e rechonchudo, o outro, alto e desengonçado. Eles se apresentaram para Owen e eu me afastei.

— Catherine? — a sra. Rosalsky disse, olhando para a porta aberta.

Eu sabia o que ela queria, então voltei para a sala da sra. Mason para estudar sozinha. O sinal do fim da última aula tocou, e depois tocou de novo para dar início à segunda. Elliott ainda estava na sala da diretora e o restante da equipe tinha seguido com seus afazeres.

Meia hora depois, Elliott saiu de dentro da sala da diretora. Não tirou os olhos do chão nem um segundo e pediu desculpas quase sem emitir som quando passou.

— Ei — eu disse, indo ao encontro dele com um sorriso otimista, mas ele me ignorou, saindo pela porta. Dois guardas o acompanharam e eu me virei para a sra. Mason. — Você o suspendeu?

— Não me olhe assim — ela disse, levando-me para sua sala e fechando a porta. — Ele fez outro aluno ir para a enfermaria. Ele não me deu escolha.

— O que aconteceu? — exigi saber.

— Você sabe que não posso falar desse assunto com você.

— Ele vai me contar depois da aula.

A sra. Mason se deixou cair na cadeira.

— Tem certeza? — Fiz uma careta. Ela suspirou, aprumando-se. — O Owen disse alguma coisa que o Elliott não gostou. O Elliott bateu nele. Muito.

— Ele não faria isso se não tivesse sido provocado.

— É mesmo? Porque eu ouvi falar da briga com o Cruz Miller na festa da fogueira. — Ela começou a arrumar os papéis na mesa, obviamente nervosa.

— Será que você tem alguma ideia do que ele passou no último mês? Desde que fomos arrastados para cá e interrogados sobre a Presley, todo mundo pensa que ele fez alguma coisa com ela.

— Bom, hoje ele não fez isso para se defender — a sra. Mason parou de revirar os papéis e suspirou, olhando-me com sinceridade nos olhos. — Ele não parou, então ele se tornou o agressor. Fica tranquila. Aqui você está segura.

— Mas ele tem andado *lá fora*.

Ela refletiu sobre o que eu havia dito.

— Você acha que eu devia ter trazido ele para cá também? Com certeza ninguém é idiota a ponto de provocar o Elliott. Ele é quase do tamanho de um jogador da NFL.

— Que bom. Andar do estacionamento para o corredor todo dia, no almoço e depois da escola está parecendo um jogo de futebol.

— Os alunos estão fazendo alguma coisa com você?

— Sra. Mason, por favor. Você não pode suspender o Elliott. Ele pode perder todas as bolsas de estudo.

Ela ficou me olhando por um tempo. Eu nunca tinha falado tanto sobre meus pensamentos e sentimentos, e imaginei que ela usaria esse momento a seu favor. Sua próxima pergunta provou que eu estava certa.

— Me conta o que está acontecendo na sua casa e eu repenso minha decisão.

— Você está me chantageando?

— Sim — ela foi direta ao responder. — Me diz o que você e o Elliott estão encobrindo e eu deixo que ele volte para a escola amanhã.

Fiquei boquiaberta. A sala começou a girar e fiquei sem ar.

— Isso não é justo. Não sei nem se isso é eticamente correto.

— E isso importa? — ela perguntou, recostando-se na cadeira, orgulhosa, sabendo que havia vencido.

— E você pode fazer isso? Reverter a suspensão?

— Eu posso dar suspensão presencial com orientação. Isso já agradaria os pais do Owen.

Revirei os olhos.

— Eu já disse que ele pode perder as bolsas de estudo.

Ela deu de ombros.

— É isso que eu posso fazer. É pegar ou largar.

— Suspensão presencial com orientação. É você que vai fazer a orientação?

— Se você me contar a verdade sobre o que está acontecendo na sua casa.

Fiquei sentada, segurando no encosto da cadeira como se fosse uma corda salva-vidas.

— Você pode pensar um pouco — a sra. Mason disse.

Tomar a decisão de ir embora foi mais fácil do que eu pensava. Agora que a sra. Mason estava me obrigando a escolher entre salvar Elliott ou a pousada, a resposta veio à minha mente em poucos segundos. Naquele momento, tive certeza de que o amava, de que eu era digna do amor dele, e que, na verdade, abandonar a pousada era o que realmente salvaria minha mãe no final. Ela talvez me odiasse até conseguir melhorar, ou talvez ela me odiasse para sempre, mas eu soube que era a coisa certa a fazer por todos que eu amava. Eu já sabia que Althea e Poppy compreenderiam.

Olhei nos olhos da sra. Mason. A decisão era fácil, mas era difícil falar as palavras em voz alta. Eu estava prestes a ir contra tudo o que eu lutara para proteger por mais de dois anos, contra todos os motivos para afastar Elliott, para afastar todas pessoas. Minha gaiola estava prestes a se abrir. Pela primeira vez em muito, muito tempo, eu não sabia o que aconteceria em seguida.

— Não preciso pensar — falei.

A sra. Mason abaixou a cabeça, como se tentasse se preparar para o que eu poderia dizer.

— Catherine, você está sendo bem tratada em casa?

Limpei a garganta, e meu coração começou a bater tão forte que pensei que a sra. Mason conseguia ouvir.

— Não.

A sra. Mason juntou uma mão na outra, esperando pacientemente que eu continuasse.

31

Catherine

MADISON DIMINUIU A VELOCIDADE E PAROU NA FRENTE DA POUSADA Juniper. Sam se debruçou, olhando as janelas empoeiradas e a pintura descascada lá no alto.

— Caramba — Sam disse, boquiaberto.

— Obrigada, Maddy. Eu sei que o seu pai não quer que você ande comigo, então agradeço pela carona. Espero que isso não te traga nenhum problema.

Madison se virou para mostrar a cara de desgosto em toda a sua glória.

— Está um frio de dois graus negativos e o Elliott não pode entrar na escola para te buscar. *É óbvio* que eu vou te dar carona.

Dei um sorriso.

— Obrigada. A sra. Mason se ofereceu, mas eu tinha visto a lista de tarefas dela para hoje à tarde, e tinha duas páginas cheias.

— Quer que eu te acompanhe até a porta? Ou até lá dentro? — Sam perguntou, olhando pela janela, maravilhado.

— Sam! Meu Deus! — Madison o repreendeu. — Não é o momento!

— Não, obrigada — eu disse, pegando minhas coisas.

Madison tocou meu braço.

Levei minha mochila para dentro e fui para o meu quarto, onde comecei a arrumar as malas que meu pai comprara para mim, anos atrás. Eu havia pensado um milhão de vezes quando eu as usaria pela primeira vez, mas nunca a possibilidade de sair da pousada e apenas ir para outro lugar em Oak Creek passara pela minha mente.

Pensei na reação da mamãe, na despedida, na esperança de que tudo ficaria bem no final. Mesmo assim, nada que eu pudesse imaginar fazia com que eu me arrependesse por ter ajudado Elliott. Ele era bom, assim como Althea e meu pai.

Elliott tinha sido jogado contra a parede e precisou lutar para se recuperar, mas não havia quase nada que ele não fizesse pelas pessoas que amava. Eu tinha sorte de ser uma delas.

As portas dos armários bateram lá embaixo, e de repente alguém chamou meu nome — alguém jovem e impaciente, mas não era Poppy.

— Oi — eu disse, fazendo a volta e me sentando na ilha da cozinha.

— Sua cara está péssima — a prima Imogen debochou, colocando uma xícara de chá na minha frente e cruzando os braços.

Fiquei sentada com meu casaco no banco da ilha e coloquei as mãos sobre a xícara, como se o chá quente fosse uma fogueira. Imogen parecia indiferente, usando sua camiseta com estampa do sinal da paz e o cabelo atrás da orelha. Ela estava em pé, apoiada de lado no balcão, me observando. Quase todos os armários da cozinha estavam escancarados e tinham ficado desse jeito depois que ela revirou todos eles em busca do chá de saquinho.

Ela sempre me oferecia uma bandeira da paz em forma de chá depois que seu pai me destratava, mas no passado isso acontecia um ou dois dias depois da desavença. Mamãe nunca tinha proibido ninguém de voltar antes daquilo e até aquele momento eu havia me agarrado à esperança de que ela de fato poderia mantê-los longe.

Imogen ficou me olhando.

— E aí? Você vai ou não vai beber essa merda de chá?

Um silêncio pesado acompanhou a pergunta de Imogen, permitindo que o vento uivante que invadia as partes frágeis da pousada se tornasse mais perceptível. Uma porta bateu no andar de cima e nós duas levantamos a cabeça.

— Duke? — Imogen perguntou, inquieta.

— Variação de pressão. É só o vento.

As cortinas estavam fechadas e apenas feixes de luz prateada conseguiam entrar na sala de jantar e na cozinha. Parecia que as nuvens lá fora tinham se mudado para Oak Creek e desfeito as malas, animadas para ficar pelo resto do inverno. Elas eram permitidas, mas indesejadas, como os hóspedes da pousada.

— Você nunca me disse. Por que você está tão triste? O que aconteceu hoje? A sua mãe estava contando para o meu pai sobre uma menina que desapareceu. Você ficou sabendo alguma coisa sobre ela?

Só de pensar que tio Toad estava ali, fiquei irritada. Era para ele ter sido proibido de voltar. Essa incapacidade de manter a própria palavra era só mais um sinal de que a depressão da mamãe tinha piorado. Mexi no biscoito que estava na xícara.

— Não.

— Não? — Imogen perguntou. — Você não ouviu nada sobre ela?

— Só que ela ainda não foi encontrada — eu disse, bebendo um gole. — Imogen, onde a mamãe está?

Imogen pareceu ansiosa.

— Lá em cima. Por quê?

— Você precisa fazer ela descer. Eu preciso conversar com ela.

— Sobre o quê? — Imogen disse, sarcástica.

— Quero falar com ela. Não com você. Fala para ela vir.

Imogen cruzou os braços e sua expressão se fixou num sorrisinho teimoso.

— Beleza — falei, bebendo mais um gole. — Eu vou embora. Hoje.

— Quê? — Imogen disse, dando a volta na ilha. — Do que você está falando?

— O Elliott foi suspenso hoje. Eu contei sobre a pousada para a sra. Mason para ajudar a limpar a ficha dele.

Imogen se debruçou, olhando para mim de um jeito dissimulado e falando baixo.

— Contou o que sobre a pousada?

Continuei olhando para a frente, incapaz de ver o medo que eu sabia que estaria nos olhos de Imogen.

— Que a mamãe está doente e que eu cuido de tudo.

— É mentira — Imogen rosnou. — A tia Mavis cuida muito bem de você.

— Faz muito tempo que não cuida — eu disse, pegando a xícara e evitando os olhos dela.

— Diz que isso é mentira. É mentira! — ela gritou no meu ouvido. Eu me encolhi, saindo de perto dela.

— Você precisa chamar a mamãe — eu disse, mantendo a voz calma. — Logo eles vão chegar.

— Quem? — ela gemeu.

— O Conselho Tutelar.

O rosto de Imogen se contorceu numa expressão de desprezo.

— O que é isso?

— É um órgão que cuida de crianças e adolescentes — falei, e meu corpo absorveu as palavras, com um peso no peito. Eu tinha feito aquilo que prometi nunca fazer.

Imogen pareceu entrar em pânico e começou a choramingar, correndo para a escada e chamando a mamãe.

— Mavis! — ela choramingou. — Mavis!

Alguém bateu na porta e eu me atrapalhei na hora de abrir. Elliott estava do outro lado, agora de casaco, cada fôlego projetando nuvens brancas no ar. Pareceu surpreso ao me ver. Estava segurando um envelope rasgado e um papel dobrado.

— O que você fez? — ele perguntou.

— O que você fez? — mamãe disse, descendo a escada, pisando duro. Em seguida agarrou meus ombros e me chacoalhou.

Elliott me puxou e ficou entre nós duas.

— Ei, ei, só um minuto. Vamos nos acalmar.

— Acalmar? Acalmar? — mamãe perguntou, com a voz estridente.

Fechei os olhos.

— Ela odeia quando falam isso.

— Como você foi capaz de fazer isso comigo? — mamãe perguntou, empurrando Elliott. — Você contou para aquela vaca daquela orientadora sobre a gente, e agora acontece o quê? Você vai morar num lar temporário horrível com outras dez crianças? Com desconhecidos? Por quê? Por causa *dele*?

— O quê? — Elliott perguntou, virando para mim. Sua expressão era de quem se sentia traído, e eu consegui ver nos olhos dele a mágoa e a consciência de que ela sabia e ele não. — Você contou para a sra. Mason?

— Eu falei o necessário.

— O necessário para quê? — Elliott perguntou, levantando o envelope. — Para isso?

Uma van preta diminuiu a velocidade e parou ao lado da calçada, na frente do carro de Elliott, com uma viatura de polícia logo atrás. Eu me libertei e subi a escada correndo.

Elliott olhou para a van, para o papel e para mim.

— Você está indo? Aonde vão te levar?

— Não posso falar agora. — Peguei duas malas e minha mochila, andando rapidamente até chegar à porta de entrada. Mamãe agarrou meu casaco e me segurou.

— Não. Você não vai.

— Mamãe, você precisa se cuidar. Você precisa fechar a pousada...

— Não! — ela gritou.

— Você tem que fechar a pousada e todo mundo precisa ir embora. Aí eu volto. Eu fico com você. Mas... — Quando percebi que ela estava olhando a van e tinha parado de prestar atenção, puxei seu queixo com cuidado até que ela me olhasse. — Mamãe? Preciso que você me ouça. Eles vão perguntar com quem você prefere que eu fique. Você precisa dizer que é com a sra. Mason. Rebecca Mason. A orientadora da escola. Você precisa dizer que eu posso ficar com ela.

Uma mulher e um homem saíram da van e caminharam em direção à casa.

— Mamãe? Sra. Mason — repeti, enfatizando o nome da minha orientadora. A sra. Mason tinha me falado que o Conselho Tutelar exigiria que mamãe assinasse documentos permitindo que eu me mudasse para a casa dela. Do contrário, eu ficaria na sede da instituição, aguardando até me realocarem.

— Não! — mamãe disse, tentando me puxar para dentro e fechar a porta.

Meu olhar cruzou com o dela, aterrorizado.

— Eu vou voltar.

— Quando? O que eu vou fazer? Eu vou ficar sozinha. O que eu vou fazer? — mamãe disse, com lágrimas caindo pelo rosto.

Após uma rápida batida, a porta de tela se abriu, e um homem alisou a jaqueta e ajeitou a gravata. Elliott estava logo atrás dele, inseguro e preocupado.

— Sra. Calhoun, meu nome é Stephanie Barnes — a mulher disse. Ela devia ter vinte e poucos anos e tinha um corpo parecido com o da mamãe, mas era mais baixa. Parecia nervosa. — Este é o Steven Fry, do Conselho Tutelar de Oklahoma, e este é o detetive Culpepper, do Departamento de Polícia de Oak Creek. Estamos aqui para transferir a Catherine para um ambiente seguro até termos mais informações sobre o que ela compartilhou com a orientadora da escola hoje.

— Para onde vocês vão levar a minha filha? — mamãe implorou, segurando meu casaco com as duas mãos. O pânico e o medo em sua voz eram paralisantes.

O policial ficou entre nós duas.

— Sra. Calhoun, temos uma ordem judicial. Você vai precisar se afastar e deixar que o sr. Fry e a srta. Barnes façam seu trabalho.

— Mamãe, faça o que ele pediu — eu disse, deixando que eles me puxassem para longe dela. — Não esquece de se alimentar. Tem pão, manteiga de amendoim e geleia para a Poppy.

— Catherine! — mamãe gritou, ficando para trás com o policial e a srta. Barnes.

— Ei! Espera! — Elliott disse, cortando caminho para sair da casa. O sr. Fry puxou nós dois juntos para fora da varanda, em direção à calçada irregular.

Parou em frente ao portão e levantou o braço para afastar Elliott, mas pedi para ele parar.

— Tudo bem — falei. — Ele é meu amigo.

— Aonde você vai? — Elliott perguntou, desesperado. — Você vai sair da cidade?

— Vou para a casa da sra. Mason. Vou ficar lá por um tempo.

— Sério? — ele perguntou, aliviado. — Mas está tudo bem?

Dei de ombros.

— Foi necessário.

Ele enrugou o nariz.

— Catherine, você não fez tudo isso por... — Olhou para o envelope que tinha na mão.

— Fiz — eu disse. — E faria de novo.

O sr. Fry fez sinal para eu acompanhá-lo até a van, e eu assenti, olhando para trás.

Elliott saiu correndo e parou diante do portão.

— Eu posso te visitar?

— Pode — respondi, sentando no banco de trás.

— Você disse que vai para a casa da sra. Mason? — ele perguntou.

Fiz que sim.

O sr. Fry fechou a porta e deu a volta, sentando-se ao volante e fazendo contato visual comigo pelo retrovisor.

— Vai ficar tudo bem, Catherine.

A srta. Barnes passou por Elliott ao sair pelo portão. Abriu a porta do passageiro e se sentou, colocando o cinto de segurança.

Então se virou para me olhar com um sorriso simpático.

— Você pegou tudo? — ela perguntou.

Assenti.

— A mamãe está bem?

— Ela vai ficar com o detetive Culpepper até se acalmar. Coloque o cinto, por favor, Catherine.

Acenei para Elliott, acompanhando-o com o olhar enquanto seguíamos pela Juniper Street, em direção ao lado oposto da cidade.

Perguntei-me se um dia eu deixaria de sentir que havia traído minha família, se seria o suficiente saber que minha ausência levaria ao fim da Pousada Juniper e da escuridão que havia lá dentro. Eu tinha medo de que mamãe me odiasse, mas tinha mais medo ainda de que Althea e Poppy sentissem que eu havia lhes virado as costas. Acima de tudo, eu queria que elas entendessem minha escolha.

O sr. Fry estacionou a van na entrada da garagem da linda casa em estilo rústico da sra. Mason. A varanda que cercava a casa me lembrava um pouco a pousada, mas essa era a única semelhança. O calor lá de dentro irradiava pelas janelas enormes, mesmo num dia frio de inverno. A parte externa era acolhedora, com um acabamento verde-claro e bordas brancas, plantas e luzes coloridas subindo pelas vigas da varanda e uma guirlanda de Natal pendurada na porta.

O telhado de duas águas era baixo e fazia a casa parecer menos assombrosa do que a pousada. Parecia uma casinha aconchegante.

A sra. Mason saiu de dentro e passou pela varanda iluminada, vestindo uma blusa e um sorriso que não escondia seu alívio.

A srta. Barnes me acompanhou até a varanda, carregando uma das malas.

— Oi — a sra. Mason disse, acariciando meu rosto e abrindo espaço para entrarmos.

Tirei as botas, pisando só de meias no chão de madeira, coberto pelo tapete bege e peludo da sala de estar. A sra. Mason pegou meu casaco e o pendurou no armário da frente.

Uma árvore de Natal artificial chegava ao teto de quase três metros, deixando só alguns centímetros sobrando acima da ponteira de anjinho. Os galhos exibiam enfeites vermelhos e verdes, alguns deles artesanais. Luzes brancas brilhavam por trás dos gravetos sintéticos, e uma capa vermelha e verde cobria a base da árvore, que já exibia mais ou menos uma dúzia de presentes.

— Sentem-se — a sra. Mason disse, apontando para um sofá modular de microfibra cinza, decorado com algumas almofadas de tecido floral e outras em um verde-azulado. Era tudo tão arrumado que eu hesitei.

— Ah, não seja boba — a sra. Mason disse, sentando-se numa poltrona de couro reclinável. — Tenho dois sobrinhos que sobem no sofá cobertos de sorvete todo sábado. Por isso preferi microfibra.

A srta. Barnes se sentou e eu me sentei ao lado dela.

— Como foi lá? — a sra. Mason perguntou, tirando a blusa.

— A Mavis ficou muito chateada, o que é compreensível, mas foi melhor do que o esperado. O quarto está pronto?

— Está, sim — ela disse, com um sorriso de alívio.

— Eu sei que você precisou correr para aprontar as coisas — a srta. Barnes disse.

— E a vida não é sempre assim? — a sra. Mason ponderou.

— Ah, eu não sabia que você já tinha acolhido outras crianças, sra. Mason — falei.

— Nunca aconteceu. Quer dizer, até hoje. É que eu e a srta. Barnes já trabalhamos juntas várias vezes. E aqui eu sou a Becca — ela disse, prendendo o cabelo castanho-claro num coque.

Eu nunca tinha visto a sra. Mason usando roupas normais. Ela parecia bem mais jovem com aquela calça de algodão cinza e o moletom azul-marinho meio desbotado da Universidade de Oklahoma.

A srta. Barnes apontou para o quarto.

— Está tudo bem?

Pisquei, surpresa com a pergunta. Eu tinha trocado um casarão vitoriano do século dezenove caindo aos pedaços por uma casa quentinha e impecável que era quase um chalé.

— Hã? Sim, está ótimo.

A sra. Mason e a srta. Barnes trocaram uma risadinha e logo depois a assistente social se levantou.

— Bom, então vou deixar vocês duas em paz.

— Obrigada — a sra. Mason disse, abraçando a srta. Barnes. A porta se fechou e em seguida a sra. Mason juntou as mãos.

— Somos só, hum... Somos só nós duas? — perguntei.

Ela demorou um instante para entender minha pergunta e só depois balançou a cabeça.

— Sim. Sim. Só nós duas. Quer ver o seu quarto?

Assenti, pegando minhas coisas e seguindo-a pelo corredor.

— O banheiro social é logo ali. Meu quarto é à direita, no fim do corredor. — Ela apontou. — O seu é à esquerda, também no fim do corredor. E tem seu próprio banheiro.

A sra. Mason acendeu a luz para revelar a cama de casal, uma cômoda de madeira e uma escrivaninha. Uma porta aberta levava a um banheiro pequeno. Tudo parecia tão iluminado, tão novo. As paredes eram pintadas de um roxo-acinzentado com bordas brancas e o tapete era cinza-claro. Em vez de cortinas blecaute pesadas que pendiam de um varão de ferro escuro, painéis delicados contornavam as janelas.

— Há quanto tempo você mora aqui? — perguntei.

Ela passou os olhos pelo quarto, com uma expressão de orgulho.

— Sete anos, três meses e dois dias. — Sorriu. — Mas quem é que está contando?

— Você reformou a casa? Parece tudo novo.

Ela concordou, colocando uma de minhas malas sobre a cama, coberta com uma colcha xadrez em tons de roxo e cinza.

— A gente fez uma reforma. — O resto da resposta ficou no ar. A campainha tocou e os olhos da sra. Mason brilharam. — Ah! É a pizza! Vem cá!

Eu a segui até a sala de estar e fiquei olhando enquanto ela dava uma gorjeta para o entregador, chamando-o pelo nome. Depois foi para a cozinha, carregando as duas caixas.

Nós duas nos sentamos na mesa de jantar, e observei a sra. Mason abrir as caixas, deliciando-se com o aroma dos temperos, igual a mim.

— Pratos! — ela disse, correndo para a cozinha. — Aqui. — Colocou um na minha frente, pegando uma fatia e dando uma mordida, e ao mesmo tempo me chamando para me sentar de frente para ela com a mão livre. — Ai, meu Deus. Desculpa. Estou morrendo de fome.

Analisei minhas opções. Uma pizza era meia muçarela, meia peperoni. A outra era meia supreme, meia calabresa.

— Eu não sabia de qual você gostava — ela disse, mastigando. — Tive que chutar.

Peguei uma fatia de cada e olhei para a sra. Mason.

— É isso aí, garota — ela disse.

Mordi a ponta da fatia de peperoni primeiro, soltando um gemido quando o queijo derretido inundou meus sentidos. Eu não comia pizza há anos. Meus olhos se fecharam e meu corpo relaxou instantaneamente.

— Que delícia! — exclamei.

A sra. Mason concordou e pegou mais um pedaço.

Minha alegria não durou muito, porque a imagem da mamãe comendo sozinha — se é que ela comeria alguma coisa — invadiu a minha mente. De repente, a pizza ficou com gosto de culpa, e não de prazer.

— Está tudo bem, Catherine. Você tem direito de sentir qualquer coisa. É normal.

Olhei para baixo.

— É normal se sentir presa mesmo quando se está livre?

Ela passou o guardanapo na boca.

— Faz parte do processo. As pessoas levam anos para entender completamente esse tipo de coisa. A culpa, a incerteza, o arrependimento, a perda. Mas não tem problema. Tente viver o presente e dê um passo de cada vez. E nesse momento, você tem o direito de aproveitar essa pizza e ficar tranquila aqui comigo. Ficar feliz longe da pousada não significa que você ama menos a sua mãe.

Dei mais uma mordida, tentando digerir as palavras como fazia com a comida.

— É difícil ficar tranquila. Minha cabeça ainda fica repassando as listas de coisas que preciso fazer até amanhã de manhã.

— É normal, também. Tenha paciência consigo mesma. Tenha paciência com o processo.

Por cima dos ombros, olhei para a árvore de Natal que brilhava na sala.

— Achei bonita.

— Tinha uma árvore na sua casa?

Fiz que não.

— Depois que meu pai morreu, não. Era ele que fazia essas coisas. Montava a árvore com as luzinhas. Mas a árvore nunca combinou com a pousada, na verdade. Mas eu gosto de olhar a casa dos vizinhos pela janela.

A sra. Mason olhou para o relógio de pulso.

— Bom, tem uma surpresa para você. — Ela fez uma contagem regressiva em voz baixa e apontou para o teto. As luzes lá fora piscaram e duas bolhas começaram a inflar no quintal. Segundos depois, um Papai Noel e um boneco de neve enormes e brilhantes estavam em pé no gramado, balançando com o vento.

— Caramba! — exclamei assim que os vi.

A sra. Mason bateu palmas e deu uma risadinha

— Eu sei, eu sei. É completamente ridículo.

Um canto da minha boca se curvou para cima.

— É bem legal.

A campainha tocou novamente, e a sra. Mason quase não conseguiu manter o sorriso no rosto.

— Fique aqui.

32

Catherine

DESCALÇA E COM UMA CALÇA LEVE E UMA BLUSA DE MOLETOM CINZA, a sra. Mason andou lentamente até a porta, espiando lá fora antes de abrir o trinco e girar a maçaneta.

— Oi.
— Oi — Elliott disse, entrando na casa assim que a sra. Mason deu passagem. Ele tirou o casaco, e a sra. Mason trancou a porta.

Ele levantou uma folha de papel diferente da carta que havia recebido da sra. Mason, anulando a suspensão.

— Eu queria que você fosse a primeira pessoa a saber. Recebi a notícia oficial hoje.

Eu me levantei e Elliott me abraçou enquanto a sra. Mason levava o casaco dele até o closet.

— O que é? — Olhei para baixo. O envelope era da Universidade Baylor. — Você entrou? — perguntei, empolgada.

— Não oficialmente. Eles me ofereceram uma bolsa de estudos esportiva integral — ele disse, demonstrando menos da metade da empolgação que deveria estar sentindo. — Eles vão exigir uma declaração de comprometimento se eu decidir que vou.

— Como assim *se* você decidir que vai? — perguntei.
— Para onde? — a sra. Mason perguntou.
— Você vai! É a Baylor! — exclamei, abraçando Elliott. Quando me afastei, ele só esboçou um sorriso mínimo.

— O que você fez? — ele perguntou, com o peso da culpa no rosto.

Encostei a bochecha em seu peito, sentindo seu cheiro. Ele cheirava à casa da tia dele; tinha o sal da comida que ela fazia e era limpo, uma mistura de sabonete e sabão em pó.

— Catherine... — ele disse, me afastando um pouco.

— A Catherine fez um acordo para tirar da sua ficha o que aconteceu com o Owen. Você teve sorte que a diretora Augustine não estava na escola hoje — a sra. Mason disse.

— Então não estou suspenso? — ele perguntou.

— Você leu a carta? — a sra. Mason perguntou, erguendo uma sobrancelha.

— Suspensão interna, minha sala e sessões de controle da agressividade. Esse é o acordo.

— Em troca de quê? — Ele olhou para mim.

— Que eu contasse sobre a pousada. Que a mamãe está doente, que eu não tenho supervisão de um adulto e que tenho me virado sozinha. Espero que isso não prejudique sua bolsa.

Elliott ficou me olhando por um tempo, depois olhou para a sra. Mason.

— Sua orientação vai começar na semana que vem e vai continuar até o fim das férias. Está com fome? — ela perguntou.

Elliott percebeu que tinha pizza.

— Sempre — ele disse, se sentando.

A sra. Mason voltou para a cozinha para pegar um terceiro prato e o colocou na frente de Elliott.

— Desculpa por eu ter aparecido do nada — Elliott disse, entre uma mordida e outra. — Eu queria saber se ela estava bem.

— Uma atitude compreensível — a sra. Mason disse, sentando-se do outro lado da mesa. — E que demonstra cuidado. Mas não precisa se desculpar. Na verdade, eu me sinto melhor com você aqui. Eu tinha me esquecido de como ter um homem na casa dá segurança.

— Disponha — Elliott disse.

— A gente também tem um sistema de alarme — ela disse, olhando para mim. — Depois vou te dar a senha.

— A gente? — perguntei.

A sra. Mason sorriu.

— Você e eu. Agora você mora aqui.

Sorri. Ela estava fazendo tudo que podia para me deixar confortável.

— O alarme deve ser novo.

— Compramos depois que... — ela parou de falar e suas bochechas coraram.

As lembranças daquela noite voltaram tão vívidas que eu precisei afastar novamente o medo e a humilhação. Fechei os olhos e balancei a cabeça, tentando esquecer de tudo pela milésima vez.

— Depois de quê? — Elliott perguntou.

— Depois que os Mason voltaram para casa e encontraram a minha mãe aqui.

— O quê? — Elliott disse.

— Depois da primeira vez que eu a denunciei ao Conselho Tutelar, mais ou menos seis meses depois que o sr. Calhoun faleceu — a sra. Mason disse.

— Mas ela só entrou ou o quê? — Elliott perguntou.

A sra. Mason empalideceu.

— Ela estava escondida debaixo da nossa cama.

— Da sua *cama*? — Elliott perguntou, olhando para mim para eu confirmar a informação.

Assenti, afundando na cadeira.

— Isso é meio louco — Elliott disse.

— Ela não ia nos machucar. Só estava confusa — a sra. Mason disse.

— Ela estava em posição fetal, choramingando. Não defenda ela — eu disse. — Por favor.

— Ela foi presa? — Elliott perguntou.

— Eles não prestaram queixa — falei.

— E eu ainda não sei se você me perdoou — a sra. Mason disse.

— Eu não te culpo. Não culpo ninguém, na verdade.

— E então? — a sra. Mason perguntou, olhando para Elliott. — Você vai contar para a gente?

— O quê? — Os olhos de Elliott dançaram entre mim e a nossa orientadora.

— O que o Owen disse.

Elliott se remexeu na cadeira.

— Eu achava que ele já tinha contado para vocês.

— Não — a sra. Mason acrescentou, sem rodeios. — O Owen passou a tarde toda na emergência.

— Ah... Como ele está?

— Pelo que entendi, o inchaço diminuiu um pouco. Um osso da face sofreu uma fratura. Você tem sorte por seus tios terem ido ao hospital e convencido os pais dele a não prestarem queixa, apesar da pressão que o detetive Thompson estava fazendo.

— Quem tem sorte é ele — Elliott bufou. — Eu peguei leve.

A sra. Mason arqueou uma sobrancelha.

— O que ele disse, Elliott? — perguntei. — Para você bater nele daquele jeito?

— Eu precisava de um motivo. Um bom motivo. Eu precisava escutá-lo falando que tinha sido provocado, precisava saber que as coisas que aconteciam à nossa volta não estavam levando-o ao limite também. Elliott era a minha âncora de normalidade e, sem isso, eu tinha medo de acabar sendo levada para o mesmo lugar em que mamãe vinha vivendo desde que papai morreu.

Ele desviou o olhar.

— Não importa.

— Na verdade importa, sim — a sra. Mason disse. Ela colocou o pé na cadeira, ficando com o joelho entre o peito e a quina da mesa. Era um gesto planejado, como tudo que ela fazia, para parecer mais acessível.

— Ele disse... — Ele respirou fundo, e as palavras começaram a escapar de sua boca. — Ele me chamou de canibal, depois disse que a Catherine era uma puta, e que provavelmente já estava grávida de um bebê índio.

A sra. Mason ficou boquiaberta.

Elliott tentou me olhar nos olhos, mas não conseguiu.

— Desculpa.

— Você está pedindo desculpa? Depois do que *ele* disse para *você*? — Abri a boca para continuar falando, mas não consegui. Em vez disso, cobri os olhos. — Elliott... — Meu lábio inferior tremia. Não era nem um pouco justo que ele fosse tratado assim, mas o fato de alguém dizer uma coisa tão nojenta por pensar que era o jeito mais fácil de machucá-lo, logo o Elliott, a pessoa mais generosa que eu conhecia, isso embrulhava meu estômago.

— Não tenho palavras, só posso dizer que sinto muito por isso ter acontecido com você e que vou tomar as providências para que esse tipo de coisa nunca mais seja dita na nossa escola — a sra. Mason afirmou.

— Eu não acredito que o Owen disse uma coisa tão horrível. Eu não acredito que ele...

— Pode perguntar para qualquer pessoa daquela sala, porque ele gritou — Elliott disse.

— Eu não quis dizer que não acredito em você — corrigi. — Eu acredito. É só que, de todo mundo que eu conheço, o Owen é a última pessoa que eu imaginaria que fosse capaz de dizer uma coisa dessas para alguém.

A sra. Mason estreitou os olhos.

— Eu vou perguntar para o treinador Peckham por que ele não me contou essa parte.

Elliott fechou os olhos.

— Teve mais coisa.

— Mais? — quis saber.

— Eu preciso te contar tudo. A Minka também está na turma.

— Ah, não... — falei

Depois de alguns segundos de um silêncio constrangedor, Elliott finalmente confessou.

— Ela me acusou de ter feito alguma coisa com a Presley. Ela me perguntou na frente de todo mundo se eu a estuprei. Disse que eu provavelmente tinha jogado o corpo dela numa vala na Águia Branca. Aí eu disse para ela calar a boca, senão ela seria a próxima a desaparecer.

Cobri a boca e a sra. Mason ficou sem ar.

— Eu sei! — Elliott disse, levantando-se, tomado de vergonha. — Eu sei que foi uma coisa idiota para dizer. Eu falei da boca para fora, mas, depois de semanas passando por isso, eu tinha chegado no meu limite!

— Agora é um bom momento para você me contar em detalhes o que está acontecendo — a sra. Mason disse.

Eu me levantei e fiquei ao lado de Elliott, pronta para defendê-lo qualquer que fosse a situação, assim como ele havia feito comigo.

— As acusações. Os comentários racistas. Os alunos ficam empurrando o Elliott pelo corredor. Ficam jogando coisas nele — desabafei, vendo que Elliott ficava mais nervoso a cada revelação. — Mas o que você disse, Elliott, pareceu uma confissão da sua culpa. Foi por isso que o Owen gritou com você. Ele adora a Minka e você a ameaçou.

— Na frente da sala inteira. Isso foi um erro — a sra. Mason disse.

— Simplesmente saiu — Elliott grunhiu, entrelaçando os dedos das mãos no topo da cabeça e andando de um lado para o outro.

— Por que nenhum de vocês me procurou antes? Quando a Catherine finalmente me contou o que estava acontecendo, já era tarde demais — a sra. Mason disse.

— Eu pensei que ia conseguir aguentar — Elliott retrucou. — Pensei que, assim que encontrassem a Presley ou não conseguissem provar que fui eu, deixariam para lá. Mas as coisas só foram piorando.

Alguém bateu na porta e nós três ficamos paralisados.

— Mantenham a calma — ela disse, levantando para atender. Quando abriu, cruzou imediatamente os braços e deu um passo para trás. — Milo.

O sr. Mason entrou, olhando para Elliott e logo depois virando-se para a esposa.

— O que ele está fazendo aqui? — ele sussurrou, com os lábios quase imóveis.

— Ele veio ver a Catherine. Ela vai passar um tempo aqui.

— Você ficou louca? — o sr. Mason disse, tentando manter a voz baixa, sem conseguir.

— Dá para ouvir vocês — Elliott disse.

O sr. Mason continuou:

— Os Brubaker foram ao hospital depois que os Youngblood foram embora. Estão tentando convencer os pais do Owen a darem queixa. Se eles conseguirem, vão procurar o Elliott.

— Quem vai procurar o Elliott? — a sra. Mason perguntou.

Eu me levantei, pegando a mão de Elliott. Ele apertou a minha mão, e notei que a dele estava suada. Ele também estava com medo.

O sr. Mason olhou para nós, compassivo.

— A polícia. Eles vão aproveitar essa oportunidade para continuar a interrogá-lo sobre o desaparecimento da Presley. Eles não têm outros suspeitos. Eles vão correr atrás dele, e depois — olhou para mim — eles podem decidir perseguir a Catherine.

— Não — Elliott disse, se posicionando na minha frente como se o sr. Mason estivesse lá para me buscar. Os dedos dele se agarraram aos meus. — Nós não fizemos nada! Quantas vezes precisamos repetir?

A sra. Mason se sentou à mesa e apoiou a palma das mãos na madeira escura. Fechou os olhos, respirou fundo e balançou a cabeça.

— Tudo bem. Por enquanto não aconteceu nada. Não vamos sofrer antes da hora.

— Becca, ele não pode ficar aqui — o sr. Mason surtou.

A sra. Mason levantou a cabeça e olhou para o marido.

— Nem você.

O sr. Mason ficou sem graça, obviamente magoado com a resposta. Ele tinha perdido peso desde o início das aulas. O bíceps começava a despontar nos braços e a flacidez debaixo da camisa tinha quase desaparecido. Agora ele usava roupas que me faziam lembrar mais do treinador Peckham do que das camisas de manga curta e das gravatas feias pelas quais o sr. Mason era conhecido.

Ele se encaminhou em direção à porta, mas parou perto da árvore, olhando os presentes. Todos tinham sido embrulhados com um papel verde, vermelho e prateado, menos um: um pequeno retângulo do mesmo tom de roxo das paredes do meu quarto.

— Becca...

— Você precisa ir embora, Milo.

O sr. Mason apontou para Elliott.

— Ele vai ficar aqui? — Quando a sra. Mason abriu a boca para argumentar, ele a interrompeu. — Ele é um suspeito, Becca. Ele não pode ficar sozinho. Ele precisa prestar contas de tudo o que fizer.

— Então eu vou começar a segui-lo — a sra. Mason disse.

O sr. Mason olhou para Elliott e soltou um suspiro.

— Eu faço isso. Não quero que vocês duas andem de carro sozinhas à noite. Pelo menos enquanto a Presley ainda estiver desaparecida. Muito menos depois de você ter provocado a sra. Calhoun. Sem querer ofender, Catherine.

Balancei a cabeça e me encolhi.

Elliott se virou para mim.

— Acho que ele tem razão. Se os policiais me pararem na volta para casa, o sr. Mason pode dizer onde eu estive por último.

— Você pode vê-la na escola de manhã. Na minha sala. Oito horas — a sra. Mason disse.

Elliott assentiu e se inclinou para me dar um beijo na testa, deixando os lábios parados ali por um instante.

— Até amanhã de manhã.

Ele me abraçou apertado, pegou a jaqueta e as chaves, passando pela porta que o sr. Mason segurava aberta.

O sr. Mason pareceu preocupado quando trocou olhares com a esposa.

— A porta dos fundos está trancada? E as janelas? — Ela fez um sinal afirmativo com a cabeça, e ele suspirou. — Isso foi um descuido, Becca. Queria que você tivesse falado comigo antes.

Ela cruzou os braços.

— Eu teria feito de qualquer jeito.

Ele deixou escapar uma risada.

— Eu sei. Vê se tranca a porta quando eu sair. E ligue o alarme.

A sra. Mason concordou, fechando a porta e o trinco.

Apertou alguns botões num painel quadrado branco e em seguida olhou por cima dos ombros.

— Preciso de uma senha de quatro dígitos para você. Tem que ser fácil de lembrar.

Pensei por um instante.

Ela inseriu a senha e apertou outro botão. O aparelho emitiu dois bipes.

— É só digitar a sua senha e depois apertar esse botão, tanto para ligar quanto para desligar o alarme quando você sair ou chegar em casa. Esse aqui é para ligar se você for ficar em casa. Acostume-se a ligar o alarme sempre que você entrar. Nem sempre eu vou estar aqui.

— Combinado, sra. Mason. Vou fazer isso.

— Becca — ela corrigiu, com um sorriso cansado. Então esticou os braços e coçou a nuca, olhando para as caixas de pizza quase vazias.

— Eu recolho. — Fui até a mesa, recolhi os pratos e os levei para a cozinha. Lavei todos eles e desfiz as caixas de papelão.

A sra. Mason ficou me observando com um sorriso no rosto, apoiada na parede. Os olhos dela estavam pesados e vermelhos. Ser observada por ela era como ser observada pelo Elliott, algo muito diferente de sentir os olhos da pousada sobre mim.

— Obrigada — ela disse quando eu terminei.

Atravessamos juntas o corredor, a sra. Mason fazendo uma pausa na metade do caminho para apagar as luzes. Ela deixou a árvore de Natal ligada e o brilho branco ficou ainda mais luminoso.

— Não é engraçado como as luzes ficam mais bonitas no escuro? — ela perguntou.

— Tipo as estrelas — eu disse. — Eu sempre ficava olhando pela janela do meu quarto, vendo as luzes da nossa rua. A prefeitura parou de trocar as lâmpadas que queimavam e isso me incomodava, até que um dia percebi que assim eu conseguia enxergar melhor as estrelas.

— Sempre vendo as coisas pelo lado positivo — a sra. Mason disse. — Boa noite, Catherine.

— Boa noite — eu disse, olhando a sra. Mason andar em direção ao seu banheiro.

A porta dela abriu e fechou, e eu me vi parada no corredor sozinha, esperando que a casa respirasse, que os olhos da casa se abrissem para me vigiar como acontecia com a pousada à noite. Mas não havia nada além do leve perfume dos difusores de maçã com canela que a sra. Mason ligava na tomada — e da luz da árvore de Natal.

Fechei a porta do meu quarto. Um item de cada vez, fui tirando minhas roupas da mala. No fundo da última mala estava a minha caixinha de música.

Aquele cubo rosa e branco pareceu velho e empoeirado quando o coloquei na cômoda brilhante do meu quarto novo. Todas as minhas coisas — incluindo eu mesma — pareciam desbotadas dentro da bela casa dos Mason. Tirei as roupas e tomei um banho, tentando arrancar os segredos da minha pele. Mamãe, agora abandonada e assustada, sempre conseguia dar um jeito de voltar aos meus pensamentos, e a preocupação que eu tinha com Elliott me fazia sentir um peso bem no meio do peito. Seis meses atrás, a única coisa que eu valorizava era minha lealdade à mamãe e à pousada. Como eu tinha mudado de ideia tão rapidamente, tão completamente?

A água escorreu pelo meu rosto, enxaguando a espuma do meu corpo e do meu cabelo, acumulando-se numa poça aos meus pés. A banheira era impecavelmente branca, o rejunte pelo qual o vidro encontrava a parede de azulejos não tinha nenhum traço de mofo, as janelas mantinham o vento frio soprando lá fora. Levantei a cabeça e olhei para o chuveiro. Os jatos saíam simétricos e não se via nenhum sinal de resíduos de água no metal.

Mamãe ainda estava presa na pousada com os outros, presa em seu desespero e em sua angústia, e eu estava tomando banho numa casa aconchegante e impecável que tinha cheiro de torta de maçã.

Usando um pijama limpo que ainda cheirava ao ar carregado da pousada, caminhei até a caixinha de música que eu tinha colocado na mala antes de o Conselho Tutelar chegar para me salvar. A tampa estalou ao abrir e a dançarina estremeceu quando encostei em seu minúsculo coque de cabelos castanhos. Os acordes começaram a tocar lentamente, me fazendo lembrar dos tempos em que era meu pai quem me salvava. Eu me perguntei se ele ficaria chateado comigo pela decisão que tomei. Eu quase conseguia ouvir sua voz séria, mas amorosa, me explicando que deixar alguém para trás era doloroso, mas em seguida me dizendo que eu tinha feito a coisa certa. No entanto era difícil acreditar nisso. Meu pai nunca teria deixado a mamãe, não importava quantos ataques ou crises ela tivesse.

Althea, Poppy, Willow, e até Duke, provavelmente todos eles estavam se debatendo para ajudar mamãe a lidar com tudo aquilo. Eles continuariam lá. Os rejeitados, os perdidos e os indesejados estavam mais dispostos do que eu a fazer um sacrifício pela mamãe.

Fechei a caixinha de música, interrompendo a melodia antes do fim.

— Agora a hóspede sou eu — falei baixinho.

Após uma batida suave na porta, ouvi a voz abafada da sra. Mason.

— Catherine? Está acordada?

— Sim? — Abri a porta. A sra. Mason estava em pé no corredor, tremendo, de roupão e pés descalços, segurando uma lanterna, com a pele luminosa e o cabelo pingando do banho.

— Ouvi alguma coisa lá fora, perto da minha janela. Estava indo dar uma olhada.

— Quer que eu vá com você?

Ela fez que não, mas eu conseguia ver em seus olhos que ela estava com medo.

— Não, só fique no seu quarto.

— Eu vou com você — eu disse, saindo e fechando a porta.

Nós duas vestimos nossos casacos e calçamos nossas botas, e em seguida saímos na varanda da frente da casa.

— Será que a gente devia se separar? — perguntei. — Você vai para a esquerda e eu para a direita?

— Não — ela disse, na mesma hora. — Não, de jeito nenhum. Você vem comigo.

Descemos os degraus da varanda enquanto a sra. Mason apontava a lanterna à nossa frente. Nossas botas esmagaram a grama seca e o vento soprou o cabelo molhado da sra. Mason em seu rosto.

Ela estendeu a mão, fazendo um sinal para eu parar.

— Olá? — ela chamou, com a voz trêmula. — Quem está aí?

Olhei para trás. As luzes das casas da vizinhança estavam apagadas. A rua estava vazia.

O barulho de alguma coisa se mexendo no fundo da casa fez a sra. Mason dar um pulo para trás. Ela levou um dedo à boca, com a luz criando sombras em seu rosto.

— Tem alguém sussurrando — ela murmurou, alto o bastante para eu conseguir escutar.

Esperei e escutei várias pessoas falando com vozes baixas e nervosas. Puxei a sra. Mason para perto.

— A gente devia voltar lá para dentro.

O mecanismo do portão dos fundos rangeu, e a madeira bateu com tudo. A sra. Mason puxou o braço e apontou a lanterna para todos os cantos do quintal, finalmente parando no portão. Ainda estava balançando, mas a tranca não tinha sido fechada.

— Becca! — gritei quando ela saiu correndo pelo quintal. Ela desapareceu para além do portão e eu só consegui pensar na velocidade com que ela tinha corrido com aquelas botas pesadas. — Becca! — gritei, correndo atrás dela no escuro.

Quando consegui chegar ao portão, ela já tinha voltado e fechado a tranca.

— Conseguiu ver alguém? — perguntei, ao que ela negou. — Você não devia ter feito isso — repreendi.

— Desculpa. Eu não quis te assustar.

— Uma menina está desaparecida, aí a gente ouve pessoas no quintal e você sai correndo sozinha atrás delas? E se te levassem? E se te machucassem? O que eu ia fazer?

— Você tem razão. Me desculpa. Foi só uma reação. — Ela parou abruptamente, e sua lanterna focalizou um arbusto que ficava perto da casa. Tinha sido pisoteado.

— Vamos voltar lá para dentro — eu disse, puxando a sra. Mason. — Eu quero voltar.

A sra. Mason concordou, me puxando. Subimos os degraus e ela trancou a porta assim que entramos. Os botões do painel branco fizeram um bipe quando ela ligou o alarme novamente.

— Eu vou ligar para a polícia, só por precaução. Você devia ir para a cama. Eu vou ficar aqui.

— Becca... — comecei a falar.

— Vá dormir. Vai ficar tudo bem, eu prometo.

— Devem ter sido as crianças da vizinhança — tentei.

— Provavelmente. Boa noite. — Ela pegou o telefone e eu a deixei sozinha.

Mesmo com o medo da sra. Mason preenchendo o espaço, a casa ainda era mais acolhedora e menos assustadora que a Pousada Juniper. Fechei a porta e me enfiei na cama, puxando as cobertas até cobrir as orelhas. A sra. Mason tentava falar baixo, mas eu consegui ouvi-la, ligando para a polícia.

Eles viriam e fariam perguntas. Então saberiam que Elliott e o sr. Mason haviam estado aqui, e eu tinha medo de que isso pudesse comprometer Elliott mais uma vez.

À medida que minhas pálpebras ficavam mais pesadas, os sussurros que eu havia escutado no quintal preenchiam minha mente: eram familiares, próximos, vozes que às vezes eu ouvia no corredor do meu quarto, na pousada. Conspirando, tramando para implementar um velho plano ou bolar um novo. Os hóspedes eram como pássaros, voavam na mesma direção, davam a volta, aterrissavam e aterrorizavam ao mesmo tempo. Eram um só, e iam rumo a um só objetivo. Agora eles estavam lá fora, esperando, como sempre fizeram na pousada. Eu nunca seria livre. Mamãe nunca me deixaria escapar.

33

Catherine

— CATHERINE? — A SRA. MASON CHAMOU DO LADO DE FORA DA PORTA. Uma batida suave veio em seguida.

Eu me sentei na cama e esfreguei os olhos, confusa por um instante.

— Hã, sim?

— Como é o primeiro dia de férias, eu fiz waffles.

— Waffles? — Fiquei sentada, sentindo o cheiro delicioso da farinha, do fermento e do xarope de bordo, misturado aos novos odores de tinta e tapete e aos velhos odores que flutuavam das minhas roupas no armário.

Saí cambaleando da cama e abri a porta, vestindo uma camiseta branca puída e uma calça de moletom cinza.

Becca estava do outro lado, de óculos de armação preta, usando um robe azul-bebê, pijama rosa e chinelos peludos. O cabelo estava preso no alto da cabeça, num coque bagunçado, com mechas castanhas caindo pelas laterais.

— Sim, waffles! — ela exclamou, dando um sorriso alegre e levantando uma espátula. — Vem cá!

Corremos até a cozinha, onde ela virou um aparelho prateado, girou uma alça e abriu a tampa, revelando um waffle perfeitamente dourado.

— Manteiga comum ou manteiga de amendoim? — ela perguntou, colocando o waffle num prato.

Franzi o nariz.

— Manteiga de amendoim?

— Ai, meu Deus, você nunca comeu isso?

— A gente não tem máquina de waffle. Quebrou ano passado. Mas não, nunca nem ouvi falar de waffles com manteiga de amendoim.

Ela subiu mais os óculos.

— Você não tem alergia, né?

Balancei a cabeça.

— Não.

— Olha — ela disse, passando manteiga comum numa metade e manteiga de amendoim na outra. Aí ela virou o vidro de xarope e encharcou meu café da manhã de açúcar. — Me diz qual dos dois você prefere.

Ela me entregou o prato, um garfo e uma faca, depois misturou a massa e colocou mais um pouco na máquina. Mesmo quando minha família tinha uma, era bem diferente. A sra. Mason virou o waffle e em seguida me acompanhou até a mesa.

Um copo de suco laranja já estava servido, esperando por mim. Eu me sentei e experimentei a metade do waffle coberta com manteiga de amendoim. Cobri a boca na mesma hora, enquanto eu mastigava aquela delícia cremosa e açucarada.

— Nossa...

A sra. Mason abriu um sorriso, apoiando os cotovelos na mesa e se inclinando.

— Incrível, não é?

— É bom demais — falei, quase sem conseguir pronunciar as palavras.

Ela bateu palmas e se levantou, apontando para mim enquanto voltava para a cozinha.

— Você nunca mais vai querer comer do outro jeito.

Ela bocejou, já posicionada, esperando seu waffle ficar pronto. O sol entrava por todas as janelas, fazendo as cores quentes da casa brilharem. Por mais que a residência dos Mason fosse aconchegante à noite, durante o dia era simplesmente radiante. Eu não conseguia imaginar os dois brigando naquele lugar, com certeza não o bastante para decidirem se separar.

— Você dormiu bem? — perguntei enquanto mastigava.

— Até que sim — ela disse, balançando a cabeça. A máquina emitiu um bipe e a sra. Mason girou o botão, destravando a alça e dando um sorriso ao ver o waffle caindo no prato. Depois de um pouco de manteiga de amendoim e de uma xícara de xarope, ela estava de volta à mesa.

Cantarolou enquanto deu a primeira mordida, se deliciando.

— É ótimo ter uma desculpa para voltar a fazer isso. Foi o Milo que me ensinou a gostar de waffles com manteiga de amendoim, na época da faculdade.

— Vocês namoraram desde a faculdade? — perguntei.

— Desde o ensino médio. — Ela partiu o waffle com a lateral do garfo. — Nos apaixonamos bem aqui, em Oak Creek. — Ficou mais séria. — Também nos desapaixonamos aqui.

— Aqui é complicado, eu acho. Não tem muita coisa para distrair os adultos do trabalho e das coisas do cotidiano. Não temos praia nem montanha, só o vento quente soprando tipo um aquecedor no verão e o vento frio machucando a pele no inverno.

Ela deu uma risadinha.

— Você está se esquecendo do pôr do sol. E dos lagos. E do futebol.

— Eu nunca fui ao lago — eu disse, dando mais uma mordida.

— O Milo tem um barco. Vamos corrigir isso quando o tempo esquentar.

Encolhi os ombros.

— Não sei onde eu vou estar.

— Você vai estar aqui. Até você ir para a faculdade. Você quase não fala sobre as inscrições.

— Eu não tenho como pagar uma faculdade agora.

— Mas e se ganhar uma bolsa? Um patrocínio do governo? Você é uma aluna nota dez, Catherine. Faltaram só dois pontos para você ganhar o certificado de honra ao mérito.

Deixei escapar uma risada e abaixei a cabeça, olhando para meu prato quase vazio.

— Que foi? — a sra. Mason perguntou.

— É que é surreal estar aqui na sua casa com você, tomando café da manhã e falando de coisas normais, mesmo as coisas não estando *nada* normais.

— Vai demorar um tempinho para você se acostumar.

— Não acho que eu devia me acostumar.

— Por que diz isso?

— Não sinto que é certo me acostumar a ficar longe da mamãe.

— Você não precisa ficar longe dela. Não é errado criar limites saudáveis e tentar viver o fim do seu último ano em um ambiente seguro e estável. — Ela fez uma careta, encostando o dedo indicador no meio da testa. — Desculpa. Não quero falar de um jeito tão clínico.

— Não, tudo bem. Eu entendo o que você está tentando dizer, mas eu já aceitei que ela precisa de mim. Meu papel de cuidadora não vai mudar depois da formatura, por isso a faculdade é um assunto encerrado.

— Não diz isso.

— Não é o ideal...

— Isso não é vida.

— Não é culpa dela.

A sra. Mason suspirou.

— Me incomoda ver que você desistiu. Você tem a vida inteira pela frente. Nascer não precisa ser uma sentença de prisão.

— Não é assim que eu vejo.

— Você é feliz lá? É a vida que você escolheria ter?

— É claro que não, mas... será que alguém escolhe? Você escolheu sua vida?

A sra. Mason quase cuspiu o suco de laranja.

— Você sabe que a mulher dele quis se separar porque ele estava saindo com a Emily Stoddard, não é?

A sra. Mason limpou as gotas alaranjadas do queixo.

— Eu ouvi falar.

— Ela se formou dois anos atrás. Ela nunca admitiu para os pais e para a diretoria da escola, mas contou para todas as amigas.

— O Milo me disse isso.

Eu me recostei na cadeira com um sorrisinho no rosto.

— Você não acreditou nele. E não está acreditando em mim.

— Na verdade eu estava quase certa de que o Brad estava saindo com a Presley antes de ela desaparecer,

— Você o quê?

— Eu vi mensagens dela no celular dele. Mensagens bem explícitas. Parei de sair com ele logo depois.

Arregalei os olhos.

— Você não acha que devia ter contado isso para a polícia?

— Eu...

— Eles estão atrás do Elliott e de mim, e você tinha motivos para acreditar que o treinador de futebol estava mantendo uma relação inapropriada com uma aluna que desapareceu?

— Ele...

— Por que você não contou? — eu disse, falando mais alto do que pretendia.

— Catherine..

— O Elliott pode ser preso a qualquer momento se os pais do Owen prestarem queixa, e você...

— Catherine, eu contei. Eu contei para a polícia. O Brad foi interrogado e passou pelo detector de mentiras. Ele tinha um álibi. Ele passou a noite aqui.

— O quê? Mas você disse...

— Que eu parei de sair com ele depois de ver as mensagens. E parei mesmo. Ele estava tentando me fazer voltar e, quando percebeu que não ia funcionar, ele implorou para eu não procurar a diretora Augustine. Ele andava bebendo. Ele desmaiou no meu sofá, e eu deixei. Foi ridículo.

Cobri o rosto com as mãos.

— Desculpa por ter gritado com você.

— Ei... — A mão dela tocou meu braço e eu levantei a cabeça. Ela estava inclinada do outro lado da mesa, sorrindo. — Está tudo bem. Estamos numa situação horrível, estressante e dramática. — Ela se aprumou quando ouviu alguém batendo na porta e em seguida se levantou, para espiar lá fora.

— Você acordou cedo — ela disse, abrindo a porta.

O sr. Mason entrou, segurando uma enorme sacola de papel.

— O Noah e a Simone vêm abrir os presentes hoje à noite.

— Eles vêm todos os anos.

Ele levantou a sacola.

— Eu trouxe mais alguns.

— Milo, você... não precisava fazer isso — a sra. Mason disse.

O sr. Mason pareceu chateado.

— Eles também são meus sobrinhos.

— Eu sei. O que eu queria dizer é... — Ela suspirou. — Eu não sei o que queria dizer.

Ele levou a sacola até a árvore de Natal e se ajoelhou, depositando os presentes. Os embrulhos não chegavam aos pés dos outros e ele tinha usado o dobro de fita adesiva, mas, pela expressão no rosto da esposa, ele tinha ganhado muitos pontos.

— Eu também trouxe alguns para a Catherine.

— Ah, Milo... — a sra. Mason disse, levando a mão ao peito.

Ele teve o cuidado de trazer o presente roxo para a frente, deixando-o em destaque, e em seguida se levantou e seu olhar cruzou com o da sra. Mason.

— Você vai fazer alguma coisa? — ela perguntou.

— Eu... — Ele se aproximou dela, mas ela se afastou. Ele pareceu se arrepender um instante depois, mas já era tarde demais. Seus olhos adquiriram uma expressão triste. — Acho que não foi uma boa ideia. Não quero confundir as crianças.

— Eu não quero que você fique sozinho — ela disse, inquieta.

Ele olhou para trás, mas não disse nada. Em vez disso, abriu a porta e saiu.

A sra. Masou ficou parada, imóvel, olhando para o presente roxo, depois se sentou de cócoras, cobrindo a boca e o nariz com as duas mãos. Seus olhos se encheram de lágrimas e ela os enxugou enquanto as lágrimas caíam.

— Lamento você ter visto isso, Catherine.

— Por quê? Foi bonito.

— Sofrimento é bonito? — ela perguntou, ajeitando o presente.

— Sofrimento, amor... Não dá para sentir um sem o outro.

Ela deixou escapar uma risada sem som.

— Você sempre me surpreende.

— Para quem é o presente roxo? — perguntei.

— Ah, é... é da Violet. Nossa filha. Minha e do Milo. Ela nasceu no Natal.

— Vocês tiveram uma filha? — perguntei, surpresa. — Não lembro de ver você grávida.

— Eu não tinha nem sete meses de gestação quando a Violet nasceu. Ela só sobreviveu algumas horas. Teria feito cinco anos este ano.

— Então foi antes de eu entrar no ensino médio.

— Sim — a sra. Mason disse, se levantando. — O Natal é difícil para o Milo. Ele nunca conseguiu superar.

— E você? — perguntei, observando-a voltar para a mesa.

Ela se sentou na minha frente, com uma expressão cansada.

— Eu escolhi superar. O Milo se sentia solitário em seu luto, apesar de eu ter vivido o luto com ele por quatro anos. Ele substituiu a tristeza por ressentimento, e aí acabou.

— E agora você está feliz?

— Eu amei o Milo desde que era menina. Ele olhava para mim como o Elliott te olha. Eu queria que tivéssemos vencido juntos. Mas, sim. Dizer que tinha acabado foi tipo tirar um casaco de pele enorme em pleno verão. Finalmente eu estava livre para superar, e foi isso que eu fiz. Ainda é difícil vê-lo sofrendo.

— Você ainda o ama?

Os cantos de sua boca se ergueram.

— Eu vou amá-lo para sempre. A gente nunca supera o primeiro amor.

Sorri.

— O Elliott já me disse a mesma coisa.

— Você foi o primeiro amor dele? — ela perguntou, apoiando o queixo na palma da mão.

— Foi o que ele disse.

— Eu acredito.

Senti as bochechas corarem.

— Ele quer que eu vá com ele para a faculdade. Se a gente sobreviver a esse ano sem ir para a cadeia.

A sra. Mason hesitou antes de falar novamente.

— Na sua opinião, o que você acha que aconteceu com ela? Não havia nenhum sinal de luta. Nem de assalto. Nem impressões digitais que não fossem as da Presley.

— Eu espero que ela tenha fugido, e espero que ela volte.

— Eu também — a sra. Mason disse. — Eu preciso fazer umas coisas hoje. Pegar umas coisas para a ceia de Natal. Você tem alguma preferência?

— Eu? Pensei em passar em casa hoje. Dar uma olhada na mamãe.

— Catherine, você não pode ir. Desculpa.

— Não posso ver como ela está?

— Se quiser, você pode pedir para o policial Culpepper ir até lá. Mas não acho que seja uma boa ideia você ir para casa agora. E se ela não te deixar sair? Não é uma boa ideia. Desculpa.

— Ah...

— Eu sei que é difícil, ainda mais durante as festas. Mas eu prometo que vai ser melhor assim.

A campainha tocou, e a sra. Mason levantou as sobrancelhas.

— Estamos concorridas hoje. — Ela abriu a porta e em seguida se afastou, sorrindo. — Sua vez.

Elliott entrou, colocando a alça da câmera no pescoço e erguendo a outra mão. Eu o abracei apertado, me derretendo nos braços dele enquanto ele me abraçava de volta. Ele estava usando a blusa preta do time de futebol, e encostei a bochecha no algodão puído e macio.

— O que é isso? — a sra. Mason perguntou, apontando para a câmera.

— Um hobby — Elliott disse.

— Não é só um hobby. Ele é incrível — falei. — Você devia dar uma olhada nas fotos dele.

— Eu adoraria — a sra. Mason disse.

— Sério? — Elliott olhou para mim, surpreso.

Toquei no peito dele.

— Sério.

— Há quanto tempo você tira fotos? — a sra. Mason perguntou enquanto ele colocava as coisas dele na mesa.

— Desde que eu era criança. A Catherine foi a minha primeira musa. Minha única musa.

A sra. Mason se ocupou com a louça do café da manhã, me despistando quando ofereci ajuda.

— Não quer mostrar a casa para ele? — a sra. Mason perguntou.

Eu o puxei pela mão em direção ao quarto lilás, fazendo uma careta quando a porta soprou os odores da pousada na minha cara.

— Argh. Por que você não me dizia que eu tinha esse cheiro? — perguntei, pegando minhas roupas no armário e colocando tudo numa cesta de vime que ficava perto da porta.

— Que cheiro? O que você está fazendo?

— Botando roupa para lavar. — Peguei as alças e fui andando pelo corredor. Havia uma porta ao lado do banheiro social que intuí que fosse a lavanderia, e eu tinha razão. Coloquei a cesta no chão e procurei o sabão nos armários.

— Está tudo bem? — a sra. Mason perguntou, vindo do corredor.

— Ela está procurando sabão em pó, eu acho — Elliott disse.

— Ah... — Ela se encolheu para conseguir passar por Elliott e abriu o armário, acima da máquina de lavar. — É uma cápsula. É uma máquina que abre pela parte da frente, então é só colocar a cápsula no tambor junto com as roupas e fechar a tampa. Se não for roupa delicada, coloca no modo normal e pronto. Pelo menos é o que eu faço. Os lençóis secos ficam no armário em cima da secadora.

— Faz sentido — falei, enfiando as calças jeans e as roupas escuras na máquina. Fechei a tampa e fiz o que a sra. Mason tinha recomendado. A água começou a encher o tambor giratório e as roupas começaram a girar. — Moleza.

A sra. Mason olhou para a cesta.

— Essas roupas estão limpas?

— Eu achei que estavam — retruquei. — Mas estão com o cheiro da pousada.

— Ah... — ela disse. — Eu não notei. Me avise se precisar de alguma coisa enquanto eu estiver fora.

Elliott esperou a porta da frente fechar para voltar a falar. Enfiou as mãos nos bolsos e se prontificou:

— Quer ajuda?

— Estou quase terminando. — Eu me levantei, ofegante, colocando as mãos na cintura e assoprando um fio de cabelo no rosto.

Ele deu um sorriso.

— Você é linda.

Apertei os lábios, tentando não parecer tão lisonjeada quanto estava.

— Você é bobo.

— A tia Leigh mandou eu perguntar se você pode almoçar lá em casa.

— Ah... A sra. Mason também tem planos para a gente, eu acho.

— Tudo bem — ele disse, sem conseguir esconder a decepção.

— A família da irmã dela vai vir. Tenho certeza que ela não vai sentir a minha falta.

— Sério? — Ele levantou a cabeça.

— Quer ver o quarto?

— O seu quarto?

Agarrei a mão dele, sentindo os dedos grossos entrelaçados aos meus.

— Não exatamente.

Atravessamos o corredor e eu abri a porta, muito mais leve que a do meu quarto na pousada. Tudo na casa dos Mason era mais leve.

— Nossa, legal — Elliott disse, tirando algumas fotos minhas antes de sentar na cama. Deu uns pulinhos e apertou o colchão. — Conseguiu dormir bem na noite passada? — Apontou a câmera ao redor do quarto, tirando fotos de coisas que pareciam corriqueiras para mim, mas que ele daria um jeito de tornar interessantes e bonitas.

— Até que sim.

Um canto de sua boca se ergueu.

— Eu estava torcendo para você dizer isso. Ia ser uma merda se você dormisse melhor sem mim.

— Bom, eu durmo pior — falei, sentando perto dele e esfregando as duas mãos.

— Está com frio? — ele perguntou, colocando o capuz da blusa. Sua camiseta subiu um pouquinho quando ele puxou, expondo a pele morena.

Minha blusa era enorme, mas ele ficou me olhando como olhava suas fotografias preferidas. Ele levantou a câmera e eu olhei para baixo, deixando o cabelo cair no rosto. Ele tirou as mechas da frente com uma só mão.

— Por favor?

Demorei um bom tempo para responder.

— Espera meu rosto voltar à cor normal.

— Eu posso editar essa parte, mas eu espero.

Quando o calor do meu rosto começou a se dissipar, balancei a cabeça e fui ficando tensa quando Elliott levou a câmera aos olhos e ajustou o foco. Depois dos primeiros cliques ficou mais fácil, e eu comecei a olhar para a lente como se estivesse olhando para o meu namorado.

Ele se levantou, me fotografando de vários ângulos e às vezes batendo fotos de objetos aleatórios no quarto. Debruçou-se e ficou perto da minha caixinha de música, tirando uma foto, e em seguida virou e me pegou olhando para ele com um sorriso no rosto.

— Uau — ele disse, olhando o visor. — É essa. — Ele chegou perto de mim, virando a câmera.

— Quando você ganhou uma câmera digital?

— Foi presente de formatura da minha mãe. Ela volta hoje à noite.

— Ah... — eu disse.

Ele se sentou ao meu lado, rindo.

— Ela não é tão ruim assim.

— É que eu tenho certeza que ela me odeia. E agora que você está com tantos problemas...

— Não é culpa sua.

— Ela sabe disso?

— Tenho certeza que a tia Leigh explicou para ela várias vezes. — A máquina de lavar fez barulho e Elliott se levantou na hora. — Eu recolho.

Então desapareceu por alguns minutos.

— Roupas escuras secando. Claras na máquina.

— Você é muito legal — falei.

Ele deu uma piscadinha.

— Finalmente eu posso ficar com você na sua casa. Quero dar motivo para você me convidar mais vezes.

Meus lábios se entreabriram quando percebi que o que ele disse era verdade, e eu cobri a boca.

Ele puxou a minha mão com cuidado e se inclinou para me beijar, pressionando contra os meus aqueles lábios carnudos e macios que eu tinha aprendido a amar.

Alguma coisa no jeito que Elliott me abraçava me fazia querer que ele me abraçasse mais ainda, então o puxei para perto. Ele reagiu, agarrando o meu rosto. Ele era alto e de fato tinha o tamanho de um jogador da NFL, mas suas mãos grandes eram delicadas. Aquelas mãos não eram capazes de machucar a Presley.

Sua língua entrou na minha boca, passando pela minha, molhada e macia. Soltei um gemido e fui me deitando, levando Elliott comigo.

As mãos e a língua dele se moviam de um jeito diferente. Ele encaixou a pélvis no meio das minhas coxas e começou a se esfregar em mim. Sentir a aspereza do seu jeans era ao mesmo tempo incômodo e excitante.

Elliott se sacudiu para tirar os sapatos e levou a mão à cabeça para tirar a camiseta. A pele de suas costas era lisa e macia, e eu não consegui resistir e acariciei seus ombros até as duas covinhas que ficavam na base das costas.

Sua mão se moveu debaixo da blusa de capuz que ele tinha me emprestado, encostando na minha pele nua logo acima do quadril, o dedão se enfiando um pouco além do elástico da minha calcinha.

Nós nos beijamos tanto e por tanto tempo que meus lábios começaram a ficar inchados, mas ainda assim Elliott esperou que eu mostrasse até onde eu queria ir.

Ele roçou em mim novamente quando encostou a testa na minha.

— Eu tenho... sabe... — ele disse, meio sem fôlego.

Só de pensar na camisinha, percebi que ele estava falando de sexo, e isso fez com que eu me distraísse. Eu me afastei, olhando para seus lábios.

— Ah...

— Mas não foi por isso que eu vim. Eu tenho a camisinha desde que... que você disse que a gente devia ter, e devia mesmo. Então eu comprei. Por precaução. Mas a gente não tem que usar.

Era doloroso ver Elliott tropeçando nas próprias palavras, sua boca ficando indecisa quando poucos segundos atrás suas mãos demonstraram tanta certeza.

Levei o dedo indicador aos seus lábios, me inclinando para beijá-lo. Seus ombros caíram. Ele já sabia o que eu ia dizer.

— Obrigada por ter esse cuidado. Mas ainda não.

Ele concordou e se sentou.

— Claro. Não quero que você se sinta pressionada.

— Que bom — falei, abaixando a blusa. — Porque isso não pode acontecer aqui.

Ele me deu um beijo na testa.

— Vou esperar no sofá enquanto você se troca. O almoço é daqui a uma hora.
— Ele andou pelo quarto.

Eu me levantei.

— Eu vi a sra. Mason guardar o controle remoto na gaveta da mesinha — falei, antes que ele fechasse a porta.

— Obrigada, linda.

Cruzei os braços, sorrindo de orelha a orelha. Ele nunca tinha me chamado assim antes, e eu não sabia que eu era o tipo de garota que gostava dessas coisas — na verdade, eu obviamente não era esse tipo de garota. Mas ouvir Elliott demonstrando seu amor por mim de um jeito tão corriqueiro encheu meu corpo de uma alegria indescritível. Eu estava nas nuvens. Aquelas duas palavrinhas tinham me deixado eufórica.

Gelei. Todas as minhas roupas estavam na lavanderia.

— Merda — murmurei.

Elliott bateu de leve na porta.

— Catherine? Suas roupas já secaram. — Deslizou uma cesta de roupas pela fresta que havia aberto. — E pode usar a minha blusa de novo. Ficou ótima em você.

— Obrigada, lindo — retruquei, sentindo a coragem necessária para experimentar a frase, já que ele havia dito. Peguei a cesta e ele esticou o braço pela abertura. Peguei a mão dele, e ele puxou a minha e a beijou.

— Eu te amo, Catherine Calhoun. Aconteça o que acontecer, não esqueça disso.

Suas palavras eram como o amanhecer, o anoitecer, um sonho lindo, o acordar de um pesadelo. Eram todos momentos maravilhosos, transformados em um só.

— Eu também te amo.

— Eu sei. Por isso tenho certeza de que vai ficar tudo bem.

— Eu vou trocar de roupa e deixar um bilhete para a sra. Mason, aí a gente pode ir — falei, com a porta fechada. Coloquei o agasalho dele por cima da minha blusinha, que agora tinha o cheiro da casa iluminada da sra. Mason, e não da pousada escura e úmida.

— Vou estar aqui quando você estiver pronta.

34

Catherine

LEIGH COMEÇOU A SERVIR A *ENCHILADA* DE FRANGO, CORTANDO DOZE quadrados perfeitos. Ela se sentou ao lado de John, deixando escapar um suspiro cansado.

— Está com uma cara ótima — falei.

Ela sorriu para mim do outro lado da mesa.

Elliott se debruçou por cima de um arranjo decorativo que incluía uma vela branca, neve falsa e algumas pinhas para pegar um dos quadrados para mim. Ele colocou as camadas de *tortilla*, molho, abacate e frango desfiado no meu prato, e em seguida fez o mesmo para sua tia, seu tio e sua mãe, que estava sentada ao seu lado.

— Se você gostar — Elliott disse, tomando seu lugar à mesa depois de se servir de dois pedaços —, me lembra de pedir a receita para a tia Leigh antes de a gente se mudar.

— A gente? — Kay perguntou, erguendo uma sobrancelha.

— Para a faculdade ou para viajar — Elliott disse, enfiando um pedaço enorme na boca. Ele se recostou na cadeira e gemeu de satisfação enquanto mastigava.

Leigh sorriu.

— Elliott, chegou uma coisa para você hoje.

— Para a faculdade ou para viajar... — Kay provocou. Ela olhou para mim, e eu fiquei paralisada enquanto mastigava. — E qual vai ser?

— Eu não vou para lugar nenhum. Tenho que ajudar a mamãe com a pousada.

Elliott limpou a boca com o guardanapo, virando-se para me olhar. Riu uma única vez, nervoso.

— Catherine, pensei que tínhamos decidido.

— Não — retruquei, dando mais uma garfada.

— Você vai mesmo ficar aqui? — ele perguntou.

Arregalei os olhos para mostrar que não queria discutir o assunto naquele momento, mas Elliott não deu sinal de que desistiria.

— Vai.... Você não quer ficar aqui. Me diz que estou errado — ele me desafiou.

— Eu já te falei. Não tenho escolha.

As sobrancelhas dele se uniram, insatisfeitas com a minha resposta.

— Tem sim.

Ele ficou me olhando e eu observei em volta, me encolhendo sob o olhar de todos.

Fiz uma cara de constrangimento.

— Eu não posso deixá-la para trás.

Kay sorriu alegremente, dando mais uma mordida.

— Elliott — Leigh disse, interrompendo o sobrinho antes que ele pudesse dizer qualquer coisa. — Espera só um segundo. Chegou uma coisa para você. Quero que você dê uma olhada antes de continuar essa conversa. — Ela se levantou e foi em direção à sala de estar, voltando rapidamente com um envelope nas mãos. Ela o segurou diante de Elliott, que o pegou, lendo o remetente.

— É da Baylor — ele anunciou.

— Abre — Kay disse, ficando de frente para o filho. Era a primeira vez que eu a via sorrir.

Os dedos grandes e ágeis de Elliott rasgaram o envelope. Ele tirou uma folha de dentro e a desdobrou.

— Sr. Youngblood... — leu em voz alta. Seus olhos se movimentaram da esquerda para a direita e refizeram o caminho, saltando pelos parágrafos. Dobrou o papel e o deixou ao lado do guardanapo.

— E então? — Kay perguntou. — O que está escrito?

— É sobre a bolsa de estudos. Eles querem que eu faça uma declaração de comprometimento em sete dias.

— É meio cedo, não? — Leigh perguntou.

— Não sei — Elliott respondeu.

— Eles estão fazendo isso cada vez mais cedo — John disse. — É uma boa notícia. A Baylor é sua primeira opção, certo?

Elliott se virou para mim.

— Catherine...

— Não olhe para ela — Kay disse. — Trata-se da sua formação. É uma decisão sua. Você disse que a Baylor era sua primeira opção.

— Mãe... — Elliott alertou. Sua autoconfiança em relação à mãe tinha aumentado. Ele não tinha mais medo de magoá-la. Ela não era mais a única mulher da vida dele, e eu conseguia ver no rosto de Kay que ela sabia disso.

Ele não tirou os olhos de mim.

— Uma declaração de comprometimento não é uma garantia — John disse.

O garfo de Kay arranhou o prato.

— Você está agindo como se não pudesse voltar para visitá-la. Você vai voltar para visitar, não vai?

— Não é isso — Elliott disse, subitamente. Ele continuava me olhando, esperando uma resposta.

— A questão é se eu vou com você ou não? — perguntei, quase num sussurro.

— Eu não posso te deixar aqui sozinha.

O garfo de Kay caiu no prato no mesmo instante em que sua mão bateu na mesa.

— Eu sabia. Meu Deus, filho, ela não é uma criatura indefesa.

— Kay! — John esbravejou.

A mãe de Elliott apontou o dedo para mim.

— Você não vai impedir que ele vá para a faculdade, não vai roubar essa oportunidade dele.

Aquele ataque repentino me pegou de surpresa. Kay nunca tinha fingido que gostava de mim, mas também nunca tinha sido rude de forma tão direta.

— Ele tem que ir. Eu quero que ele vá.

Kay balançou a cabeça, relaxando novamente na cadeira.

— De repente assim ele consegue sair dessa confusão que você criou.

— Mãe, chega! — Elliott rosnou.

Leigh fez uma cara de desgosto.

— Era para ser um momento de comemoração. Você não consegue pensar nas outras pessoas nem por um segundo. Nem no seu próprio filho.

Os olhos de Kay se arregalaram.

— Agora a culpa é *minha*? Eu queria que ele voltasse a morar em Yukon comigo. Se ele estivesse lá, não estaria sendo investigado agora, não é?

— Ele não queria morar em Yukon, Kay!

— Talvez ele quisesse, se você tivesse ficado do meu lado! Ele ficou aqui, como você queria, e agora olha só! Ele pode ir para a cadeia! Eu te avisei que essa cidade era problema!

— Você vai mesmo me culpar? Por oferecer uma casa para ele? Por cuidar dele quando você não conseguia sair da cama?

— Como você ousa falar isso? Eu estava em depressão! Eu não conseguia agir de outra forma! — Kay exclamou, num tom choroso.

— Ele poderia ser meu filho, Kay. É esse o tamanho do meu amor por ele!

— Ele não é seu filho! — Kay retrucou, levantando-se e apoiando as duas mãos na mesa. — Ele é *meu* filho! *Não* seu!

Elliott saiu da mesa e caminhou calmamente até a cozinha. Uma gaveta rangeu quando ele a abriu, e depois ele voltou, trazendo uma caixa retangular e comprida. Ficamos olhando enquanto ele desenrolou o papel-alumínio e rasgou um pedaço. Cobriu o meu prato e em seguida fez o mesmo com o dele. Empilhou os dois pratos e os levantou com os nossos talheres, parando para me esperar.

— Elliott — Leigh disse. — Perdão.

— Nós vamos comer lá embaixo. — Ele fez um sinal para que eu fosse junto e eu o acompanhei, ouvindo Kay atacar Leigh mais uma vez enquanto chegávamos à escada. Elliott fechou a porta, e nós descemos e fomos para a cama dele, onde nos sentamos com nossos pratos. O garfo de Elliott arranhou a louça e ele deu uma garfada na comida, olhando para o chão. A discussão de Leigh e Kay chegava abafada lá embaixo. Aqueles sons me fizeram sentir uma estranha familiaridade.

— Você está sorrindo — Elliott disse.

— Ah... — Engoli a comida que tinha na boca antes de voltar a falar. — É que me lembrou de quando os meus pais brigavam. Fazia muito tempo que eu não ouvia isso.

Ele ficou ouvindo durante um tempo, e após alguns instantes os cantos de sua boca se ergueram.

— Parece um pouco com aquela noite que nos falamos pela primeira vez, mesmo.

Concordei, dando mais uma garfada. Mesmo quando as duas falaram ainda mais alto e a briga piorou, o ar no porão pareceu mais leve. Fingi que eram meus pais: muita gritaria, pouca compreensão.

Fotos preto e branco de mim, de nós dois, de um balanço no Parque Beatle e do campo onde gostávamos de passear estavam penduradas num varal que ia do canto do quarto até a estante verde meio desbotada, encostada no meio da parede, ao fundo. Mais fotos de mim e de nós estavam em porta-retratos do lado da cama ou coladas na parede, em murais.

— Tem muito de mim e não muito das outras coisas.

Ele encolheu os ombros.

— Dizem que a gente fotografa aquilo que mais ama.

Peguei a câmera, apontei para ele e bati uma foto. Ele deu um sorriso.

— Você sente falta do seu pai? — perguntei, olhando as fotos no visor digital.

— Ele me liga de vez em quando. Deve ser quando ele não aguenta mais se sentir um babaca de merda. E você? Sente falta do seu?

— O tempo todo — eu disse, suspirando e olhando para o chão. — Eu estava falando sério. Eu quero que você vá para a Baylor.

— Eu estava falando sério quando falei que não ia te deixar aqui sozinha.

— Eu não estou sozinha.

— Você entendeu.

Devolvi sua câmera à mesa.

— Você sabe que eu fiquei sozinha na pousada durante dois anos antes de você voltar.

Ele suspirou, frustrado.

— Você já está morando com a sra. Mason.

— Só até você se formar e se mudar.

Toda a emoção desapareceu de seu rosto.

— Então é isso? Você só está ganhando tempo até eu ir para a faculdade? Depois você vai voltar para lá?

— Você está falando em forma de perguntas de novo.

— Pois é, eu falo assim quando fico nervoso. Você não se importa nem um pouco com a sua própria segurança. Como é que eu vou conseguir ir embora sabendo disso?

— Você é hipócrita — falei sem pensar.

Ele colocou a mão no peito.

— *Eu* sou hipócrita?

— Você fala que eu não posso me sujeitar ao que você chama de perigo por sua causa, mas você mesmo está falando em desistir da sua carreira universitária por mim.

— O que eu *chamo* de perigo? Eu não faço ideia do que está acontecendo na sua casa, mas sei que lá não é seguro!

Fiz uma careta.

— Lá não é a minha casa.

— Está vendo? — ele disse, deixando o prato de lado, se levantando e apontando para mim. — Isso não é normal. Você vai voltar e vai continuar morando num lugar que você não considera sua casa.

— Eu nunca me senti em casa em Oklahoma.

Ele se ajoelhou na minha frente, segurando as minhas pernas.

— Então vem comigo para o Texas.

Segurei seu rosto.

— Eu não tenho como pagar.

— Faz um empréstimo.

— Eu não tenho como pagar um empréstimo. Eu vou precisar arranjar um segundo emprego para a gente não perder a pousada.

— Por que você quer salvar a pousada? — ele gritou. Em seguida se levantou, andando de um lado para o outro.

— Eu não quero! Eu não quero salvar a pousada! Não quero guardar os segredos! Eu gostaria de não precisar, mas eu preciso.

Ele se virou para mim.

— Você não sabia, Catherine?

— O quê? — rebati no mesmo instante.

— A beleza de um segredo está nisso: confiança. Confia em mim. Deixa eu te ajudar.

— Você quer dizer que eu devia deixar você me salvar.

Ele engoliu em seco.

— Nós podíamos salvar um ao outro.

Fiquei olhando para ele, irritada, porque ele estava fazendo minha convicção enfraquecer.

— Eu já saí de casa. Já deixei minha mãe para você não perder sua bolsa de estudos. Você não pode me pedir isso também.

Ele apontou para o chão.

— Você não está segura lá. Você nunca vai ficar segura lá. Eu não consigo fazer as malas e me mudar sabendo disso. Se alguma coisa acontecesse, eu estaria a seis horas de distância daqui!

Afastei meu prato e deixei escapar uma risada.

— Você acha isso engraçado?

— Estamos parecendo os meus pais.

Os ombros do Elliott caíram.

— Catherine, eu te amo. Não vou te deixar aqui.

Desviei o olhar, preocupada.

— A gente não precisa decidir hoje.

— Não, mas eu te conheço. Você vai deixar para depois até eu encher o porta-malas e ligar o carro. Aí você vai me dizer que não vai comigo. E quer saber? Eu vou só desfazer as malas. Eu vou arranjar um emprego e alugar um quarto na pousada.

Eu me virei e olhei para ele.

— Você... você não pode — eu disse, balançando a cabeça.

Ele esticou as mãos ao lado do corpo e deixou que caíssem nas laterais.

— Acho que nenhum dos dois vai ter opção e vamos ter que ficar aqui.

Esfreguei as têmporas.

— Estou ficando com dor de cabeça. Acho que preciso voltar para casa. — Como ele não respondeu, levantei a cabeça, encontrando seu olhar. — Quê?

— É a primeira vez que ouço você chamando um lugar de "casa" desde o primeiro ano do ensino médio.

Ele se sentou na cama ao meu lado, com uma cara de exaustão. Deslizou o braço por trás dos meus ombros, me puxando para ficar ao seu lado. Às vezes, ele parecia ter o dobro do meu tamanho — meu gigante particular. Ele tinha mudado tanto desde a época em que foi embora que eu imaginava que, se ele fosse embora de novo, da próxima vez que nos encontrássemos seríamos desconhecidos. Eu não queria que Elliott se tornasse um desconhecido e não queria voltar para a pousada.

— Posso pegar alguma coisa para sua dor de cabeça.

Fiz que não.

Elliott se deitou no travesseiro, me levando junto. Deixei que o calor do seu peito aquecesse meu rosto, fazendo todos os músculos do meu corpo relaxarem. Ele passou os dedos pelo meu cabelo, começando nas têmporas e indo até a base da nuca. Escutar Kay e Leigh brigando e depois discutir com Elliott tinha sido exaustivo. Olhei para as luzinhas minúsculas que cruzavam o teto do quarto e fechei os olhos, fingindo que eram estrelas se encontrando pouco antes de tudo ficar escuro.

— Elliott? — Kay o chamou, com voz suave.

Esfreguei os olhos e olhei para ela. A dureza em sua expressão havia desaparecido e não havia mais ódio em seus olhos. Ela se sentou na cama, ao lado do filho adormecido. A posição de Elliott criava um muro que nos separava, seu peito subindo e descendo com a respiração.

— Oi, Catherine.

— Oi — retribuí, apoiando-me nos cotovelos.

O abajur emanava um brilho amarelado suave e, exceto pelo chiado do aquecedor, o quarto estava em silêncio.

Ela não falou por um minuto inteiro, simplesmente olhando para o chão. Atrapalhou-se um pouco antes de começar a falar, uma característica que Elliott imitava com frequência.

— Você faz o Elliott feliz. Eu sei que ele te ama. Só não sei por quê. Sem querer ofender.

— Tudo bem. Eu também não sei direito por quê.

Ela deixou escapar uma risada e sacudiu a cabeça.

— Nós brigamos tantas vezes por causa de Oak Creek, e no fim das contas as brigas eram todas sobre você.

— Desculpa. — Foi a única coisa que consegui dizer. Elliott tinha herdado tantos traços da mãe que era difícil sentir qualquer coisa que não fosse amor por ela.

— Ele tentou vir te encontrar tantas vezes, e parecia que, quanto mais eu lutava para ele ficar, mais ele queria ir embora. Eu pensei que era a típica paixão adolescente, mas ele estava ansioso. Irritado. Parecia sufocar.

Olhei para Elliott dormindo de lado, de costas para a mãe, com um braço ainda preso em mim. Ele parecia tão sereno, tão diferente do menino que ela estava descrevendo.

— Ele só tinha quinze anos. Agora ele tem dezoito, e eu passei a maior parte do tempo brigando com o pai dele ou com ele. Eu desperdicei todos esses anos. Talvez um dia você entenda isso. Espero que sim, não tão cedo, mas um dia. Ele olhava para mim do jeito que olha para você. Era diferente, claro, mas era o mesmo amor sincero e indestrutível naqueles olhos castanhos enormes. Eu sei como é ser a pessoa preferida dele. Eu invejo você.

— Você não sabe como é ouvir o Elliott falando de você — eu disse.

Ela virou os olhos para mim.

— Como assim?

— Ele te ouve. Às vezes ele cita suas frases. Ele te acha sábia.

— Sábia, é? — Ela olhou para a escada. — Essa palavra eu não esperava. — Franziu o cenho. — Catherine, se você o ama, e eu sei que ama, você vai encontrar uma forma de convencê-lo a ir para a faculdade. Essa é a chance dele.

Anuí com a cabeça.

Ela suspirou.

— Ele iria com você para qualquer lugar. Talvez dessa vez você possa retribuir. Ou isso ou deixa que ele se liberte. Eu precisei fazer isso quando deixei de ser o que fazia bem para ele. E, meu Deus — os olhos dela se encheram de lágrimas —, se sua escolha for essa, isso eu não invejo.

Ela se levantou, recolheu nossos pratos sujos e subiu a escada. Seus passos nos degraus denunciavam sua presença até que a porta se abriu e bateu em seguida.

Elliott se virou, olhando para mim sem expressão nem julgamento, como se esperasse essa reação partir de mim.

— Você estava acordado esse tempo todo? — perguntei.

— Aprendi esse truque com o meu pai. Minha mãe odeia acordar a gente. — Ele se ergueu e balançou as pernas até colocar os pés no chão. Com os cotovelos encostados nos joelhos, ficou olhando para o tapete.

Massageei suas costas.

— Está tudo bem?

— Estou com um mau pressentimento — ele disse, com a voz suave e sonolenta.

Eu o abracei por trás, beijando seu ombro.

— Temos mais de sete meses até você precisar se mudar.

— Mesmo se você terminar comigo, eu não vou. A minha mãe tem boas intenções, mas ela não tem ideia do que eu faria ou do que eu abriria mão por você.

— Não sai por aí falando isso. Metade da cidade pensa que você matou a Presley por minha causa.

As sobrancelhas dele se franziram.

— Então eles pelo menos têm uma noção.

— Não fala isso. Não tem graça.
— Nada disso tem graça.

Elliott se levantou e foi até a estante. Abriu uma gaveta e fechou logo depois, virando-se de novo. Tinha nas mãos uma caixa estreita do tamanho de um caderno, embrulhada em papel branco e amarrada com uma fita verde e vermelha.

Deu um passo em minha direção.

— Feliz Natal.

Encolhi um ombro.

— É só amanhã.

— Eu sei. Abre.

Puxei a fita e abri a tampa, revelando uma foto em preto e branco do meu pai e de mim só um ou dois dias antes de sua morte. Estávamos em pé na varanda, sorrindo um para o outro. Era um momento silencioso, um momento que eu tinha esquecido. A moldura tinha uma decupagem de outras fotos do meu pai. Algumas eram só dele, outras, de nós dois juntos. Cobri a boca e meus olhos instantaneamente se encheram de lágrimas.

35

Catherine

ELLIOTT PUXOU O FREIO DE MÃO DO CHRYSLER E O MOTOR FICOU EM ponto morto na entrada da garagem da sra. Mason. Era possível ver o carro dela pelas janelinhas quadradas da porta da garagem e, embora as luzes estivessem apagadas, era bom saber que ela estava lá dentro, me esperando.

Elliott entrelaçou os dedos nos meus e levou minha mão aos lábios.

— Obrigada por hoje. E por isso — eu disse, tocando a caixa que guardava o porta-retratos.

— Gostou? — ele perguntou.

Fiz que sim.

— Você só vai ganhar o seu amanhã.

— Justo.

— É coisa simples.

— Você não precisava me dar nada. Quando a gente pode se ver?

— À tarde? Ai, meu Deus.

— O quê?

— Não comprei nada para a sra. Mason.

— Ela não vai se importar com isso, Catherine.

— Mas eles me deram presentes.

— Eles?

— O sr. Mason trouxe alguns. Ai, meu Deus. Eu sou horrível. Eu devia ter feito alguma coisa para eles.

Elliott deu uma risadinha.

— Não tem problema. Se você quiser, a gente procura alguma coisa amanhã, e você entrega para eles.

— Tipo o quê?

Ele estreitou os olhos.

— Não sei. A gente tem até amanhã para pensar.

Eu me inclinei para dar um beijinho em seus lábios, mas ele agarrou meu braço.

— Que foi? — perguntei, ainda sorrindo.

O sorriso de Elliott se dissipou.

— Ainda estou com aquela sensação. Vou te acompanhar até a porta. Posso fazer isso, né?

Assenti.

Elliott deixou o motor ligado e caminhamos de mãos dadas até a porta. Girei a maçaneta e empurrei a porta, e o alarme disparou. Então digitei minha senha e apertei o botão para desligar.

— Está vendo? Tudo certo — sussurrei.

— Acho que meu pressentimento era só porque eu tinha que ir embora.

— Feliz Natal — eu disse, e fiquei na ponta dos pés. Dei um beijo rápido em sua boca e acenei, observando enquanto ele andava até o carro. A árvore de Natal estava acesa e o brilho suave iluminava meu caminho até a cozinha. Fiz uma pausa, sentindo alguma coisa pegajosa nos sapatos, depois continuei andando pelo piso de cerâmica em direção ao interruptor. Ouvi o Chrysler dando ré e saindo, e acendi a luz.

Minha boca se abriu e meu estômago instantaneamente revirou quando meus olhos seguiram os respingos e as manchas vermelho-sangue que estavam nos balcões, na geladeira e no chão. Alguém tinha sido arrastado pela cozinha, e quatro faixas de dedos foram deixadas pela pessoa que tentou, em vão, se segurar no piso. O corpo foi arrastado pela lavanderia e pela porta da garagem.

Fiz força para engolir a bílis que subia pela garganta e cobri a boca com a mão trêmula. O sangue contava uma história violenta, e quem quer que fosse que o tinha perdido já não devia ter quase nada sobrando.

— Becca? — chamei, com a voz fraca. Pigarreei. — Becca?

O vermelho escorregadio fez minha mão deslizar da maçaneta quando tentei girá-la, e só depois consegui a fricção necessária para fazer a porta se abrir.

— Becca?

A luz estremeceu quando pressionei o interruptor, e o retângulo fluorescente lá no alto se iluminou, um tubo de cada vez. Senti um peso no estômago. O sangue do piso tinha sido manipulado e em seguida usado para fazer rabiscos na parede. As lágrimas caíram pelo meu rosto.

— B-becca?

Fui andando para trás, saindo da garagem e da cozinha, cambaleando no escuro até chegar ao corredor, sem conseguir me lembrar de onde ficava o interruptor que acenderia outra lâmpada. Estendi o braço por um batente e passei a mão pela parede, finalmente o encontrando. Olhei para a esquerda. A porta do meu quarto estava aberta. À direita, um dos lados tinha um rastro vermelho que levava ao quarto da sra. Mason.

Meu corpo inteiro tremia e todos os pelos do meu corpo se arrepiaram quando me forcei a dar mais um passo em direção ao quarto da sra. Mason. A porta estava escancarada, e pedi ajuda ao meu anjo da guarda.

— Sra. Mason? — chamei, quase num sussurro. Alcancei a parede, e a luz revelou mais caos e sangue.

A bolsa da sra. Mason estava sobre a cômoda, e passei correndo pelo móvel e verifiquei o banheiro.

— Becca? — insisti, com a voz trêmula. Remexi sua bolsa, depois a arremessei na cama. Dinheiro trocado, uma carteira e produtos de maquiagem caíram na colcha, junto com seu celular. Eu o peguei e liguei para o primeiro número em seu registro de ligações recentes.

— Alô? — o sr. Mason atendeu, com voz confusa.

— Sou... sou eu, sr. Mason. A Catherine.

— Catherine? Você está bem? O que aconteceu?

— Eu acabei de chegar em casa. Eu... — Corri para o outro lado do quarto para trancar a porta. — Eu estou dentro de casa.

— Tudo bem. Catherine, deixa eu falar com a Becca.

— Ela não está aqui — sussurrei, com a voz trêmula. — Tem sangue. Tem sangue por todo lado — engasguei, sentindo as lágrimas caírem pelo rosto.

— Sangue? Catherine, passa o telefone para a Becca. Agora.

— Ela não está aqui! Ela não está aqui, e tem um rastro de sangue que vai do quarto dela até a garagem!

— Vou desligar, Catherine. Vou chamar a polícia. Não saia daí.

— Não, não desliga! Estou com medo!

— Vou chamar a polícia e logo depois te ligo de novo. Estou entrando no carro. Chego aí em cinco minutos.

O celular ficou mudo e eu o segurei colado ao rosto, mantendo os olhos fechados para bloquear o cenário tenebroso que se via no banheiro.

Eu não sabia mais o que fazer, então comecei a contar. Contei até dez, até vinte, até cem, até quinhentos. Quando cheguei a quinhentos e seis, a porta da frente caiu sobre a árvore de Natal, e os enfeites e as luzes dançaram com os galhos.

— Catherine? — o sr. Mason gritou, com sirenes da polícia soando ao fundo.

Eu me levantei com dificuldade, correndo pelo corredor e me jogando nos braços do sr. Mason, aos prantos.

Ele me abraçou, quase ofegante.

— Você está bem? — ele perguntou, me segurando. — Becca? — ele chamou.

Balancei a cabeça, incapaz de pronunciar uma única palavra.

O sr. Mason correu até a cozinha e viu o estrago com os próprios olhos. Depois correu pela garagem e pelo quintal, chamando a esposa. Voltou para dentro, escorregou e caiu de joelhos. Olhou para o sangue em suas mãos.

— O que aconteceu? — ele choramingou. — Onde ela está?

— Eu não... Eu... — Balancei a cabeça e cobri a boca com a mão.

Duas viaturas de polícia estacionaram na frente da casa da sra. Mason. As luzes azuis e vermelhas piscavam na sala da frente, abafando a luz suave da árvore de Natal.

Um policial se ajoelhou ao meu lado.

— A senhorita está bem?

Fiz que sim.

Um segundo policial ficou paralisado na sala de jantar.

— Precisamos fazer uma busca na casa, senhor. Preciso que vocês se afastem.

O sr. Mason se levantou, deu meia-volta e seguiu em direção à porta, agarrando meu braço e me levando com ele. Uma ambulância apareceu na entrada da garagem e os paramédicos saíram lá de dentro. Após uma rápida busca, um deles trouxe dois cobertores e o outro entrou correndo na casa.

— O que você viu? — o sr. Mason perguntou, colocando um cobertor nos meus ombros.

— Eu... nada. Eu só cheguei aqui.

— De onde?

— O Elliott me trouxe da...

— O Elliott esteve aqui? — ele perguntou.

— Ele só me deixou. Ele me acompanhou até a porta, mas não entrou.

— Onde ele está agora?

— Ele foi embora. Já tinha ido quando eu acendi a luz e vi... Você acha... você acha que o sangue é dela?

Ele me abraçou e suas palavras ficaram presas na garganta por um instante.

— Meu Deus, eu espero que não.

Ao lado de uma das viaturas, tremíamos juntos. Um por um, os vizinhos foram saindo de suas casas para ver a movimentação dos policiais e paramédicos. Mais policiais chegaram, seguidos pelo detetive Thompson.

Ele atravessou o quintal e entrou na casa sem tirar os olhos de mim, e as luzes da viatura projetaram uma sombra em seu rosto.

— Por que vocês dois não vão se sentar na traseira da ambulância, que está aquecida? — um dos paramédicos disse.

— Vocês a encontraram? — o sr. Mason perguntou, em transe.

O homem sacudiu a cabeça, fechando os lábios numa linha reta.

— Não acho que ela esteja aqui.

O sr. Mason respirou fundo e eu o acompanhei até a ambulância.

— Se ela não está aqui e alguém a levou, talvez ela ainda esteja viva — ele disse.

— Os dedos dela... Tinha marcas no chão. Como se ela tivesse tentado se segurar em alguma coisa — falei.

— Ela lutou. É claro que ela lutou. — Seu lábio inferior estremeceu e ele pressionou o septo, tentando sufocar o choro.

Apoiei-me em seu ombro.

— Ela vai ficar bem. Eles vão encontrá-la.

Ele fez que sim e estendeu o celular.

— Você, hum... — Ele limpou a garganta. — Quer ligar para o Elliot?

Eu me encolhi, com os lábios tremendo.

— Eu não sei o número dele.

O sr. Mason enxugou os olhos com a manga do casaco.

— Você passou o dia todo com ele?

— A mãe dele está na cidade. Ele passou o dia todo em casa, eu juro.

— Ele é um menino bacana. — Passou a mão pelo cabelo. — Eu preciso ligar para a Lauren, mas, meu Deus...

— Lauren é a irmã dela?

— É.

A porta se abriu, e o detetive Thompson entrou na ambulância e se sentou ao meu lado. Pegou um bloco de notas e uma caneta.

— Catherine.

Sacudi a cabeça.

— Pode me contar o que aconteceu hoje?

— Eu passei o dia inteiro na casa do Elliott. Voltei para casa e o carro da sra. ... da Becca estava aqui, então pensei que ela estava em casa. O Elliott me acompanhou até a porta, me deu um beijo, depois eu fui para a sala de estar, para a sala de jantar, aí eu acendi a luz. Foi então que eu vi o... Todo aquele...

O detetive concordou com a cabeça, rabiscando o papel.

O sr. Mason pigarreou mais uma vez.

— Parece que a polícia inteira está aqui.

— Praticamente — Thompson confirmou, tomando notas.

— Quem está na rua procurando a Becca? — o sr. Mason perguntou.

O detetive levantou a cabeça no mesmo instante.

— Desculpe?

— O paramédico disse que ela não está na casa. Quem está procurando a minha esposa?

Thompson estreitou os olhos.

— Ninguém. Não tem ninguém procurando.

— Por que diabos não tem ninguém? — o sr. Mason perguntou. Pela primeira vez, ouvi raiva em sua voz. Ele ainda a amava. — Se ela não está aqui, ela está em algum lugar. Por que vocês não estão procurando?

— Antes precisamos de algumas informações, sr. Mason, e depois podemos começar as buscas. Catherine, eram mais ou menos que horas quando você saiu da casa dos Mason e se dirigiu para a casa dos Youngblood?

Dei de ombros.

— Não tenho certeza. Talvez dez e meia?

— Hoje de manhã?

— Isso.

— E você ficou na casa dos Youngblood o dia inteiro? Até que horário?

— Até a noite. Até uma hora atrás, mais ou menos.

— E onde estava o Elliott hoje?

— Comigo.

— O dia inteiro?

— Sim. Ele passou na casa dos Mason hoje de manhã. Ela tinha ido ao supermercado, eu deixei um bilhete, e nós fomos para a casa dele.

— Você deixou um bilhete? Onde?

— No balcão da cozinha.

Ele rabiscou o papel.

— Em algum momento o Elliott se afastou?

— Não! Por que você não procura a sra. Mason em vez de tentar culpar o Elliott? Não foi ele! — gritei.

O sr. Mason apontou para a rua.

— Kirk, guarde esse bloquinho de merda e vá procurar a minha esposa!

Thompson franziu as sobrancelhas.

— Tinha crianças na casa hoje em algum momento?

— Quê? — perguntei.

— Os filhos da Lauren — o sr. Mason disse. — Eles vêm visitar todo Natal. Todo mundo janta e troca presentes.

— Quem é Lauren? — Thompson perguntou.

— A irmã da Becca. Por quê?

— Tem desenhos na garagem. Desenhos de criança. Feitos com sangue.

Engoli em seco.

O sr. Mason imediatamente arrancou o celular do bolso e começou a digitar um número.

— Lauren? Você está em casa? Desculpe se te acordei. As crianças estão em casa? Sim, eu sei, mas você pode verificar? Por favor! — Ele esperou, remexendo os joelhos. — Quê? — Segurou o celular contra o peito e fechou os olhos, aliviado. Falou em voz baixa com Thompson. — Eles estão lá. Dormindo.

O detetive concordou.

— Desculpe, Lauren. Não, não. É a Becca. Não tenho certeza. Parece grave. A polícia está na casa. Ela não está aqui. Ela te disse alguma coisa? Não, eles vão te procurar. Não sei, Lauren. Sinto muito.

Enquanto o sr. Mason falava com a cunhada, o detetive Thompson fez um sinal para que eu o acompanhasse até o quintal.

— O que mais você pode me contar? — ele perguntou.

— Só isso. É tudo que eu sei — falei, enrolando-me no cobertor.

— Tem certeza?

Fiz que sim.

Thompson ficou olhando para a casa.

— Foi sorte o Elliott ter passado o dia todo com você. A cena do crime bate com o desaparecimento da Presley.

— O quê? Como?

— Os desenhos de criança. Um cenário igual ao das paredes do quarto da Presley. Abafamos esses detalhes enquanto conduzíamos a investigação. Pedimos para os pais da Presley fazerem o mesmo.

— Com sangue?

Thompson assentiu.

Cobri a boca e fechei os olhos.

Thompson me deixou sozinha e voltou à casa dos Mason. Eu conseguia ouvir o sr. Mason tentando acalmar a cunhada. Antes que eu pudesse me conter, deixei o cobertor cair e saí correndo por quarteirões e depois quilômetros, até meus dedos ficarem congelados e meus pulmões explodirem. Não parei enquanto não cheguei ao fim da ruazinha escura, na frente da Pousada Juniper. As luzes continuavam quebradas e as estrelas estavam cobertas pelas nuvens.

O portão rangeu quando entrei, e meus pés tropeçaram pela calçada torta. Subi os degraus da varanda e parei diante da porta.

— Entra, Catherine. Você é uma guerreira, não uma princesa — disse em voz alta.

Peguei a maçaneta, empurrei e levei um susto quando a porta se abriu. A pousada estava escura, estalando e respirando como sempre.

— Mamãe? — chamei, apoiando-me na parede, até que a porta bateu. Lutei para recuperar o fôlego, com as mãos gritando de dor enquanto o sangue voltava para as extremidades dos dedos. Dentro da pousada era quase tão frio quanto lá fora, mas pelo menos eu estava protegida do vento congelante.

Várias vozes ressoaram do porão, discutindo, chorando, gemendo e gritando, e de repente todas pararam, abrindo espaço para a pousada se espreguiçar e respirar. Além do grunhido e do uivo das paredes, havia um choro baixinho. Segui pelo corredor, passei pela sala de jantar e pela cozinha para chegar à porta do porão, e então encostei a orelha na madeira fria. Outro gemido, outra voz grave repreendendo quem quer que estivesse lá embaixo.

Duke.

Abri a porta, tentando ao máximo fazer silêncio, mas Duke não estava prestando atenção, estava muito concentrado em destilar sua raiva. Desci os degraus rapidamente, sua voz ficando mais alta e grave a cada passo.

— Eu te avisei — Duke rosnou. — Eu avisei, não avisei?

— Papai, para! Você está assustando ela! — Poppy chorou.

Espiei num dos cantos e vi Duke parado, diante da sra. Mason. Ela estava sentada numa cadeira, descalça e vestindo uma camisola de algodão, com as mãos amarradas nas costas, uma meia suja enfiada na boca, amarrada com um pedaço de tecido. O olho direito estava roxo e inchado, e havia um ponto de sangue seco e acumulado logo acima da têmpora direita. O tronco estava encharcado de sangue. O rosto estava sujo e lágrimas caíam pelas faces.

A sra. Mason me viu e seu olho esquerdo se abriu. Ela sacudiu a cabeça.

Duke começou a se virar. A sra. Mason se mexeu, empurrando os pés no chão e fazendo a cadeira bater, enquanto gritava através da faixa que a amordaçava.

— Cala a boca! — Duke cuspiu. — Você não conseguiu se aguentar, não é? Você tinha que se meter onde não foi chamada. A gente te falou para ficar longe dela, não falou?

O rosto da sra. Mason se contorceu e ela voltou a chorar.

— Por favor... — ela conseguiu falar, mesmo com a mordaça.

Lá em cima uma porta bateu, e a voz de Elliott ressoou pela casa inteira.

— Catherine — ele gritou. — Catherine, está me ouvindo?

A sra. Mason ficou imóvel, com os olhos demonstrando surpresa. Ela começou a se sacudir, batendo os pés da cadeira no chão e gritando palavras parecidas com "Socorro" e "Aqui embaixo".

Os olhos de Duke dançaram pelo teto. Ele olhou para a sra. Mason, erguendo o bastão no ar.

Eu me recostei na parede, fechei os olhos e me revelei para Duke.

— Chega — falei, torcendo para minha voz parecer mais firme do que eu me sentia por dentro.

— C-Catherine? — Duke disse, surpreso. As axilas de sua camisa de manga curta estavam encharcadas de suor, e havia manchas e pingos de sangue em todo o resto do tecido. A sra. Mason havia lutado, o que era evidente pelos arranhões em seu rosto. Ele estava segurando o bastão de beisebol de madeira do meu pai numa das mãos e um rolo de corda na outra. — O que você está fazendo aqui?

— O detetive disse que viu um desenho de criança feito com o sangue da Becca. Na hora eu soube que era da Poppy — falei.

Poppy choramingou.

— Não foi culpa minha. Quero ir para a cama.

— Pode ir — falei, me aproximando dela.

Duke mostrou os dentes e rosnou.

— Não era para você vir aqui! Vai embora e leva aquele menino!

Meus olhos foram em direção à sra. Mason, que estava suja, com frio e com medo.

— E ela.

— Não! — Ele apontou para a sra. Mason. — Ela estragou tudo! Você tem ideia do que a sua mãe tem passado?

— Onde ela está? Eu quero falar com ela.

Duke sacudiu a cabeça.

— Não! Não, não dá.

— Eu sei que ela sente a minha falta. Ela está aqui?

— Não! — ele sibilou.

Podiam-se ouvir os passos de Elliott descendo os degraus, e levantei um dedo para Duke.

— Não abra a boca.

Duke entreabriu os lábios, mas apontei o dedo para ele.

— Diz uma palavra e eu *nunca* mais volto!

Elliott ficou paralisado na base da escada, com os olhos alternando entre mim, Duke e a sra. Mason.

— Meu... você está bem? — ele perguntou, dando um passo.

Duke levantou o bastão e avançou em direção a Elliott. Levantei as duas mãos para impedi-lo e olhei para Elliott, tomando cuidado para não ficar de costas para o homem armado.

— Você precisa ir. Leve a sra. Mason com você. Ela precisa de uma ambulância. Elliott?

— Fala — ele disse, incapaz de tirar os olhos de Duke.

— Pegue o seu celular. Ligue para a emergência

Elliott pegou o celular do bolso da calça e ligou.

Dei a volta devagar ao redor da cadeira da sra. Mason, mantendo uma distância razoável de Duke. A sra. Mason transpirava abundantemente, seus olhos alternando-se entre mim e Elliott, que falava baixinho com o atendente da emergência. Ele estava cansado e ofegante. Pelas olheiras embaixo dos olhos, imaginei que não tinha dormido, e seria fácil deixá-lo confuso e driblá-lo.

Sem tirar os olhos de Duke, eu me inclinei para desamarrar os punhos cobertos de sangue da sra. Mason, e depois alcancei seus tornozelos, puxando a corda que os unia. Seu corpo tremia de frio. Mesmo que ela ainda não estivesse com hipotermia, a perda de sangue era suficiente para colocar sua vida em perigo.

Duke deu um passo rápido para a frente, mas Elliott fez o mesmo, chamando sua atenção.

— Não — alertei Duke. — Ela está morrendo de frio e perdeu muito sangue. Eu vou levá-la para o médico. Você ligou? — perguntei para Elliott.

Ele assentiu, apontando a mão livre para o celular no ouvido.

— O casarão da Juniper Street. Não sei o endereço. A casa dos Calhoun. Por favor, venha logo. — Elliott desligou o telefone, guardando o aparelho no bolso novamente.

Depois de muito custo, finalmente consegui soltar os tornozelos da sra. Mason. Ela caiu no chão e se arrastou em direção a Elliott. Ele a ajudou a se levantar.

— Catherine, vamos — ela disse, tremendo e se esforçando para conseguir enxergar. Ela tentou me alcançar, e seu corpo inteiro estremeceu de medo. — Vem, vamos.

— Elliott, ela precisa de um médico — falei. — Leve ela.

— Eu não vou sair daqui — Elliott disse, com a voz entrecortada.

A sra. Mason afastou Elliott e mancou para a frente, desafiando Duke.

— Vem com a gente, Catherine. Agora.

Tirei a blusa de Elliott e as minhas botas.

— O que você está fazendo? — Duke gritou.

Coloquei o dedo na boca e joguei tudo para Elliott. Duke deu mais um passo, e eu fiquei entre os dois.

— Não — eu disse, firme, do jeito que meu pai falava com o nosso cachorro.

Elliott entregou a blusa e os sapatos para a sra. Mason e se inclinou para ajudá-la a colocar os pés descalços dentro das botas. Ele se levantou quando ela perdeu o equilíbrio, evitando que caísse.

— Catherine... — ela começou a falar, segurando a blusa contra o peito.

— Coloque a blusa — exigi.

Ela fez o que eu pedi e tentou se aproximar.

— Catherine, por favor.

— Cala a boca! — Duke rosnou.

— Eu te pedi para ficar quieto! — gritei, tremendo de raiva.

Duke largou a corda, deu dois passos e ergueu o bastão com as duas mãos. Eu me virei e fechei os olhos, esperando o golpe, mas nada aconteceu.

Meus olhos se abriram e arrumei a postura, vendo que Elliott segurava o pulso de Duke, encarando meu agressor. A voz de Elliott era grave e ameaçadora.

— Não encosta nela.

36

Elliott

OS OLHOS DE MAVIS FORAM FICANDO MAIS SUAVES ENQUANTO ELA OLHAva para os meus dedos, que seguravam firme seu pulso agora flácido. Ela tentou me acertar com o bastão, mas eu o peguei e o arranquei de suas mãos. Poucos segundos antes ela estava mais forte, mais parecida com meu tio John.

— Larga isso! — rosnei.

Mavis puxou o braço e segurou minha mão, que a impedia de avançar.

— Como você ousa fazer isso? Sai! Sai da minha casa! — Mavis disse, dando alguns passos para trás.

Catherine estendeu as mãos como se tentasse acalmar um animal selvagem.

— Mamãe? Está tudo bem.

Mavis se sentou de cócoras num dos cantos do porão e encostou os joelhos no peito, sacudindo-se e choramingando.

Catherine se ajoelhou na frente da mãe e tirou os cachinhos que caíam sobre seu rosto.

— Vai ficar tudo bem.

— Quero ir para a cama — Mavis disse, com uma voz infantil.

— Shhhh — Catherine interrompeu. — Vou levar você para a cama. Tudo bem.

— Meu Deus — a sra. Mason sussurrou atrás de mim. — Quantas são?

— Quantas de quê? — perguntei, cada vez mais confuso.

— Sete — Catherine disse, ajudando Mavis a se levantar. — Sr. Mason, esta é... esta é a Poppy. Ela é filha do Duke e tem cinco anos.

— Ele não fez por querer — Mavis disse, enxugando a bochecha. — Às vezes ele fica bravo, mas foi sem querer.

— Oi, Poppy — a sra. Mason disse, tentando sorrir e cruzando os braços. Meu moletom estava enorme nela e, mesmo com as camadas de roupa e as botas, ela continuava tremendo. Seu rosto estava cada vez mais pálido. — Ai... — Ela se apoiou em mim, e eu a segurei ao meu lado. — Estou tonta, acho que vou vomitar.

— Você não parece bem — falei.

Mavis começou a esfregar sua camisola suja.

— Minha nossa... — a mãe de Catherine disse, com uma voz diferente. — Passei o dia inteiro lavando roupa, e olha só para mim! — Ela sorriu para nós, constrangida. — Estou um caco. — Olhou para Catherine. — Eu pedi para aquele homem não fazer aquilo. Eu implorei. O Duke não escuta. O Duke nunca escuta.

— Não tem problema, Althea — Catherine disse.

O que eu estava vendo não fazia sentido. Era como se Catherine e sua mãe estivessem brincando, com Mavis falando em vozes diferentes e Catherine agindo como se fosse normal e tudo fosse verdade. Fiquei olhando, sem conseguir acreditar.

— Catherine? — chamei, dando um passo adiante.

Mavis caiu no chão, ficou de quatro e veio rastejando na minha direção feito um cachorro, com movimentos rígidos e bizarros. Parei e dei um passo para trás, sentindo as unhas da sra. Mason em meus ombros.

— Que... — eu disse, desviando.

Catherine correu para se colocar entre mim e a mãe dela.

— Mamãe! — ela gritou, com desespero na voz. — Eu preciso de você! Preciso de você agora!

Mavis parou aos pés de Catherine, encostou os joelhos no peito e ficou em posição fetal. Ela ficou se sacudindo para a frente e para trás, e o porão ficou em silêncio quando ela começou a cantarolar a mesma melodia da caixa de música de Catherine, depois começou a rir.

— Elliott... — a sra. Mason sussurrou. — A gente precisa ir.

Ela puxou o meu braço, mas eu não conseguia tirar os olhos de Catherine. Ela estava ajudando a mãe, esperando que Mavis falasse, esperando para saber com quem estava falando.

— Não tem hóspede nenhum, não é? — perguntei.

Catherine levantou a cabeça e me encarou com os olhos úmidos. Ela fez que não.

— Esse é o segredo — concluí.

— Catherine, vem comigo — a sra. Mason disse, estendendo a mão. Ela parou de se mover, reagindo ao som de uma sirene que se aproximava.

Mavis avançou no braço da sra. Mason, agarrando-o com as duas mãos e dando-lhe uma mordida.

A sra. Mason deu um grito.

— Para! Para! — Catherine gritou.

Segurei a mandíbula de Mavis e a pressionei. Ela grunhiu, rosnou e depois começou a choramingar, soltando o braço da sra. Mason e engatinhando para longe. Em seguida se sentou e começou a rir de um jeito descontrolado, jogando a cabeça para trás.

A sra. Mason estendeu o braço e levantou a manga do agasalho, pressionando os dedos sobre o ferimento. Seis buracos em forma de lua crescente começaram a vazar um líquido viscoso e vermelho.

— Você... — Catherine engoliu em seco, parecendo nauseada. — Você atacou a Presley?

A expressão de Mavis mudou.

— A gente viu a menina dormindo no quarto dela. Ela parecia tão serena, nem parecia que tinha acabado de tentar te sacanear. Então o Duke agarrou aquele cabelo loiro tão bonito e a gente jogou a menina pela janela. Por aqui ninguém deixa a janela trancada.

— Chicago — falei, reconhecendo aquela voz. A mesma que tinha batido na porta do quarto de Catherine e tentado entrar. — É a Willow.

— Onde ela está? — Catherine perguntou, imóvel, esperando a resposta.

— Ninguém veio procurar. — Willow deu um sorrisinho. — Não sei o que aconteceu. Mas sei que o Duke a enterrou no terreno baldio do vizinho, perto dos outros.

— No terreno dos Fenton? — Catherine perguntou, com lágrimas caindo pelo rosto.

— Isso — Willow disse. Ela se virou e foi andando até a cadeira onde a sra. Mason tinha sido amarrada. — Aquela putinha ficou sentada no próprio cocô durante quatro dias. Bem aqui.

O rosto de Catherine se contorceu.

— Mamãe — ela chorou. — Não posso seguir por esse caminho.

— Vai, querida — Mavis disse, com uma lágrima caindo pelo rosto. Ela tinha voltado a falar como Althea. — Corre.

Catherine me puxou para trás.

— Vai — ela sussurrou.

— Eu não vou sem você — falei, tentando manter um tom calmo.

— Eu já vou! Vai!

Peguei a sra. Mason no colo e subi a escada de costas, olhando para ter certeza de que Catherine estava vindo atrás.

A risada parou e uma voz masculina rosnou. Passos altos vieram subindo a escada, e Catherine correu.

— Vai! Corre! — ela implorou.

No topo da escada, Catherine saiu e trancou a porta, encostando a testa na madeira. Ela fungou algumas vezes e olhou para a sra. Mason, com os olhos vermelhos e exaustos.

— Ela não está lá embaixo.

— Quem? — perguntei.

— A mamãe. Como é que eu posso explicar que não era ela? Que não é culpa dela que eles mataram a Presley? — Ela recostou a cabeça na porta de madeira.

— Catherine? — Mavis chamou, com sua voz de criança. — Catherine, estou com medo!

Catherine fungou, com os olhos cheios d'água, acariciando a porta.

— Estou aqui, Poppy. Estou aqui.

A sra. Mason balançou a cabeça, o cabelo castanho manchado de sangue e sujeira.

— Não deixa ela sair.

Alguma coisa golpeou a porta.

— Catherine! Deixa a gente sair! — Bateram de novo.

Catherine encostou as duas mãos na porta para evitar que a madeira se soltasse das dobradiças, e eu a ajudei, apoiando as costas e encostando os pés na parede oposta.

Mavis voltou a falar com uma voz masculina.

Coloquei mais força nos pés. Parecia loucura, mas Mavis ficava mais forte quando era Duke.

— Ele matou a Presley — falei, sem conseguir acreditar. — O cara. O Duke.

— Foram todos eles — a sra. Mason disse, com uma só lágrima caindo pela bochecha. — Ela morreu. — Ela cobriu a boca, tentando sufocar o choro. — A Presley morreu.

Mais um golpe atingiu a porta.

— Deixa a gente sair! — Ficou difícil saber quem era dessa vez, como se todos falassem ao mesmo tempo.

— Para! — Catherine disse, batendo na porta com a lateral do punho. — Para com isso! — ela disse, chorando.

Acariciei seus cabelos.

— Está tudo bem. Vai ficar tudo bem.

— Não — ela disse, sacudindo a cabeça e contorcendo o rosto. — Eles vão levar a mamãe embora. Eu a tranquei lá embaixo feito um bicho.

— Catherine... — a sra. Mason disse. — Ela precisa de ajuda. Você não pode protegê-la. Ela está piorando. Ela...

— Eu sei — Catherine disse, levantando-se quando as batidas cessaram. Ela enxugou os olhos e olhou para o corredor. — Elliott, traz aquela mesa. Vamos colocar na frente da porta.

Fiz o que ela pediu e corri até o fim do corredor, soltando um grunhido quando levantei a mesa. Catherine abriu espaço e eu posicionei a mesa na frente da porta do porão enquanto as sirenes se aproximavam.

Ajudei Catherine a subir na mesa, e ela se enfiou detrás do balcão da recepção enquanto entregava um telefone para a sra. Mason.

A sra. Mason pressionou sete botões e levou o aparelho ao ouvido.

— Milo? — Ela ria e chorava ao mesmo tempo. — Sim, estou bem. Estou na Juniper. Sim, a pousada. Estou bem. A polícia está vindo. Só... venha para cá. — Fechou a mão em concha para cobrir o bocal do aparelho. — Eu também te amo — ela disse, chorando.

Peguei a mão de Catherine e a levei até o primeiro degrau da escada. Ela ficou olhando para a frente, parecendo anestesiada.

— Olha para mim — pedi, tirando seu cabelo do rosto e colocando algumas mechas atrás da orelha. — Catherine?

Aqueles grandes olhos verde-oliva olharam para mim.

— Quem era real? — perguntei.

Ela engoliu em seco.

— Ninguém.

— A Althea?

Ela fez que não.

— Você disse que eram sete.

— Althea. Duke. Poppy. Willow. Tio Toad. Prima Imogen.

— Isso dá seis.

Ela hesitou.

— Catherine — pedi.

— A mamãe — ela revelou. — A mamãe é a sétima. — Ela se apoiou no meu ombro e eu a puxei para perto, abraçando-a forte enquanto ela soluçava.

Agora as sirenes estavam lá fora, e logo depois as luzes vermelhas e azuis. Alguém bateu a porta de um carro e o sr. Mason apareceu chamando sua esposa desesperadamente.

— Becca?

A sra. Mason abriu a porta de tela, mancando em sua direção.

Eu fiquei ali, vendo os dois chorando e se abraçando. Os policiais entraram na pousada, apontando suas armas. Eu levantei as mãos, mas o primeiro policial me agarrou mesmo assim, colocando minhas mãos atrás da cabeça.

O detetive Thompson entrou e deu uma olhada em volta, repuxando o bigode grisalho.

— Algeme esse rapaz — ordenou.

— Para! Não foi ele! — Catherine disse, se levantando. — Ela está lá embaixo. A pessoa que sequestrou a sra. Mason e a Presley Brubaker.

Thompson levantou uma sobrancelha.

— Quem?

O coração de Catherine se despedaçou na minha frente.

— A mamãe. Nós a trancamos lá embaixo. Ela está doente, então tenham cuidado.

— Onde?

— Primeira porta à direita, depois da cozinha. Não a machuquem.

Thompson direcionou os policiais, depois olhou para a mim.

— Não sai daí.

Concordei.

Mavis deu um berro e rosnou. As vozes nervosas dos policiais, vindas do andar de baixo, começaram a ficar mais altas.

Thompson se inclinou para a direita, olhou para o corredor e em seguida correu até a porta do porão. A luz estremeceu e uma fumaça começou a sair pela porta. Thompson abriu espaço quando dois policiais surgiram da escada carregando Mavis. Ela estava algemada, arrastando os pés, os olhos vazios presos ao chão.

Os homens estavam ofegantes e carregavam o peso com dificuldade. Catherine seguiu todos eles com os olhos e em seguida voltou sua atenção à porta do porão.

— O que é isso? O que aconteceu? — ela perguntou.

— Tire as algemas dele — Thompson ordenou para o policial que estava nos vigiando enquanto chamava os bombeiros pelo rádio. — Catherine, você tem um extintor?

— Está pegando fogo? — ela perguntou.

— Um dos caras chutou alguma coisa lá embaixo. Não sei direito. Onde está o extintor? Na cozinha? — ele perguntou, dando as costas.

— Não! Não... — Catherine disse, sacudindo-se nos braços do policial que a segurava. — Deixa queimar!

Thompson pareceu indignado com a ideia.

— Ela é maluca igual à mãe. Tira essa menina daqui.

Mais policiais vieram correndo do porão, todos tampando a boca e tossindo por causa da fumaça. Poucos segundos depois, também fomos empurrados para fora. Ficamos no quintal com os outros policiais e os paramédicos, olhando a fumaça sair pela porta e pelas janelas, como velhos fantasmas libertados da prisão.

Mais sirenes soaram ao longe.

— Catherine! — a sra. Mason chamou, andando com a ajuda do marido. Ela abraçou Catherine e todos olhamos para o alto, observando a madeira antiga sendo completamente engolida pelas chamas.

O sr. Mason envolveu a esposa e Catherine com um cobertor, e Catherine olhou para trás, vendo os policiais que levavam Mavis para a segunda viatura. Ela correu até o carro e encostou a mão no vidro. Fui atrás dela e observei Catherine sussurrar palavras de conforto para a mãe, falando com Poppy e em seguida com Althea. Ela enxugou o rosto e se levantou, observando a viatura se afastar.

Então fechou os olhos, se virou de frente para o casarão em chamas e começou a andar naquela direção, como uma mariposa atraída pela luz, até que eu a interrompi. Ela olhava as faíscas e as cinzas que voavam como se fossem fogos de artifício.

Thompson falou algo no rádio ao passar por nós. Ele parou de repente, apontando para mim.

— Não saia daqui.

— Deixe os dois em paz — a sra. Mason se intrometeu. — Eles não tiveram nada a ver com isso.

— Foi só a Mavis Calhoun? — Thompson disse, desconfiado. — Aquela doida de pedra fez tudo isso sem nenhuma ajuda deles? Certeza?

— Você errou. Você podia ter salvado a Presley se não tivesse sido tão arrogante — a sra. Mason disse, e as sobrancelhas de Thompson se levantaram. — Você vai precisar viver com essa culpa.

— A Becca vai passar a noite no hospital, mas precisa saber se você tem onde ficar hoje à noite — o sr. Mason disse a Catherine.

Catherine continuava olhando fixamente para a Pousada Juniper, alheia a tudo e a todos.

— Catherine? — chamei, tocando seu braço.

Ela se afastou.

— Eu quero ver. Quero ver tudo queimando.

A pousada estava pegando fogo e a casa dos Mason havia se transformado no cenário de um crime. Ela não podia voltar lá.

— Sim — falei. — Eu levo a Catherine para a minha casa. Minha tia não vai se opor.

— Obrigado — o sr. Mason agradeceu.

As sirenes eram ensurdecedoras quando os caminhões de bombeiros estacionaram perto do velho casarão. Mangueiras foram distribuídas pelo quintal e os bombeiros se comunicavam pelo rádio.

— Não. Não! Deixa queimar! — Catherine gritou.

— Se afastem — um dos policiais disse, levantando as mãos e vindo em nossa direção.

— Eu preciso ver — Catherine disse, empurrando o policial.

— Isso não foi um pedido, foi uma ordem. Você precisa se afastar. — Ele agarrou o braço dela, e ela o enfrentou.

— Deixa queimar!

— Ei — falei, colocando a mão no peito do policial. Ele pegou meu pulso.

— Para trás! — ele gritou perto do meu rosto.

— Tudo bem, calma — o sr. Mason disse, posicionando-se entre nós. — Catherine...

Ela não tirava os olhos da casa, fascinada pelo telhado retorcido e pelas chamas que cintilavam.

— Catherine — a sra. Mason a chamou.

Vendo que Catherine parecia não notar a presença de nenhum dos dois, o policial soltou um suspiro.

— Tudo bem... — ele disse, tirando Catherine do quintal à força.

— Não! — ela gritou, tentando se soltar.

— Não encosta nela! — rosnei, tentando tirá-la dos braços dele. Outro policial me puxou para trás, me segurando.

— Deixa eles em paz! — a sra. Mason suplicou.

O policial sibilou no meu ouvido.

— Desse jeito essa menina vai se machucar! Deixe o policial Mardis tirá-la daqui em segurança.

Eu parei de lutar, respirando com dificuldade, sentindo uma dor no peito ao ver Catherine se debatendo.

— Só não enfrente os policiais, Catherine! — Segui um deles até a ambulância e me encolhi quando vi que ela lutava para tentar enxergar alguma coisa. Ela conseguiu se livrar do policial e deu mais um passo, comovida.

— Tire ela daqui, senão vou ser obrigado a prender vocês dois — Thompson ordenou.

A sra. Mason mordeu os lábios.

— Catherine? — Ela levantou o queixo de Catherine, forçando-a a olhar em seus olhos. — Catherine, você precisa ir. — Catherine tentou se virar em direção a pousada, mas a sra. Mason continuou segurando seu rosto. — Acabou.

Uma lágrima saiu rolando pela face de Catherine, e ela anuiu com a cabeça, cobrindo o rosto com as mãos.

Eu me inclinei e a peguei no colo, levando-a até o Chrysler e a colocando no banco do passageiro.

Ela puxou o ar, trêmula, e olhou para o antigo casarão por cima do ombro.

— Tira uma foto.

Assenti.

Peguei minha câmera, dei um *zoom* e tirei todas as fotos que podia sem que Thompson me pegasse no flagra. Devolvi a câmera na bolsa e fechei a porta de Catherine, dando a volta para entrar pelo lado do motorista.

Rodamos alguns quarteirões e chegamos à casa de tia Leigh. Ela e tio John estavam em pé na varanda, com os olhos cheios de preocupação.

— Elliott! — ela gritou, correndo pelos degraus da varanda assim que saí do carro. — O que aconteceu? A Catherine... — Ela notou a garota que estava no banco do passageiro, com as bochechas úmidas e os olhos vermelhos. — Ah, meu Deus, o que aconteceu?

— A pousada pegou fogo — eu disse, engasgado.

Tia Leigh cobriu a boca.

— A Mavis...

— Ela sequestrou e matou a Presley Brubaker. E hoje à noite sequestrou a sra. Mason. Ela foi presa. Não sei para onde a levaram.

Os olhos de tia Leigh se encheram d'água, e ela foi até o banco do passageiro. Abriu a porta e se ajoelhou ao lado de Catherine.

— Minha querida?

Catherine olhou para ela, depois, num movimento vagaroso, apoiou a cabeça no peito de tia Leigh. Tia Leigh lhe deu um abraço apertado, balançando a cabeça, e seus olhos se voltaram para mim.

Tio John segurou meus ombros.

— Ela vai precisar ficar com a gente por um tempo — eu disse, vendo tia Leigh abraçar Catherine.

— O quarto de hóspedes está arrumado. Podemos buscar as coisas dela amanhã. — Ele me virou para que ficássemos de frente. — Você está bem? — Assenti, e ele me abraçou.

Tia Leigh ajudou Catherine a sair do carro, e as duas caminharam abraçadas até a entrada da casa. Eu e tio John as seguimos.

Tia Leigh e Catherine foram para o quarto de hóspedes e fecharam a porta, e tio John se sentou ao meu lado na sala de estar.

— A gente vai cuidar dela — tio John disse.

Fiz que sim. Finalmente tinha chegado a hora de alguém cuidar de Catherine.

37

Catherine

FIQUEI SENTADA NO QUARTO DE HÓSPEDES DOS YOUNGBLOOD, SOZInha. Ao fundo, um painel de madeira reunia os retratos da família que Leigh pintara, todos com moldura branca. Uma colcha de retalhos vermelha cobria a cama queen size, e, encostados na parede branca, havia uma cômoda de madeira antiga e um espelho.

Eu cheirava a fumaça, e Leigh me encorajara a usar o chuveiro, mas eu recusara. Ver a pousada pegando fogo havia sido uma forma inesperada de colocar um ponto-final naquilo tudo, e agora eu respirava fundo, sentindo uma estranha serenidade. Mamãe nunca mais voltaria. Eu nunca mais precisaria voltar. Estávamos livres.

Uma rápida batida na porta me trouxe de volta ao presente.

— Oi — Elliott disse, com os cabelos ainda molhados do banho. Estava usando uma camiseta puída e um bermudão, e veio andando descalço até a minha cama.

— Oi.

— Você está bem? — ele perguntou.

— Não, mas vou ficar.

— O sr. Mason ligou para a tia Leigh. A sra. Mason precisou levar alguns pontos na cabeça. Ela teve uma concussão, mas vai melhorar. A irmã dela, Lauren, está vindo para ajudar na limpeza da casa, e disseram que, depois que a sra. Mason voltar do hospital, você já poderia voltar, se não tiver nenhum problema. Tem algum problema?

Fiz que não.

— Não acho certo pedir para os seus tios me deixarem ficar.

— Eles não se importam. De verdade.

— A Becca vai precisar de mim. Eu preciso ficar com ela.

Elliott balançou a cabeça e se sentou ao meu lado.

— Que pena. Eu queria que você ficasse. — Ele me entregou seu celular, aberto num grupo de mensagens com o Sam e a Madison. — Eles não param de mandar mensagens, estão preocupados com você. Falei para a Maddy que de manhã você ligaria para ela.

— Como você sabia? — perguntei. — Que devia ir para a pousada?

— Depois que eu te deixei lá, quanto mais eu me afastava da casa dos Mason, pior eu me sentia. Não consegui despistar aquela sensação ruim que tive a noite toda — ele disse. — Eu entrei na garagem da tia Leigh e na mesma hora dei marcha a ré. Voltei para a casa dos Mason, vi as luzes das viaturas e parei ali mesmo. Nem fechei a porta do carro. Só saí correndo. Quando vi o sangue... Nunca fiquei com tanto medo, Catherine. Tentei andar pela casa. Gritei o seu nome. Aí o sr. Mason me disse que você estava bem, mas que não estava mais lá. Eu fui direto para a pousada. Eu sabia que você iria para lá.

Eu o abracei, mergulhando o rosto em seu pescoço.

— Você voltou.

Ele encostou a cabeça na minha.

— Eu te disse. E agora que eu sei...

— Agora que você sabe... — repeti, levantando os olhos.

Ele soltou um suspiro, olhando para o chão. Eu tinha passado tanto tempo tentando afastá-lo de mim. Agora que ele tinha um motivo para se afastar, aceitar era mais difícil do que eu imaginava. Mas, se essa era a decisão dele, eu não o culparia. Eu mal conseguia acreditar no que tinha acontecido naquele porão, e não imaginava o que estava se passando na cabeça de Elliott.

— Fala — eu disse.

— Você podia ter me contado. Queria que você tivesse me contado antes.

— Era segredo — falei.

— E você sabe guardar segredo.

Eu o soltei e me encolhi.

— O segredo não era meu.

Ele se aproximou de mim de novo.

— Eu não sei direito como processar o que aconteceu. A Presley morreu. Sua mãe...

— Não era ela.

Elliott concordou com a cabeça, mas eu conseguia ver em seus olhos que ele tinha dificuldade para separar a mamãe dos outros.

— A mamãe não estava bem há muito tempo. Pensando agora, não sei dizer se um dia ela esteve bem. Quando as coisas ficavam difíceis demais, parecia que ela pirava, depois caía numa depressão profunda e ficava na cama durante dias. Meu pai tentava protegê-la disso tudo, tentava me proteger. Quando ele não estava em casa, eu podia perceber. Eu podia perceber alguns momentos de todos eles, mas naquela época eu não entendia direito. A morte do meu pai os deixou mais fortes, e a pousada era a ponte perfeita para eles se libertarem. Quando o Duke e a Poppy apareceram com nomes, com personalidades tão diferentes da mamãe, eu fiquei com medo. Eu não conseguia entender e, quanto mais eu tentava falar com a mamãe quando ela estava presente como Duke ou Poppy, pior ela ficava. Quando eu entrava no jogo, as personalidades vinham à tona por períodos mais longos, mas o comportamento dela ficava mais previsível. No começo, eu deixei aquilo continuar porque não queria que ninguém levasse a mamãe embora, mas agora que todos se foram... Eu amava a Althea e a Poppy. Eu guardei o segredo da mamãe para poder continuar com elas. Agora a Presley morreu e eu perdi todo mundo.

Elliott passou a mão na nuca.

— A culpa não é sua, Catherine.

— Então é de quem?

— Por que alguém precisa ter culpa?

— Se eu tivesse procurado ajuda para a mamãe, a Presley ainda estaria viva. Mas eu achava que ia conseguir. Eu achava que podia ter tudo. Eu tinha certeza de que podia ficar com você e proteger a pousada para a mamãe. — Sufoquei mais um soluço. — Ela se perdeu. Ela é culpada de um assassinato porque eu fui egoísta.

Elliott me puxou para o colo e encostei o rosto em seu peito.

— Você é a pessoa menos egoísta que eu conheço. E é ainda mais corajosa do que eu pensava.

— No fim das contas, não fez diferença. Eu não consegui salvá-las. Eu nem consegui me despedir.

— A gente pode ir ver a sua mãe, sabia? Podemos ir visitar.

— Vai ser só a mamãe.

— Mas, Catherine, isso não é uma boa notícia?

Fiz que não.

— Você não entende.

— Não, mas estou tentando entender.

— Então entenda isso: todas as pessoas com quem eu me importo se machucam ou morrem.

— Eu não.

— Ainda não.

— Catherine — ele suspirou —, você precisa descansar. — Esfregou os olhos, cansado.

Eu conseguia ouvir a angústia em sua voz, a necessidade de me ajudar, de consertar tudo, mas essa era a primeira de muitas noites que eu passaria tentando resgatar a mim mesma das cinzas que restaram da pousada.

— O que você poderia fazer? Se você contasse para alguém, ia perder a sua casa e a sua mãe. Se não contasse, ia precisar continuar vivendo aquele inferno, e a sua mãe não receberia a ajuda de que precisava. Você tinha razão, Catherine. Você sempre repetiu isso. Não era uma escolha. Você não podia escolher.

— E olha aonde viemos parar.

— Aqui, juntos, seguros. — Suas palavras estavam carregadas de impaciência, como se eu precisasse ter certeza. — Sabe, durante dois anos todo mundo ficou falando que eu devia deixar você para lá, mas mesmo assim eu lutei por você. Quando eu finalmente consegui voltar, você me odiou, mas mesmo assim eu lutei por você. Você tinha seus segredos, você me afastou, você disse mil vezes que não tínhamos futuro depois da formatura, mas eu continuo lutando. Quando abri a porta para entrar no porão, eu não sabia o que eu ia ver. Mas eu segui em frente mesmo assim. Não tenho medo de quase nada, Catherine, mas morri de medo do que ia ver quando virei aquele corredor. Eu senti quase o mesmo medo que sinto quando penso em ir embora de Oak Creek sem você. — Ele apertou a minha mão com mais força. — Eu sei o seu segredo, e eu continuo aqui. Sempre estive aqui e, se isso significa que vou ficar com você, vou fazer de tudo para estar.

Fechei a boca.

— Tudo bem.

— Tudo bem? — ele disse, gaguejando para falar apenas duas sílabas.

Assenti.

— O que isso quer dizer, exatamente? — ele perguntou.

— Baylor. O meio-termo, lembra?

Ele deu risada.

— Sim, eu lembro. Mas... você vai comigo?

Encolhi os ombros.

— A sra. Mason disse que eu poderia conseguir descontos e talvez uma bolsa de estudos acadêmica. Eu poderia fazer um empréstimo para cobrir os outros gastos. E arranjar um emprego. Não me importo se precisar trabalhar pesado. Eu...

Elliott me pegou nos braços, me abraçando apertado até demais. Seus braços tremiam e sua respiração estava acelerada, a testa apoiada no meu rosto.

— Você está bem? — falei baixinho, abraçada a ele.

— Agora estou. — Ele me soltou e rapidamente enxugou o rosto com as costas da mão. Respirou fundo e soltou uma risada. — Esse tempo todo eu tive certeza de que ia te perder.

A sombra de um sorriso iluminou seus lábios.

— Mas você lutou por mim mesmo assim.

EPÍLOGO

Catherine

DO OUTRO LADO DA MESA, MAMÃE FICOU OBSERVANDO ELLIOTT. ELA estava usando um macacão cáqui com uma série de números estampados em preto no bolso da frente. A sala tinha o formato de um octógono, com um janelão em cada lado. Mais ou menos quarenta cadeiras de plástico alaranjadas estavam posicionadas nas sete mesas redondas espalhadas pela sala, a maioria vazia. Outra mulher estava sentada com outro casal e parecia cada vez mais agitada.

— Você vai ficar lá por quanto tempo? — mamãe perguntou.

— São só sete horas de viagem. Eu vou vir te visitar em todos os feriados — eu disse.

Ela olhou por cima dos ombros para Carla, a guarda que estava em pé entre a porta e a máquina de venda automática.

— Querem comer alguma coisa? — Elliott perguntou, se levantando. — Vou pegar algo — ele disse, a cadeira se arrastando no piso frio quando ele a empurrou para se levantar. Ele atravessou a sala, cumprimentando a guarda, depois analisou as opções disponíveis na máquina. Ficou meio de lado para eu ficar em seu campo de visão, pronto para agir, se necessário.

— Comigo aqui e você na faculdade, quem vai cuidar da pousada? — mamãe perguntou, inquieta.

— A pousada não existe mais. Lembra, mamãe?

— Verdade — ela respondeu, recostando-se na cadeira. Pelo menos duas vezes durante as visitas ela tentava retroceder para o mundo que tínhamos construído na Pousada Juniper, esperando que eu colaborasse, como eu sempre fizera. Mas o médico dissera que era melhor eu não alimentar as fantasias dela. — Você conseguiu resolver tudo com a seguradora?

Fiz que sim.

— Me enviaram o dinheiro na semana passada. Vai dar para a faculdade e mais um pouco. Obrigada por ter assinado os papéis.

Mamãe tentou sorrir, mas o sorriso não pareceu natural em seu rosto.

— Bom, agradeça ao seu pai. Foi ele que insistiu para que eu... — ela parou de falar, notando minha expressão. — Deixa pra lá.

— Acho legal você ainda falar com ele.

Mamãe olhou em volta e se debruçou.

— Tudo bem. A gente não vai contar para ninguém. Não se preocupe.

— Como assim?

Ela percebeu que Elliott estava voltando e se aprumou.

— Nada, não.

Elliott voltou com três pacotes.

— Nachos e pretzels. Não tem muita variedade.

Mamãe rasgou o saco vermelho e começou a mastigar alto. Vi algo de Poppy enquanto ela comia, e me perguntei se minhas amigas continuavam lá dentro, em algum lugar. O foco das sessões com os médicos do hospital estadual de Vinita, Oklahoma, era afastar Althea, Poppy, Willow, Imogen, tio Toad e principalmente Duke. Tentar falar com qualquer um deles era estritamente proibido. Olhei para as câmeras lá no alto enquanto Elliott colocou a mão sobre a minha.

— Deu a hora — a guarda disse.

— Você precisa ir? — mamãe perguntou.

— Os treinos do Elliott vão começar daqui a pouco. Precisamos pegar a estrada e ajeitar as coisas.

Ela fez uma careta para ele.

— Seja legal, mamãe.

Elliott se levantou.

— Eu vou cuidar dela, Mavis.

Eu tinha notado quando mamãe estava indo embora, mas Elliott ainda não estava acostumado com os sinais de suas múltiplas personalidades. Mamãe não estava mais entre nós.

— Carla — chamei, me levantando.

Duke levantou a cabeça e me encarou com as narinas dilatadas.

Carla ajudou mamãe enquanto saíamos da sala. Eu havia me acostumado a ir embora sem me despedir. Geralmente Duke aparecia quando as visitas chegavam ao fim. Eu torcia para que Althea viesse me dar tchau, mas Duke era o único que tinha a força necessária para atravessar a barreira imposta pelos remédios.

Elliott pareceu impaciente quando pegamos nossas coisas em um armário e passamos pelo balcão de saída. Ele abriu as portas duplas, piscando um dos olhos por causa do sol, me fazendo lembrar do dia em que nos conhecemos, embora agora ele estivesse segurando minha mão e não socando uma árvore. Nossos sapatos esmagavam o cascalho conforme caminhávamos até o Chrysler, e, com um sorriso no rosto, Elliott abriu a porta do passageiro.

O porta-malas e o banco de trás estavam repletos de caixas — a maioria de Elliott. Eu tinha pegado quase todas as minhas roupas e a minha caixinha de música que estavam na casa dos Mason, mas todo o resto havia sido queimado no incêndio. As fotos que Elliott tinha tirado de mim e do meu pai eram as únicas que haviam restado, e estavam guardadas em uma das quatro caixas que continham tudo que era meu.

O carro tinha ficado cozinhando sob o sol de verão enquanto estávamos com mamãe, e a primeira coisa que Elliott fez depois de girar a ignição foi ligar o ar-condicionado no mais frio. Em um minuto, o ar gelado começou a sair pelas aberturas e Elliott inclinou a cabeça para trás, soltando um suspiro de alívio. Eu sentia o veludo macio dos bancos em minhas pernas nuas, bronzeadas por conta do tempo que eu havia passado na piscina dos Youngblood, mas ainda não tão morenas quanto a pele de Elliott. Eu me debrucei, acariciando seu braço.

— O que foi? — ele perguntou.

— Nós estamos indo — eu disse. — E sem o limitador de velocidade que os seus pais instalaram quando você ficou de castigo sem poder voltar para Oak Creek, não vamos demorar uma semana para chegar lá.

Elliott entrelaçou os dedos nos meus.

— Sim, estamos. Vamos chegar lá na hora do jantar. — Ele fez um sinal em direção ao assoalho. — Põe a mão debaixo do banco. Eu trouxe uma coisa para você ler.

Dei um sorriso, imaginando o que ele estava tramando. Estendi o braço e toquei numa caixa de sapatos.

— O que é isso? — perguntei, colocando a caixa no colo e abrindo a tampa. Uma pilha de envelopes com o endereço de tia Leigh, todos com selos e carimbos.

— Cartas para a sua tia?

— Abra essa que está em cima. Estão em ordem cronológica.

O envelope era grosso, e eu o abri, tirando de dentro quatro folhas de caderno, ainda com a borda arrancada da espiral. A letra era de Elliott. Meu nome estava escrito em cima, com a data do dia em que meu pai morreu, e começava com um pedido de desculpas.

— Elliott — eu disse, em voz baixa —, isso aqui é...?

— São as cartas que eu escrevi para você quando eu estava longe. No começo eu escrevia todos os dias, depois duas ou três vezes por semana, até o dia em que eu voltei.

Olhei para ele, sentindo meus olhos se encherem de lágrimas.

— Elliott...

— Eu passei todo esse tempo pensando que você tinha recebido essas cartas — ele disse.

— Sua tia nunca me entregou nada.

— É porque ela nunca recebeu. Minha mãe nunca as enviou. Ela me entregou todas ontem à noite. Presente de formatura acompanhado de um pedido de desculpas de uma hora.

Fiquei olhando para os rabiscos que enchiam as páginas.

— Deve ter sido ótimo.

— Eu fiquei bem revoltado. Mas pelo menos ela me entregou todas as cartas. Agora você vai saber.

— Saber o quê? — perguntei.

— Que eu tentei cumprir a minha promessa.

Fechei a boca, tentando não sorrir. Elliott engatou a ré e percorreu o estacionamento, diminuindo a velocidade e fazendo uma pausa antes de voltar para o asfalto. Tomou um gole de refrigerante aguado.

— Leia em voz alta, por favor. É tipo reler um diário.

Assenti, começando pela primeira carta.

30 de julho

Querida Catherine,

Mil desculpas. Eu não queria ir embora. Minha mãe disse que eu não ia poder voltar se eu não fosse com ela naquela hora. Eu não devia ter ido. Sinto raiva por ter caído nessa. Tanta raiva. Tenho raiva dela, de mim, de tudo. Não sei nada do que aconteceu, não sei se você está bem, e isso está me deixando maluco. Por favor, fica bem. Por favor, me perdoa.

Eu sei que, nas horas em que não está preocupada com o seu pai, você deve estar ocupada me odiando. Eu devia estar aí, com você e para você. Isso dói demais. Você está aí em algum lugar, pensando que eu te abandonei. Você não sabe onde eu estou e deve estar se perguntando por que eu não me despedi. Você é a última pessoa que eu queria machucar e estou a quase três horas de distância, sem nenhum contato com você. Me sinto incapaz. Por favor, não me odeie.

Meus pais brigaram da hora em que chegamos em casa até a hora em que eu fingi que estava indo dormir. É que a minha mãe está com medo de que eu queira ficar em Oak Creek se me aproximar muito de você. Ela não está totalmente errada. Eu quero mesmo ficar aí. Eu estava mesmo planejando pedir para a tia Leigh e para o tio John se eu podia ficar, porque, só de pensar em fazer as malas e te deixar, eu me sentia doente. Agora eu estou aqui. Tudo aconteceu tão rápido e você deve me odiar.

Mas, se você me odiar mesmo, eu vou continuar tentando até você não me odiar mais. Vou explicar o que aconteceu quantas vezes você deixar. Você pode me odiar por um tempo. Eu vou entender. Mas vou continuar tentando. O tempo que precisar. Vou dizer "desculpa" quantas vezes forem necessárias até você acreditar. Você pode fazer maldades e dizer maldades. Eu acho que vai mesmo, e eu vou levar na esportiva porque eu sei que, quando você entender, tudo vai ficar bem. Por favor, deixa tudo ficar bem.

Você sabe que eu nunca te abandonaria do nada daquele jeito. No começo você vai ficar brava, mas vai acreditar em mim porque você me conhece. Você vai me perdoar, e eu vou voltar para Oak Creek, e a gente vai na festa de formatura, e você vai me ver sendo péssimo no futebol, e vamos molhar os sapatos no riacho, e vamos passear no parque, e vamos tomar lanche no balanço da sua varanda. Porque você vai me perdoar. Eu te conheço e sei que vai ficar tudo bem. É isso que vou repetir para mim mesmo até o dia de te ver de novo.

— Beleza — Elliott disse, constrangido. — Agora eu estou lembrando de tudo. As cartas não são tão românticas quanto eu pensava.

— Não! — exclamei. — Eu amei. Isso aqui é incrível, Elliott. Sei lá, dá uma dor no coração saber que você estava tão preocupado assim, mas você tinha razão. Sobre tudo.

Ele deu uma piscadinha e sorriu, envergonhado.

— Meio que sim — acrescentou, beijando meus dedos.

— Quer que eu continue? — perguntei.

— Não precisa ler em voz alta. Pelo menos até chegar na carta em que me pegaram tentando vir para Oak Creek. Depois disso, elas ficam um pouco menos repetitivas e desesperadas. Acho que essas eu aguento ouvir.

Mexi na pilha de cartas, olhando para ele com olhos arregalados.

— Tem pelo menos cem cartas aqui.

— E essa é só a primeira caixa. Nem acredito que a minha mãe não mandou nenhuma, mas fiquei ainda mais surpreso por ela ter guardado todas.

— É incrível ela ter te devolvido essas cartas. Fazer isso logo antes de irmos foi um risco. Você podia ter ido embora chateado.

— Foi um gesto simbólico, eu acho. Uma forma de pedir desculpa por tudo.

— Você não se incomoda se eu ler todas?

Ele deu uma risadinha.

— Aproveita. Estão todas aí, e é uma viagem longa.

Encolhi os ombros e balancei os joelhos. Eu estava empolgada só de pensar em ler o que se passava na cabeça de Elliott enquanto estava longe.

— Você está animada demais para ler a tortura que eu vivi — ele provocou.

Pensei sobre isso, lembrando de como eu tinha sentido falta dele e da raiva que tive por não saber para onde ele tinha ido. Aquelas longas noites com mamãe, os dias ainda mais longos na escola. O que Elliott tinha vivido não era muito melhor. Eu não sabia se era certo ou errado sentir alívio por saber que não estava sozinha no meu sofrimento.

— Só porque eu sei o fim da história — falei.

Elliott sorriu e pareceu mais feliz do que nunca.

— Esse não é o fim. De jeito nenhum.

O Chrysler entrou na rodovia e seguimos para o sul em direção à divisa entre Texas e Oklahoma. Um quarto novo, uma nova colega de quarto e uma vida nova me esperavam na Universidade Baylor. A sede onde os atletas ficavam não era muito longe do Brooks Residential, onde eu moraria. O dinheiro do seguro da pousada pagaria pelos meus quatro anos de faculdade e Elliott tinha conseguido uma bolsa integral. Para nós, o pior já tinha passado.

Coloquei a caixa de sapato entre mim e a porta do passageiro e estendi o braço para pegar a minha caixinha de música, pousando-a no colo. Girei a manivela e olhei a bailarina rodopiando devagar ao som daquela melodia tão familiar que sempre me ajudara a relaxar. Então me ajeitei para ler as palavras de Elliott.

— Você está bem? — Elliott perguntou, apertando minha mão.

Sorri para ele, sentindo a luz do sol que entrava pela janela.

— Sim, só estou animada. E talvez um pouco cansada.

— Você não precisa ler as cartas agora. Descansa. A gente tem muito tempo.

Recostei a cabeça, sentindo os olhos pesados.

— Promete?

Ele pegou minha mão e levou aos lábios, e em seguida balançou a cabeça. Voltou a prestar atenção na estrada e, acompanhando a melodia da caixinha de música, cantou até eu dormir.

AGRADECIMENTOS

Agradeço a Elizabeth Deerinwater, que se disponibilizou a me contar sobre sua infância, as dificuldades que enfrentou e as vitórias delas advindas. Suas histórias e seus pontos de vista abriram meus olhos para coisas que tornaram a mim e a este livro melhor.

Agradeço a Misty Horn, que me ofereceu seu conhecimento sobre lares temporários e crianças afastadas dos pais. Agradeço mais ainda por ser a salvadora de tantas crianças adotadas e por me apresentar à National CASA Association e ao CASAforchildren.org, uma associação que, em conjunto com programas estaduais e locais, patrocina e promove sessões de apoio com voluntários e luta para que todas as crianças vítimas de abuso e negligência nos Estados Unidos possam se sentir seguras, encontrar um lar permanente e ter a oportunidade de seguir em frente.

Como sempre, agradeço ao meu marido, Jeff. Nunca vou subestimar seu amor e apoio incondicionais. Obrigada por sempre acreditar em mim e pela paciência infinita. Agradeço aos meus filhos pela compreensão. Vocês são tudo para mim!

Impresso no Brasil pelo Sistema Cameron da Divisão Gráfica da
DISTRIBUIDORA RECORD DE SERVIÇOS DE IMPRENSA S.A.